Patric Nottret hat kriminalistische Hörspiele für das Radio geschrieben, bevor er mit seinem ersten Thriller GRÜNES GIFT in Frankreich Furore machte. So spannend seine Romane zu lesen sind, so kenntnisreich sind die Bücher geschrieben, die sich mit dem hochaktuellen Thema Genforschung und Biotechnologie beschäftigen – und mit einer ganz neuen Art des Verbrechens.

Weitere Titel des Autors:

Als Hardcover sind lieferbar:

Grünes Gift
H_2O

Als Taschenbuch ist lieferbar:

15617 Grünes Gift

PATRIC NOTTRET

ÜBER DEN WÄLDERN RUHT DER TOD

THRILLER

Aus dem Französischen
von Eliane Hagedorn und Barbara Reitz

BASTEI LÜBBE

BASTEI LÜBBE TASCHENBUCH
Band 16 352

1. Auflage: November 2009

Vollständige Taschenbuchausgabe der im
Ehrenwirth Verlag erschienenen Hardcoverausgabe

Bastei Lübbe Taschenbücher und Ehrenwirth Verlag
in der Verlagsgruppe Lübbe

Titel der französischen Originalausgabe: »Mort sur la forêt«

Für die deutschsprachige Ausgabe

Titelillustration: © COLLART HERVE / CORBIS SYGMA
Umschlaggestaltung: Tanja Østlyngen
Autorenfoto: Gilles Rolle
Satz: Kremerdruck GmbH, Lindlar
Gesetzt aus der DTL Documenta
Druck und Verarbeitung: CPI – Ebner & Spiegel, Ulm
Printed in Germany
ISBN 978-3-404-16352-6

Für Colette

»Wer kann Bäume wie
Soldaten pressen, dass sie ihre tief
Verschlungnen Wurzeln aus der Erd' entfesseln
[…]
Aufruhr, dein Haupt erhebst du nicht, bis sich
Der Birnamwald erhebt von seiner Stelle.«

SHAKESPEARE, *Macbeth,* IV,1
Übersetzung von Friedrich Schiller

Erster Teil

Kapitel 1

Die goldenen Augen des Jaguars beobachten den Dschungel.

Er liegt auf einem flachen Felsen, der schräg aus dem Wasser ragt und mit seltsamen Symbolen überzogen ist.

Mit seiner breiten Zunge leckt er sich die Pfote. Die Fliegen stören ihn, er vertreibt sie mit einer trägen Bewegung des Schwanzes. Seine gefleckten Flanken beben. Zu dieser Stunde lastet die Hitze schwer auf dem Urwald. Vor ihm schlingen sich Lianen um bizarr geformte Wurzeln, die bis ins Wasser reichen.

Der Jaguar ist gesättigt. Letzte Nacht hat er gejagt. In seinem Magen gluckert es, er reibt sein muskulöses Hinterteil am Stein. Gleichgültig betrachtet er das Ballett der winzigen Fische dicht unter dem Wasserspiegel.

Ein Knacken lässt ihn die Ohren spitzen.

Hoch über seinem Kopf fliegt ein Papagei auf und schwingt sich kreischend in die Luft. Langsam erhebt sich der Jaguar und nimmt die Witterung auf. Er reckt den Hals, seine Nüstern zittern. Obgleich sich kein Lufthauch regt, prüft er die Gerüche des Dschungels.

Was er wahrnimmt, ist ein unbekannter Duft.

Aufrecht steht er da, lauernd. Seine Augen verengen sich, er späht auf den Schatten zwischen den Bäumen. Ein Insekt blitzt in der Sonne auf wie ein goldener Funke und verschwindet.

Wieder ein Knacken.

Die Augen des Raubtiers sind nur noch zwei schmale gelbe Schlitze.

Dort drüben, im Unterholz, hat sich etwas bewegt.

Ein eigenartiges Geräusch ist vernehmbar. Anfangs gedämpft, schwillt es immer mehr an, bis ein Pfeifen aus den Ästen aufsteigt. Die Lefzen des Jaguars heben sich und entblößen eine eindrucksvolle Reihe von Fangzähnen. Er legt die Ohren an, sein Schwanz peitscht die Luft.

Er duckt sich, den Rücken angespannt wie eine Bogensehne.

Plötzlich erkennt er, was da pfeilschnell auf ihn zuschießt.

Er stößt ein heiseres Fauchen aus, fährt herum und springt mit einem mächtigen Satz ins Wasser.

Mit wilden Bewegungen schwimmt er los. Weg von der Gefahr.

Kapitel 2

Das Luftschiff über dem amazonischen Regenwald, eine riesige blau-weiße Zigarre, beschreibt eine Kurve.

Die Brenner brummen, und der Auftriebskörper leuchtet auf wie ein riesiger Lampion. Mit der lässigen Anmut eines Pottwals, der aufs offene Meer hinausschwimmt, hebt sich das zweiundzwanzig Meter lange Luftschiff in den Himmel.

Unter dem Rumpf, in der nach allen Seiten offenen Metallgondel, wirft der Pilot mit dem buschigen weißen Schnauzbart einen prüfenden Blick auf seine mit Schlingen befestigte Ladung.

Es ist ein eigenartiges Gefährt, einem riesigen Schlauchboot ähnlich, mit einem Netzboden, der den Blick auf die Baumwipfel freigibt. Am Bug kauert auf einem Gummiponton ein angeleinter Mann mit einem Helm. Die Augen mit der Hand beschirmend, sucht er das Kronendach ab, das bis zum Horizont zu dampfen scheint. Trotz der frühen Morgenstunde ist es schon glühend heiß.

Der Mann greift nach einem Fernglas und betrachtet die Blüten – meist malvenfarben und leuchtend gelb –, die die Baumwipfel bedecken. Angestrengt späht er durch das Dunkel der Blätter und Zweige. Als er auf einem Ast drei Affen entdeckt, die die Köpfe zu der vom Himmel kommenden Maschine heben, lächelt er.

»Merkwürdig, Kautschukbäume dieser Größe in diesem Sektor … Siehst du die gelben Blüten auf drei Uhr, Paul? Gleich daneben ist ein schönes Loch in den Bäumen. Das würde ich mir gerne mal ansehen. Dann bringst du mich zu dem großen Tonkabaum auf vier Uhr. Die Äste scheinen gesund. Ich will dort Fallen aufstellen.«

»Okay, aber beeil dich. Wir sind sehr weit von der Basis entfernt, und das Kerosin könnte knapp werden!«

Die Schraube des Zeppelins quirlt die heiße Luft und gibt ein wütendes Brummen von sich, das immer durchdringender wird und einen Schwarm von Papageien aufscheucht. Sanft kommt das Luftschiff über dem Loch zum Stehen.

Der Mann mit dem Helm richtet sein Fernglas auf die Öffnung.

Verblüfft reißt er die Augen auf und beugt sich so weit hinaus, dass er beinahe das Gleichgewicht verliert. Was er dort sieht, fünfzig Meter unter sich in der blauen Tiefe des Dschungels, lässt ihn in sein Mikro stammeln:

»Mein Gott, Paul! Mein Gott! … Das gibt es doch gar nicht!«

Kapitel 3

Die Waffe, die sie stets in einem Lederfutteral bei sich trägt, ist an ihrem rechten Oberschenkel befestigt. Sie schiebt die Hand unter ihren Rock und zieht den kleinen *Pushdagger* aus der Scheide. Dann setzt sie ihren lautlosen Marsch durch die Dunkelheit fort.

Ihre Finger umklammern den Griff aus Warzenschweinknochen. Die acht Zentimeter lange Klinge mit der doppelten Schneide ragt zwischen Mittel- und Ringfinger aus der geballten Faust. Ihre glänzende Spitze scheint in eine braune Flüssigkeit getaucht.

Sie findet nicht den Ausgang aus diesem Labyrinth von Verkaufsbuden ...

Bloß keine Panik. Nicht einmal mitten in der Nacht in dieser verrufenen Gegend. Ruhig Blut und kühlen Kopf bewahren, sonst ...

Sie zuckt zusammen, als sie rechts ein Geräusch vernimmt, irgendwo im Schatten der Stände des Fischmarkts.

Ratten?

Wohl kaum.

Die elegante junge Frau mit den Stöckelschuhen, deren Dreadlocks im Rhythmus ihres Ganges schwingen, bedauert, dass der Abend im »Veneno Verde« zu Ende ist. Bis zur Sperrstunde hat sie in dem Nachtclub von Belém getanzt. Danach, auf der Straße unter dem Sternenhimmel, hat sie sich mit ihrem silbernen

Feuerzeug eine Marihuanazigarette angezündet, einen tiefen Zug genommen, den Rauch stoßweise durch die Nase ausgeblasen und laut verkündet: »So ein Scheiß!«

Dann hat sie den Joint unter der Sohle ihrer spitzen Pumps ausgedrückt.

Halb vier Uhr morgens ... Sie hätte den Türsteher Jorge bitten sollen, sie zu ihrem Wagen zu begleiten. Jetzt ist es zu spät.

Der Wagen ... Damit haben die Probleme begonnen.

Kapitel 4

Pierre Sénéchal, seines Zeichens Umweltinspektor, parkte seinen vorsintflutlichen Méhari mit dem Spitznamen »Omama« im Hof des Umweltministeriums.

Er schaltete die Scheinwerfer und den Motor aus. Das halb aus Blech, halb aus Plastik bestehende Gefährt gab einen verwunderten Schnaufer von sich und verstummte.

Der Parkplatz war wie ausgestorben, nur der Wagen seiner Chefin, Dame Pottier, und eine Limousine deutschen Fabrikats standen da. Sénéchal wand sich mühsam aus der Blechkabine mit dem geflickten Dach. Schimpfend richtete er sich zu seiner vollen Größe auf ... Vier Uhr morgens ... Trotz seines dicken Mantels und des Schals durchdrang ihn die Kälte der Pariser Nacht. Er legte die Hand auf die flache Kühlerhaube des deutschen Autos. Sie war noch warm. Der Besucher konnte erst vor kurzem eingetroffen sein. Mit großen Schritten ging er zu dem Seiteneingang im Untergeschoss des Ministeriums, auf dem die Buchstaben FREDE (Fraudes et Délits sur l'environnement – Abteilung zur Verfolgung von Umweltdelikten) geschrieben standen, und schob die Chipkarte in das elektronische Kontrollsystem. Vier Uhr morgens. Was konnte es bloß so Wichtiges geben, dass Dame Pottier ihn um vier Uhr morgens aus dem Bett scheuchte?

Der Mann im Armani-Anzug mit der sorgfältig gebundenen Krawatte, der im Besprechungsraum der unangefochtenen Chefin der FREDE gegenübersaß, betrachtete eingehend den Bildschirm eines Laptops. Ein energischer Mittfünfziger mit kurz geschnittenem, dichtem Haar und der markanten Brille eines Entscheidungsträgers. Er blickte nicht auf, als Sénéchal in der Tür auftauchte. Von ihrem Sessel aus machte Dame Pottier die beiden miteinander bekannt:

»Inspektor Sénéchal, das ist Monsieur Darcos, Generaldirektor der Firma Chitinex. Monsieur Darcos, darf ich Ihnen Inspektor Sénéchal vorstellen?«

Der Mann streckte Sénéchal eine Hand entgegen, die weiß war wie Chicorée. Der Umweltinspektor betrachtete sie eine Weile, als handele es sich um eine neue Sorte, und entschied sich dann, sie fest in seiner großen Pranke zu drücken, was ihren Besitzer zu einer kurzen Grimasse veranlasste.

Der Inspektor warf Ghislaine Pottier einen fragenden Blick zu. Die kleine Frau wirkte müde. Rasch ordnete sie ihr kastanienbraunes Haar, das sie mit Bleistiften im Nacken zu einem losen Knoten à la Madame Butterfly zusammengesteckt hatte, und wies mit einer nachdrücklichen Geste auf die Stühle.

»Inspektor Sénéchal, legen Sie Ihren Mantel dort ab, und sperren Sie Augen und Ohren gut auf. Was Monsieur Darcos Ihnen zu sagen hat, ist von größtem Interesse. Monsieur Darcos wartet hier auf seinen Anschlussflug. In einer Stunde geht seine Maschine nach London.«

Sie deutete auf eine Kaffeemaschine und Tassen, die im Neonlicht schimmerten. Daneben stand eine dampfende Teekanne, die gewöhnlich ihrem persönlichen Gebrauch vorbehalten war.

»Kaffee, Sénéchal?«

»Gerne, Chefin.«

Es war angenehm warm in dem Zimmer. Der Umweltinspektor schlug seine langen Beine übereinander und bemühte sich, einen interessierten Eindruck zu vermitteln. Auf dem Laptop des Besuchers war das Bild zweier lachender Männer zu sehen. Einer von ihnen hatte einen eindrucksvollen weißen Schnauzbart, der an die Fliegerasse des Ersten Weltkriegs erinnerte.

Der Mann namens Darcos wandte ihm sein abgespanntes Technokratengesicht zu. Offenbar wusste er nicht, wo er anfangen sollte.

»Also, Monsieur Sénéchal, unsere Firma, Chitinex, ist auf die Erforschung neuer Medikamente spezialisiert, die aus dem Immunsystem von Insekten entwickelt werden. Auf diesem Gebiet sind wir weltweit die Nummer eins, wenn ich mir die Bemerkung erlauben darf.«

Sénéchal nahm einen Schluck Kaffee und verbarg mit größter Mühe ein Gähnen hinter einem leicht gequälten Lächeln.

»Herzlichen Glückwunsch. Und auf welchem Gebiet sind Sie die Nummer eins?«

Der Mann warf Dame Pottier einen irritierten Blick zu.

»Nun, ich habe Ihnen doch gerade gesagt ...«

Die kleine Frau seufzte ungeduldig.

»Sénéchal ... Die Firma, die Monsieur Darcos leitet, entwickelt neue Medikamente aus Insekten. Laut den Ausführungen von Monsieur Darcos bietet die Welt der Insekten die wichtigste und vielfältigste Reserve an natürlichen Substanzen. Diese können eine bahnbrechende Rolle bei der Entdeckung neuer Behandlungsmöglichkeiten spielen.«

»Tatsächlich? ...«

Sénéchal kämpfte gegen die Benommenheit, die ihn zu überwältigen drohte.

»Vor allem könnte man aus diesen Substanzen völlig neue Waffen gegen Mikroben entwickeln und damit Infektionen bekämpfen, für die es bislang kein Heilmittel gibt. Richtig, Monsieur Darcos?«

»Ganz genau, Madame, außerdem ...«

»Kurz, Chitinex befasst sich vor allem mit der chemischen Vielfalt bislang unerforschter Insekten, um neue Moleküle zu entdecken. Eine sehr kreative Methode, um eine neue Generation von Medikamenten zu entwickeln, finden Sie nicht, Sénéchal?«

»Sicher, Chefin. Sehr kreativ.«

Er betrachtete jetzt die beiden Gesichter auf dem Bildschirm des Laptops und fragte sich, wem sie wohl gehören mochten. Dann dachte er sehnsüchtig an sein Bett.

Dame Pottier wandte sich erneut an den Besucher.

»Habe ich Ihre Aktivitäten in etwa korrekt zusammengefasst, Monsieur Darcos?«

»Perfekt, Madame. Trotzdem muss ich vielleicht anmerken ...«

»Bleibt hinzuzufügen, Sénéchal, dass die Firma Chitinex verschiedene Studien mit krebsbekämpfenden Medikamenten durchführt, die aus Insektenmolekülen entwickelt wurden, und dass sie auch an Systemen arbeitet, um bislang unbekannte Insekten zu entdecken, die pharmazeutisch wertvoll sein könnten. Dieser Punkt interessiert uns übrigens in erster Linie, Sénéchal ... Sénéchal, Sie können mir doch folgen, nicht wahr?«

»Natürlich, Chefin. Entdeckung unbekannter Insekten. Großartige Idee. Ist noch Kaffee da, Chefin?«

»Bedienen Sie sich, Inspektor. Monsieur Darcos, können Sie dem Inspektor Ihre Forschungen erläutern? In Kurzform?«

Der Mann konzentrierte sich, als müsse er mit seinem schnellen Wagen in eine schwierige Kurve gehen. Einen Augenblick lang starrte er auf die eigentümlichen Hosenträger seines hünenhaften Gegenübers, der nach der Kaffeekanne griff und sich großzügig nachschenkte.

»Ich will nur einige Zahlen anführen. Man schätzt, dass die tropischen und äquatorialen Regenwälder, die nur sieben Prozent des Kontinents ausmachen, mehr als die Hälfte aller lebenden Organismen der Welt beherbergen. Sie können mir folgen, nicht wahr? Und die Insekten machen einen Großteil davon aus. Wie Sie sicher wissen, sind drei von vier Tieren auf dieser Erde Insekten.«

»Das wusste ich, das wusste ich ... glaube ich zumindest.«

»Man schätzt heute die Zahl der Insektenarten auf zwischen vier und sechs Millionen. Und drei Viertel davon leben auf dem Baumkronendach.«

Sénéchal schlürfte den Rest seines Kaffees.

»Wo, sagen Sie, leben sie?«

»Auf dem Kronendach. Der obersten Etage des Regenwaldes. In den Wipfeln der Bäume sozusagen. In diesen letzten Metern ist das Blattwerk besonders dicht. Dieser kaum zugängliche Teil des Dschungels beherbergt die größte Biovielfalt der Welt. Entomologen haben nachgewiesen, dass sich beispielsweise in einem kamerunischen Dschungel fünfundsiebzig Prozent der Insekten in den Baumkronen befinden. Nie oder nur selten gelangen sie auf den Boden, vielmehr bewegen sie sich über die Lianen von einem Baum zum anderen.«

Der Umweltinspektor wagte die Bemerkung:

»Die Insekten kennen also kein Schwindelgefühl?«

Er bemerkte Dame Pottiers strengen Blick und fuhr fort:

»Also, das Baumkronendach, Monsieur Darcos?«

»So verwunderlich das auch sein mag, die Baumkronendächer werden erst seit etwa fünfzehn Jahren erforscht. Es handelt sich um einen neuen Kontinent, dessen Potenzial man gerade erst zu erahnen beginnt. Sein unermesslicher Reichtum – wirklich unvorstellbar – verspricht außerordentliche Entdeckungen, von denen viele ihren Niederschlag in der Pharmazeutik finden werden. Wer weiß, welche Medikamente gegen Krebs oder Aids sich dort oben befinden? Wenn ich ›dort oben‹ sage, meine ich Bäume, die teilweise eine Höhe von achtzig Metern erreichen. Können Sie mir folgen?«

»Ich folge Ihnen, ich folge Ihnen. Und Sie haben Schmetterlingsnetze mit achtzig Meter langen Stielen entwickelt, um die Viecher einzufangen?«

Der Mann mit der Krawatte deutete ein Lächeln an.

»Wir verwenden Luftschiffe. Das, was Sie hier sehen, steht über Amazonien.«

Er drückte auf eine Taste des Laptops. Anstelle der Gesichter der beiden Männer erschien ein Foto, das ein Luftschiff über einem riesigen Dschungel zeigte. »Chitinex Development« stand auf der Seite geschrieben. An seinem Rumpf hing eine Art großes Schlauchboot mit abgerundeten Ecken. Am Bug erkannte man einen Mann mit einem Helm auf dem Kopf und einer Sicherheitsleine am Handgelenk.

Sénéchal fragte:

»Was ist das für ein Schlauchboot?«

»Der Einfachheit halber bezeichnen wir es als Schlitten. Es ist etwa zehn Meter lang, besteht aus aufblasbaren Luftschläuchen und kann auf den Baumkronen abgesetzt werden. Der Boden besteht aus einem Netz, so wie das Trampolin eines Katamarans. Die gekreuzten Schläuche des Schlittens sind so stabil, dass sich mehrere Personen darauf bewegen können, und biegsam genug, um sich den Formen der Baumkronen anzupassen ... Dem Dach des Dschungels, wenn Sie so wollen. Unsere Entomologen legen dort alle möglichen Fallen aus, die sie später in regelmäßigen Abständen wieder einsammeln. So haben wir eine reiche Ausbeute. Manchmal erleben wir die schöne Überraschung, bislang unbekannte Arten zu entdecken.«

»Ich habe gehört, dieses Luftschiffsystem sei von den Wissenschaftlern des Nationalen Forschungszentrums entwickelt worden.«

»Das stimmt. Wir haben, sagen wir mal, ihre Grundlagen übernommen, sie aber unseren Bedürfnissen angepasst.«

»Im Großen und Ganzen also eine Raubkopie. Und in welchem Land betreiben Sie Ihre Aktivitäten am Rande der Legalität?«

»Genau darauf will ich ja gerade kommen. Wir bevorzugen Brasilien. Vor allem die Region Belém.«

»Und warum?«

»Dort verschwindet der Regenwald im Eiltempo. Die Brasilianer holzen in jeder Minute mehrere Hektar ab. Aber das Schlimmste ist eigentlich, dass niemand wirklich weiß, was da vernichtet wird. Also müssen wir uns beeilen, verstehen Sie? Brasilien hat den Ehrgeiz, weltweit die Nummer eins im Bereich der Biotreibstoffe zu werden. Das bedeutet für die Zukunft einen verstärkten Anbau von Pflanzen, die Öl oder Alkohol enthalten, und damit eine weitere Zerstörung des amazonischen Regenwaldes.«

»Und Sie besitzen nur ein einziges Luftschiff, um die Viecher zu jagen?«

»Wir hatten zwei in Brasilien. Zumindest bis letzte Woche.«

Darcos musterte Sénéchal durch seine markante Brille, schüttelte mit untröstlicher Miene den Kopf und tippte auf der Tastatur des Laptops. Die Gesichter der beiden Männer tauchten wieder auf dem Bildschirm auf.

»Bei diesen beiden Angestellten unserer Firma handelt es sich um Doktor Garnier und seinen Piloten Monsieur Leteinturier. Sie sind letzte Woche mit ihrem Luftschiff über dem Amazonasdschungel verschwunden ... in einem sehr dicht bewaldeten Gebiet, das, außer von den Indianern, kaum erforscht ist. Können Sie mir folgen? Vor ihrem Verschwinden brach die Verbindung zu ihrem Funk- und GPS-Gerät zusammen ... was wirklich äußerst seltsam ist. Und beunruhigend. Es gibt weitere verwirrende Fakten in der Geschichte ... und Gerüchte. Die einheimischen Indianer sollen in diesem Gebiet ein Fabelwesen gesehen haben.« Er machte eine wegwerfende Geste. »Kurz, trotz all unserer Anstrengungen kommt die Suche nicht voran, und unsere Botschaft hat nicht ...«

Er brach plötzlich ab, warf einen Blick auf seine goldene Uhr und reichte Sénéchal seine weiße Hand.

»Monsieur, ich schätze mich glücklich, die Zustimmung Ihrer Vorgesetzten erhalten zu haben, dass Sie so schnell wie möglich aufbrechen werden, um in diesem Fall zu ermitteln. Und, wie ich von ganzem Herzen hoffe, die beiden lebendig zu finden ... Ich bin Ihnen außerordentlich dankbar.«

Kapitel 5

Der Lastwagen holpert noch ein Stück weit über den Weg, dann bleibt er stehen. Der Motor verstummt.

Im Lichtkegel der Scheinwerfer ranken sich Nebelschwaden um die Lianen. Mit einem Quietschen öffnet sich die Fahrertür. Ein Mann mit Baseballkappe steigt aus, der nasse Boden quatscht unter seinen Stiefeln.

In der Hand hält er ein Sturmgewehr M40 mit einem langen Schalldämpfer.

Einen Moment lang bleibt er reglos stehen und sieht sich um.

Dann schaltet er die am Gewehrlauf befestigte Lampe ein. Ihr bleicher Schein erhellt den Boden, auf dem sich harte Schatten um die Reifen herum abzeichnen. Ein moderiger Geruch steigt ihm in die Nase. Er hört nur das Quaken von Hunderten von Fröschen im nahe gelegenen Sumpf.

Der Mann richtet die Lampe auf die Wand des Lastwagens mit dem Schriftzug »Joan Fernandez und Söhne – Obst- und Gemüsetransport in ganz Amazonien«. Sein Gewehr im Anschlag, geht er zum Heck. Die Lampe erleuchtet den Boden und die mit Vorhängeschlössern verriegelten Türen.

Nichts.

Der Mann bückt sich. Seine Hände greifen tastend unter die Stoßstange. Er zieht ein Gerät mit einer kurzen Antenne hervor, betätigt schnell einen Knopf und steckt es in die Tasche.

Plötzlich lauscht er aufmerksam: ein Rascheln, ganz in seiner Nähe.

Instinktiv leuchtet er in die dicken Zweige über seinem Kopf.

Dort oben bemerkt er eine flüchtige Bewegung.

Plötzlich lassen sich drei schwarze Gestalten wie Riesenspinnen an einem Seil herab.

Kapitel 6

Die Tür des alten roten Fords war aufgebrochen worden. Die Kühlerhaube stand offen. Sie hatten den Wagen verwüstet und sogar leere Bierdosen zurückgelassen.

Nie hätte sie so weit vom Veneno Verde entfernt parken dürfen, vor allem nicht in diesem heruntergekommenen Viertel am Rand des riesigen Markts, dessen geschlossene Stände jetzt wie baufällige Hütten wirkten: ein riesiges schlafendes Dorf mit winzigen Häuschen.

Im Schein ihrer kleinen Taschenlampe hatte die junge Frau festgestellt, dass die Batterie und andere Teile des Wagens verschwunden waren. Das Auto – laut ihren eigenen Worten ein rollender Schotthaufen – war jetzt in einen stillgelegten Schrotthaufen verwandelt.

Dann war der Mann mit der Bierdose aus dem Schatten vor ihr getreten. Er torkelte ein paar Schritte auf sie zu und hob den Kopf, offensichtlich in die Betrachtung des Sternenhimmels versunken. Im schwachen Schein der Straßenlaterne war sein Gesicht nicht zu erkennen.

Sie hatte gleich begriffen, dass er nicht betrunken war.

Und dass er nicht allein war.

Hinter ihr tauchte ein zweiter Mann auf.

Im selben Moment, als der vermeintlich Besoffene auf sie zusprang, schleuderte sie ihm ihre Tasche an den Kopf und rannte, so rasch sie konnte, davon, um sich zwischen den Bretterbuden zu verstecken. Dort kauerte sie im Dunkeln, nach Luft ringend und mit klopfendem Herzen, und lauschte angespannt. Sie war so schnell gewesen, dass die Typen nicht einmal versucht hatten, ihr zu folgen.

Sie hörte, wie sie sich schimpfend um den Inhalt ihrer Handtasche stritten.

Ihre Handtasche, in der sich auch ihr Handy befand ...

Das war der passende Moment zu verschwinden. Aber wohin? In der Nacht war dieser Markt ein finsteres Labyrinth.

Auf der Flucht hatte sie ihre kleine Taschenlampe verloren.

Kapitel 7

Nachdem Dame Pottier den Besucher hinausbegleitet hatte, kehrte sie in den Besprechungsraum zurück, wo Sénéchal, die leere Kaffeetasse in der Hand, reglos auf seinem Stuhl saß.

Sie nahm neben ihm Platz, verschränkte die Arme vor der Brust und sagte, ohne ihn anzusehen:

»Sénéchal, wenn Sie jetzt einen Ihrer legendären Wutanfälle bekommen wollen, dann gehen Sie bitte raus, zwecks Schadensbegrenzung. Ich weiß genau, was in Ihrem Kopf vorgeht. Doch lassen Sie mich Ihnen erklären …«

Der Umweltinspektor knurrte:

»Chefin, das ist ein Witz. Eindeutig.«

Ghislaine Pottier vertiefte sich einen Moment lang in die Betrachtung ihrer manikürten Fingernägel. Dann schob sie mit einer eleganten Handbewegung eine kastanienbraune Haarsträhne aus ihrer Stirn.

»Leider nicht. Springen Sie über Ihren Schatten, Inspektor, und lassen Sie mich ausreden. Ich weiß, das ist nicht Ihre Art, aber möglicherweise eine Gelegenheit, es zu üben … Der Einfluss des Mannes, der uns gerade verlassen hat, ist kaum zu überschätzen. Gestern Abend, zu sehr später Stunde, erhielt ich den Anruf eines hohen Beamten der Republik, der im Auftrag eines wichtigen Ministers mit mir sprach. Und dieser Minister saß bestimmt nicht weit von jenem Telefon entfernt. Er leitet die Geschicke eines der Ressorts, denen wir unterstehen – soll ich sie Ihnen noch einmal aufzählen? Umwelt-, Gesundheits- und Innenministerium. Wie auch auf Ihrem Dienstausweis nachzulesen ist, falls Sie ihn nicht wieder verloren haben.«

Sie drehte den Kopf leicht in seine Richtung. Er hatte sich noch keinen Millimeter bewegt und blickte in die Ferne. Die leere Tasse wirkte in seiner großen Hand geradezu winzig.

»Weiter so, Sénéchal. Offenbar sind Sie auf dem richtigen Weg zu Ruhe und Gelassenheit. Atmen Sie gleichmäßig ein und aus. Gut. Ich fahre fort. Dieser beflissene Beamte gab mir in gewählten Worten zu verstehen, dass der Generaldirektor von Chitinex – eine Zierde französischer Spitzentechnologie auf dem Gebiet der pharmazeutischen Forschung – gemeinsam mit besagtem Minister die Elitehochschulen des Landes besucht hatte, als beide noch picklige Jünglinge waren. Anschließend beklagte er mit bebender Stimme, dass dieser Generaldirektor namens Darcos im größten Dschungel der Erde, mitten im befreundeten Brasilien, zwei Männer und ein Luftschiff verloren habe. Als ich ihm erklärte, dass das alles sehr bedauerlich sei, ich aber wirklich nicht wüsste, was wir da … Ha, es ist so weit, Sie haben sich bewegt, Sénéchal. Jetzt fallen Sie mir sicher gleich wieder ins Wort!«

Der Umweltinspektor stieß einen Seufzer aus und beugte sich zu der zierlichen Frau hinüber.

»Ich weiß schon, was jetzt kommt, Chefin. Er hat Sie unter Druck gesetzt, weil Ihnen alljährlich beträchtliche Zuschüsse von seinem Ministerium, also vom Steuerzahler, gewährt werden, um dieses Luxusgeschöpf auszuhalten, das unsere Dienststelle, die Abteilung zur Verfolgung von Umweltdelikten, nun mal ist. Besonders in Zeiten, in denen Leistung und freie Marktwirtschaft angesagt sind. Anschließend hat er Ihnen womöglich mit der Privatisierung unseres Luxusgeschöpfs gedroht. Na, war es so? Und Sie haben uns für ein Linsengericht an einen dieser selbstherrlichen Typen verkauft, die uns regieren!«

Dame Pottier hob besänftigend die Hand.

»Stopp! Er bat mich lediglich, meine besten Leute auf die Sache anzusetzen. Da habe ich die Gelegenheit beim Schopf gepackt.

Seit Jahren wollen wir doch Kontakte zur IBAMA, der brasilianischen Umweltbehörde, knüpfen, um gemeinsam gegen Tropenholzhändler vorzugehen ... unter anderem. Erinnern Sie sich, Sénéchal? Dafür fehlten uns allerdings die Mittel ... Kurz und gut, ich habe sie von dem beflissenen Beamten bewilligt bekommen. Außerdem habe ich gestern Nacht unzählige Male mit Brasilien telefoniert. Offiziell sind Sie zu einem Informationsaustausch eingeladen. Das ist Ihre Tarnung. Denn in Wirklichkeit reisen Sie natürlich dorthin, um nach den beiden Aeronauten zu suchen ...«

»Wenn ich mir die Bemerkung erlauben darf, die Chancen, die beiden Liebhaber der ›Leichter-als-Luft-Flugtechnik‹ lebend wiederzufinden, sind relativ gering. Sie dürften inzwischen von ihren eigenen Forschungsobjekten verspeist worden sein ... das heißt von Ameisen und anderem Borstengetier. Im Übrigen bin ich sicher, dass Sie mich lediglich aus dem Bett geholt haben, um diesem Typen mit Ihrer außerordentlichen Reaktionsgeschwindigkeit zu imponieren und ...«

Die kleine Göttin legte ihm ein Dossier mit apfelgrünem Deckblatt und dem Titel »IBAMA« vor die Nase.

Sénéchal öffnete es. Auf der ersten Seite waren zwei Flugtickets für die Strecke Paris–Belém angeheftet, ausgestellt auf die Namen Pierre Sénéchal und Serge Méjaville. Der Rest bestand aus einem Memo, Kopien offizieller Dokumente und Fotos, darunter auch Aufnahmen der beiden Aeronauten.

Ghislaine Pottier formte ihre hübschen Hände zu einer Pyramide, hob die Augen zur Decke und erklärte in äußerst sachlichem Ton:

»Gut... Man hat mir zugesichert, dass ein Kommissar der brasilianischen Umweltpolizei, der die Nachforschungen im Dschungel leitet, Sie vor Ort erwartet. Geben Sie gut auf Ihren etwas korpulenten Kollegen acht, den Sie so uncharmant ›den peinlichen Gnom‹ nennen. Weiß er das übrigens? Und denken Sie daran, mir eine CD vom letzten Gilberto-Gil-Konzert mitzubringen. Ich liebe seine Musik ... Sollten Sie es vergessen, geht die Rückreise auf Ihre Kosten. Machen Sie's gut, Inspektor.«

Kapitel 8

Die Klinge mit der doppelten Schneide dringt zwei Zentimeter tief in den Bizeps des Mannes ein – und wird sofort wieder herausgezogen. Er taumelt hintenüber in einen Haufen leerer Konservendosen.

Von seinem Angriff überrascht, hat sie automatisch zugestochen – den Arm mit dem *Pushdagger* angespannt, ein Bein trotz des engen Rocks gebeugt.

Sie wirbelt um die eigene Achse. Eine kräftige Hand packt sie an der Gurgel, die andere am Arm, mit dem sie das Messer hält. In der Dunkelheit kann sie nicht das Geringste erkennen. Er drückt ihr die Kehle zu. Sie versucht, nach ihm zu treten, doch ihr Rock behindert sie. Beim zweiten Anlauf gibt der Stoff nach und reißt. Sie greift sich an den Hals und dreht dem Angreifer den Daumen um. Fluchend lässt der Mann los. Sie weicht zurück und trifft ihn mit ihrem Knie, dann mit dem Absatz ihres Pumps. Plötzlich erkennt sie, dass sie frei ist, und stürzt sich mit gezückter Klinge auf den Angreifer. Ihr Messer sticht zweimal ins Leere. Ein Schlag ins Gesicht wirft sie zu Boden. »Hurensohn!«, schreit sie. Wutentbrannt rappelt sie sich wieder auf und sticht blindlings zu. Ein Knorpel knackt, eine warme Flüssigkeit spritzt ihr entgegen. Sie hört ein ersticktes Gurgeln, einen dumpfen Aufprall, dann nichts mehr.

In ihren Ohren rauscht es, ihr Herz schlägt zum Zerspringen.

Mit der Hand stützt sie sich an einer Bretterwand ab und blickt zu den Sternen empor, die sich noch ein wenig drehen, bis sie wieder an ihrem normalen Platz stehen. Mit dem Ärmel wischt sie das Blut ab, das ihr ins Gesicht gespritzt ist, und atmet tief die salzige Luft ein.

Hinter sich hört sie ein Wimmern. Der Mann, den sie mit ihrem Messer verletzt hat, kriecht durch den Müll und übergibt sich.

Sie wendet sich ab. Der Kerl wird es nicht noch einmal versuchen.

Ihr rechtes Handgelenk schmerzt, so fest hält sie den *Pushdagger* umklammert. Sie befühlt ihren Kehlkopf und tastet vorsichtig ihren Backenknochen ab.

Gegen einen kleinen Joint hätte sie jetzt nichts einzuwenden. Am besten sofort.

Kapitel 9

»Weißt du, Pierre«, sagte Lucrèce, offenbar ganz vertieft in die Betrachtung der dicken Wolken, die vor dem kleinen runden Fenster vorbeizogen, »man muss sich vor Wissenschaftlern hüten, die zu viel Geld verdienen. Das ist eine eiserne Regel.«

Serge Méjaville, Chemiker bei der FREDE, war ein kleiner, dicker, meist schlecht rasierter Mann. Seinen Spitznamen Lucrèce verdankte er seiner profunden Kenntnis der Gifte (die er manchmal Toxine nannte). In seinem unterirdischen Labor im Umweltministerium hatte er ein Programm entwickelt, das mittlerweile mehr als dreihundert dieser Substanzen identifizieren konnte, selbst wenn sie mit anderen Bestandteilen vermischt waren. Darüber hinaus sammelte er in seiner Freizeit Fliegen. Sorgfältig spießte er sie mit Nadeln in Glaskästen auf, die gewöhnlich exotischen Schmetterlingen vorbehalten waren.

Während er an dem Exemplar herumfingerte, das er um den Hals trug, wartete er auf die Reaktion seines hünenhaften Sitznachbarn. Sénéchal warf ihm über den Rand seiner Halbbrille einen belustigten Blick zu.

»Ich spüre, dass du das Bedürfnis hast, dich deinem Beichtvater anzuvertrauen. Sprich, mein Freund und Wissenschaftler, sprich. Nichts von dem, was du mir anvertraust, wird dieses Flugzeug verlassen, darauf gebe ich dir mein Wort. Aber soweit ich weiß, beklagst du dich häufig darüber, dass du bei der FREDE schlecht bezahlt wirst, oder?«

»Ist es dir noch nicht in den Sinn gekommen, dass die beiden vermissten Männer womöglich absichtlich die Funkverbindung und das GPS ihres Luftschiffs gekappt haben?«

»Du meinst, sie haben beschlossen zu verschwinden, um im amazonischen Regenwald – gemeinsam mit Jaguaren, Ameisen und Schlangen – ein neues Leben zu beginnen und so der materialistischen Welt den Rücken zu kehren? Ist das nicht ein bisschen zu viel New Age? Und was machen sie mit dem Luftschiff? Veranstalten sie vielleicht Lufttaufen für die Indianerkinder?«

Lucrèce rieb sich das Kinn, was ein schabendes Geräusch erzeugte.

»Womöglich transportierten sie etwas ganz Spezielles in ihrem Flugapparat?«

»Und was soll das sein?«

Der beleibte Mann zuckte mit den Achseln.

»Vielleicht Schmuggelware ... in dieser abgelegenen Gegend ... und das ging nicht gut aus ...« Er schien mit einem Mal beunruhigt. »Pierre, was meinst du ... Stimmt es, was man so hört?«

»Wovon redest du?«

»Dass die Brasilianer ständig feiern und die ganze Nacht auf den Straßen tanzen?«

Kapitel 10

»Ihre beiden verschwundenen Kollegen hatten einen Keller gemietet? Und niemand wusste davon? Nicht einmal Sie? Sie haben doch mit ihnen zusammengearbeitet. Auch nicht Ihr Chef? Würden Sie das bitte der Reihe nach wiederholen, auch den Namen des Ortes: São wie?«

Sénéchal hatte die größten Schwierigkeiten zu verstehen, was ihm die beiden Angestellten der Firma Chitinex erzählten. Sie saßen ihm gegenüber in der Flughafenbar und redeten gleichzeitig auf ihn ein.

Neben ihm saß Lucrèce. Er hatte die Augen halb geschlossen, die Arme über seinem Schlemmerbauch verschränkt und musterte eingehend ihre neuen Gesprächspartner: eine junge, blonde Frau im T-Shirt mit hellen Augen, Hakennase und strengem Gesichtsausdruck und einen beleibten, bärtigen Mann, der einen abgetragenen Overall und einen verblichenen Stoffhut mit der Aufschrift »Chitinex Development« trug. Er schwitzte und zog an seiner erloschenen Pfeife.

Erneut begannen beide, wie aus einem Mund ihre Version der Keller-Geschichte zu erzählen. Es war nicht zu übersehen, dass sie lieber woanders gewesen wären, anstatt diesem Hünen mit dem Gebaren eines Freibeuters Rede und Antwort zu stehen. Er piesackte sie doch nur, um sie später in Ketten legen und bis ans Ende ihrer Tage im Kielraum schmoren zu lassen.

Etwas abseits saß kerzengerade eine etwa dreißigjährige Indianerin mit dunkler Haut und schönen schwarzen Augen. Ihre Dreadlocks hatte sie seitlich zu einem merkwürdigen Knoten zusammengebunden. Auf ihrer geschwollenen Wange klebte ein frisches Heftpflaster, und ein schwarzer Schal war eng um ihren Hals geschlungen. An ihrer Hüfte hing in einem Lederholster eine große Automatikwaffe. Sie trug eine tadellos sitzende und ordentlich gebügelte grüne Uniform der IBAMA, der brasilianischen Umweltpolizei.

Zu Lucrèces Überraschung lächelte sie ihn unvermittelt an und entblößte dabei eine Reihe sehr weißer, ein wenig auseinanderstehender Zähne. Dann wanderte ihr Blick zu Sénéchal. In perfektem Französisch sagte sie mit ihrer klangvollen Stimme:

»Senhor Pierre Sénéchal, wir sollten uns diesen Keller unverzüglich ansehen. Bei uns wird es sehr schnell dunkel, und der Weg nach São Félix de Jacareacanga ist lang.«

Alle erhoben sich gleichzeitig. Lucrèce trippelte voran, um der Kommissarin galant die Tür aufzuhalten.

Auf dem Bürgersteig befühlte sie vorsichtig ihren Backenknochen. Besorgt erkundigte er sich:

»Was ist denn mit Ihrem Gesicht passiert, Kommissarin Saint-Louis? Nichts Ernstes, hoffe ich!«

»Ganz und gar nicht. Ein kleines Parkproblem. Auf dem Markt.«

Kapitel 11

Der Mann blinzelt, schaukelt noch einen Moment in seiner Hängematte und sagt dann:

»Diego, machen wir uns an die Arbeit?«

Der graue Hund, der der Länge nach ausgestreckt auf dem Verandaboden liegt, setzt sich auf und kratzt sich träge mit der Hinterpfote.

Wie jeden Morgen klettert sein Herrchen aus der Hängematte, fasst seine gelockten Haare zu einem dichten Pferdeschwanz zusammen, kramt in den Taschen seiner Shorts, fördert ein Zigarillo zutage und zündet es an. Sein Blick wandert zum Himmel, der noch dunkel ist. Dann greift er nach seinem Gewehr und verlässt mit ruhigem Schritt den kleinen, von Bananenstauden eingefassten Hof. Der Hund folgt ihm.

Er ist müde. Zweimal ist er in der Nacht von ihm unbekannten Geräuschen geweckt worden, die aus dem Wald kamen. Jedes Mal lief er bellend bis zur Mitte des Hofes. Der Wind trug ihm fremde Gerüche zu, doch sein Herrchen befahl ihm, ruhig zu sein.

Mann und Hund folgen dem Weg zu einer Gruppe großer Bäume, deren Wipfel sich im Winde wiegen.

Sie gelangen zu einer kleinen Hütte, deren Dach mit einer ausgefransten Plastikplane abgedeckt ist. Dort holt der Mann Werkzeug und stopft es in eine Umhängetasche aus grobem Leinen, die er sich über die Schulter hängt. Als er gerade die Tür verschließen will, fällt sein Blick auf ein Plakat an der Wand. Darauf steht: »Der Wald ist unser wertvollstes Gut, er ist nicht zu verkaufen. MST – Movimento dos Trabalhadores Rurais sem Terra« (Bewegung der Bauern ohne Land).

An einer Ecke des Plakats ist mit Reißzwecken ein altes Foto befestigt, das ihn auf einem Podium mit in die Luft gestreckter Faust zeigt. Diego sitzt hechelnd zwei Schritt von ihm entfernt. Der Mann runzelt amüsiert die Stirn. Seit damals ist er ganz schön in die Breite gegangen.

Hier in der Gegend kennt man ihn, und nie trifft man ihn ohne seinen Hund. Denn Diego folgt ihm seit sieben Jahren auf Schritt und Tritt. Wenn er den Rohkautschuk an die Kooperative liefert, sitzt Diego in seinem Pick-up neben ihm, ja, er begleitet ihn sogar zu den politischen Versammlungen. Diego ist still, wenn sein Herrchen vor den »Bauern ohne Land« das Wort ergreift, und kläfft stolz, wenn man ihm Beifall klatscht.

Der Mann schließt die Tür der Hütte und geht pfeifend weiter. Der Hund, der ihm schnüffelnd folgt, winselt unruhig.

»Was ist los, Diego? Hast du ein Tier gewittert? Einen Ozelot? Das würde mich wundern. Die kommen doch nie bis hierher.«

Dennoch bleibt er stehen und entsichert sein Gewehr. Womöglich sind es Typen, die ihm seine Kautschukernte stehlen wollen. Das ist schon einmal vorgekommen.

Die Waffe vor sich haltend, geht er vorsichtig weiter, den Hund ein paar Schritte hinter sich. Das Tier wimmert nicht mehr, es spitzt aufmerksam die Ohren. Der Mann dringt in die Baumgruppe vor.

Niemand.

Nach einer ganzen Weile lässt er die Tasche zu Boden gleiten, breitet theatralisch die Arme aus, schwenkt das Gewehr und ruft mit lauter Stimme:

»Siehst du, Diego, das wird eines Tages alles dir gehören!«

Fast jeden Morgen, seit ihm die Regierung diese heruntergekommene Kautschukplantage überlassen hat, wiederholt sich dasselbe lieb gewonnene Ritual. Es ist ihm gelungen, dieses Stück Brachland voller Gestrüpp und Schlangen mit viel Geduld und harter Arbeit wieder ertragreich zu machen. Tag für Tag hat er sich um die Bäume gekümmert. Nun sind sie gesund, gerade und dicht belaubt. Ihre Milch ist gut: Er sieht sie in schönen weißen Strömen aus den Einschnitten in den Stämmen fließen. Sie rinnt in metallene Schälchen, die an der Rinde befestigt sind.

Sein geübtes Auge entdeckt am Fuß eines Stammes ein Schälchen, das in der Nacht heruntergefallen ist. Der Kautschuk ist in den Boden gesickert. Der Mann nähert sich dem Baum.

Hinter ihm fängt der Hund an zu knurren.

Als sein Herrchen weitergeht, nehmen Diegos empfindliche Ohren ein Klicken wahr. Ein weißer Lichtschein blendet ihn, gefolgt von einem furchtbaren Knall. Eine Explosion, deren sengende Wucht ihn gegen einen Baum schleudert.

Er fällt auf den Rücken, der Blick ist verschwommen, das Fell versengt. Benommen und von Erde bedeckt, bleibt er zunächst liegen. Dann schüttelt er den Kopf, dreht sich um und versucht, auf die Beine zu kommen. Ein stechender Schmerz fährt durch sein Rückgrat. Er hört nichts mehr. Allmählich lässt die Hitze um ihn herum nach, und Rauch steigt zu den Wipfeln empor.

Nicht weit entfernt sieht er sein Herrchen.

Der Mann liegt auf dem Boden ausgestreckt und sieht ihn an.

Er spürt seine Beine nicht mehr. Als wären sie nicht mehr da. Sein restlicher Körper brennt fürchterlich. Seine Wange liegt im Gras zwischen Kautschukblättern. Er versucht, den Kopf zu heben, doch es gelingt ihm nicht. Wo ist Diego?

Er sieht eine Hand, aber das kann nicht seine sein, denn die Haut ist verbrannt und der ganze Handteller schwarz. Außerdem fehlen zwei Finger. So als habe sie jemand abgerissen. Und dieser blutige Stumpf, aus dem weißliche Sehnen hervorquellen, gehört sicher auch nicht zu ihm. Ach, da liegt ja noch etwas direkt neben dieser Hand … Das Gewehr. Der Kolben. Die Mitte fehlt, und der Lauf ist verbogen…

Ein paar Zentimeter von seinem Gesicht entfernt bemerkt er kleine glitzernde Stückchen. Es fällt ihm unglaublich schwer, sich vorzustellen, was das sein könnte. Er ist auf einmal furchtbar müde, sein Geist wird wirr. Dann erkennt er es schließlich: Glasscherben. Ganz spitze. Glas? Sie liegen überall herum …

Was soll denn das? Was …

Der verletzte Hund kriecht winselnd zu ihm hinüber.

Zu seinem Herrchen, das ihn jetzt unverwandt anstarrt, ohne ihn zu sehen.

Kapitel 12

»Was ist denn in diesen winzigen Fläschchen, die die Frauen hier überall auf dem Markt verkaufen, Kommissarin?«

»Wir nennen sie *garrafadas*, Senhor Serge Méjaville ... Sie enthalten alle nur erdenklichen Wunder- und Heilmittel: Elixiere, Pflanzenaufgüsse und auch Teile von Tieren, die dazu bestimmt sind, sagen wir mal, die Ehemänner zu zähmen. Diese Mischungen tragen Namen wie ›Weine zu meinen Füßen‹, ›Verlass mich nicht‹ oder auch ›Komm zu mir‹.«

»Ach ja? Hochinteressant.«

Seit sie in Belém aufgebrochen waren, versuchte Lucrèce, Kommissarin Saint-Louis in ein Gespräch zu verwickeln. Diese steuerte mit hoher Geschwindigkeit einen weißen Geländewagen, der den grünen IBAMA-Schriftzug trug. Er hatte sie affektiert gefragt:

»Wo haben Sie eigentlich so gut Französisch gelernt? Sie sprechen unsere Sprache wirklich ausgezeichnet.«

Doch die Aufmerksamkeit der jungen Indianerin wurde offenbar von einem uralten roten Ford in Anspruch genommen, der am Fischmarkt parkte. Ein paar Jugendliche montierten gerade die Reifen ab. Zerstreut hatte sie geantwortet:

»Na, in der Schule, wie Sie auch, oder? Sie sprechen übrigens auch ganz ausgezeichnet Französisch, Senhor Serge Méjaville.«

Diese Antwort hatte den kleinen Chemiker zutiefst verblüfft. Dann war er eingenickt.

Die junge blonde Frau im T-Shirt hatte während der ganzen Fahrt kein einziges Wort gesagt. Auf jede Frage, die Sénéchal ihr stellte, reagierte sie lediglich mit einem hastigen Nicken oder Kopfschütteln.

Der beleibte Mann im Overall, der im Heck zwischen ihr und dem Umweltinspektor saß, beugte sich halb über Sénéchal, um ihm zuzuflüstern:

»Herr Inspektor, Chantal wirkt vielleicht etwas sonderbar, aber auf sie ist hundert Prozent Verlass. Sie kann ihr Luftschiff sogar bis unter die Bäume steuern ... Und an gewissen Tagen schafft sie es vielleicht sogar, es in Ihrem Hintern zu parken.«

Der Mann lachte über seinen Witz und zog wieder an seiner Pfeife. Er roch nach kaltem Tabak und Schweiß.

Sénéchal warf ihm einen missbilligenden Blick zu.

»Das Schicksal Ihrer beiden Kollegen scheint Sie ja nicht sonderlich zu kümmern, wie, Monsieur Frankeur?«

Der Mann zuckte mit den Achseln.

»So dürfen Sie nicht denken. Aber wir kannten uns ja kaum und arbeiteten an verschiedenen Orten. Ehrlich gesagt waren wir eher Konkurrenten ... Es gibt ja einiges dort oben in den Bäumen zu entdecken. Wir trafen uns, um technische oder wissenschaftliche Daten auszutauschen, und standen manchmal in Funkkontakt. Das war alles. Und ... Und um ganz ehrlich zu sein, Monsieur Sénéchal, sie waren neu in der Firma, und ich mochte sie nicht besonders.«

»Sie reden von ihnen in der Vergangenheit.«

»Meiner Ansicht nach sind die Jungs tot. Sie haben den Sektor des Regenwaldes, wo sie arbeiten sollten, verlassen. Und das, ohne die geplante Flugroute durchzugeben. Das kann einen teuer zu stehen kommen ... Sie werden irgendwo in dem Gebiet da hinten«, er wies auf den Horizont, »mit ihrem Luftschiff zerschellt und dabei draufgegangen sein. Denn wenn sie davongekommen wären, hätten sie das Funkfeuer aktiviert. Sie hatten ja sogar ein Satellitentelefon und Leuchtraketen an Bord. Drei Tage lang hat die IBAMA mit Hubschraubern nach ihrem verfluchten

Luftschiff gesucht. Aber versuch mal, ein Floß im Ozean wiederzufinden, wenn du seine letzte Position nicht kennst…«

Er deutete auf die indianische Kommissarin.

»Die schöne Polizistin hat sogar überprüft, wie viel Kerosin ihr Luftschiff bei sich hatte, um den Radius zu berechnen, in dem sie verschwunden sein könnten. Übrigens, Chantal fährt genau das gleiche Modell.«

»Und was halten Sie von der Tatsache, dass ihre Funkverbindung unterbrochen wurde?«

»Wie soll das gehen? Wer wäre in der Lage, das Funkgerät und das GPS eines Luftschiffs zu kappen, ohne selbst an Bord zu sein? Logisch, nicht wahr? Oder sie sind Banditen in die Hände gefallen. Hier geht es zu wie im Wilden Westen. In diesem Land wird alle zwölf Minuten ein Mensch umgebracht! Wir werden vielleicht nie erfahren, was ihnen zugestoßen ist, selbst wenn wir ihr Luftschiff finden sollten.«

Sénéchal überlegte kurz, ob er die nächste Frage tatsächlich stellen sollte:

»Was meinen Sie – könnten die beiden etwas Illegales geplant haben?«

Die blonde Pilotin antwortete anstelle von Frankeur:

»Als ich sie das letzte Mal sah, wirkten sie sehr besorgt.«

Dann hüllte sie sich wieder in Schweigen.

Frankeur kratzte sich den Bart.

»Chantal hat recht. Sie machten den Eindruck, als ob … Als ob sie ein heißes Eisen im Feuer hätten, so in der Art. Aber was? Stumm wie die Fische. Vergessen Sie nicht, die beiden haben mit keinem Ton erwähnt, dass sie in diesem Kaff einen Keller gemietet hatten. Ah, da wären wir.«

Ein Polizist erwartete sie in der engen Gasse. Die Mütze saß schief auf seinem Kopf, über der Schulter hing eine Maschinenpistole, und sein prächtiger Schnurrbart ähnelte dem eines Banditen aus der Operette.

Als er sie kommen sah, tupfte er sich mit einem großen karierten Taschentuch die Stirn ab, faltete es sorgfältig und steckte es wieder ein, bevor er sie mit unverständlichem Gemurmel begrüßte. Kommissarin Saint-Louis wechselte ein paar Worte mit ihm. Der Polizist nickte und riss ruckartig das Siegel mit der Aufschrift »Polícia« ab, das quer über einer niedrigen Tür klebte. Triumphierend betrachtete er seine Besucher, bis ihm plötzlich wieder einfiel, was er eigentlich hatte tun wollen. Sogleich förderte er wieder das Taschentuch zutage, fischte einen Schlüsselbund mit mehreren Dietrichen aus der Tasche und probierte alle durch, nicht ohne heftiges Fluchen, da ihm bei dieser heiklen Operation die Maschinenpistole im Weg war. Als schließlich die Tür sperrangelweit offen stand, trat er feierlich beiseite. Dahinter konnten die Besucher eine in Stein gehauene Treppe erahnen.

Sénéchal schob seinen Arm durch die Öffnung und tastete vergeblich nach einem Schalter.

»Gibt es hier kein Licht?«

Kommissarin Saint-Louis stellte dem Polizisten die gleiche Frage, die er wortreich und mit ausladenden Bewegungen beantwortete, wobei die Maschinenpistole vor seiner Brust gefährlich hin- und herschwang. Er deutete auf einen verängstigt wirkenden Mann mit nacktem Oberkörper, der auf einem Balkon stand. Um ihn herum waren zahllose Töpfe mit grünen Pflanzen, die ihm bis zur Taille reichten.

Die Kommissarin von der IBAMA wandte sich an Sénéchal.

»Das ist der Besitzer, ich werde mit ihm sprechen.«

Die Hände in die Hüften gestemmt, hob sie den Kopf und erteilte dem Mann einen knappen Befehl, worauf dieser sofort im Haus verschwand.

Der schnurrbärtige Polizist grinste und murmelte etwas vor sich hin. Die junge Frau sah ihn streng an, worauf das Grinsen verschwand. Frankeur zwinkerte Lucrèce zu und kicherte:

»Er hat gesagt: ›Dieses Mädchen hat Haare auf den Zähnen.‹ Und das hat sie wohl gehört.«

Lucrèce wandte sich an Sénéchal.

»Findest du das nicht merkwürdig?«

Der Umweltinspektor zuckte mit den Achseln.

»Haare auf den Zähnen? Na klar.«

Der Chemiker deutete auf den Balkon:

»Das meine ich doch gar nicht. Nein, dass sich jemand keine Blumen auf den Balkon stellt ... Sieh mal, hier in Brasilien haben sie dort Hülsenfrüchte wie zum Beispiel Bohnen stehen.«

Die Indianerin kam zurück.

»Der Besitzer schaltet den Strom wieder ein. Er hatte ihn abgestellt, als er von Monsieur Frankeur erfuhr, dass seine Mieter verschwunden sind. Er erklärt, dass er nicht weiß, was sich in diesem Keller befindet.«

Als Sénéchal sie verwundert ansah, wies sie auf die Tür.

»Seine Mieter haben gleich nach der Anmietung ein neues Schloss anbringen lassen. Niemand hat den Schlüssel gefunden. Als sie sich nicht mehr meldeten, hat dieser Mann Senhor Frankeur angerufen. Weil er die Miete wollte.«

Frankeur, der Insektenforscher, meinte mürrisch:

»Der Typ hat mir nicht erzählt, wie er überhaupt an meine Adresse gekommen ist.«

»Er hat Ihre Handynummer auf einer Visitenkarte der Firma Chitinex entdeckt, und zwar in dem Haus, das er ebenfalls an Ihre beiden Kollegen vermietet hat.«

»Ein Haus?«

»War Ihnen das nicht bekannt?«

»Nein, wie ich Ihnen schon sagte, Kommissarin. Die Firma zahlte ihnen zwei Zimmer im Hotel Grisselda in Belém ... Dort haben Chantal und ich sie gelegentlich zwischen zwei Expeditionen getroffen.«

Die Indianerin wandte sich an die beiden französischen Ermittler:

»Ich war bereits im Hotel Grisselda. Dort hielten sie sich nur selten auf. Ich habe lediglich ein paar Kleidungsstücke in ihren Schränken gefunden.« Sie deutete auf den Balkon über ihren Köpfen. »Gleich hier oben ist es. Wir werden uns das später ansehen.«

Das Licht an der Kellertreppe ging an. Kommissarin Saint-Louis erteilte dem Polizisten einen Befehl, worauf dieser salutierte und seinen Posten in der Nähe der offenen Tür wieder einnahm. Dann, als sei es das Natürlichste von der Welt, zog sie ihre Beretta aus dem Halfter und lud sie mit einem kurzen Klicken. Unwillkürlich wich die ganze Gruppe einen Schritt zurück.

»Sie gestatten? Ich werde vorausgehen.«

Mit gezückter Waffe stieg sie die ersten Stufen hinunter.

Kapitel 13

Es dunkelt bereits, doch der auffallend magere Schwarze, der die von hupenden Autos verstopfte Straße überquert, verbirgt seine Augen hinter einer breiten Sonnenbrille. Er trägt eine kanariengelbe Baseballkappe und ein kurzärmeliges rotes Hemd, das über seiner abgeschnittenen Jeans flattert. Eine abgenutzte Stofftasche baumelt um seine Hüften.

Er grinst ein entgegenkommendes Mädchen in einem Minikleid an und kauft im Vorübergehen bei einem Jungen eine Zeitung. Kurz überfliegt er die Schlagzeilen und betritt dann eine zugige, in fahles Neonlicht getauchte Bar, in der alte Männer im Unterhemd, Zigarillos zwischen den Lippen, Karten spielen und aus winzigen Tassen Kaffee schlürfen.

Ein junger Typ unterhält sich am Tresen mit dem Wirt.

Der Schwarze lässt sich auf einen Stuhl fallen. Er schiebt seine Baseballkappe nach hinten, blättert in der Zeitung und kratzt sich dabei im Schritt. Am Nachbartisch geraten drei Alte beim Kartenspiel in Streit und bezichtigen sich gegenseitig des Betrugs. Vom Tresen aus brüllt der Wirt sie an, worauf augenblicklich Ruhe einkehrt. Dann unterhält er sich weiter mit dem jungen Typen, während er seine Gläser abtrocknet.

Kurz darauf geht der Typ zur Toilette.

Der Schwarze erhebt sich, faltet seine Zeitung zusammen und folgt ihm. Er steigt eine Treppe hinunter und betritt einen übel riechenden Raum, dessen geflieste Wände nur von einer nackten Glühbirne erhellt werden. Unter einem Kellerfenster, das von einer Zinkplatte verdeckt wird, uriniert der junge Typ in eins der Becken.

Der Schwarze zieht einen kleinen metallenen Keil aus seiner Stofftasche. Er klemmt ihn unter die Tür und vergewissert sich, indem er am Knauf zieht, dass sie sich nicht mehr öffnen lässt.

Irritiert durch den Lärm, dreht sich der andere um. Erstaunt beobachtet er das Treiben des Neuankömmlings. Der Schwarze stellt seine Tasche ab, zieht die Zeitung heraus und entfaltet sie. Lächelnd bleibt er einen Meter vor dem jungen Mann stehen. Dieser zieht den Reißverschluss hoch und wendet sich ihm zu.

»Was wollen Sie?«

Der andere lächelt noch immer.

»Verflucht, träume ich, oder sind das tatsächlich Sie auf Seite drei? Eduardo Henrique Jiménez, nicht wahr?«

Der junge Mann runzelt die Stirn, kommt näher und beugt sich über die Zeitung.

»Was? Ja, ja, das bin ich, aber wo ...«

Die zwanzig Zentimeter lange Klinge des Jagdmessers dringt durch die Seiten und in seine Brust.

Der junge Mann taumelt, öffnet den Mund. Seine Augen weiten sich. Mit aller Kraft presst ihm der Schwarze die Zeitung auf den Leib, zieht das Messer heraus und sticht ein zweites Mal zu. Diesmal etwas tiefer, in Richtung Aorta. Er durchtrennt die Schlagader, das Blut spritzt auf die Zeitung und auf sein Gesicht. Angewidert wendet er den Kopf ab. Die Knie seines Opfers knicken ein, der junge Mann stößt einen schwachen Klagelaut aus. Sein von Krämpfen geschüttelter Körper schlägt mit einem dumpfen Laut auf den Boden. Aus seiner Brust strömt das Blut auf die Fliesen, eine dunkle Pfütze breitet sich um den Leichnam aus, der nun zusammengekrümmt neben der durchgeweichten Zeitung liegt.

Der Mörder tritt einen Schritt zurück, nimmt seine Baseballkappe ab und wirft sie in eins der Becken. Dann zieht er rasch das Hemd aus, wischt sich damit das Gesicht ab und wirft es zu der

Kappe. Er geht zum Kellerfenster und entfernt mühelos die Zinkplatte, mit der es verschlossen ist.

Das Gesicht eines anderen Mannes erscheint in der Öffnung.

Er sieht das Blut auf dem Boden und an den Wänden. Seine Augen verweilen auf dem ausgestreckten Leichnam. Ruhig sagt er:

»Gute Arbeit.«

Hinter ihm in der Gasse stapeln sich Holzsteigen. Ein Motorrad steht bereit, am Lenker hängen zwei Helme.

»Los, verschwinden wir.«

Der Mann streckt die Hand durch das Kellerfenster. Der Schwarze packt sie und windet sich geschmeidig wie eine Katze durch die schmale Öffnung.

Kapitel 14

Den Keller, dessen Wände komplett mit schwarzer Plastikfolie ausgekleidet waren, erfüllte ein widerwärtiger Modergeruch.

In seiner Mitte, auf einem mit einem Wachstuch bedeckten Möbelstück, stand ein großes Terrarium mit verdreckten Scheiben. Es war mit einem Drahtgitter abgedeckt. Darüber hingen Natriumdampflampen, die es wie ein Filmstudio ausleuchteten. In dem Terrarium befanden sich fünf Töpfe, aus denen vertrocknete Zweige ragten. Die Erde war mit vergilbten Blättern bedeckt.

Über den gestampften Lehmboden verliefen Ringrohre und elektrische Leitungen. In einer dunklen Nische standen auf Metallregalen einige kleinere Terrarien. Gegenüber, an einem mannshohen Kasten mit vielen Schaltern, blinkten rote und grüne Leuchtdioden abwechselnd auf. Direkt darunter befand sich eine Klimaanlage.

Frankeur fluchte laut:

»Verdammt noch mal, was ist das hier für ein Saustall!«

Im gleichen Augenblick ging irgendwo in dem Gewölbe eine Lüftung an.

Der Entomologe hob den Kopf, konnte jedoch nichts entdecken und sah die Kommissarin von der IBAMA fragend an. Mit Beretta und Taschenlampe hatte sie gerade jeden Winkel des Kellers abgesucht und schien enttäuscht, nicht mindestens ein Dutzend verwesender Leichen entdeckt zu haben. Nun kniete sie in dem Kabelsalat, um den Boden zu untersuchen.

»Fassen Sie bloß nichts an, Senhor Frankeur. Und rauchen Sie nicht.«

Sénéchal umrundete das große Terrarium und beäugte einen leeren, niedrigen Tisch sowie die Schmetterlingsnetze, die entlang der Wand neben einem offenen Jutesack mit gelben Samenkörnern aufgestellt waren. Einige Körner hatten bereits zu keimen begonnen und reckten ihre kurzen weißen Sprossen der Decke entgegen. Die Indianerin trat näher. Sie streifte sich ein paar Latexhandschuhe über, nahm eine Handvoll Körner, roch an ihnen und meinte lakonisch:

»Soja. Genau wie die abgestorbenen Pflanzen in dem Terrarium ... und die Pflanzen auf dem Balkon des Hauses.«

Dann füllte sie die Körner in einen Plastikbeutel. Chantal hielt sich mit verschränkten Armen und gerümpfter Nase im Hintergrund. In ihren hellen Augen war keinerlei Reaktion zu erkennen.

Nun näherte sich Lucrèce den verdreckten Scheiben des großen Terrariums. Zu seiner Überraschung bemerkte er, dass zwei winzige Webcams nur wenige Zentimeter von den Scheiben entfernt installiert waren. Die Objektive waren auf die Töpfe gerichtet, die dazugehörigen Kabel führten unter das Möbelstück. Er überprüfte die Anlage und stellte fest, dass sie nicht eingeschaltet war. Dann nahm er den Inhalt des Terrariums genauer unter die Lupe.

»Meiner Ansicht nach befindet sich darin keine einzige lebende Pflanze mehr.«

Er zuckte zusammen, als er ein Knattern hörte. Dichter Nebel füllte das Terrarium, blieb für kurze Zeit darin stehen und verdampfte anschließend, wobei die Scheiben beschlugen.

Frankeur, der vor dem Kasten mit den blinkenden Dioden stand, pfiff anerkennend und deutete auf die Anzeige des Kastens.

»Ah, kapiert! Das ist eine Anlage, mit der automatisch Temperatur, Beleuchtung und Feuchtigkeit gesteuert werden.«

Er hielt die Hand vor das Gitter.

»Jetzt funktioniert die Klimaanlage wieder. Zusätzlich zu der Lüftung, die wir gerade gehört haben und die die Luft aus dem Keller absaugt.« Er schnupperte. »Deshalb ist der Gestank jetzt nicht mehr so stark. Als dieser idiotische Hausbesitzer den Strom abstellte, hat die ganze Anlage natürlich aufgehört zu arbeiten, und die Pflanzen im Terrarium sind eingegangen. In diesen Regionen verdirbt alles sehr rasch.« Nachdenklich näherte er sich dem großen Terrarium. »Das Gerät regelt sogar die Benebelungsanlage. Doch was sollte hier wachsen? Soja? Und wozu dienen diese Mini-Webcams?«

Er beugte sich hinab, um den Kabeln der Kameras zu folgen, besann sich dann aber anders:

»Wer will schon Soja beim Wachsen zusehen? Wozu nimmt das jemand auf?«

Halb bewundernd, halb vorwurfsvoll schüttelte er den Kopf.

»Hier unten ist ganz schön viel Geld verbraten worden. Aber wann haben die beiden das Ganze installiert? Und aus welchem Grund?«

Sénéchal erwiderte:

»Mir stellt sich noch eine ganz andere Frage: Wie haben sie es angestellt, dass der Eigentümer nichts davon gemerkt hat?«

Der Entomologe grinste:

»Na, das dürfte das kleinste Problem gewesen sein. Du zahlst ihm ein bisschen Schmiergeld, und schon sieht und hört er nichts. Du wechselst das Schloss aus und ...«

»Seien Sie mal still«, unterbrach Lucréce.

Er stand in der dunklen Nische mit den Regalen und beugte sich über die kleinen Terrarien.

»Kommissarin Saint-Louis, könnten Sie mal bitte mit Ihrer Lampe zu mir kommen? Ich höre ein Rascheln.«

Die Indianerin trat zu ihm und reichte ihm die Taschenlampe. Lucrèce hielt sie dicht an die Scheibe.

»Kommt, das müsst ihr euch anschauen! Seht euch diese Viecher an!«

Kapitel 15

Xingu ist von Kopf bis Fuß dunkelblau bemalt.

Blau wie das Futteral, in dem sein Geschlecht steckt. Im ebenfalls bläulichen Schatten einer Baumgruppe ist Xingu nahezu unsichtbar. Nur das Weiße seiner Augen könnte ihn verraten.

An seinem Gürtel aus geflochtenen Lianen hängt ein einziger erlegter Vogel mit zerzausten Federn.

Der schmächtige Junge trägt einen großen Bogen und drei Pfeile aus Schilfrohr mit auswechselbarer Spitze bei sich. Langsam schleicht er vorwärts und hebt behutsam die Blätter eines Astes an, um darunter hindurchzuschlüpfen. Stille ... Seine nackten Füße bewegen sich fast lautlos über den Waldboden. Von Zeit zu Zeit kauert er sich nieder und prüft die Tierspuren, um dann seinen Weg fortzusetzen, witternd und aufmerksam dem Pulsschlag des Dschungels lauschend.

Heute hat Xingu schon dreimal sein Ziel verfehlt: einen Affen, einen flinken Leguan und ein großes Nagetier mit gelbem Hinterteil. Anschließend hatte er große Mühe, seine Pfeile im Dickicht wiederzufinden. Schwitzend stieß er zahllose Flüche gegen die Vögel aus, die sich hoch oben in den Bäumen über ihn lustig machten. Und leise, ganz leise hat er die höhnischen Götter des Waldes verwünscht. Beinahe hätte er aus Wut und Enttäuschung geweint. Der junge Indianer grübelt über seine Misserfolge nach. Wenn er jetzt ein Tier aufspüren würde, wäre es noch schwieriger, es zu treffen, denn schon bricht die Dämmerung herein.

In den heißen Stunden des Tages sind die Tiere träge von der Sonnenglut. Trunken vom Licht und berauscht von den Gerüchen, sind sie weniger auf der Hut. Am Abend, wenn die ersten Fledermäuse auftauchen, bekommen sie es mit der Angst zu tun und verkriechen sich. Denn zu dieser Zeit schlüpfen die Schlangen aus ihren Verstecken hervor, und Ozelot und Jaguar gehen auf die Jagd.

Er muss unverzüglich ins Lager zurück.

Ohne Beute. Fast jedenfalls. Und den Spott seines älteren Bruders ertragen.

Oft kann sich Xingu dann nicht beherrschen, braust auf und versetzt ihm einen Hieb, was er gleich wieder bereut. Sein Bruder verdreht ihm lachend den Arm, und vor den Augen der anderen Männer kommt es zu einem kurzen Kampf am Boden, den der Ältere mühelos gewinnt. Danach tun Xingu tagelang der Arm und der ganze Körper weh. Und die Frauen des Stammes machen sich über ihn lustig, weil er schwach ist und ein schlechter Jäger. Er hasst es, wenn die Frauen sich über ihn lustig machen. Er hasst die …

Was ist das?

Xingu kniet vor den frischen Spuren am Boden nieder. Seltsame Abdrücke. Solche hat er noch nie gesehen. Sie sind so breit wie sein Handteller und nicht sehr tief. Er geht ihnen nach und kommt zu einem großen Stein, ähnlich dem glänzenden Panzer eines Warzenschweins, das gerade aus einem Tümpel gestiegen ist. Aber leider ist es nur ein Stein. Und diese Spuren?

Xingu streckt zwei Finger aus und legt sie auf die feinen, parallel laufenden Linien. Er hält sie an seine Nase und schnuppert daran. Keinerlei Geruch. Den Spuren folgend, bewegt er sich Meter um Meter vorwärts. Er sucht nach anderen Hinweisen … Dann hält er inne. Das Licht schwindet immer mehr. Die Blätter der Bäume sind bereits dunkelgrün. Die Spuren entfernen sich von dem Stein und bewegen sich auf jenen Pfad zu, gesäumt von Bäumen mit glatten Stämmen, aus denen eine weißliche Milch austritt, wenn man ihre Rinde aufritzt. Er weiß auch, was sich in einiger Entfernung mitten auf diesem Pfad befindet: ein dicker, senkrecht in den Boden gerammter Ast. An ihm hängen zwei gekreuzte Kieferknochen eines Tapirs.

Die Botschaft ist eindeutig: »Geht nicht weiter. Verbotener Pfad … Gefahr.«

Ein anderer Stamm hat die Warnung dort zurückgelassen. Vermutlich schon vor langer Zeit, denn die Knochen des Tapirs sind verwittert, die meisten Zähne ausgefallen.

Sein Bruder hat ihn eines Morgens hierher geführt, um in einer Kalebasse die Milch zu sammeln, die er aus den großen Bäumen quellen ließ. Doch beide sind nie weiter als bis zu der Stelle gegangen, wo der Ast den Weg versperrt. Sein Bruder erklärte ihm, dass man sich den Körper mit dieser klebrigen Milch einreiben müsse, dann könne man gefahrlos durch Flüsse schwimmen, in denen Scharen jener Fische leben, die alles verschlingen, was sich ins Wasser traut. Doch Xingu spürte deutlich, wie nervös er an diesem Tag war: Er schien auf ferne Geräusche zu lauschen und hatte es eilig, ins Lager zurückzukommen, sobald die Kalebasse voll war.

Xingu schaudert. Los … Wenn sein großer Bruder diesen Weg gegangen ist, kann auch Xingu ihn gehen. Und wenn das Tier, das diese merkwürdigen Spuren hinterlassen hat, weiter als bis zu dem Ast mit den Tapirknochen gegangen ist, wird Xingu ihm nicht folgen … So einfach ist das.

Der Junge kommt sich sehr klug und mutig vor. Doch als er den Pfad erreicht, schwindet seine Entschlossenheit.

Er bleibt stehen.

Die Bäume, die den Pfad säumen, gleichen an diesem Abend düsteren Riesen. Weiter hinten sieht er den Ast mit den Tierknochen. Sonderbarerweise beleuchtet ihn ein letzter Sonnenstrahl, der aus dem Nichts zu kommen scheint. Dahinter breitet sich die Finsternis aus, erfüllt von Gefahren.

Besser, er geht nach Hause …

Aber nicht weit von ihm, in dem Dickicht, das den Boden bedeckt, rührt sich etwas.

Gleichzeitig nimmt Xingu einen feinen Ton wahr. Ein Geräusch, das er noch nie zuvor gehört hat.

Er sieht, wie das Tier zum Vorschein kommt.

Es ist eine große Schlange, die jetzt reglos am Boden liegt. Reglos? Nein, sie bewegt sich doch und gibt dieses merkwürdige Geräusch von sich. Ihr Kopf ist ungewöhnlich groß. Sie ist eigenartig gewellt ... Auch die Farbe ihres Körpers ist sonderbar. Ein krankes Tier? An dieser Schlange ist einiges unnormal, etwa die Art, wie sie sich bewegt ...

Was macht das schon? Es ist eine große Schlange, die über dem Feuer braten wird. Vielleicht wird Xingu seinem Bruder die Hälfte abgeben. Er wird ihm erzählen, wo er sie getötet hat: dort, auf jenem verbotenen Pfad. Und sein Bruder wird ihn dafür bewundern.

Dennoch glaubt er, hinter sich eine Stimme zu hören, die ihm zuflüstert:

»Lass die Schlange, Xingu. Geh! Lauf ganz weit weg. Schnell ... Du bist in großer Gefahr.«

Aber da ist natürlich niemand.

Mit einer raschen Bewegung greift der Junge nach einem Pfeil, legt ihn auf die Sehne und spannt den Bogen mit aller Kraft. Seine Füße stehen fest auf dem Boden, seine Beine sind durchgedrückt. Die Bewegung ist vollkommen, er spürt sie im ganzen Körper.

Seine Finger öffnen sich, der Pfeil saust sirrend davon, prallt vom Rücken des Tieres ab und landet im Dickicht.

Langsam wendet die Schlange ihren Kopf in Richtung des blauen Indianers.

Plötzlich schießt ein Lichtstrahl aus ihrem Auge.

Ein gleißendes Licht, das den ganzen Weg erhellt und wie eine glühende Klinge in den Kopf des Jungen eindringt.

Seine angsterfüllten Schmerzensschreie gellen bis zu den Wipfeln der Bäume empor.

Kapitel 16

Alle beugten sich über die beiden kleinen Terrarien, die Frankeur auf das Tischchen neben den Schmetterlingsnetzen gestellt hatte. Dann hatte er seinen Stoffhut abgenommen und in die Hosentasche gestopft. Sein kahler Schädel glänzte im Schein der Natriumdampflampen.

»Sieh dir das mal an, Chantal! Fast könnte man meinen, unsere Kollegen haben uns einige ihrer Entdeckungen vorenthalten. Ist das bei Chitinex nicht laut Vertrag verboten?«

Frankeur entfernte die Abdeckung von einem der beiden Terrarien. Auf einem Bett aus Blumenerde, die mit Exkrementen durchsetzt war, entdeckten sie ineinander verknäulte Raupen. Sie waren lang und daumendick. Ihre schwarz glänzenden Körper glichen denen der Ringelwürmer, die hakenartigen Beine hatten sie angezogen, und ihre Augen erinnerten an riesige Kaviarkörner. Alle schienen tot zu sein, bis auf eine, die sich langsam gegen die Scheibe drückte, als wolle sie sich aus der Masse ihrer Leidensgenossen herauswinden. Plötzlich rollte sie sich zusammen, erschlaffte, ruderte mit den Beinen und erstarrte, nachdem sie ihre eindrucksvollen Mundwerkzeuge geschlossen hatte.

Der beleibte Entomologe kommentierte:

»Das sind die Larven.«

Wie ein Zauberer lüftete er die zweite Abdeckung. Fünf große Skarabäen lagen auf vertrockneten Blättern.

Ihre runden, grün- und bronzefarbenen Panzer schimmerten golden. Die zarten Fühler waren unter ihren Körpern eingeknickt, sie rührten sich nicht. Einer der Käfer lag auf dem Rücken, und man konnte seinen gestreiften Bauch sehen, auf dem die langen Beine angewinkelt ruhten.

»Und das sind sicher die ausgewachsenen Tiere.«

Vorsichtig bewegte er das Terrarium hin und her. Die Skarabäen zeigten keinerlei Reaktion.

»Alle tot. Schade.«

Sénéchal fragte:

»Wollen Sie damit sagen, dass die Larven und die Käfer, die sich nicht im Geringsten ähneln, äh, ein und dasselbe Tier sind?«

»Exakt. Diese schwarzen Larven werden sich verwandeln – zumindest die, die noch leben –, um eines Tages so schöne, große und stramme Burschen zu werden, wie Sie sie hier drüben sehen.« Er zeigte auf die golden schimmernden Skarabäen. »Und um anschließend zu neuen Abenteuern davonzufliegen.«

Er grinste:

»Hauptsächlich sexuelle Abenteuer! Nicht wahr, Chantal?«

Der Umweltinspektor massierte sich den Nasenrücken. Er fühlte sich erschöpft.

»Und was sind das für Insekten, Monsieur Frankeur?«

Der beleibte Mann wirkte verlegen.

»Ehrlich gestanden kenne ich mich mit den *Coleoptera* nicht gut aus. Ich gehöre nicht zu den Leuten, die alles, was da kreucht und fleucht, bestimmen können wie etwa mein Kollege Garnier, der jetzt mit seinem Luftschiff im Dschungel verschollen ist … Amen.«

Er kratzte sich den Bart und überlegte einen Moment.

»Apropos kreuchen und fleuchen … Wir, einschließlich meiner Person, haben geglaubt, dass unsere beiden Jungs in diesem Keller Soja züchten wollten, um die Pflanzen zu verbessern. Damit waren wir völlig auf dem Holzweg. Meiner Ansicht nach diente das Soja als Nahrung für diese Insekten.«

Sénéchal meinte misstrauisch:

»Monsieur Frankeur, Sie haben also keine Ahnung, was das für Tierchen sind? Aber Sie sind doch Insektenforscher?«

Der Angesprochene ahmte mit seinen gekreuzten Händen den Flug eines Vogels nach.

»Ich bin Experte auf dem Gebiet der *Lepidoptera*, und zwar ein guter.«

»Schmetterlinge«, übersetzte Lucrèce.

»Aber ich kann ja mal einen kurzen Blick drauf werfen.«

Chantal, die neben ihm stand, steckte von Zeit zu Zeit ihre Hakennase in die Terrarien, zog sie aber gleich wieder zurück, als erwartete sie, dass die Skarabäen plötzlich wieder zu neuem Leben erwachen und sich zu einem anmutigen Ballett um die Lampen aufschwingen würden.

Möglichst beiläufig erkundigte sich Lucrèce:

»Sagen Sie, Monsieur Frankeur, könnten diese toten Tiere nicht auch Überträger einer Krankheit, eines Virus oder so sein?«

Der Wissenschaftler verzog das Gesicht.

»Woher soll man das wissen ...«

Dann griff er in das Terrarium und fischte mit Daumen und Zeigefinger einen Skarabäus heraus. Er ließ ihn auf seinem Handteller hin- und herrollen, als wolle er seinen Wert schätzen. Aus seiner Brusttasche zog er eine flache, biegsame Pinzette. Als Nächstes kamen eine kleine metallene Schublehre und eine Art Reagenzglas mit einem Plastikpfropfen zum Vorschein, die er auf den Tisch legte. Zu guter Letzt holte er seinen zusammengerollten Stoffhut aus der Hosentasche und setzte ihn sich schief auf den Kopf. Der Skarabäus lag dabei die ganze Zeit im Licht auf Frankeurs Handfläche.

Seine Taschen schienen unerschöpflich. Sénéchal hätte es nicht gewundert, wenn er auch noch eine komplette Enzyklopädie der brasilianischen Insekten zutage gefördert hätte.

Mit der Pinzette machte er sich nun an den Beinen des Skarabäus zu schaffen. Dabei räusperte er sich geräuschvoll und warf einen Blick auf die Kommissarin von der IBAMA. Doch diese schenkte den Nachforschungen des Wissenschaftlers keinerlei Beachtung. Stattdessen versuchte sie, die verschlossenen Schubladen des Möbels, auf dem das große Terrarium stand, mit Hilfe eines Taschenmessers aufzubrechen.

Nachdem Frankeur sich das Insekt genauestens angesehen hatte, meinte er schließlich:

»Sehen Sie ... Dieser kleine Kerl könnte zur Familie der *Chrysomelidae* gehören, hm, ja, ich tendiere zu den Blattkäfern. Doch wir haben es hier mit einem besonders großen Exemplar zu tun ... extrem groß. Die beiden müssen ihn auf dem Kronendach gefunden haben.«

Lucrèce trat näher heran.

»Zur Familie der ... Blattkäfer, Monsieur Frankeur?«

»Ja, mein Freund. Die *Chrysomelidae* sind fünfgliedrig. Sehen Sie, dass das vierte Glied des Tarsus sehr klein ist? Diese Art des Tarsus bezeichnet man als pseudotetramer.«

Sénéchal stöhnte auf.

»Na klar.«

»Interessieren Sie sich für Insekten, Inspektor?«

»Nur wenn sie an meiner Windschutzscheibe kleben, Monsieur Frankeur. Fahren Sie fort.«

»Hm. Schauen wir uns das mal an ... Kurzer Kopf, der bis zu den Augen in dem nicht hervorstehenden vordersten Brustring steckt ... Moniliforme, das heißt perlschnurartige Antennen, wenn auch merkwürdigerweise das Extremitätenpaar serrate, das heißt gezähnt ist, hm ...« Er maß etwas mit seiner Schublehre. »Und sie sind maximal halb so lang wie der Torso. In diesem Fall wären das exakt ... sechsundvierzig Millimeter. Ja, genau ...«

Er musterte seine Zuhörerschaft und dozierte:

»Bitte beachten Sie, meine Damen und Herren, dass viele Exemplare der Gattung *Chrysomelidae* mit der neuen Nomenklatur nun zu den Gattungen *Chrysolina* und *Oreina* gehören. Man zählt rund dreißigtausend Arten auf der Welt, und man muss beachten ...«

Sénéchal fiel ihm gereizt ins Wort:

»Was sind es denn nun für Viecher?«

Der dicke Mann zuckte die Achseln und ließ den toten Skarabäus in das Reagenzglas fallen. Flink stopfte er alle verwendeten Gegenstände wieder in seine unergründlichen Taschen.

»Also, da habe ich nicht die geringste Ahnung, mein Freund. Keine Idee.«

Kapitel 17

Senhor Muñoz rührt sich nicht.

In einem makellosen Leinenanzug, den unvermeidlichen weißen Cowboyhut tief in die Stirn gezogen, liegt Senhor Muñoz auf dem weißen Ledersofa ausgestreckt. An den Füßen trägt er spitze weiße Stiefel aus Schlangenleder. Von diesem Modell besitzt er rund hundert Paar, alle völlig identisch. Die weißen Stiefel des Senhor Muñoz sind Maßanfertigungen, und die silbernen Sporen passen genau dazu.

Im Übrigen mag Senhor Muñoz nur Weiß und Silber.

Er seufzt, öffnet die Augen, lüftet die Krempe seines Hutes und fragt sich, wo er ist.

Er hat geträumt. In Farbe ... ein Albtraum.

Glücklicherweise ist alles um ihn herum in seiner Lieblingsfarbe und all ihren Nuancen gehalten: der große weiße Salon seiner Fazenda, die schönen opalartigen Säulen und nur ein paar Schritte entfernt vor den weißen Vorhängen die weißen Blumen, die jeden Morgen von seinem weiß gekleideten Dienstpersonal durch frische ersetzt werden.

Senhor Muñoz wirft einen Blick auf seine silberne Uhr.

Kurz vor sechs. In vierzig Minuten würden sie da sein ... Dieser Idiot Carvalho ist leider stets pünktlich.

Mit dem Zeigefinger streicht er sorgfältig seinen Schnurrbart glatt.

Mal sehen ... Carvalho kommt, weil er mit ihm verhandeln

will. Worüber eigentlich? Eine Vereinbarung. Die Vereinbarungen mit Carvalho kennt er. Wenn er nicht so mächtig wäre, dieser sehr mächtige Nachbar, dann hätte er sich schon längst ein neues Paar Stiefel aus der dicken Haut dieses Vollidioten machen lassen. Doch Carvalho hat großen Einfluss in der Gegend. Zwölftausend Hektar. Das wird eine schwierige Partie. Denn Carvalho leidet unter Verfolgungswahn.

Und er ist gefährlich.

Ohne seine Stellung zu verändern, greift Senhor Muñoz unter das Sofa und holt eine kurze, verchromte Maschinenpistole amerikanischen Fabrikats hervor. Er fummelt an dem Verschluss herum, als handele es sich um ein Spielzeug, überprüft die Sicherung und legt sie anschließend wieder an ihren Platz unter das Sofa zurück.

Senhor Muñoz, ausgestreckt auf seinem weißen Sofa, rümpft die Nase, als würde er etwas Unangenehmes riechen.

Schwarz.

Carvalho hat ein schwarzes Auto.

Wie kann man nur ein Auto in einer solch abscheulichen Farbe fahren?

Kapitel 18

Nach der Durchsuchung des restlichen Hauses stand eines fest: Die beiden vermissten Aeronauten hegten ein reges Interesse für den Sojaanbau.

Auch das schmale Gartenstück hinter dem Haus war von Sojapflanzen überwuchert. Kommissarin Saint-Louis durchkämmte es mit ihrer Taschenlampe, bog die meterhohen Stängel zur Seite, fand aber nichts außer Gartengeräten, Dünger und Sojapflanzen in Plastiktöpfen. Vorsichtig pflückte sie einige der weiß-violetten Blüten sowie ein paar grüne Hülsenfrüchte und verpackte die Proben in verschiedenen Plastiktütchen.

In den Räumen der verschwundenen Mieter fanden sie ansonsten nichts Besonderes – nur einen Stapel französischer Kriminalromane und an den Wänden eines der Schlafzimmer Fotos von nackten Frauen mit üppiger Oberweite. Das Bad sah aus, als sei es länger nicht benutzt worden. Dennoch nahm Lucrèce die Gegenstände auf der Ablage und in dem Toilettenschränkchen genau unter die Lupe, ja, er öffnete sogar die Zahnpastatuben in der vagen Hoffnung, irgendeinem Geheimnis auf die Spur zu kommen. Schließlich entnahm er vorsichtig zwei weiße Haare aus einem Bartkamm.

Die Tür zum Wohnzimmer war verschlossen und der Schlüssel unauffindbar. Ihr Schutzengel, der ihnen auf Schritt und Tritt gefolgt war, beschloss, seine Maschinenpistole an einer Wand abzustellen, um sich einer Operation widmen zu können, in der er offensichtlich ein Meister war: dem Öffnen von Schlössern mit Hilfe eines Dietrichs. Anschließend tupfte er sich die Stirn mit seinem großen karierten Taschentuch ab und öffnete mit einer theatralischen Geste die Tür. Auf seinem Gesicht lag ein nicht sonderlich glaubwürdiger Ausdruck von Bescheidenheit, der verriet, dass er seiner Ansicht nach wieder einmal eine atemberaubende Vorstellung abgeliefert hatte.

In dem Zimmer befanden sich zwei völlig durchgesessene Sofas, ein Stapel brasilianischer Zeitschriften, eine angebrochene Flasche Scotch und benutzte Gläser, leere Pizzakartons und eine Packung Zigarillos. Auf einem Schreibtisch prangte ein funkelnagelneuer Computer. Genau darüber hing ein Foto.

Auf ihm war ein blau-weißes Luftschiff zu sehen, das über dem unendlichen amazonischen Regenwald schwebte. Am Bug des darunterhängenden Schlittens stand ein Mann. Sénéchal erkannte die Aufnahme sofort wieder: Darcos hatte sie ihm bei ihrem Treffen mit Dame Pottier gezeigt. Der beleibte Entomologe trat näher, betrachtete das Foto eingehend und meinte dann verächtlich:

»Ach, sind das nicht unsere lieben Kollegen?«

Er wandte sich ab.

In einer der Schreibtischschubladen lag ein Notizbuch, das der Umweltinspektor sofort an sich nahm und rasch durchblätterte. Alles war mit derselben Handschrift und auf Französisch geschrieben. Am Rand standen Zahlen. Auf den beiden letzten Seiten befanden sich Grafiken, die er nicht verstand. Im Innenfach des Plastikeinbands entdeckte er die Rechnung einer brasilianischen Firma, die auf Flugzubehör spezialisiert war.

Chantal erklärte, das Buch sei ein äußerst interessanter Fund: Es handele sich um GPS-Koordinaten (ein Überblick über die Flugstrecken, fügte sie erklärend hinzu); die Ziffern bezögen sich offenbar auf Ausgaben. Eine Zahl, die auf den Seiten immer wieder auftauchte, war ihr wohlbekannt: Dabei ging es um den Kauf von Kerosin. Die Summe stimmte bis auf wenige brasilianische Real genau mit dem Fassungsvermögen jener Tankwagen überein, mit denen der Treibstoffbehälter der Luftschiffe aufgefüllt wurde. Die Rechnung belegte die Lieferung und den normengerechten Einbau eines zusätzlichen Polyestertanks.

Lucrèce, der auf seiner Schulter eine lange Papphröhre spazieren trug (und dadurch einem Angler mit weißem Hemd und Fliege ähnelte), erwachte aus seinen Träumereien und erklärte, er werde in Paris einen gewissen Professor Morel kontaktieren, der bei der dortigen Kriminalpolizei die entomologische Abteilung leite. Dieser Morel, seiner Meinung nach eine der Koryphäen auf diesem Gebiet, sei bestimmt in der Lage, einschlägige Fragen im Zusammenhang mit den Insekten zu beantworten.

Anschließend setzte er sich vor den ausgeschalteten Bildschirm und ließ seine kleinen Wurstfinger wie ein Pianist knacken, der sogleich eine besonders anspruchsvolle Sonate in Angriff nehmen würde.

Kapitel 19

An der Wand von Sénéchals Hotelzimmer war mit Klebestreifen ein Blatt Pauspapier befestigt. Darauf war ein eineinhalb Meter großes Kreuz abgebildet, verziert mit makabren Motiven.

Lucrèce, ausgerüstet mit Fotoapparat und Stativ, machte mehrere Aufnahmen. Während das Blitzlicht das Zimmer erhellte, meinte er:

»Ich verstehe wirklich nicht, warum die beiden ihre Goldskarabäen von der Wohnung aus mit einer Webcam beobachtet haben ... Was könnte denn deiner Ansicht nach an diesen Tierchen so Besonderes gewesen sein, Pierre?«

Sénéchal saß an einem Schreibtisch, auf dem mehrere Landkarten ausgebreitet lagen. Aufmerksam blätterte er in dem Notizbuch, das er bei den Aeronauten gefunden hatte. Die Halbbrille auf der Nasenspitze, übertrug er Zahlen in seine schwarze Agenda, die die Verwaltung dankenswerterweise verdienten Beamten zur Verfügung gestellt hatte.

»Lucrèce, wärst du so freundlich, dein Blitzlichtgewitter einzustellen? Was die Käfer betrifft, möchte ich dich darauf aufmerksam machen, dass du heute Morgen schon zum sechsten Mal diese Frage stellst. Es ist bekannt, dass das tropische Klima und der Jetlag gravierende Schäden in gewissen empfindlichen Regionen des Gehirns bewirken können. Warten wir doch einfach Morels Expertise ab. Versuch stattdessen lieber herauszufinden, warum ...«

Es klopfte an der Tür. Lucrèce öffnete. Es war Kommissarin Saint-Louis.

Ihr äußeres Erscheinungsbild hatte sich derart verändert, dass die beiden sie fast nicht wiedererkannt hätten. Sie trug ein eng anliegendes, blutrotes Seidenkleid und Stöckelschuhe. Ihre Dreadlocks waren nicht mehr zu einem strengen Knoten zusammengefasst, sondern fielen offen über ihre Schultern. Ein dezentes Make-up hob ihre großen Augen hervor. Ihr Lippenstift leuchtete in einer zum Kleid passenden Farbe, das Pflaster auf ihrer Wange war verschwunden, und die Ohrringe unterstrichen ihre indianischen Züge.

Sie bedachte den Chemiker mit einem Lächeln, das ihn völlig verwirrte. So sehr, dass es etwas dauerte, bis er den großen, etwa dreißigjährigen Schwarzen bemerkte, der im Gang hinter ihr stand. Er trug eine Baseballkappe mit der Aufschrift »Bom Jesus«, ein quietschgelbes, enges T-Shirt, das seinen Brustkorb betonte, abgetragene Jeans und weiße Turnschuhe.

Die junge Frau erklärte mit ihrer klangvollen Stimme:

»Senhor Serge Méjaville, Senhor Pierre Sénéchal, darf ich Ihnen meinen Freund Pater de la Vega vorstellen, der uns bei der Sache mit diesem Kreuz weiterhelfen könnte.«

Kapitel 20

Die Arme vor der Brust verschränkt, betrachtete Pater de la Vega die Zeichnung.

Auf seinen kräftigen Bizeps war eine Jungfrau mit gefalteten Händen tätowiert, deren Hals eine dünne, glänzende Kette zierte. Die Baseballkappe hatte er zurückgeschoben und musterte eingehend die merkwürdigen Symbole auf dem Kreuz.

Schließlich sagte er, an Lucrèce gewandt:

»Die Motive sind wirklich sonderbar. Es muss ein sehr altes Kreuz sein. Portugiesische Kolonialzeit, würde ich tippen … Ich werde mich erkundigen. Könnte ich vielleicht ein Foto haben? Das wäre sehr hilfreich.«

Er hatte eine leise, sanfte Stimme, die im krassen Gegensatz zu seinem athletischen Körper stand.

Lucrèce warf Sénéchal einen fragenden Blick zu. Der Umweltinspektor nickte nur.

Der junge Priester fuhr fort:

»Maria-Esperanza sagt, sie habe das Ding in einem Keller gefunden, in dem ulkige Insekten eingesperrt waren.«

Die Indianerin, die mit übereinandergeschlagenen Beinen auf dem Bett saß, erklärte:

»Pater de la Vega ist ein alter Freund von mir. Auf seine Verschwiegenheit kann ich mich voll und ganz verlassen. Er kümmert sich um die Armen in den Favelas und genießt hier hohes Ansehen. Außerdem kennt er viele Leute in den verschiedensten Kreisen und kann in seinem ... Berufsstand eine kleine Recherche durchführen. Man sagt doch ›Berufsstand‹, Senhor Serge Méjaville?«

Lucrèce zuckte zusammen.

»Was? Ja, natürlich ... Sehr gut, Kommissarin Saint-Louis.«

Ein hübscher Vorname, Maria-Esperanza.

Er zwang sich, nicht auf die nackten Beine der jungen Frau zu sehen, die auf Sénéchals Bett saß. Einfach umwerfend. Als sie Platz nahm, hatte sie schamhaft an ihrem kurzen Kleid gezupft. Doch ihm schien, dass sie damit etwas an ihrem rechten Oberschenkel verbergen wollte ... Ein Muttermal vielleicht?

Am Vorabend hatte er die weiße Papprolle, die sie in dem aufgebrochenen Möbel unter dem großen Terrarium entdeckt hatte, wie eine Reliquie nach Hause getragen. Sie hatte sie ihm zu treuen Händen übergeben, damit er die darin enthaltene Zeichnung unter die Lupe nahm.

Innerlich lächelte er erneut über diesen Vertrauensbeweis.

Sénéchals Stimme riss ihn aus seinen Gedanken.

»Senhor Serge Méjaville, kannst du Kommissarin Saint-Louis und Pater de la Vega erklären, was du auf dem Pauspapier entdeckt hast?«

Seine Augen hinter der Halbbrille blitzten ironisch.

»Also«, begann Lucrèce und betrachtete das an der Wand befestigte Papier. »Das ist keine Zeichnung im eigentlichen Sinne. Es handelt sich um einen Abdruck – einen Abdruck von einem echten Kreuz. Ein Kreuz aus stark oxydiertem Metall.«

Er deutete auf ein Köfferchen in einer Ecke des Zimmers, das Reagenzgläser mit verschiedenfarbigen Flüssigkeiten und ein Binokularmikroskop enthielt.

»Obwohl ich hier nur über eine rudimentäre Ausstattung verfüge, habe ich zwei, drei Sachen feststellen können. Erstens: Es ist ein gewöhnliches, dickes Pauspapier, wie man es überall im Handel erhält. Es ist neueren Datums und hat weder Marken- noch Wasserzeichen. Es ist von der Sonne vergilbt und weist Knicke, Brüche und Erhebungen auf. Letztere sind dadurch entstanden, dass es auf das Kreuz gedrückt wurde. Zweitens: Das Pauspapier wurde auf der einen Seite mit Grafitpulver bestäubt und dann mit einem Holzspachtel auf das Metall gepresst, sodass sich das Abbild des Kreuzes auf dem Papier darstellt. Eine einfache Technik, die oft von Archäologen angewendet wird. Anschließend braucht man bloß das überschüssige Pulver mit einem Pinsel oder einer weichen Bürste zu entfernen … Auf diese Weise erhält man ein äußerst detailgetreues Bild, das dann nur noch mit einem Spray fixiert werden muss. Alle für diesen Vorgang notwendigen Materialien findet man in jedem Geschäft für Künstlerbedarf. Es dürfte also sehr schwer sein, die genaue Herkunft festzustellen.«

Maria-Esperanza fragte:

»Und woher wissen Sie, dass es sich um ein Metallkreuz handelt?«

»Im Fixierspray sind neben den Pulverrückständen zahlreiche Rostpartikel enthalten. Ich habe auch Spuren von Pflanzenteilen entdeckt: mikroskopische Partikel von Blättern, Moos, verrottetem Holz sowie Pollen. Und einen Flügel, der mit Sicherheit von einer Stechmücke stammt. Die vielen unterschiedlichen Typen von Pollen und Pflanzenresten legen die Vermutung nahe, dass der Abdruck mitten im Regenwald angefertigt wurde … Interessant ist auch diese Art Halterung am Fuß des Kreuzes.« Er rieb sich das Kinn. »Aber da wage ich mich vielleicht zu weit vor. Wenn es wirklich die vermissten Aeronauten waren, die diesen Abdruck im Dschungel genommen haben, stellt sich die Frage, warum sie das Kreuz nicht einfach fotografiert haben.«

Pater de la Vega stand mit gesenktem Kopf, verschränkten Armen und leicht gespreizten Beinen da. Sénéchal hatte das Gefühl, er würde sich gleich auf den eifrig dozierenden kleinen Dicken mit der Fliege stürzen und ihn windelweich prügeln. Doch stattdessen sagte er mit seiner sanften Stimme:

»Sie denken an ein Kreuz auf einem Altar unter freiem Himmel? Ein altes Oratorium im Dschungel vielleicht?«

Lucrèce zögerte.

»Nun, angesichts der Motive würde ich eher an ein Grabkreuz denken.«

Kapitel 21

Senhor Muñoz steht auf der Freitreppe, seine elegante Gestalt ist in das gleißende Licht des Ehrenhofs seiner Fazenda getaucht.

Sein Blick ist auf den dunkelblauen Saum des Dschungels in der dämmerigen Ferne gerichtet. Er schiebt die Daumen unter den weißen Gürtel, der Cowboyhut sitzt leicht schief auf seinem Kopf. Die Schöße seines blütenweißen Leinensakkos flattern im Wind. Er tritt von einem Bein aufs andere, sucht eine Pose ... Nicht zu siegessicher und nicht zu unterwürfig.

Mit dem Zeigefinger glättet er seinen Schnurrbart und versucht, nicht daran zu denken, dass er im Grunde Angst vor diesem Typen hat, der ihn mit seinem Besuch beehrt. Jetzt entdeckt er Scheinwerfer, die sekundenlang die Bäume erhellen, und die Staubwolken der sich nähernden Wagen. Carvalho und seine Eskorte ... Was will dieser verdammte Idiot?

In dem riesigen Saal mit den Kristalllüstern hinter ihm haben die Dienstboten den Tisch gedeckt. Ein luxuriöses Diner hat er angeordnet. Luxuriös ... Guilherme Luiz Felisberto Muñoz, Großgrundbesitzer und grandioser Reiter, weiß, Gäste zu empfangen. Ganz so wie seine Vorfahren.

Er wirft einen Blick nach rechts zu Felipe, seinem ersten Leibwächter, ebenfalls in Weiß gekleidet, versteht sich.

Felipe rührt sich nicht, sein Blick ist starr nach vorn gerichtet, als wäre er ganz woanders. Es scheint sogar fraglich, ob er die Autos wahrgenommen hat.

Dabei haben die Wachleute am Tor gerade per Walkie-Talkie durchgegeben, dass sie soeben vorbeigefahren sind. Sie selbst wurden von den beiden Spähern unterrichtet, die Muñoz, der Vorsichtige, mit Ferngläsern weit vorne an der Straße postiert hat.

Felipe hat zugehört und genickt. Dann hat er mit dem Daumen seine Cobra-Maschinenpistole entsichert und drei Finger gehoben. Dieser Hinweis genügt seinem Chef: drei Autos ... Bewaffnete Männer.

Senhor Muñoz ist beruhigt durch die Gegenwart von Felipe und seiner Artillerie. Und auch durch die mit Nachtsichtgewehr und Zielfernrohr bewaffneten Männer irgendwo da oben auf dem Dach. Für alle Fälle ...

Der große Fazendeiro spielt in seiner Tasche mit einem kleinen Kurzwellensender, der zwei Knöpfe hat. Sobald er schnell beide nacheinander drückt, ballert der Schütze da oben auf alles, was sich auf dem Ehrenhof bewegt. Auf diesem Hof, den er taghell hat ausleuchten lassen. Unter Felipes Jacke befindet sich ein elektronischer Schalter, der sofort alle Lichter zum Erlöschen bringen kann.

Senhor Muñoz mag diese Spielereien nicht, aber bei allem, was man heutzutage hört ...

Kapitel 22

»Sénéchal?«

»Verehrte Chefin? Ich habe Ihre hoheitsvolle Stimme erkannt.«

»Kommen Sie mit Ihrer Untersuchung voran, Sénéchal? Ich habe Ihren Bericht erhalten, mitsamt den Fotos von den Goldskarabäen, die die Aeronauten versteckt hatten. Sehr verwirrend. Denn meinerseits habe ich rein zufällig eine kleine Recherche zu der Firma Chitinex angestellt.«

»Und?«

»Nun, da gab es einige Überraschungen. Ich habe herausgefunden, dass das Unternehmen in enger Verbindung zu einem anderen namens Trans-Genese, in zwei Worten, steht.«

»Verkaufen die Bibeln?«

»Sie forschen über genmanipulierte Insekten.«

»Na, so was!«

»Trans-Genese betreibt unter anderem ein Forschungsprogramm über Steckmücken, das in Zukunft den ökologischen Teil der Anopheles abdecken könnte – wie Sie sicher wissen, Inspektor, sind das die Überträger der Malaria. Die Idee ist, dieses gefährliche Tier weltweit systematisch durch einen für den Menschen harmlosen Klon zu ersetzen ... Der Prototyp wird im Moment noch in ihrem Labor festgehalten, da sie noch keine Genehmigung haben, ihn in der Natur auszusetzen.«

»Uuuh ... Schon wieder Zauberlehrlinge am Werk.«

»Sie arbeiten auch mit genmanipulierten Seidenraupen, deren Seide widerstandsfähiger ist als die natürliche. Sie soll für kugelsichere Westen bei Militär und Polizei verwendet werden. Dieser gnadenlose Schwätzer Morel hat mir übrigens erzählt, dass es keineswegs neu ist, Seide zum Schutz vor Verwundungen zu benutzen. Schon im Mittelalter haben asiatische Krieger ihre Rüstungen daraus gefertigt, um gegen Pfeile und Schwerter gewappnet zu sein ...«

»Seeehr interessant ... Und wie genau gestaltet sich die Beziehung zwischen Chitinex und Trans-Genese, erlauchte Chefin?«

»Die beiden Firmen praktizieren das Spiel der ›gekreuzten Beteiligungen‹.«

»Und wie geht dieses Spiel, ehrwürdige Chefin?«

»Chitinex besitzt zwanzig Prozent des Kapitals von Trans-Genese und Letztere zwanzig Prozent des Kapitals der Ersteren. Aber das ist auf den ersten Blick nicht ersichtlich ... Allem Anschein nach liefert Chitinex bislang unbekannte Insekten, die auf dem Baumkronendach gefunden wurden, an Trans-Genese ... Ich stelle mir also die legitime Frage, ob Ihre Goldskarabäen nicht vielleicht Teil eines geheimen Programms dieser Art sind. Ob es sich nicht um genmanipulierte Tiere handelt, verstehen Sie? Genmanipuliert für einen ganz bestimmten Zweck natürlich.«

»Hm ... Ist doch eigenartig, dass der vortreffliche Monsieur Darcos, Generaldirektor der Firma Chitinex und Freund der Minister, vergessen hat, das alles zu erwähnen, oder?«

»Der gute Mann ist offenbar unerreichbar. Aber seine rechte Hand hat mir am Telefon erklärt, die Verbindung zwischen ihrer Firma und Trans-Genese sei zwar diskret, nicht aber geheim. Der Mann hat auch auf die medizinische Seite der Forschungen über die genmanipulierten Seidenraupen hingewiesen: Mit dieser Seide sollen Nahtmaterial für die Chirurgie sowie künstliche Sehnen und Bänder herstellt werden. Er versichert, die in dem Keller gefundenen Insekten seien seiner Firma unbekannt und jeder, der das Gegenteil behaupte, bekäme es augenblicklich mit den Anwälten von Chitinex zu tun. Ende des Zitats.«

»Na, so was! … Chefin?«

»Sénéchal?«

»Verraten Sie mir eines Tages den wahren Grund dafür, warum Sie mich und den peinlichen Gnom hierher geschickt haben?«

»Ich verstehe nicht.«

»Sehen Sie, Chefin, Sie können sich doch sicher ausmalen, dass wir die beiden Typen ebenso wenig wiederfinden werden wie ihr aufblasbares Gefährt und …«

»Entwickeln sich Ihre Kontakte mit der brasilianischen Umweltbehörde gut, Inspektor?«

Der Umweltinspektor seufzte.

»Es geht voran, es geht voran … Zu Ihrer Information, angebetete Chefin, die Kommissarin der IBAMA, die uns in diesem wunderbaren Land betreut, verwandelt unseren armen Lucrèce mit einem Blick in einen hirnlosen Hampelmann. Der arme Kerl ist ihr offensichtlich verfallen und …«

»Sénéchal?«

»Ja, kurz und gut … In einer Art Tagebuch der vermissten Aeronauten habe ich einige interessante geografische Angaben gefunden. Ich werde also übermorgen in Begleitung eines betörenden Wesens namens Chantal meine ersten Erfahrungen in der ›Leichter-als-Luft-Flugtechnik‹ sammeln. Chefin … Können Sie mir bestätigen, dass mir Ravier auf dem üblichen Weg meine kleine illegale Ausrüstung hat zukommen lassen?«

Kapitel 23

Carvalho und sein Gefolge sind auf dem taghell erleuchteten Ehrenhof der Fazenda vorgefahren. Ringsum ist es Nacht.

Wie in einem streng choreografierten Ballett bewegen sich vier wachsame, bewaffnete Männer um die Autos mit den getönten Scheiben herum. Mit laufenden Motoren stehen die drei riesigen Geländewagen vor der Freitreppe, die Fahrer sitzen kerzengerade am Steuer. Die staubbedeckten Luxuskarossen sind mit Chromteilen, Antennen und zusätzlichen Scheinwerfern auf Dachrampen versehen.

Oben auf der Treppe setzt Senhor Muñoz sein strahlendstes Lächeln für den hohen Gast auf. Diskret fährt er mit der Zunge über seine schönen weißen Zähne, die sein Zahnarzt ihm jeden Monat bleicht. Dieses ganze Imponiergehabe in seinem Hof wirkt jetzt eher erheiternd auf Senhor Muñoz. Mein Gott, was für ein Theater! Wovor hat dieser Hurensohn Carvalho Angst? Führt sich auf wie ein Drogenbaron auf der Flucht ... Dabei pflanzt der gute Nachbar doch nur Soja an – wie ich. Lässt er sich von den landlosen Bauern so ins Bockshorn jagen? Hungerleider mit Schießeisen und Mistgabeln?

Einer der Männer, ein stämmiger Kerl mit einem riesigen Sturmgewehr, öffnet feierlich die hintere Wagentür einer Limousine, verbeugt sich, und Senhor Carvalho steigt aus.

Er ist ein schmächtiger, kurzbeiniger Bursche mit Fuchsgesicht, der ein helles Hemd und maßgeschneiderte Jeans trägt. Die Silberschnalle seines Gürtels funkelt im Scheinwerferlicht. Er beschirmt die Augen mit der Hand, um seinen Gastgeber auszumachen, und ringt sich ein Lächeln ab. Der Stämmige reicht ihm einen Cowboyhut, der in seiner Pranke winzig wirkt, fast wie der eines Kindes. Senhor Carvalho stößt ihn gereizt beiseite, breitet seine kurzen Arme aus und schreitet majestätisch die Treppe hinauf, wo ihn sein in jungfräuliches Weiß gekleideter Gastgeber erwartet.

Plötzlich hält er inne, beginnt zu husten und presst die geballte Faust auf den Mund.

Er hustet weiter. Blut tropft durch die Finger auf sein Hemd. Er sieht ungläubig an sich hinab und führt die Hand an den Hals.

Fassungslos betrachtet er seine blutüberströmte Hand, runzelt irritiert die Stirn und bricht mit einer anmutigen Pirouette zusammen.

Ein letztes Zucken.

Er rührt sich nicht mehr.

Die Szene ist derart irreal, dass alle wie versteinert an ihrem Platz verharren. Senhor Muñoz steht auf dem Treppenabsatz, sein strahlendstes Lächeln auf den Lippen und die Hand ins Leere ausgestreckt.

Der Stämmige beugt sich langsam über den kleinen Cowboyhut in seiner großen Hand, als könne er daraus die Zukunft lesen. Was er sieht, scheint ihm zu missfallen: Die Kopfbedeckung hat ein Loch. Ein Loch, das zweifellos von einer Kugel stammt.

Das Gesicht des Mannes verrät angestrengtes Nachdenken, offensichtlich die Ballistik betreffend. Dann blickt er Senhor Muñoz an, rollt mit den Augen, läuft purpurrot an und schreit: »Mörder!«

Carvalhos gesamtes Gefolge hebt die Waffen.

Felipe stößt seinen Chef beiseite, sodass er der Länge nach auf die Veranda fällt. Mit einem Schlag erlöschen die Lichter im Hof, und die ersten Schüsse krachen durch das Dunkel.

Der Mann auf dem Dach legt großes Improvisationstalent an den Tag: Ohne Zögern nimmt er mit seinem Automatikgewehr die grünlichen Gestalten aufs Korn, die sich im Visier seines Nachtzielfernrohrs tummeln.

Kapitel 24

Das Köfferchen enthielt, auf Luftfolie gebettet, ein in zwei Teile zerlegtes Franchi-SPAS-Pumpgewehr, ein seltsames Ding mit kurzem Lauf und Schalldämpfer. Der große, reich verzierte Griff in Form einer Schulterstütze ließ sich zur Seite klappen, sodass man das Gewehr ebenso gut als Hand- wie auch als Schulterwaffe benutzen konnte. Mit seinen fünfundzwanzig Zentimetern Länge ließ es sich problemlos unter einem Mantel verbergen.

Sénéchal zog drei Büchsen aus dem Köfferchen. Darin fand er, wie verlangt, die gefährlichen Projektile Kaliber zwölf, hervorgegangen aus der Munition der Panzerabwehr. Der Umweltinspektor überprüfte seine tödlichen Accessoires und griff zum Telefon. Er bestätigte Ravier, dem diensthabenden Polizisten der FREDE, den Erhalt des Pakets, das ihm ein höflicher Bote eine halbe Stunde zuvor in sein Hotelzimmer geliefert hatte. Dann setzte er die Waffe zusammen (wobei er falsch die Ouvertüre von *Don Giovanni* pfiff) und begab sich zu Bett.

Kapitel 25

Senhor Muñoz genehmigt sich ein Schlückchen.

Er ist müde.

Ermüdet von all diesen Polizisten, die seit gestern in seiner schönen weißen Fazenda herumwimmeln, jeden Winkel durchstöbern und sein gesamtes Personal verhören. Er verabscheut die Spuren der schweren Stiefel auf seinen weißen Fliesen (Spuren, denen die Dienstboten in allen Zimmern mit Scheuerlappen hinterherhecheln), und er hasst es, dass die Polizei ihre Nase in seine großen und kleinen Geschäfte steckt. Wenn er ein Problem hat, wendet er sich an den Gouverneur, nicht an dessen Untergebene.

Doch der Gouverneur ist seit dem Vorabend unerreichbar.

Senhor Muñoz seufzt unter seinem weißen Hut.

Er betrachtet die große Glastür, vor der er bei Beginn der Schießerei stand. Alle Scheiben sind zersprungen ... An den Wänden des Wohnraums und an einem Reiterbild sind noch Einschusslöcher zu sehen. Das Tischchen mit dem weißen Blumenstrauß im Eingang ist beim Aufprall der Projektile umgefallen. Einer der Kristalllüster ist auf der Anrichte zerschellt, sodass nun alles mit Glassplittern übersät ist.

Er glaubt, wieder die Schreie der panischen Dienstboten zu hören, die im gleichen Augenblick in alle Richtungen davongestürzt sind.

Als Felipe das Licht auf dem Ehrenhof wieder eingeschaltet

hatte, lagen vor der Treppe drei weitere Leichen, aufeinandergestapelt wie Wäschesäcke – überall Blut, funkelnde Gewehrhülsen und Waffen. Und der Hurensohn Carvalho war dadurch nicht einmal zum Leben erwacht, sondern lag noch immer wie ein Idiot mit der Nase im Dreck.

Der einzig überlebende Leibwächter lag mit ausgebreiteten Armen auf dem Rücken ausgestreckt. Heulend flehte er Felipe und die Heilige Jungfrau an, ihm das Leben zu lassen. Später entdeckte man, dass ihm die Kugel einer Cobra das halbe Ohr weggerissen hatte. Was Felipe anging, so betastete er beunruhigt sein Kreuz und betrachtete seine blutige Hand. Doch es waren nur ein paar Glassplitter, die sich oberhalb der Taille in seinen Körper gebohrt hatten. Es hätte schlimmer kommen können ... Viel schlimmer.

Die drei gepanzerten Wagen von Carvalho waren bei den ersten Schüssen davongerast. Die Fahrer hatten es klugerweise vorgezogen, auf der Stelle zu verschwinden. Einer hatte das Wasserbecken auf dem Hof gestreift, die jahrhundertealte Brunnenschale zerstört und den weißen Marmorengel mit dem Kussmund, der in ihrer Mitte thronte, zertrümmert ... Ein Desaster.

Kapitel 26

»Monsieur Sénéchal? Ich hoffe, ich störe Sie nicht.«

Der Inspektor knipste die Nachttischlampe an und blinzelte, um die Leuchtziffern auf seinem Wecker zu erkennen.

»Professor Morel? Es ist halb vier Uhr nachts!«

»Ihre Uhr geht vor oder nach, oder sie ist stehen geblieben, Monsieur Sénéchal. Auf meiner ist es, warten Sie, acht Uhr zweiunddreißig. Morgens. Ich besitze sie seit fünfundzwanzig Jahren, und da ich sie regelmäßig aufziehe, ist sie nie auch nur eine Minute nachgegangen und …«

»Professor, Sie sind in Paris. Es gibt fünf bis sechs Stunden Zeitverschiebung zwischen Frankreich und Brasilien!«

»So viel? Zum Teufel. Ich werde es mir irgendwo notieren …«

»Was kann ich zu dieser nachtschlafenden Zeit für Sie tun, Professor?«

»Diese Larve, die überdauert hat, muss unter allen Umständen – unter allen Umständen, hören Sie – am Leben erhalten werden. Es handelt sich um eine bemerkenswerte Entdeckung.«

Sénéchal versuchte, Ordnung in seine Gedanken zu bringen.

»Darf ich fragen, wovon Sie sprechen? Ah, jetzt weiß ich es! Von der schwarzen Larve des Goldskarabäus. Machen Sie sich keine Sorgen, Professor, wir haben sie einem hiesigen Fachmann anvertraut.«

»Die Untersuchung ihrer Pheromone wird uns sicher wertvolle Hinweise geben.«

»Ihrer was bitte? Was ist das, Phero … mone?«

Sénéchal bereute seine Frage sofort. Er stellte sich vor, wie am anderen Ende der Leitung der kleine, gebeugte Entomologe mit dem zu großen karierten Jackett in seinem Labor für Kriminalentomologie seine dicke Brille zurechtrückte (Sénéchal hatte ihm den Spitznamen »die Riesenlibelle mit der Steinzeitbrille« verpasst) und tief Luft holte, um zu einer seiner endlosen Belehrungen anzusetzen.

»Pheromone, Monsieur Sénéchal, sind spezielle Hormone. Wussten Sie, dass Insekten erstaunliche Chemiker sind? Um sich untereinander zu verständigen, benutzen sie volatile Moleküle. Sozusagen eine Art chemische Kommunikation. Pheromon-Moleküle können in der Luft oder im Wasser abgegeben, aber auch auf dem Boden oder jeder anderen festen Unterlage abgelegt werden.«

»Weiter bitte!«

»Wie ich Sie kenne, stellen Sie sich schon seit langem die Frage, wie die Insekten untereinander kommunizieren, nicht wahr?«

»Ehrlich gesagt …«

»In einer Pheromon-Mischung haben wir bis zu dreißig Substanzen analysieren können. Es gibt verschiedene Typen … Das Sexualpheromon wird freigesetzt, um einen Paarungspartner anzulocken oder die eigene Disponibilität kundzutun. Manche Schmetterlinge sind in der Lage, einen Sexualpartner auf eine Entfernung von zehn Kilometern auszumachen! Können Sie sich das vorstellen? Ein so kleines Tier gibt natürlich nur eine geringe Menge dieser Substanzen ab, und trotz der Verdünnung der Moleküle in der Atmosphäre gelangen sie …«

»Professor, kommen wir zu dem Goldskarabäus, den wir hier gefunden haben.«

»Natürlich, natürlich. Man hat auch Pheromone entdeckt, die den Herdentrieb ansprechen. Sie werden von allen Mitgliedern einer Gruppe abgesondert, und es hält …«

Der Umweltinspektor ging zum Gegenangriff über:

»Professor, all das ist hochinteressant. Trotzdem möchte ich wissen, ob Sie *unsere* Insekten identifiziert haben? Das ist alles.«

»Die goldenen *Diabrotica*? Leider nicht. Völlig unbekannt.«

»Und warum, zum Teufel, rufen Sie mich dann an? Und was sind das für Dinger, diese verdammten *Diabrotica*?«

»Sie sind noch immer ein Hitzkopf, Monsieur Sénéchal. Sie sollten Ihren Blutdruck kontrollieren lassen ... Diese Insekten, von denen Ihr Freund mir hervorragende Fotos hat zukommen lassen, sind unbestreitbar *Diabrotica*. Unbestreitbar! Bis heute sind dreihundertsiebenunddreißig verschiedene Arten bestimmt, aber diese außergewöhnlich große ist meinen Kollegen und mir selbst völlig unbekannt ... Sie ist noch nie beschrieben worden.«

»Und?«

»Eben das ist ja das Interessante und auch Beunruhigende – Sie verstehen?«

»Nein.«

»Die *Diabrotica* sind Schädlinge, wenn ich so sagen darf. Und sehr reisefreudig. *Diabrotica virgifera virgifera*, der Westliche Maiswurzelbohrer, kommt aus Nordamerika und ist ein gefährlicher Maisschädling. Seine Larven fressen die Wurzeln. Seine Bekämpfung und die Schäden, die er verursacht – in manchen Gegenden bis zu achtzig Prozent des Anbaus –, kosten jährlich zwischen sechshundertfünfzig Millionen und einer Milliarde Dollar.«

»Na, so was!«

»Der Westliche Maiswurzelbohrer breitet sich inzwischen auch auf dem alten Kontinent aus. Man hat ihn nacheinander in mehreren europäischen Ländern entdeckt. Und dann, im August 2002, haben sich die ersten dieser *Chrysomela*-Art ... denn es handelt sich um *Chrysomelinae*, wie die Kartoffelkäfer. *Chrysomelinae* sind cryptopentamer, da das vierte Glied der Tarsen ...«

»Das ist mir bekannt!«

»Ach ja? ... Nun, in Kürze, die Viecher haben sich in Europa verbreitet. Und ich befürchte, dass wir sie nicht mehr ausrotten können. Wenn man weiß, dass *Diabrotica* resistent gegen die meisten Schädlingsbekämpfungsmittel sind, kann man sich wirklich Sorgen machen.«

»Natürlich. Und?«

»Erstaunlicherweise hat eine amerikanische Firma für Biotechnologie prompt eine genmanipulierte und patentierte Maissorte aus dem Hut gezaubert. Sie produziert ein Insektizid, das sie vor Angriffen des Schädlings schützt. Sie hatten es mit dem *Bacillus thuringiensis* …«

»Bazillus was bitte?«

»Es handelt sich um ein Bodenbakterium, das in der Natur vorkommt. Es wird weltweit auch im Kampf gegen Stechmücken eingesetzt. Hm … die schnelle Reaktion der Firma auf die Invasion der *Diabrotica* in Europa hat viele Leute, offen gestanden auch mich, erstaunt.«

»Worauf wollen Sie hinaus? Entschuldigen Sie, Professor, ich bin noch nicht ganz wach.«

»Nun … Untersuchungen haben ergeben, dass *Diabrotica virgifera virgifera* zur selben Zeit nach Frankreich gelangt ist wie die amerikanischen Soldaten.«

»Verstehe. Und?«

»Und … Stellen Sie sich vor, Ihre goldfarbenen Insekten von außergewöhnlicher Größe wären gefährliche Sojaschädlinge, denn wie Ihr Freund mir mitgeteilt hat, ernähren sie sich von Soja. Den Rest überlasse ich Ihrer Fantasie. Wenn ich mich nicht irre, ist Brasilien weltweit einer der größten Sojaproduzenten?«

»Professor, ist es möglich, dass diese Insekten mit genmanipuliertem Soja gefüttert wurden?«

Schweigen am anderen Ende der Leitung. Was Sénéchal bei dem notorischen Schwätzer Morel überhaupt nicht gewohnt war. Doch er musste sich nur ein wenig gedulden, bis die Stimme des Wissenschaftlers erneut ertönte:

»Hm, Sie denken also an eine Art ökologische Waffe, Monsieur Sénéchal?«

»Ich habe von genmanipulierten Seidenraupen gehört, von künstlich gezüchteten Stechmücken ...«

»Interessant. Man müsste ihre DNA untersuchen. Ein ausgewachsener Westlicher Maiswurzelbohrer misst normalerweise nicht mehr als sieben Millimeter Länge. In diesem Fall haben wir es mit einem ausgewachsenen Exemplar zu tun, das sechsundvierzig Millimeter lang ist ... Ein Monster in seiner Art! Wenn Sie sich vorstellen, dass ein *Diabrotica*-Weibchen bis zu tausend Eier ablegen kann ... Auf alle Fälle leben Ihre neuen Riesen-*Diabrotica*, sofern sie nicht genmanipuliert sind, seit Millionen von Jahren irgendwo im amazonischen Regenwald. Ihre Aeronauten hätten vielleicht besser daran getan, sie dort zu lassen, denn sie könnten – das ist natürlich eine reine Hypothese – zu einer Geißel für die Menschheit werden, so wie die *Phylloxera* – Reblaus – oder die Heuschrecken in der Bibel. Eine der Plagen Ägyptens, wenn ich mich recht entsinne.«

Kapitel 27

In seinem Salon, gegenüber der scheibenlosen Glastür, steht Senhor Muñoz mit gesenktem Kopf, die Hände in den Taschen, und versucht, mit seiner Stiefelspitze einen winzigen Flecken auf den weißen Fliesen zu entfernen. Vergeblich.

Er greift nach seinem jungfräulich weißen Seidentaschentuch, benetzt es mit Speichel und kniet sich trotz seines schmerzenden Beins nieder, um den Schmutz vollständig zu entfernen. Als er sich aufrichtet, steht ein Mann vor ihm: dieser Idiot von der Kriminalpolizei, ein gewisser Zé Ferrara ... Was will dieser schlecht frisierte Typ? Er scheint tief beeindruckt.

»Ein wahrer Meister, dieser Kerl, Senhor Muñoz ... Der Meister aller Meisterschützen. Ein unmöglicher Coup, behaupten meine Männer. Oder hatte der Gott der Ballistik höchstpersönlich seine Hand im Spiel, als er geschossen hat? Aber dabei gleich ins Schwarze zu treffen – bei dieser Entfernung, in stockfinsterer Nacht und noch dazu auf ein sich bewegendes Ziel ... Denn er hat sich doch bewegt, der arme Senhor Carvalho? Er marschierte auf Sie zu, nicht wahr? ... Sie tun wirklich gut daran, sich zum Schutz Ihrer Person und Ihrer Familie mit fähigen Leuten zu umgeben, Senhor!«

Der Inspektor hält Muñoz etwas unter die Nase. Der runzelt die Stirn, denn er hat das dunkle Gefühl, dass sich Zé Ferrera über ihn lustig macht. Es ist die spitz zulaufende Kugel einer Feuerwaffe, aber sie wirkt überdimensional.

Muñoz erwidert mit zornbebender Stimme:

»Ich verstehe kein Wort von Ihrem Gerede. Drücken Sie sich klar und deutlich aus, und erklären Sie mir, was dieses Objekt sein soll.«

»Nun, laut Aussage unseres Experten«, Zé Ferrera deutet mit einer Kopfbewegung auf den Typen, der auf dem Hof kniet und mit einem Zollstock hantiert, »soll Senhor Carvalho – Gott habe ihn selig – mit einer solchen Kugel getötet worden sein.«

»Man hat also mit einem Maschinengewehr auf Carvalho geschossen?«

»Nein, Senhor, unser Spezialist, den Sie dort sehen, meint, dass man solche Munition in Spezialgewehren verwendet, um aus großer Entfernung auf jemanden zu schießen. Der kluge Junge hat mir erklärt, die Kugel, die eine besondere Spitze hat, würde sich zehntausend Mal pro Minute um sich selbst drehen und mit einer Geschwindigkeit von tausend Metern pro Sekunde auf ihr Ziel zurasen, und zack! hat sie Senhor Carvalho den Hals durchschlagen – Friede sei mit ihm – und dann zufälligerweise auch noch seinen Cowboyhut. Aber unser Ballistikexperte hat das Geschoss etwas weiter entfernt auf dem Hof gefunden … normal. Solche Dinger kehren ja bekanntlich nicht zum Absender zurück.«

Er wiegt die Kugel in der geöffneten Hand. Senhor Muñoz kämpft nur mit Mühe gegen seine Müdigkeit an. Mit matter Stimme fragt er:

»Ich nehme an, Ihr Spezialist weiß nicht, wo dieser Scheißkerl gestanden hat?«

Der Polizist lächelt verträumt.

»Doch, doch. Und das ist … der magische Aspekt der Sache. In welcher Entfernung von Ihnen befand sich der arme Senhor Carvalho, als die tödliche Kugel sein Leben ausgelöscht hat?«

»Was? Keine Ahnung. Weniger als zehn Meter auf jeden Fall.«

Der Bulle fährt sich mit der Hand durch das ungekämmte Haar und deutet dann auf einen imaginären Punkt oberhalb der Schulter des weiß gekleideten Mannes.

»Unser Experte sagt, der Schuss sei aus dem Dschungel gekommen. Mehr als eineinhalb Kilometer von hier entfernt.«

Kapitel 28

Nachdem Xingu lange durch den nächtlichen Dschungel geirrt ist, sich an Bäumen gestoßen, an Ästen und scharfen Blättern verletzt hat, findet er, schreiend vor Schmerz und vor Angst, in sein Lager zurück.

Der Heiler des Stammes nimmt sich sofort seiner an. Nach der Behandlung kann Xingu wieder klar sehen.

Zumindest mit dem gesunden Auge.

Denn sein rechtes Auge, erklärt ihm der Heiler, wird nie wieder sehen, es ist wie verbrannt.

Er denkt nach, befragt den Jungen lange und verkündet schließlich:

»Es war großes Glück, dass du das andere Auge geschlossen hattest, um auf dieses unheilvolle Tier zu zielen, Xingu, denn sonst könntest du jetzt vielleicht die Welt gar nicht mehr sehen ... Sicher war es ein Dämon in der Gestalt einer Schlange, der entflohen ist. Die Männer, die diesen Pfad vor uns benutzt haben, schienen davon zu wissen, und deshalb haben sie auch die Warnung hinterlassen. Kehre nie dorthin zurück.«

Xingu antwortet nicht, doch als er sich in den folgenden Tagen etwas besser fühlt, bittet er seinen Bruder, ihn zu begleiten. Der Ältere zögert lange, will aber seine Angst nicht eingestehen. Denn ein Krieger darf keine Furcht zeigen. Den ganzen nächsten Nachmittag über lauern sie auf einem Ast über dem großen Stein, der dem glänzenden Panzer eines aus dem Tümpel steigenden

Warzenschweins gleicht. Von dort aus können sie das Ende des Weges beobachten, wo die gekreuzten Kieferknochen des Tapirs hängen.

Plötzlich kriecht die Schlange über den Weg.

Sie nähert sich dem großen Stein, ohne die beiden im Schatten des dichten Laubs zu sehen. Dort bleibt sie eine Weile, als wolle sie sich in dem Sonnenstrahl, der ins Unterholz dringt, wärmen. Dann verschwindet sie mit ihren merkwürdigen Bewegungen jenseits der gekreuzten Tapir-Kieferknochen im Dunkel des Dschungels.

Verblüfft vom Anblick dieses Tiers mit dem seltsamen Kopf (und von dem eigenartigen Pfeiflaut, den es ausstieß), beglückwünscht der große Bruder Xingu zu seinem Mut. Nach ihrer Rückkehr berichtet er dem Stammeshäuptling davon, der sogleich seine engsten Berater zu sich ruft. Dann begibt er sich allein mit Werkzeug in den Dschungel.

Zwei Tage später fällt die Schlange in die Grube, die er mit Wasser gefüllt und mit dünnen Zweigen abgedeckt hat. Die Heiler kommen und zermalmen sie mit Steinen, wobei sie Kriegsschreie ausstoßen und den Kopf abwenden, um nicht zu erblinden.

Später schwört einer von ihnen, doch hingesehen zu haben.

Das Tier hätte, während es sich sterbend unter dem Hagel von Steinen im Schlamm wand, am ganzen Körper blaue Flammen ausgestoßen.

Kapitel 29

Unfassbar, dass so etwas geschehen kann! Ihm, Guilherme Luiz Felisberto Muñoz, eingesperrt wie ein Tier in seiner bescheidensten Fazenda, dreihundert Kilometer entfernt von seinem schönen weißen Anwesen, das jetzt verwüstet ist!

Doch diese bescheidene Fazenda ist auch das Bollwerk, hinter dessen Mauern er sich am sichersten fühlen kann.

Hier gibt es nichts als Felder, so weit das Auge reicht. Kein Dschungel ... Er hat alle Arbeiter der Farm weggeschickt, weil er niemanden um sich haben will, und nur Felipe und drei seiner Männer bei sich behalten.

Es war dieser Idiot von der Kripo, der ihn unwissentlich mit seiner Frage aufgeschreckt hat, wie weit Carvalho von ihm entfernt stand, als ihn die tödliche Kugel traf. Das hat ihn zum Nachdenken gebracht ... Denn es war durchaus möglich, ja sogar wahrscheinlich, dass der Meisterschütze nicht auf dieses mickrige Stück Scheiße von einem Emporkömmling gezielt hatte, sondern auf ihn selbst. *Auf ihn* ... Diese magische Kugel aus mehr als eineinhalb Kilometern Entfernung, mit tausend Metern pro Sekunde auf ein bewegliches Ziel zusausend ... Unmöglich! Selbst wenn man in der Kunst der Ballistik nicht allzu bewandert ist, lassen sich eins und eins zusammenzählen. Er, Muñoz, stand auf der Freitreppe, freundlich, lächelnd ... reglos.

Die ideale Zielscheibe.

Nur dass dieser Wichser den Schuss vermasselt und stattdessen die arme Ratte Carvalho erwischt hat.

Bei diesem Gedanken muss Muñoz lächeln. Er könnte sich sogar totlachen.

Er spielt mit seiner Ingram, der kleinen, chromglänzenden Maschinenpistole. Dann betrachtet er sie mit gerunzelter Stirn, als wolle er sich über ihren wahren Nutzen klar werden. Vielleicht hätte er seine Pistoleros herbeordern sollen – sie bewachen die Männer, die den Regenwald abholzen, um seine riesigen Ländereien zu vergrößern.

Mit erhobener Waffe schreitet er über den Flur zu der Tür, an der Felipe steht. Senhor Muñoz hat eingewilligt, dass sein erster Leibwächter seine Uniform mit einer Dschungelkluft vertauscht, die den veränderten Umständen besser entspricht. Er trägt also einen nachtblauen Kampfanzug, eine kugelsichere Weste aus Kevlar und Schnürstiefel. In der Hand hält er ein Sturmgewehr XM29 mit Infrarotvisier, Granatwerfer und Laserzielrohr. Am Gürtel trägt Felipe eine hochkalibrige Maschinenpistole, Ersatzmunition und einige andere tödliche Accessoires, um den Hals einen Mikro-Kopfhörer. So ausstaffiert scheint er für den nächsten Weltkrieg gerüstet.

Die Tür öffnet sich, und herein tritt ein Mann mit kariertem Hemd, eine weiße kugelsichere Weste in der Hand. Er sagt einige Worte zu dem großen Fazendeiro, der Felipe sein chromblitzendes Gewehr reicht, sich umdreht und beide Arme von sich streckt. Der Mann streift ihm die Weste über, zieht ächzend die Schnallen zu und verschwindet.

So gewappnet fühlt sich Senhor Muñoz bedeutend wohler. Er nimmt seine Ingram wieder an sich, glättet zerstreut seinen Schnauzbart und schreitet über den Flur zurück. In einer Minute wird er diesen Vollidioten von Gouverneur anrufen. Der wird dann endlich (endlich!) erfahren, dass sein teurer Freund Guilherme Luiz Felisberto Muñoz, Großgrundbesitzer mit bewundernswerter Milde gegenüber seinen Untergebenen, grandioser Reiter und Vertreter einer der nobelsten Familien dieses großen

Landes, nur knapp einem feigen Attentat entgangen ist. Sofern er dies nicht bereits aus dem Fernsehen erfahren hat, denn als Senhor Muñoz inkognito mit seinen Leibwächtern seine Haupt-Fazenda verließ, hatten sich die Übertragungswagen der Journalisten schon vor der Tür zusammengerottet wie die Fliegen auf einem Haufen Scheiße. Gewiss wird der Gouverneur die Hälfte der Bullen des Landes bereitstellen, um in dieser Sache zu ermitteln. Und er wird ihm Personenschutz gewähren, wie er eines Staatsmannes würdig wäre. Doch einstweilen … einstweilen treibt der Gouverneur sich irgendwo herum oder schert sich einen Dreck um ihn.

Senhor Muñoz würde gerne, wie er es sonst tut, den Nachthimmel betrachten, aber alle Fenster der Farm sind verrammelt, und Felipe hat ihm ausdrücklich eingeschärft, sich ihnen nicht zu nähern.

Er legt seine Ingram auf einen Stuhl und malträtiert wütend die Tastatur des elfenbeinfarbenen Telefons mit dem Familienwappen.

Draußen in der warmen Nachtluft gleitet lautlos etwas unter dem Gitterzaun hindurch und nähert sich Senhor Muñoz durch das hohe Gras.

Kapitel 30

Langsam, mit zitternden Knien nähert sich Xingu dem Fluss.

Nebel breitet sich im Unterholz aus, die Dunkelheit bricht herein. Fledermäuse kreisen piepsend über seinem Kopf. In den Sümpfen stimmen Hunderte von Fröschen mit Trillern und Koloraturen ihr Nachtkonzert an.

Schließlich erblickt der Junge den Steg, der ins Wasser führt. Er bleibt stehen. Sein blindes Auge schmerzt. Noch wenige Schritte, und er ist von seiner Last erlöst, die er hinter sich herschleift.

Der Häuptling hat ihm aufgetragen, die tote Schlange in den Fluss zu werfen. Da sie durch ihn ins Dorf gelangt sei, müsse er es jetzt auch von ihr befreien. Dann befahl er, den Kopf der gefährlichen Schlange mit Stoff zu umwickeln und sie in Blätter und Lianen zu verschnüren, ehe man sie dem Jungen anvertraute. Gelähmt vor Angst, war Xingu nicht in der Lage, die Überreste des Tiers zu berühren, das ihn halb blind gemacht hat. Also hat sein Bruder einen Schlitten aus Zweigen gebaut und mit einer langen Liane versehen, sodass Xingu seine Mission erfüllen kann, ohne die grässliche Kreatur anzufassen. Die tote Schlange im Schlepptau, hat sich der junge Indianer auf den Weg zum Fluss gemacht. Aber ist es wirklich eine Schlange? Daran hat Xingu immer größere Zweifel: Sein Bruder hat ihm erzählt, das Tier habe nicht geblutet, als man es in der Grube getötet habe. Und das Fleisch unter der aufgeplatzten Haut sei nicht weiß und rot gewesen wie normalerweise bei Schlangen. Aber vielleicht hat sein Bruder das nur gesagt, um ihm Angst einzujagen oder anzugeben ...

Gedankenversunken tritt Xingu auf den morschen Holzsteg, der über den Fluss führt. Er sieht hinunter auf das Wasser, über dem Hunderte von Steckmücken ein frenetisches Ballett aufführen. Niemand kommt mehr hierher: Eines Tages haben die Dämonen, die unter der braunen Oberfläche lauern, einen kleinen Indianerjungen geholt, der hier gebadet hat. Kurz darauf ist seine Mutter gestorben. Mehrmals hat man auch die lauten Pirogen der weißen Männer gehört.

Mit gerunzelter Stirn hält der Junge nach einer geeigneten Stelle Ausschau, um sich von seiner Last zu befreien. Dann entscheidet er sich und zieht mit einem heftigen Ruck an der Liane.

Der Schlitten mit seiner Last schwankt einen Moment am Rand des Stegs und fällt dann hinunter, bleibt aber zwischen zwei gekreuzten Pfählen hängen. Xingu reißt erneut an der Liane, doch vergeblich.

Gerade als er es ein drittes Mal versuchen will, hört er aus den Bäumen die panischen Schreie einer Affenschar, die durch die Zweige springt. Mit seinem gesunden Auge erkennt Xingu die fliehenden Körper vor dem indigoblauen Himmel. Diese Schreie kennt er: Die Affen haben Angst vor einem Raubtier. Ein Raubtier, das irgendwo im Unterholz lauert und sich jetzt bewegt hat. Die Frösche verstummen einer nach dem anderen. Ein Schauer durchfährt den Jungen: Er muss verschwinden. Und zwar sofort: Gott Jaguar ist auf der Jagd. Im Augenblick ist er beschäftigt, aber dann ...

Der junge Indianer macht kehrt und rennt los.

Seine Füße fliegen über das Holz des Stegs.

Kapitel 31

Dreißig Meter vom Hauptgebäude jener Fazenda entfernt, auf der sich Senhor Muñoz verbarrikadiert und wild herumtelefoniert, sitzen zwei Männer in einem unbeleuchteten offenen Jeep. Über ihren Köpfen, in der unermesslichen Weite des Himmels, funkeln die Sterne. Der eine steht auf der Ladefläche und hantiert mit einem Infrarotscheinwerfer. Das schwache grünliche Licht fällt auf seinen Kollegen, der vor ihm am Steuer sitzt. Dieser hat die Windschutzscheibe auf den Kühler geklappt und untersucht mit einem Feldstecher das hohe Gras. Er spricht laut, um das Zirpen der unzähligen Grillen zu übertönen.

»Der Chef hat Muffensausen, wenn du mich fragst, Hector ... Mist, ich sehe nichts durch dieses Infrarotfernglas, die Hitze lässt alles über dieser bescheuerten Ebene flirren. Hector, leuchte doch mit deinem großen Scheinwerfer mal den Bereich dort hinten neben dem Wasserturm aus. So erkennt man nichts. Ist da was im Gras? Siehst du in der Dunkelheit irgendwas? Dann kannst du vermutlich auch bis auf den Grund deines Arschs sehen. Halt still, ganz still. Da hinten bewegt sich was ... Scheiße, ich erkenne nichts mehr, Hector, verflucht noch mal, jetzt hast du mir wirklich Angst eingejagt. Ich bin nervös wie ein Backfisch ... Und bei dem Krach, den die verfluchten Grillen veranstalten, kann man auch nichts hören. Auch wenn ein ganzes Regiment mit Pauken und Trompeten daherkäme! Los, Hector, fahren wir weiter. Ich gebe Felipe unsere neue Position durch, der ist ein echter Profi, aber das weißt du ja, Hector. He, was ist denn das für ein Geräusch da vorne?«

Der Mann greift nach seinem Fernglas und seinem Maschinengewehr. Zwei Meter entfernt erkennt er im hohen Gras ein Wesen von der Größe eines kleinen Hundes, das ihn mit funkelnden Augen ansieht.

Der Mann weicht zurück. Plötzlich explodiert seine Stirn, er sackt langsam auf seinem Sitz zusammen.

Fetzen seines Hirns und seiner Schädeldecke bespritzen die Leiche von Hector, der immer noch die Halterung seines Scheinwerfers umklammert.

Kapitel 32

Der Anblick der Startbahn für das Luftschiff überraschte die beiden französischen Ermittler: Im ersten Morgenlicht wirkte sie wie eine Schneise im Regenwald. Der Boden war mit zusammengeklebten Plastikplanen bedeckt, die eine große runde Fläche bildeten. Der Himmel spiegelte sich in den Pfützen, über denen Dutzende von Fledermäusen kreisten. Von Zeit zu Zeit flogen sie zu den Bäumen hinüber und verschwanden im Dschungel, dessen Umrisse sich schwarz gegen den Himmel abzeichneten.

Sénéchal erkannte drei Lieferwagen und ein Tankfahrzeug. Kleine Fertigbau-Hangare mit Solardächern bildeten einen Halbkreis um die Abflugpiste. Am auffälligsten waren die beiden Tunnel aus weißem Plastik, die sich über gut dreißig Meter am Rande des Dschungels entlangzogen. Sie trugen die Aufschrift »Chitinex Development«. Einer von ihnen war erleuchtet.

Sie stiegen aus dem Landrover und nahmen ihr Gepäck aus dem Kofferraum.

Chantal, die eilig voranging, erklärte:

»Wir benutzen diese großen aufblasbaren Tunnel, um die Luftschiffe, Baumschlitten und Instrumente unterzustellen. Und natürlich die Gasflaschen. Hier ist alles aufblasbar, faltbar und leicht mit dem Helikopter an einen anderen Ort im Dschungel zu transportieren, wenn wir eine neue Startbahn aufbauen.« Sie deutete auf den erhellten Tunnel. »Die Arbeiter pumpen unser Luftschiff auf, darum die vielen Lichter.«

Lucrèce blieb etwas hinter der Gruppe zurück und richtete den Strahl seiner Taschenlampe auf den Weg vor seinen Füßen. Er hatte das eigenartige Gefühl, über ein riesiges Wachstuch zu laufen, das unter jedem seiner Schritte nachgab.

Sénéchal fragte die Pilotin:

»Ist Ihre eigene Dschungel-Startbahn mit dieser identisch?«

»Ganz genau, ja.« Sie überlegte kurz. »Das heißt, hier gab es von einem Stromaggregat betriebene Scheinwerfer, um die Piste auszuleuchten. Die hatten Garnier und Leteinturier aufstellen lassen. Nach ihrem Verschwinden hat man sie wieder entfernt.«

»Wissen Sie, wozu sie die Scheinwerfer gebraucht haben?«

»Sie meinten, sie wollten in aller Frühe losfliegen und spätabends heimkehren können. Ich mag das nicht. Es ist gefährlich. Wegen der Sichtprobleme vermeide ich es auch, wenn irgend möglich, bei Regen zu fliegen.«

»Die beiden ließen also einen zusätzlichen Tank an ihrem Luftschiff anbringen und stellten Scheinwerfer auf die Piste, um den Tag vollständig nutzen zu können. Könnte das bedeuten, dass ihr Ziel weit entfernt lag und sie Zeit brauchten, um es zu erreichen?«

»Möglich.«

Der Inspektor fuhr fort:

»Ich begreife nicht recht, dass Doktor Garnier und sein Pilot Leteinturier tun und lassen konnten, was sie wollten, ohne die Geschäftsleitung zu informieren. Und warum benutzen Monsieur Frankeur und Sie eine eigene Startbahn, weit von dieser Basis entfernt?«

»Bei Chitinex, Monsieur Sénéchal, kann jeder seine Basis nach eigenem Gutdünken nutzen, er hat freie Hand bei der Wahl seiner Forschungsgebiete und der Gestaltung seiner Expeditionen. Mit den entsprechenden Geldern. Nur das Ergebnis zählt. Ich bin Pilotin und fliege Monsieur Frankeur an die Orte, die er aufsuchen will.«

Sie wandte sich zu dem Inspektor um und sah ihn mit ihren hellen Augen an.

»Darf ich fragen, warum Sie nicht wollten, dass Monsieur Frankeur uns begleitet? Er kennt sich sehr gut auf dem Baumkronendach aus.«

Der Umweltinspektor zog an seinen Hosenträgern und betrachtete den östlichen Himmel, der sich rot färbte.

»Sagen wir, ich wollte meine Jungfernfahrt in einem Luftschiff, das durch die Verbrennung von Butangas aufsteigt, nicht in Begleitung eines Pfeifenrauchers absolvieren. Das ist doch nur allzu menschlich, oder?«

Kapitel 33

Seine Schirmmütze tief ins Gesicht gezogen, große Kopfhörer auf den Ohren, klammerte sich Lucrèce am Chromgestänge der nach allen Seiten offenen Gondel fest.

Als das Luftschiff von der Startbahn abhob, hatte er es zutiefst bereut, auf Sénéchals Drängen mit an Bord gegangen zu sein und nun in diesem Metallkäfig zu hocken, festgeschnallt auf einem unbequemen Sitz, der vom Motorengeräusch vibrierte. Direkt hinter ihm befanden sich hohe silberfarbene Flaschen, die unter Druck stehendes Gas enthielten, und wenige Zentimeter über seinem Kopf waren neunhundert Kubikmeter heiße Luft in einer zweiundzwanzig Meter langen Nylonhülle eingeschlossen, deren schiere Masse ihn womöglich erdrücken konnte.

Der Start war unendlich langsam vonstattengegangen. Er hatte schon geglaubt, es würde diesem riesigen Gefährt niemals gelingen, sich von der Erde zu lösen. Doch dann waren sie behutsam in die Lüfte aufgestiegen. Lucrèce hatte die Stämme der riesigen Bäume, die die Piste säumten, vorbeiziehen sehen. Schließlich hatte sich der Ballon über den Baumkronen stabilisiert, und Lucrèce hatte eine andere Welt entdeckt: Ein fantastischer Garten, begrenzt von der grauen Linie des Horizonts, tauchte unter dem feuerroten Himmel aus dem Nebel auf. Die Luft schien ihm hier leichter, und es war kühler als am Boden.

Chantal ließ den Motor an, die hintere Luftschraube rotierte, und der Zeppelin bahnte sich einen Weg durch ein Meer von

Wolken. Nach einem längeren Kampf mit der bleichen Sonne lichtete sich der Nebel langsam, und Lucrèce entdeckte in der Ferne die Umrisse von Bergen. Der Geruch nach Humus wich dem Duft der Blumen, die allerorten aus den unterschiedlich grünen Baumkronen sprossen.

Dann nahm der Himmel eine leuchtend blaue Färbung an, und der Dschungel enthüllte sich in seiner ganzen Pracht. Der kleine beleibte Mann war geblendet von dem Anblick, er kam sich vor wie ein Taucher, der über eine farbenprächtige Korallenbank hinwegschwimmt. Die Äste einiger riesiger Bäume ragten so kraftvoll aus dem Kronendach wie die versteinerten Zweige eines Korallenriffs. Sie überflogen einen Fluss, der sich funkelnd dahinschlängelte, dann einen zweiten, und die Windungen des Wasserlaufs erschienen Lucrèce wie Blutgefäße, die den riesigen Organismus des Dschungels speisten.

Er wandte sich zu der Pilotin, die eine Baseballkappe trug und das blonde Haar im Nacken zusammengebunden hatte. Im Grunde fand er sie recht charmant.

Zuvor hatte sie ihm durch ihr Mikro erklärt, die Hauptfeinde eines Luftschiffs seien der Wind und die Bäume. Allerdings schien ihm der Wind sehr schwach (bisweilen spürte er eine Brise im Gesicht), während es um sie herum viele Millionen Bäume gab. Sie hatte hinzugefügt, ihr Gefährt sei schwer zu lenken, weshalb sie ihre Entscheidungen frühzeitig treffen müsse.

Er betrachtete den GPS-Bildschirm, auf dem die Koordinaten zu sehen waren, die sie in dem schwarzen Notizbuch der Aeronauten gefunden hatten. Chantal hatte sie in ihr System eingegeben. Endlich näherten sie sich ihrem Ziel. Sie bewegten sich jetzt über ein Tal, in das vor kurzem ein Waldbrand ein mehrere Hektar großes schwarzes Loch gefressen hatte.

Lucrèce zog leicht an seinem Sicherheitsgurt und lugte vorsichtig über Bord: Zwölf Meter unter dem Flugapparat wiegte sich träge der Baumkronenschlitten mit seiner leuchtend roten aufblasbaren Umrandung über dem Grün. Er schien ihm lächerlich klein im Vergleich zu dem riesigen Schatten des Luftschiffs, der über das Blattwerk glitt. Einen Moment lang begleitete ihn ein weißer Adler, der schnell hinter ihnen verschwand.

Als er sich noch weiter hinausbeugte, erblickte er die Plastikhelme von Sénéchal und Maria-Esperanza. Er zog einen Fotoapparat aus der Brusttasche und zoomte sie heran.

Sie waren mit Auffanggurten angeleint. Gepäck, Kerosin- und Wasserkanister waren mit einer Plane bedeckt, und dicht daneben saß Kommissarin Saint-Louis in ihrem kakifarbenen T-Shirt und durchwühlte systematisch ihren Rucksack. Sénéchal lümmelte im Bug des Baumkronenschlittens und beobachtete mit seinem Fernglas den Dschungel. Von Zeit zu Zeit griff er nach einer der Bananen, die aus seinem Rucksack neben ihm ragten.

Lucrèce seufzte … Sénéchal aß eigentlich ständig. Selbst fünfzig Meter über dem amazonischen Regenwald. Noch dazu warf er die Schalen einfach in die freie Natur! Die Affen würden sich freuen.

Als eine plötzliche Turbulenz das Luftschiff erschütterte, zog Lucrèce hastig den Kopf zurück in die Gondel, wie eine Schildkröte, die sich in ihrem Panzer verkriecht. Er steckte seinen Fotoapparat weg und nahm den Kopfhörer vom Ohr. Das Motorengeräusch war schrill geworden. Über sein Mikro fragte er Chantal:

»Was ist los?«

»Der Wind hat zugenommen und gedreht. Schalten Sie bitte die Kamera ein.«

Lucrèce betätigte einen Schalter, der sich unter seinem Sitz befand.

»Kamera läuft.«

Ein Bildschirm oberhalb des Armaturenbretts zeigte den Dschungel unter ihnen. Chantal sagte:

»Halten Sie rechts Ausschau nach dem blauen Luftschiff von Garnier und Leteinturier. Oder nach der Hülle, abgebrochenen Zweigen, einem Loch … Ich gehe ein Stück höher, damit wir ein Gesamtbild haben, dann umfliege ich den Sektor.«

Plötzlich ertönte Sénéchals Stimme in ihren Kopfhörern:

»Ich sehe etwas in den Bäumen, für euch auf drei Uhr. Es sieht aus wie kleine gelbe Lampions.«

Neugierig beugte sich Lucrèce wieder über den Rand. Kommissarin Saint-Louis und Sénéchal hatten sich erhoben, klammerten sich an die Haltetaue und suchten mit ihren Ferngläsern die Baumkronen ab.

Der Umweltinspektor streckte den Arm aus und deutete auf einen Punkt in der Ferne. Lucrèce sah nichts als Bäume und noch mal Bäume. Er warf einen Blick auf den Kompass und fragte die Pilotin:

»Können Sie Kurs auf hundertvierzig nehmen? Haben Sie eine Ahnung, was Pierre gesehen haben könnte?«

»Wahrscheinlich handelt es sich um Garniers Insektenfallen. Kleine Käfige aus leuchtend gelbem Stoff, damit man sie gut in den Zweigen erkennt. Ein unglaublicher Glücksfall! Aber wo ist ihr Luftschiff?«

Unten in dem Baumkronenschlitten entfernte Kommissarin Saint-Louis die Abdeckung von dem Zielfernrohr ihres Sturmgewehrs.

Kapitel 34

Den Cowboyhut in den Nacken geschoben, sitzt Senhor Muñoz in einem mit leuchtend rotem Samt bezogenen Rokoko-Sessel. Er schwitzt unter seiner kugelsicheren Weste, die ihm tonnenschwer auf den Schultern lastet. Über ihm an der Wand hängt ein Foto von der kleinen Fazenda, in der er sich jetzt aufhält. Eine Sepiafotografie aus der großen Zeit der Kautschukplantagen.

Eben hätte er vor Wut fast sein Telefon an die Wand geworfen. Kein Freizeichen. Nichts mehr.

Er schüttelt den Apparat, starrt auf die Wählscheibe und stellt ihn schimpfend an seinen Platz zurück. Nervös zwirbelt er seinen Schnurrbart zwischen Daumen und Zeigefinger und blickt grimmig auf Felipe, der, ebenfalls vergeblich, versucht hat, sein Satellitentelefon in Gang zu setzen.

Jetzt macht sich Felipe an seinem Laptop zu schaffen, der neben seinem Sturmgewehr auf dem Schreibtisch steht. Felipe hat mit allem gerechnet und alle möglichen Telekommunikationsgeräte mitgenommen: Satellitentelefon, Computer, Webcam, Verschlüsselungssystem ... Nichts funktioniert. Was ist das für ein verdammtes Chaos? Felipe ist sogar mit seinem Infrarotfernglas aufs Dach gestiegen, um nachzusehen, wo sich die Patrouille mit ihrem Jeep befindet (man hört übrigens kein Motorgeräusch mehr). Außerdem hat er versucht, seine Geräte mit einer ausklappbaren Satellitenantenne in Gang zu bringen. Wortlos ist er zurückgekehrt. Der Kerl sagt ja sowieso nie was.

Das regt Senhor Muñoz auf. Er möchte von hier verschwinden, er findet das Ganze lächerlich. Außerdem stirbt er fast vor Hitze in diesem verrammelten Haus. Die Klimaanlage muss kaputt sein. Er wird diesem Zirkus ein Ende machen, unverzüglich auf seine schöne weiße Fazenda zurückkehren und dort ganz einfach Polizeischutz beantragen. Morgen früh wird er die Presse empfangen, ihre schwachsinnigen Fragen über sich ergehen lassen und wieder sein Leben als großer Fazendeiro, als grandioser Reiter und Mann von Welt führen. Plötzlich kommt ihm ein Bild in den Sinn: Carvalhos lebloser Körper, der vor der schönen Treppe des Ehrenhofs der weißen Fazenda im Staub liegt. Und die erschossenen Leibwächter ... Wie können die Bullen verhindern, dass jemand aus eintausendachthundert Metern Entfernung erschossen wird? Sollen sie ihn den ganzen Tag in eine Rüstung stecken? In einen Keller oder einen Brunnen? Die Bullen! Idioten! Unfähiges Pack.

Nein, nein, er wird sich nicht vom Fleck rühren, er wird die Nacht in aller Ruhe hier verbringen. Morgen wird die Telefonverbindung wieder funktionieren, der Gouverneur wird zurück sein ... Felipe hat alles gesichert, er hat sogar die Tore des Anwesens vermint, und der Erste, der unangekündigt in die Fazenda einzudringen versucht, fliegt in die Luft, basta!

Ganz in seine Gedanken versunken, hat Senhor Muñor nicht bemerkt, dass Felipe sich nicht mehr um seine elektronischen Geräte kümmert.

Er steht in einer Zimmerecke, blickt, den Kopf leicht in den Nacken gelegt, zur Decke und lauscht. Senhor Muñoz zieht eine aristokratische Augenbraue hoch, doch Felipe bedeutet ihm zu schweigen. Also lauscht auch der große Fazendeiro. Er glaubt, ein Kratzen, ein leichtes Quietschen und Brummen zu vernehmen. Ganz in der Nähe, hier im Haus.

Plötzlich lässt eine Detonation den Raum erzittern, das Licht flackert. Die Sepiafotografie der Fazenda fällt von der Wand, der Rahmen zerbricht. Von der Decke rieseln Farbpartikel so anmutig wie Schneeflocken.

Felipe stürzt zu seinem Gewehr.

Kapitel 35

Senhor Munñoz richtet den Lauf seiner chromglänzenden Ingram zur Decke. Felipe brüllt:

»Tun Sie das nicht!«

Doch der grandiose Reiter und Mann von Welt eröffnet das Feuer. Eine kurze Serie von Schüssen schlägt in die Decke, eine Kugel prallt ab, die Hülsen klirren auf den Kacheln, der Putz rieselt, und eine Staubwolke erfüllt den Flur.

»Hören Sie auf, Senhor Muñoz, Sie bringen uns alle beide um!«

Die Augen weit aufgerissenen, deutet Muñoz mit zitterndem Finger auf die Wand.

»Heilige Mutter Gottes, es ist ein Tier, Felipe. Ein Tier in der Wand ... Oder in der Decke. Hören Sie das? Schießen Sie ... Schießen Sie!«

Felipe kann nicht ausmachen, woher das Geräusch kommt. Seine Augen wandern über die Wände des Flurs. Ein metallisches Knirschen, ein Brummen, dann ein Quietschen, das an eiserne Klauen erinnert. Es ist ganz in ihrer Nähe. Die Deckenlampe erlischt und geht gleich darauf wieder an.

Muñoz hat Angst.

»Wo sind die anderen? Herr im Himmel, Felipe, antworten Sie! Rufen Sie Hector und Luís.«

Felipe bleibt ungerührt, lauscht auf das Geräusch. Ganz plötzlich verstummt es. Er seufzt und äußert schließlich:

»Sie sind tot, Senhor … Verstehen Sie? Tot! Ich bin vorhin mit dem Fernglas auf das Dach gestiegen und habe sie da draußen gesehen.«

Plötzlich setzt das metallische Quietschen wieder ein. Lauter. Felipe flüstert:

»Fliehen Sie, Senhor! Fliehen Sie! Ich weiß nicht, was los ist!«

Muñoz, leichenblass, zwirbelt panisch seinen Schnurrbart. Fast schüchtern fragt er:

»Aber wohin? Wenn Hector und Luís auch tot sind …«

Der Leibwächter deutet auf die Tür hinter sich:

»Oder Sie schließen sich dort ein, aber rühren Sie sich bloß nicht vom Fleck.«

Guilherme Luiz Felisberto Muñoz wirbelt herum und stürzt auf die Tür zu. Zurück in den kleinen Raum mit dem roten Samtsessel und der Sepiafotografie, die jetzt zerbrochen am Boden liegt. Er schlägt die Tür hinter sich zu und sucht nach einem nicht vorhandenen Riegel.

Felipes Gewehr donnert los, ein Schuss, zwei Schüsse schnell hintereinander, dann eine ganze Salve. Felipe schreit etwas und feuert erneut mehrere Serien von Schüssen ab. Die Wand vibriert unter der Wucht der Einschläge, dann Stille. Endlich vernimmt Muñoz, der den Griff seiner Waffe fest umklammert hält, ein dumpfes Geräusch, wie von einem fallenden Körper.

Mit schwacher Stimme fragt er durch die Tür hindurch:

»Sie haben ihn erwischt, Felipe, wie? … Sie haben ihn erwischt?«

Langsam schiebt sich in dem Zimmer, in dem Senhor Muñoz gefangen ist, etwas aus dem oberen Teil der Mauer. Das Gitter der Klimaanlage fällt klirrend auf den Boden, zu Füßen des erstarrten Mannes, direkt neben die Sepiafotografie der Fazenda. Dann taucht ein gepanzerter Kopf auf. Zwei Augen fixieren den Großgrundbesitzer. Genau darüber bewegt sich brummend etwas, das aussieht wie ein glänzender Stachel.

Muñoz ist wie hypnotisiert. Sein Finger ruht neben dem Abzug. Sein Mund öffnet sich leicht, als wolle er sprechen, doch kein Ton kommt heraus.

Er wirkt gar nicht erschrocken.

Dabei ist er völlig sicher, dass das, was er da vor sich sieht, ihn töten wird.

Kapitel 36

Die Pilotin verlangsamte die Fahrt ihres Zeppelins oberhalb der in den Zweigen verborgenen Insektenfallen und suchte nach einem passenden Landeplatz für den Baumkronenschlitten und seine beiden Passagiere.

Durch ihr Fernglas erspähte sie einige Äste mit abgebrochener Spitze und platt gedrücktem Blattwerk. Dies, erklärte sie Lucrèce, sei mit Sicherheit die Stelle, an der Garnier und Leteinturier ihren Schlitten abgesetzt hatten.

Sie deutete mit dem Zeigefinger auf zwei Bäume, deren Kuppeln sich überlappten. Einer von ihnen war voller purpurfarbener Blüten. Der Ort schien ihr geeignet, und so teilte sie Maria-Esperanza und Sénéchal über Mikro mit, dass sie nun mit dem Landemanöver des Riesendingis, in dem die beiden saßen, auf dem Kronendach beginnen wolle.

Nachdem Chantal ihr Ziel anvisiert hatte, wartete sie, bis die Luft im Ballonett des Zeppelins abgekühlt war und dieser sich stabilisiert hatte. Dann verringerte sie die Höhe und setzte ihre Fracht auf dem Gipfel des höheren Baumes ab.

Als sie das Blattwerk berührten, vernahmen sie das Quietschen der Wülste und das Knacken einiger Zweige, während das Gefährt sich bog und allmählich der Kuppelform des Baumes anpasste. Nach einem letzten Ruck kam das Dingi zum Stillstand.

Chantal konzentrierte sich auf ihren Steuerknüppel, ohne den Blick vom Bildschirm abzuwenden, auf dem der Schlitten zu sehen war. Er glich einem riesigen roten Seestern auf grünem, mit malvenfarbenen Sprenkeln durchsetztem Grund. Im Schatten des Luftschiffs lösten Kommissarin Saint-Louis und der Umweltinspektor die Nylonschnüre, mit denen der Schlitten am Zeppelin befestigt war.

Sénéchal ließ sich auf das Netz gleiten, das zwischen den Wülsten gespannt war. Doch schon beim ersten Schritt landete er auf allen vieren, sodass ihm der Duft der unter ihm liegenden Blätter in die Nase stieg. Die Indianerin dagegen bewegte sich leichtfüßig von einem Haltetau zum anderen. Geschickt balancierte sie auf einem Gummiponton, der diagonal über dem Schlitten verlief, und löste die Leinen, als würde sie das jeden Tag machen.

Lucrèce, der im Korb des Luftschiffs saß, sah sich genötigt, seinen Sicherheitsgurt zu öffnen und vorsichtig aufzustehen, um mit nur einer Hand eine widerspenstige Halteschlinge zu ergreifen, die einen Meter unter ihm baumelte.

Danach ließ er sich, das Hemd schweißnass, wieder auf seinen Sitz plumpsen.

Kapitel 37

Sénéchal konzentrierte sich auf seine Füße, die in Leinenschuhen auf dem Netz des Katamarans standen. Der malvenfarbene Kelch einer Blume ragte durch die Maschen. Einen Moment lang bewunderte er ihre zarten Blütenblätter, die mit einer feinen blassen Bordüre verziert waren. Inmitten ihrer Krone thronte ein winziges scharlachrot gewandetes Insekt.

Der Umweltinspektor stellte sich die idiotische Frage, wie es ihn nur hierher hatte verschlagen können: auf ein wackliges, leicht schwankendes Dingi im Wipfel eines gewaltigen Baumes. Weit und breit kein fester Boden.

Er beschirmte seine Augen mit der Hand.

Über ihnen erhob sich der Zeppelin majestätisch in die Lüfte. Er leuchtete von innen. Die Brenner brummten. An den Seiten baumelten die Halteschlingen herunter.

Nun, da sich Sénéchal nicht mehr direkt unter dem bauchigen Ballon des Luftschiffs befand, erschien es ihm noch wuchtiger.

Es erinnerte ihn an ein am Himmel hängendes Haus, das die anderen Baumkronen überschattete und das Blattwerk. Plötzlich ein lautes Knattern: Chantal hatte den Motor wieder angeworfen. Das bunte zigarrenförmige Gefährt gewann stetig an Höhe und wurde immer kleiner. Es flog an der Sonne vorbei, dann drehte die Nase ab und entfernte sich allmählich. Die blonde Pilotin hatte angekündigt, einige große Kreise zu fliegen und dann zu dem Schlitten zurückzukehren.

Sobald sie Hinweise auf die verschwundenen Aeronauten entdeckten, würden sie ihr über Funk Bescheid geben.

In der Ferne flirrte die Luft vor Hitze, Wolken formierten sich zu einer Prozession, die den Horizont versperrte. Der Motorenlärm des Luftschiffs ebbte ab und ging schließlich in den Geräuschen des Dschungels unter, bevor er erneut lauter wurde und wieder erstarb. Der Zeppelin erinnerte Sénéchal an ein funkelndes Spielzeug über den Wogen des Baumkronendachs. Ihm kam der Gedanke, dass Kommissarin Saint-Louis und er wie zwei Schiffbrüchige auf einem Floß waren, die verloren inmitten eines grünen Ozeans dahintrieben.

Sein Blick fiel auf die an einem der aufblasbaren Pontons befestigte Metalltrommel, in der ein Stahlseil mit einem Haken aufgerollt war. Chantal hatte ihm mit einem ironischen Augenzwinkern erklärt, diese batteriebetriebene Winde sei »für Leute wie Sie, Monsieur Sénéchal, die nicht so darin geübt sind, in Bäumen herumzukraxeln. Für alle Fälle!«

Kapitel 38

Senhor Muñoz liegt ausgestreckt da.

Senhor Muñoz rührt sich nicht. Sein Kopf ruht auf einem weißen Satinkissen. Er trägt spitze Stiefel aus weißem Schlangenleder.

Mit seiner blütenweißen Krawatte aus Wildseide und dem feinen Schnurrbart, der auf das leblose Gesicht gezeichnet scheint, wirkt er sehr imposant in seinem geöffneten Sarg.

Das Totenzimmer ist voller weißer Blumen, deren süßlicher Duft Inspektor Zé Ferrera von der Kripo, der inmitten der andächtigen Menge sitzt, die Nase rümpfen lässt.

Nur sorgfältig ausgewählte Gäste sind anwesend, da nicht alle, die Senhor Muñor näher oder flüchtiger gekannt haben, in das Totenzimmer passen. Denn das sind Legionen. Allein schon sein zahlreiches Personal, das draußen auf dem Ehrenhof geblieben ist, inmitten all der schwarzen Wagen und der Pferde, die gelangweilt ihre Mähne schütteln. Durch die gepolsterten Eingangstüren hört man die Frauen schwatzen und jammern.

Plötzlich muss der Inspektor niesen, worauf sich ein Teil der ersten Reihe umdreht und ihn mit einem kurzen vorwurfsvollen Blick misst. Sein Nachbar zur Rechten, ein schlecht gekleideter Hüne in einem zerknitterten Jackett, das seine kräftigen Brustmuskeln zu sprengen drohen, nickt ihm zu, als wolle er sagen »Nicht weiter schlimm«.

Innerlich muss der Bulle grinsen.

Diesen Typen kennt er natürlich. Es ist ihm nie gelungen, ihn zu überführen. Leider. Er ist einer der Pistoleros der verstorbenen Exzellenz Guilherme Luiz Felisberto Muñoz, Großgrundbesitzer, Mann von Welt, grandioser Reiter und Spross einer der nobelsten Familien dieses großen Landes. Friede seiner Seele ... Und auch ein großer Zerstörer des Regenwaldes, der garantiert durch diesen Pistolero (leider gibt es keinen Beweis) mehrere arme Schlucker hat umlegen lassen, die der Zwangsarbeit bei der Abholzung des Regenwaldes zu entkommen suchten. Illegale Rodungsarbeiten, durch die Typen, die sich ohnehin schon an Soja dumm und dämlich verdienen, noch reicher werden, während Millionen in diesem Lande nichts zu beißen haben ... Mögen sie alle in der Hölle schmoren, er und seinesgleichen. *Adeus*, wie gut, dass du den Abgang gemacht hast, Senhor Muñoz, alter Mistkerl.

Der Inspektor schiebt seine Hand unter die Jacke und rückt beiläufig seine Magnum 357, die ihn etwas behindert, im Halfter zurecht. Draußen wird einer seiner Leute, getarnt als Journalist, diese nette Versammlung filmen, wenn sie das Totenzimmer verlässt – ebenso wie den Pöbel auf dem Platz. Das könnte nützlich sein.

Sein Nachbar, der Pistolero, rutscht auf seinem Stuhl hin und her.

Es macht ihn nervös, neben diesem Bullen mit dem Heuschnupfen zu sitzen, der noch dazu nach Haarwasser stinkt. Gerne würde er die Arme verschränken, um eine würdige Haltung einzunehmen, doch er fürchtet, dass seine Jacke im Rücken aufplatzt.

Vorhin hat er die sterbliche Hülle seines toten Chefs aus der Nähe betrachtet und festgestellt, dass der Bestatter ausgezeichnete Arbeit geleistet hat. Unglaublich, der Chef sieht aus, als hätte er schlechte Laune, als könnte er sich gleich aus seinem Sarg erheben und die Anwesenden anbrüllen.

Der Mann erschaudert nachträglich bei der Vorstellung, er selbst wäre mit Muñoz und seinen Leibwächtern auf der Fazenda gewesen und ebenfalls durchsiebt worden ... Dieser Wicht von

Carvalho ist vor der Freitreppe der Haupt-Fazenda kaltgemacht worden, und gleich danach war der Chef an der Reihe ... Sind sie ihm in die kleine dreihundert Kilometer entfernte Fazenda gefolgt? Dann wird es wirklich Zeit für die Sojabarone, sich Sorgen zu machen ... Angeblich hat der Gouverneur, als er vom Tod seines lieben Freundes Muñoz erfuhr, einen Tobsuchtsanfall bekommen und die besten Köpfe der Spurensicherung eingesetzt. Beängstigend, dass all diese Superbullen außer den Abdrücken von Muñoz, Felipe und ihren Männern nichts gefunden haben. Alle tot. Alle. Wer hat sie umlegen können? Phantome? Aber Phantome knallen doch keine Lebenden ab, oder? Die Jungs, die in ihrem Jeep mit den Nachtsichtgeräten draußen waren, erfahrene Typen, sind ganz aus der Nähe erschossen worden ... Zu nahe für Profis wie sie. Und Felipe und der Chef, die sind in der Fazenda mit Kleinkaliberwaffen abgeknallt worden, dabei hatte Felipe alle Zugänge vermint ...

Unter der geistigen Anstrengung legt sich seine niedrige Stirn in Falten. Unbewusst versucht er, die Arme zu verschränken, doch da sogleich seine Jacke im Rücken spannt, lässt er es lieber bleiben.

Die Bullen haben eine aufgesprengte Tür gefunden und jede Menge Indizien – Hülsen und Gewehre – und alles haargenau untersucht, aber keine Spur von einem Killerkommando. Respekt, Respekt. Ob sie wohl Spuren von der Vereinigung »Bauern ohne Land« gefunden haben? »Der Regenwald ist unser wertvollstes Gut« ... Nein, das kann nicht die Tat landloser Bauern sein, die sind viel zu blöd ...

Der junge Pater in der Soutane in der dritten Reihe, das ist dieses Dreckstück de la Vega. Ein Spitzel der IBAMA-Bullen. Treibt sich bei dem verlausten Gesindel aus den Favelas herum. Hat dem Boss öfter ins Gewissen geredet. Gedroht, die IBAMA auf die illegalen Abholzungen anzusetzen. Der Chef hat herumgebrüllt und ihn rausgeschmissen. Kleiner Idiot ... Es wäre besser gewesen, ihn eines Abends in einem Kofferraum spazieren zu fahren.

Aber wer ist dieser vertrottelte alte Pfaffe neben ihm, der dauernd an seinem Rosenkranz rumfummelt?

Kapitel 39

Gewiegt vom leichten Schaukeln des Baumkronenschlittens und dem Rauschen der Blätter, fühlte Sénéchal, wie ihn Benommenheit überkam.

Er musste alle Kraft zusammennehmen, um sich klarzumachen, dass er sich fünfzig Meter über dem Boden befand. Sein Blick schweifte über die roten Plastikringe hinweg zu einer Art Park voller Blumen und Gestrüpp, der sich hinzog, so weit das Auge reichte. Ein Stück entfernt ragte ein gewaltiger Baum mit dunklem Laub und knotigen, farnbewachsenen Ästen über die anderen hinaus wie ein Patriarch. (»Bäume sind die größten Lebewesen der Erde«, hatte ihm Lucrèce gesagt.)

Fast schien es dem Umweltinspektor, als könne er den Baumkronenschlitten verlassen, zu Fuß durch den Park spazieren und sich im Schatten des Riesen niederlassen. Doch wie er wusste, war das nur eine gefährliche Illusion. Obgleich die Sonne auf seinen Helm knallte, war es angenehm kühl. Ein großer schwarz und orange gestreifter Schmetterling flatterte dicht an ihm vorbei, legte mit einem einzigen Flügelschlag zehn Meter im Gleitflug zurück und tauchte dann in das Mysterium des Unterholzes ein, von dem ein modriger Geruch aufstieg. Aufmerksam betrachtete der Umweltinspektor eine der Insektenfallen im Geäst, die er aus der Ferne für Lampions gehalten hatte: ein trichterförmiges Drahtgestell, überzogen mit feinem gelben Harz, das mit einem gleichfarbigen Band an einem dünnen Zweig hing. Offenbar war sie leer. Eine dünne Liane hatte sich um das Band geschlungen. Er zählte sechs weitere im Blattwerk verteilte Fallen. Weshalb waren die Aeronauten nicht zurückgekehrt, um sie einzusammeln? Hatten sie die goldene *Diabrotica* entdeckt?

Seit einer ganzen Weile drang aus dem Unterholz das Pfeifen eines Vogels zu ihm herüber – drei Töne, die sich in regelmäßigen Abständen wiederholten. Er wandte sich zu Kommissarin Saint-Louis. Sie stand am anderen Ende des Baumkronenschlittens und hantierte ebenso sicher mit ihrem Sturmgewehr wie auf ihrem Schießstand.

»Hören Sie diesen Vogel? Er singt so gleichmäßig wie ein Uhrwerk.«

Während sie etwas von ihrer Waffe abschraubte, antwortete sie:

»Das ist ein sogenannter Wachvogel.«

»Ein Wachvogel?«

»Er warnt die Bewohner des Dschungels vor Gefahren. Die Tiere wissen, dass wir hier auf einem Baum hocken wie die Affen ... Und womöglich wissen es nicht nur sie.«

Sie zog aus ihrem Rucksack eine Art Videokamera, ein längliches, kakifarbenes Gerät, und befestigte es sorgsam an der Halterung des Zielfernrohrs ihrer Waffe.

Sénéchal beobachtete sie neugierig.

»Wollen Sie mit dem Ding einen Erinnerungsfilm drehen?«

»Senhor Pierre Sénéchal, dies ist alles andere als ein Spielzeug. Es verfügt über einen optischen Sucher, der sowohl bei infrarotem als auch bei ultraviolettem Licht ein klares Bild zeigt, über eine Lasersteuerung, ein GPS, eine elektronische Tag- und Nachtkamera und ein Richtsystem, mit dem man das Ziel markieren kann.«

»Wie, das Ziel markieren?«

»Durch den Laser kann ich selbst aus großer Entfernung eindeutig einen Punkt anvisieren und seine GPS-Koordinaten festhalten. Ich kann sogar eine unsichtbare Markierung hinterlassen.«

Ein Lächeln huschte über ihr Gesicht, so als käme ihr plötzlich eine Idee.

»Das ist bestimmt moderner als das Franchi-Pumpgewehr, das sie zusammengeklappt in Ihrem Rucksack spazieren tragen, was?«

Sénéchal stutzte.

»Woher wissen Sie, dass ich eine Waffe in meinem Rucksack habe?«

»Ich verstehe ein bisschen was von Hexerei. Wir von der brasilianischen Umweltpolizei haben alle die Gabe, durch Gepäckstücke hindurchzusehen. Wussten Sie das nicht?«

»Nein, aber ich habe einen relativ guten Geruchssinn, und ich finde, dass die Außentasche Ihres Rucksacks nach Cannabis riecht. Ein bisschen wie das Handschuhfach Ihres Dienstwagens von der IBAMA. Ich nehme an, Sie haben vor kurzem eine erfolgreiche Beschlagnahmung von weichen Drogen bei finsteren Feinden der Umwelt durchgeführt?«

»Treffer, Senhor Pierre Sénéchal. Aus Ihnen hätte auch ein guter Polizist werden können.«

Sie richtete den Lauf ihrer Waffe in den Himmel und spähte durch den Sucher der darauf angebrachten Kamera. Während sie sie etwas fester schraubte, sagte sie:

»Werfen Sie Ihre Bananenschalen so weit wie möglich weg, sonst locken Sie alle möglichen Insekten an.«

»Ist das nicht unsere Aufgabe, Kommissarin?«

»Ich spreche von Ameisen und kleinen schwarzen Wespen. Sie sind sehr gefräßig.«

»Die Ameisen sollen auf diesen Baum kommen, um meine Bananenschalen zu verspeisen?«

»Über die Lianen wechseln sie von Baum zu Baum. Auf einem einzigen gibt es Tausende von ihnen. Wussten Sie, dass das Gewicht aller Ameisen auf der Welt größer ist als das der Menschen?«

»Okay, okay. Aber sagen Sie, gibt es in dieser Gegend auch Spinnen?«

»Natürlich. Manche erreichen die Größe eines Tellers. Aber meist kommen sie nur nachts aus ihrem Versteck, um Vögel zu jagen. Keine Sorge, ich habe Moskitoschutzmittel und ein Gegengift dabei. Sie wissen sicher auch, dass es manchmal Schlangen auf den Bäumen gibt?«

Der Umweltinspektor zuckte die breiten Schultern.

»Natürlich. Ich kann Ihnen übrigens auch sagen, dass die häufigste Todesursache bei Schlangen der Sturz von einem Baum ist. War Ihnen das etwa nicht bekannt? Gut, Kommissarin, bevor das Luftschiff zurückkommt, müssen wir alle Fallen einsammeln und überprüfen, ob sie die gleichen Insekten enthalten, die wir bei Garnier und Leteinturier entdeckt haben.«

Aus dem Nichts rauschte ein Windstoß durch das Blattwerk und scheuchte die Papageien auf.

Direkt unter ihnen ein grässliches Knacken.

Der Baumkronenschlitten erzitterte. Maria-Esperanza, die auf dem Gummiponton saß, verlor das Gleichgewicht und stürzte, ohne einen Laut von sich zu geben, vor Sénéchals Augen rücklings über Bord.

Kapitel 40

Sénéchal rappelte sich auf und lief über das Netz des Katamarans. Der weiche Boden gab nach, er strauchelte, fing sich wieder und eilte zu der Stelle, wo die Kommissarin verschwunden war.

Er beugte sich über die Plastikbrüstung.

Sie hing einige Meter tiefer an ihrer Sicherheitsleine: Er sah ihren Helm hin- und herschwingen. Maria-Esperanza hatte sich in einer blühenden Liane verfangen, die ihren Sturz aufgehalten hatte.

Mit dem Ellenbogen stützte sich die junge Frau auf einem dicken in der Luft hängenden Ast ab. Mit der freien Hand klammerte sie sich an einem Farnbüschel fest, das neben ihr auf einem anderen Zweig wuchs.

Sénéchal rief ihr zu:

»Alles in Ordnung?«

»Alles in Ordnung. Sehen Sie sich diesen Ast an ... Er war fast abgeknickt, und wir haben bei unserer Landung das Werk vollendet.«

Die dicken Verzweigungen, die der Umweltinspektor unter sich sah, wirkten wie steinerne Strebebögen einer Kathedrale. Andere erinnerten an in seltsames Licht getauchte Wendeltreppen, die in die Tiefe führten. Von einer Etage zur anderen bildeten verschlungene Lianen komplizierte Netzwerke. Er hatte das schwindelerregende Gefühl, in einen Brunnenschacht voller bewegter Schatten zu blicken.

»Kommen Sie schnell wieder rauf! Wenn die Lianen nachgeben, könnte dieser Zweig Sie mit in die Tiefe reißen.«

»Ich habe etwas sehr Merkwürdiges gesehen.«

»Was?«

»Ein komisches Ding ... Da unten. Lassen Sie mich noch eine Länge weiter runter, ich würde mir das gerne aus der Nähe ansehen.«

Sénéchal warf einige Meter des farbigen Seils über Bord, die Maria-Esperanza unten aufrollte. Beide waren schweißüberströmt.

Plötzlich begann sich der Ast, auf den sich Maria-Esperanza stützte, zu neigen. Mit weit aufgerissenen Augen versuchte sich die Kommissarin von ihm zu entfernen, doch vergebens. Eine der blühenden Lianen, die ihn trugen, gab mit einem Peitschenknall nach. Dann die nächste. Von heftigem Blätterrauschen begleitet, sackte der Ast einen guten Meter tiefer, federte kurz zurück und stabilisierte sich, gehalten von einer einzigen Pflanzenschlinge.

Sénéchal schrie:

»Verschwinden Sie von da!«

Ohne zu zögern, ließ die Indianerin ihr Sicherheitsseil und das Farnbüschel los, an dem sie sich festgeklammert hatte, nahm Anlauf und schwang sich auf den von der Liane gehaltenen Ast, der ihr als Sprungbrett diente und sie auf den Stamm katapultierte. Sie umschlang ihn mit Armen und Beinen, zog sich hoch und saß bald darauf in einer Astgabel.

Der ganze Baum schwankte und knarzte. Sénéchal richtete sich auf. Das Netz unter seinen Füßen schlingerte und knirschte. Da bemerkte er, dass sich das Licht verändert hatte: Dicke Wolken wälzten sich über den Himmel, und ein dunkler Streifen verfinsterte den Horizont. Das Kronendach, das noch kurz zuvor einem friedlichen Park geglichen hatte, war jetzt in ständiger Bewegung. In einiger Entfernung bog sich der Patriarch im Wind.

Der Umweltinspektor blickte suchend nach oben und entdeckte das Luftschiff als einen kleinen silbernen Punkt am schwarzen Firmament.

Er beugte sich wieder nach unten. Kommissarin Saint-Louis saß unverändert auf ihrer Astgabel. Er schrie ihr zu, sie müsse so schnell wie möglich nach oben kommen. Seine Ruf löste ein unerwartetes Phänomen aus: Der abgebrochene Ast, der von einer letzten Liane gehalten wurde, erzitterte, als habe er plötzlich ein Eigenleben, er sank hinab, drehte sich, verfing sich für den Bruchteil einer Sekunde in anderen Zweigen, die dann plötzlich unter seinem Gewicht nachgaben.

Dann stürzte er ins Leere, ehe er erneut von einer Liane aufgehalten wurde, die sich spannte wie eine Bogensehne.

»Öffnen Sie schnell den Karabinerhaken!«

Unvermutet traf Sénéchal eine Böe. Beinahe hätte sie ihn ebenfalls über Bord geworfen, doch er klammerte sich am Ponton fest und spürte, wie der ganze Baumkronenschlitten unter ihm schwankte.

»Verdammt noch mal, machen Sie endlich den Karabinerhaken los!«

»Was?«

»Ihre Sicherheitsleine hat sich verhakt ...«

Er deutete auf den abgebrochenen Zweig: Die Sicherheitsleine der jungen Frau hatte sich in einer Verästelung verfangen.

In dem Moment, als sie die Hand an den Sicherheitsgurt legte, riss die Liane mit einem trockenen Knall, und der Ast stürzte in die Tiefe. Kommissarin Saint-Louis wurde mitgezogen.

Von dem Stamm geschleudert, auf den sie sich geflüchtet hatte, stürzte sie kopfüber in das grüne Dunkel.

Kapitel 41

Sénéchal packte die junge Frau unter den Achseln und zog sie hoch.

Sie legte die Arme um den Nacken des Umweltinspektors und flüsterte dicht an seinem Ohr:

»Beinahe hätte mich dieser verfluchte Ast umgebracht. Hab noch mal Glück gehabt.«

Er zog sie auf die andere Seite des Pontons, und sie ließ sich auf den Boden des Schlittens rollen. Hände, Unterarme und Gesicht der Kommissarin waren mit Kratzern übersät, eine Schnittwunde auf ihrer Stirn blutete. Sie rang nach Luft und versuchte, sich aufzurichten, doch der Schlitten unter ihren Füßen schwankte zu stark.

Als der Ast sie mitgerissen hatte, war sie durch das Blattwerk geflogen und hatte am ganzen Körper Schläge gespürt wie Peitschenhiebe. Sie hatte gehört, wie die Lianen gegen ihren Helm schlugen, und gesehen, wie der riesige Baumstamm senkrecht vor ihr entlangglitt. Dann hatte sich ihre elastische Sicherheitsleine auf wundersame Weise von dem fallenden Ast gelöst und war plötzlich einige Meter emporgeschnellt. Der Ruck war so heftig gewesen, dass es ihr fast den Atem verschlug. Weit unter ihr war der Ast, immer wieder vom Stamm abprallend und andere Zweige knickend, mit wachsender Geschwindigkeit in die Tiefe gesaust, um schließlich irgendwo im Unterholz auf den Boden zu schlagen. Das Geräusch des Aufpralls hallte im Dschungel wider.

Völlig verblüfft am Ende ihrer Sicherheitsleine baumelnd, hatte Maria-Esperanza nach einem Halt gesucht. Doch sie war zu weit von anderen Bäumen und Schlingpflanzen entfernt. Durch das Loch, das der stürzende Ast in das Laubwerk gerissen hatte, konnte sie die Unterseite des Baumkronenschlittens erkennen und im Gegenlicht Sénéchals Kopf, der sich hinausbeugte. Der Schlitten schwankte heftig. Der Umweltinspektor machte ihr Zeichen, und sie winkte zurück, ehe sie die Funkverbindung in ihrem Helm einzuschalten versuchte und erfolglos in ihr Mikro brüllte. Nichts funktionierte mehr.

Sénéchals Kopf war verschwunden und kurz darauf wieder aufgetaucht. Er ließ einen glänzenden Gegenstand zu ihr herab: den Metallhaken einer elektrischen Winde.

Nach einer ganzen Weile war es ihr wie durch ein Wunder gelungen, den am Ende eines Drahtseils pendelnden Karabiner zu packen und an ihrem Sicherheitsgurt zu befestigen.

Während sie durch das dichte Blattwerk hinaufgezogen wurde, hatte sie das sehen können, was vor dem Sturz ihre Aufmerksamkeit erregt hatte.

Ihr Blick schweifte suchend über den Himmel, der einer grauen Zinkplatte glich, doch das Luftschiff war nirgends zu sehen.

Von Zeit zu Zeit hob der Wind den Schlitten an einem Ende an, und das Quietschen der Plastikschläuche auf den Blättern mischte sich in das Knarren der Bäume. Der Wind peitschte das Laub um sie herum auf. Die Indianerin wischte sich die Stirn und kroch zu ihrem Rucksack und ihrer Waffe. Ein Blitz, gefolgt von einem heftigen Donnerschlag, erhellte sekundenlang das Kronendach. Der Schlitten glitt einen guten Meter weiter.

Sie rief Sénéchal zu:

»Wir müssen möglichst schnell hier weg.«

Mit beiden Händen umklammerte er das Funktelefon und versuchte, durch die knisternden, pfeifenden Störgeräusche die Stimme von Lucrèce zu verstehen. Plötzlich hörte er stattdessen Chantal:

»... Tropengewitter ... naht ... Minuten ...«

»Was? Wiederholen Sie!«

»Kommen ... versuchen ... aufzunehmen ... niedrige Höhe, ich wiederhole: niedrige Höhe!«

Dann drang nichts als ein fortgesetztes Rauschen aus dem Kopfhörer. Maria-Esperanza kniete auf dem Netzboden, öffnete die Gurte, die den Rucksack mit der Waffe sicherten, und setzte ihn auf. Hinter ihr bog sich die blühende Krone eines Baumes im Wind und schwang dann langsam wieder zurück. In der Ferne grollte der Donner.

Sénéchal schrie:

»Ich sehe sie zwar nicht ... Aber ich glaube, sie kommen!«

Er zeigte auf die Metallkanister mit Kerosin und Wasser.

»Schmeißen Sie das sofort über Bord, Kommissarin.«

Sie sah ihn verblüfft an.

»Warum?«

Er deutete auf die schwarzen Wolken über ihrem Kopf.

»Der Blitz. Wir sind hier besonders exponiert. Wollen Sie, dass wir in Flammen aufgehen?«

Sie zögerte. In der Ferne war erneutes Krachen zu hören. Sie blickte auf die schwarze Linie am Horizont und stellte fest, dass das Kronendach immer fahler wurde. Schließlich kroch sie zu den Kanistern und schnallte die Halterung los. Auf allen vieren kam ihr Sénéchal zu Hilfe. Ein neuer Blitz, gefolgt von einem heftigen Donnerschlag, tauchte sie in sein gleißendes Licht. Sénéchal schob die Kanister, die Maria-Esperanza losgebunden hatte, nacheinander über Bord. Trotz des lauten Ächzens der Bäume hörten sie, wie sie durch die Zweige fielen und schließlich tief unten auf den Boden schlugen.

Sobald sie fertig waren, legte sich der Umweltinspektor wieder auf den Netzboden. Die junge Frau folgte seinem Beispiel und sagte:

»Nun sind sie bei den anderen.«

»Welchen anderen?«

»Ich habe genau solche Kanister entdeckt ... Unten. Sie sind in Plastikplanen gewickelt und mit Sicherheitsseilen in den Bäumen befestigt.«

»Was? Ich habe keine Seile gesehen ...«

»Von oben sehen sie aus wie Lianen. Scheint so, als wäre dieser Baum das Kerosinlager der verschwundenen Aeronauten gewesen.«

»Na, so was! Das bedeutet auch, dass der Baum, auf dem wir jetzt hocken, nicht ihr endgültiges Ziel war.«

»Sie hatten einen zusätzlichen Tank auf ihrem Luftschiff angebracht, und hier ...«

»Hier war ihre heimliche Tankstelle.«

»Genau.«

Der Sturm erhob sich erneut und rüttelte an den Zweigen. Papageien flogen in dichten Scharen vorbei. Beunruhigt hob die Kommissarin den Blick zum Himmel.

»Wenn das Luftschiff nicht bald kommt, müssen wir ...«

»Hören Sie!«

»Was?«

»Ich glaube, da sind sie.«

Sie knieten sich hin und reckten die Hälse über die Seitenwülste. In weiter Ferne sahen sie das bunte Luftschiff hinter den windgezausten Bäumen. Sénéchal kroch auf allen vieren über das Netz zum Funktelefon. Diesmal antwortete ihm Lucrèce:

»Ja, ich höre dich. Wir werden hier unglaublich durchgerüttelt und ... Wir kommen von Westen zu euch, ich wiederhole: von Westen, Chantal wird versuchen ... der Druck sinkt ... von hier zu verschwinden. Versucht ...«

Die Verbindung war unterbrochen.

Sénéchal beobachtete erneut das Luftschiff. Es wendete und erhob sich schwankend mit niederschmetternder Langsamkeit über das Baumkronendach. Er hatte den beklemmenden Eindruck, dass die Pilotin größte Mühe hatte, ihr Gefährt zu steuern. Genau über dem Ballon zuckte ein Blitz herab.

Als sei das ein Signal, setzte der Sturm jetzt erst richtig ein. Der Wipfel ihres Baumes neigte sich und mit ihm der Schlitten.

Während Sénéchal zusah, wie der Himmel vorbeizog und der Nachbarbaum immer näher kam, wurde ihm fast übel. Als sie zurückschwangen, vernahm er das Knirschen des Schlittens auf den Blättern und das Knacken der Zweige, die unter ihnen brachen. Er drehte sich um: Auch Maria-Esperanza klammerte sich an einen der Luftwülste.

Der Wipfel bog sich erneut. Diesmal spürte Sénéchal deutlich, dass der Schlitten nach vorne glitt. Dem Nichts entgegen.

Als der Baum unter heftigem Ächzen wieder seine Ausgangslage einnahm, bemerkte er, dass die junge Frau neben ihm ausgestreckt lag. Ängstlich fragte sie ihn:

»Glauben Sie, wir könnten hier herausgeschleudert werden?«

»Vielleicht sollten wir etwas Luft ablassen oder den Schlitten festbinden, aber ...« Er machte ihr ein Zeichen. »Horchen Sie! Ich höre nichts mehr von dem Luftschiff.«

Wieder beugten sie sich über den Ponton. Zu ihrer großen Überraschung war der Ballon viel näher, als sie vermutet hatten. Doch der Wind trug den Motorenlärm in die andere Richtung davon. Die runde Schnauze des Zeppelins kämpfte gegen den Sturm an. Er wurde hin- und hergeschüttelt wie ein großes Schiff bei starkem Seegang, als er jetzt dicht über dem Blattwerk auf sie zukam.

Ihr Baum neigte sich erneut. Diesmal wurden sie nach hinten gedrückt, und der Himmel glitt langsam an ihnen vorbei. Sénéchal krallte sich am Netz fest, um nicht herauszufallen. Maria-Esperanza klammerte sich an seinem Arm fest. Dann wurden sie in einem weiten Bogen zurückgetragen.

Jetzt war auch das Motorengeräusch des Luftschiffs zu vernehmen. Je näher es kam, desto lauter wurde es, und schließlich übertönte es sogar den Wind.

Der Umweltinspektor hob den Blick. Das Gefährt, das schräg auf sie zukam, war keine zwanzig Meter von ihnen entfernt, die Halteschlaufen flatterten auf beiden Seiten. Die Gondel berührte fast die Wipfel. Er konnte deutlich Chantal erkennen, die sich mit gesenktem Kopf auf ihren Steuerknüppel konzentrierte, und Lucrèce, der sich an den Metallstreben festklammerte. Der majestätische Riese, der das Baumkronendach beherrschte, wurde von heftigen Böen gebeutelt.

Ein Blitz erhellte die Nylonhülle des Luftschiffs, als würde es von innen erleuchtet. Dann folgten zwei weitere direkt über dem Dschungel. Der Sturm wurde heftiger, das grüne Wogen nahm eine unheilvolle Färbung an, und plötzlich glich das ganze Baumkronendach einem wütenden Meer. Der Schlitten schlingerte immer stärker, die Gummiwülste hoben sich und klatschten wieder herunter. Der Wipfel ihres Baumes bog sich erneut, und diesmal erkannte Sénéchal unten deutlich das schattige Unterholz.

In schwindelerregender Tiefe.

Dann sahen sie, wie sich der Zeppelin entfernte, und begriffen, dass Chantal ihr Manöver hatte abbrechen müssen. Das Luftschiff gewann an Höhe und floh vor dem Gewitter. Wie von einer unsichtbaren Hand gestoßen, brach es zur Seite aus. Plötzlich sank es fast im Sturzflug, während der Motor laut aufheulte. Seine Schnauze streifte die Baumkronen, es drehte sich auf die Seite und verschwand in der grünen Masse, um ein Stück weiter wieder aufzutauchen und sich mit erschreckender Langsamkeit über den Dschungel zu erheben. Nach und nach stabilisierte sich das Gefährt und stieg schließlich in die Luft auf.

Es entfernte sich am pechschwarzen Himmel.

In dem Moment, als Sénéchal bäuchlings ausgestreckt seinen Rucksack anschnallte, schüttelte ein besonders starker Windstoß den Baum. Der Schlitten hob vollständig ab, ehe er, begleitet vom Krachen brechender Zweige, das an eine Salve von Schüssen erinnerte, wieder zurückklatschte. Dann bog er sich noch stärker. Die Sicherheitsseile peitschten ihre Rücken. Erst auf einer, dann auf der anderen Seite wölbten sich die Luftschläuche nach außen. Das Netz knirschte auf den Blättern, und die Blüten des Nachbarbaums kamen ihnen bedrohlich nahe.

Maria-Esperanza schrie:

»Wir müssen springen! Sofort!«

Kapitel 42

Gemeinsam kletterten sie über den Gummiponton hinweg, während der Schlitten weiter nach unten glitt.

Maria-Esperanza griff nach einer Liane, die aus den Baumkronen ragte, hielt sie fest umklammert und verschwand im Blattwerk.

Sénéchal bekam ebenfalls eine Schlingpflanze zu fassen, die allerdings sofort abbrach. Er packte eine andere, schwang sich in die Luft, verfing sich aber sogleich in den scharfen Fasern. Eine Weile drehte er sich um die eigene Achse und spürte die Schläge der Äste im Kreuz und auf seinem Helm. Da erblickte der Umweltinspektor eine andere Liane in Reichweite, packte sie und ließ sich an ihr auf einen Ast direkt unter ihm hinab. Obwohl er sehr stabil schien, spürte Sénéchal, dass er unter seinem Gewicht federte wie ein Schiffsanleger. Schließlich schaffte er es, sich rittlings auf den Ast zu hieven und ihn mit Armen und Beinen zu umschlingen.

Er hob den Kopf und sah hinauf ins dämmerige Licht. Nur wenige Meter über ihm hockte Kommissarin Saint-Louis auf einem anderen Ast von ansehnlichem Umfang. Ihr behelmter Kopf drehte sich von rechts nach links, und das Gewehr schlug im selben Rhythmus gegen ihren Rucksack.

Behutsam robbte Sénéchal zum Ende seines Astes. Der Wind pfiff ihm um die Ohren. Vorsichtig beugte er sich zur Seite und suchte den Schlitten. Plötzlich entdeckte er ihn: Umwickelt von den Lianen des Nachbarbaums, wirkte er aus dieser Entfernung wie ein riesiger Seestern in einem Fischernetz.

Doch unversehens löste er sich und kippte um, sodass Sicherheitsseile und Taschen herunterpurzelten. Dann verschwand er in den Tiefen des Dschungels.

Trotz des Ächzens der Bäume und des heulenden Sturms vernahm Sénéchal den Aufprall. Er wurde von einer Serie von Blitzen begleitet, die das Unterholz wie Scheinwerfer erhellten. Ein toter Flussarm wurde sichtbar, wo sich die schwarzen, kahlen Zweige abgestorbener Bäume ineinanderflochten.

Ein Regentropfen fiel auf sein Gesicht.

Kapitel 43

Solange das Gewitter tobte, war es Sénéchal unmöglich, zu Maria-Esperanza hinaufzuklettern.

Er schrie ihr zu, sie solle sich so schnell wie möglich in Sicherheit bringen, und deutete auf eine Stelle im Baum, wo sie besser geschützt wäre.

Er selbst zog sich in eine Astgabel dicht an dem riesigen schwankenden Stamm zurück und umklammerte eine regennasse Liane. Der Umweltinspektor spürte die heftigen Stöße jeder Böe bis in seine Handflächen. Direkt über seinem Kopf wurde ein Baumfarn vom Sturm gepeitscht. Immer wieder erhellten Blitze die Landschaft ringsumher. Der Boden tief unten glich jetzt einem grünen, von Wellen gekräuselten Meer. Die dicken Tropfen prasselten auf die Blätter, ein Geräusch, als rase ein Zug durch einen Tunnel. Dumpfe Stöße erschütterten den Stamm, an den Sénéchal sich presste, und manchmal schwankte der Baumriese so stark, dass der Umweltinspektor befürchtete, von seinem Hochsitz geschleudert zu werden.

Er war starr vor Kälte und dachte voller Bitterkeit an die Notraketen, die in dem Baumkronenschlitten gelegen hatten und jetzt im undurchdringlichen Unterholz verloren waren oder auf dem Flussarm dahintrieben.

Begleitet von einem Wasserschwall, landete Kommissarin Saint-Louis am Ende eines Sicherheitsseils plötzlich neben ihm. Wie der Umweltinspektor war sie in ein graues Plastikcape gehüllt, das nur ihr Gesicht freiließ. Sie nahm ihren Rucksack ab, auf den ihre Waffe und ein großes durchsichtiges Paket geschnallt waren, und band ihn trotz des heftigen Schwankens sorgfältig fest.

Ohne weitere Umstände presste sich die junge Frau an Sénéchal, stützte sich mit den Beinen ab und griff ebenfalls nach der Liane, an der er sich festhielt.

»Woher haben Sie diese Sicherheitsleine?«

»Es ist mir gelungen, das Seil zu erwischen, mit dem die Aeronauten ihre Kerosinkanister angebunden hatten, und auch die Plastikplane ... Wir könnten sie noch brauchen!«

»Bravo! Ich habe versucht, das Luftschiff zu erreichen, aber umsonst. Hoffentlich haben sie sich irgendwo in Sicherheit bringen können. Morgen müssen wir nach den Notraketen suchen. Ich nehme an, Sie haben ein Überlebenskit?«

»Habe ich.«

»Perfekt! Kommissarin, Sie sind doch aus dieser Gegend ... Glauben Sie, der Baum könnte umstürzen? Sollten wir nicht lieber versuchen, zum Boden abzusteigen?«

»Das ist viel zu gefährlich. Und unten könnten wir von herabfallenden Ästen erschlagen werden. Außerdem wird es bald Nacht. Wir müssen warten.«

»Unten ist ein Flussarm.«

»Ich habe ihn gesehen. Das Wasser wird sicher bis zu den Bäumen ansteigen und ...«

»Und was?«

Sie lächelte gezwungen, ihr Gesicht befand sich direkt vor dem seinen.

»Die Kaimane fürchten weder Regen noch Sturm.«

Er nickte und klammerte sich fester an die Liane.

»Sie haben recht, wir sind hier sehr gut aufgehoben.«

Kapitel 44

Das Gewitter hatte sich gelegt. Es war Nacht, und unzählige Sterne funkelten am Firmament.

Sie hatten sich in die Plastikplane gewickelt und mit dem Sicherungsseil an der Astgabel festgebunden. Unablässig tropfte das Wasser von den Blättern auf ihre Helme. Beide waren bis auf die Knochen durchnässt, doch Maria-Esperanza hatte ein Sturmfeuerzeug aus ihrer Ausrüstung zutage gefördert, an dem sie sich die Hände wärmten. Sie hatten sich einige Schokoriegel und eine Banane geteilt, die Sénéchal noch in seinem Rucksack gefunden hatte. Er hatte auch ein Stück von der Plane abgeschnitten und sie zwischen zwei Lianen gespannt, um das Tropfwasser aufzufangen. Trotz wiederholter Versuche war es ihnen nicht gelungen, Chantal und Lucrèce per Funk zu erreichen.

Der majestätische Baum, der das Kronendach wie ein mächtiger Wachposten überragte, bewegte sich nicht mehr und verbarg ihnen jetzt ein gutes Stück vom Himmel. Das Trommeln des Regens und das Pfeifen des Windes waren verstummt, und es war wieder Ruhe eingekehrt.

Später setzten die typischen nächtlichen Urwaldgeräusche wieder ein: die zarten Töne der Laubfrösche, die Rufe der Nachtvögel und der in den Bäumen lebenden Säugetiere, die erstickten Schreie einer Affenbande, das Quaken der Kröten in dem Flussarm und das Zirpen der Insekten. Der Dschungel rauschte jetzt wie die Brandung des Meeres. Der Geruch nach regennasser

Vegetation, Humus, welken Blättern und Blüten drang zu ihnen herauf. Bisweilen streiften sie auch die widerwärtigen Ausdünstungen des Flussarms, doch diese wurden rasch von der leichten Brise davongetragen, die die Blätter wiegte und so winzige Regenschauer verursachte.

Sénéchal betrachtete den Himmel, beeindruckt vom Anblick der Milchstraße. Er murmelte:

»Ich verstehe jetzt, dass unsere Vorfahren vor sehr langer Zeit aus Sicherheitsgründen auf den Bäumen geschlafen haben. Doch ich hätte nie gedacht, dass der Dschungel so geräuschvoll ist. Oder aber wir befinden uns hier in einer besonders lauten Ecke … Ich habe sogar das Gefühl, die Bäume wachsen zu hören.«

Maria-Espéranza antwortete nicht. Er musterte sie im Dämmerlicht. Ihr Blick war ins Halbdunkel gerichtet. Dann sagte sie langsam:

»Hier kann eine Liane dreihundert Meter lang werden, und manche von ihnen wachsen in dem Tempo, in dem sich der Sekundenzeiger Ihrer Uhr dreht. Man kann sie *wachsen sehen*. Hier befinden sich Pflanzen, Blumen und Bäume in einer stetigen Dynamik … Auch wenn alles statisch scheint. Hier ist das Reich des Lebens, und die Artenvielfalt ist größer als irgendwo sonst. Hier zeigt die Natur ihre Schöpfungskraft mehr als anderswo, Pierre Sénéchal … Hier ist der Wald lebendig. Er atmet, er pulsiert und stirbt niemals, wenn man ihn nicht rodet oder verletzt. Hier ist der Urihani der Meister. Spüren Sie ihn heute Nacht, weißer Mann …?«

»Was ist das, Urihani?«

»Der Geist des Dschungels. Er ist überall. In dem Blatt hier vor Ihnen, in dem Baum, der uns beherbergt, in jedem der Tiere, die Sie hören … Und auch in denen, die Sie nicht hören.«

Sie fügte hinzu:

»Er ist einfach da.«

Ihr Gesicht war ernst unter der Kapuze ihres Regencapes. Nach langem Schweigen brummte er leicht verlegen:

»Wenn ich daran denke, dass wir nicht mal eine dieser verdammten Insektenfallen haben einsammeln können! Morgen werden wir …«

Der gedehnte Schrei eines Nachtvogels stieg auf und brach dann plötzlich ab.

Eine schnelle Luftbewegung, ein schrilles Piepsen, das sich entfernte. Ein anderes antwortete. Dann noch eins. Ein Schatten glitt an seinen Augen vorbei, und ein Dutzend von weiteren Schatten begann, sie zu umkreisen. Das Piepsen nahm in der Dunkelheit zu.

Aufgeschreckt griff Sénéchal nach seiner Taschenlampe.

»Was ist das?«

Kommissarin Saint-Louis hielt ihn mit einer bestimmten Geste zurück.

»Fledermäuse. Wir sitzen hier in einem Almendrillobaum … für Wissenschaftler ist es eine *Dipterix odorata*. Finden Sie nicht, dass er gut riecht? Die Früchte heißen Tonkabohnen. Als Tee ein äußerst wirksames Mittel gegen Erkältung.«

»Wie praktisch.«

»Fledermäuse sind Fruchtfresser. Nachts pflücken sie hier die Tonkabohnen und tragen sie mit sich fort, um sie zu verspeisen. Dabei fallen Samenkörner auf den Boden und können sich so entwickeln und fortpflanzen. Vor allem wenn ein kleines Nagetier oder Eichhörnchen sie als Vorrat einbuddelt. Hier helfen sich alle gegenseitig, Pflanzen und Tiere. Aus seinem Holz werden gute Einbäume gefertigt.«

»Hat sich der Baum vorhin deshalb so gewiegt wie ein Kanu auf dem Wasser?«

»Was ist das?«

»Was?«

Sie zog ihren Arm unter der Plastikplane hervor und deutete auf einen Punkt zwischen den Schlingpflanzen.

»Sehen Sie die Lichter in der Ferne?«

Sénéchal reckte den Hals. Die Fledermäuse umflatterten sie zu Dutzenden, der ganze Baum war voll davon, das Blattwerk raschelte, und das Gepiepse wurde immer lauter. Der Umweltinspektor versuchte, das Dunstmeer mit den Augen zu durchdringen, doch die Fledermäuse zogen ihre arabeskenförmigen Kreise vor dem, was Maria-Esperanza ihm zeigen wollte.

»Wegen der verdammten Viecher sehe ich überhaupt nichts.«

»Machen Sie bloß Ihre Taschenlampe nicht an.«

»Okay. Ich habe ein Fernglas in meinem Rucksack.«

»Holen Sie es raus.«

Mit sicherem Griff schnallte sie ihre Waffe von ihrem Rucksack und nahm die Abdeckung von dem Zielfernrohr. Sie regelte die Einstellung, legte das Gewehr an und blickte in den Himmel hinauf. Sénéchal führte sein Fernglas an die Augen. Sie fragte ihn:

»Sehen Sie direkt über dem Horizont den Stern Wega, der zum Sternbild Lyra gehört?«

»Moment mal ... Ja, ich sehe ihn. Ich sehe ihn sogar sehr gut.«

»Senkrecht unter Wega ragt eine Erhebung aus dem Dunst.«

»Möglich ... Hm ... Ja, ich sehe sie. Da ist ein Licht und jetzt ein zweites. Eines ganz nah beim anderen. Winzig. Sie haben gute Augen. Vielleicht ein Indianerlager?«

»Nein. Die Lichter verändern ihre Farbe. Sie müssen sehr stark sein, wenn man sie aus dieser Entfernung sehen kann ... Ein Waldbrand kann es auch nicht sein.«

»Es gibt eine Art roten Blitz, oder?«

»Den habe ich auch gesehen.«

»Jetzt geht es wieder los.«

Erneut streifte eine Fledermaus den Umweltinspektor, zwei weitere folgten. Entnervt ließ er das Fernglas vor die Brust sinken und knurrte:

»Könnten diese fliegenden Ratten nicht etwas mehr Angst vor uns haben?«

Die Augen mit der Hand beschirmend, versuchte er, die hellen Punkte in der Ferne mit bloßem Auge zu erkennen. Neben ihm bewegte Maria-Esperanza langsam den Lauf ihrer Waffe.

Die Fledermäuse machten sich jetzt in der Krone des Baumes zu schaffen und verursachten einen wahren Blätterregen. Plötzlich flatterten alle fast gleichzeitig auf und flogen in dichten

Schwärmen davon. In der Ferne schlossen sie sich wieder zusammen und verschwanden im Nebel.

Maria-Esperanza und Sénéchal richteten erneut ihre Instrumente aus und suchten nach den seltsamen Lichtern, die jedoch nicht wieder auftauchten.

»Haben Sie mit Ihrem komischen Ding etwas erkennen können?«, wollte Sénéchal wissen.

»Ich habe mehrere GPS-Aufnahmen gemacht, aber bei diesen fliegenden Räubern ... Es könnten Scheinwerfer sein. Und noch was anderes. Aber das ist zu weit weg.«

Langsam veränderte sich das Licht. Ihre Schatten auf dem Blattwerk wurden länger, die Umrisse des Astes, auf dem sie hockten, wurden deutlicher: Irgendwo in ihrem Rücken war der Mond aufgegangen.

»Kommissarin, glauben Sie, der Mond hat die Fledermäuse vertrieben?«

»Ganz bestimmt nicht. Sie hatten Angst vor etwas anderem. Aber nicht vor uns.«

»Wovor dann?«

Maria-Esperanza zuckte mit den Schultern.

»Vielleicht sind wir nicht die Einzigen auf diesem Baum. Haben Sie Ihr Gewehr noch immer in Ihrem Rucksack?«

»Ja.«

»Holen Sie es heraus. Wenn es Ihnen recht ist, übernehmen Sie die erste Wache. Sollten Sie irgendetwas bemerken, zögern Sie nicht, das Feuer zu eröffnen. Ich werde ein bisschen schlafen.«

An den Stamm gelehnt, richtete sie sich auf ihrem Rucksack ein und zog die Plastikplane fest um sich; nur die Waffe, die auf ihren Knien ruhte, ragte heraus. Dann zog sie den Helm in die Stirn, gähnte und schloss die Augen.

Nach einer Weile murmelte sie:

»Wissen Sie, Pierre Sénéchal, ich habe das deutliche Gefühl, dass die Lichter dort unten etwas mit unseren vermissten Aeronauten zu tun haben.«

Kapitel 45

Der Hubschrauber in den Farben der IBAMA flog eine Kurve über den Bäumen. Das Getöse der Rotoren war weithin zu vernehmen.

Unter ihm riss der Nebel auf. Die Sonne wagte sich zaghaft hervor und tauchte die Zweige, die aus dem Dunst ragten, in einen rötlichen Schimmer.

Der Pilot richtete seine Maschine wieder auf und nahm Kurs auf den Punkt, den ihm seine blonde Passagierin angab. Chantals ausgestreckter Arm war verbunden, tiefe Ringe lagen um ihre Augen, und auf ihrer Stirn klebte getrocknetes Blut.

Hinter ihnen döste Lucrèce vor sich hin. Ein Ärmel seines Hemdes war zerrissen, seine Fliege lugte aus der Brusttasche, und auf seiner Stirn prangte eine dicke Beule.

Chantals Schrei riss ihn aus seiner Benommenheit.

»Auf drei Uhr! Notraketen!«

Er fuhr auf. In der angegebenen Richtung leuchtete ein schwaches Licht auf, gefolgt von einer dünnen roten Rauchsäule, die sich langsam in die Luft schraubte und schließlich einen riesigen Baum umspielte, der das Kronendach überragte.

Kapitel 46

»Siehst du, Pierre«, sagte Lucrèce und spielte mit seinem Glas, »ohne Chantals gute Nerven und ihre umfassende Kenntnis der Luftströmungen säßen wir jetzt nicht hier. Und wir hätten euch nicht mit dem Hubschrauber rausholen können. Eine stramme Leistung, so eine Notlandung in einem so kleinen, niedergebrannten Sektor, wenn die Sichtweite wegen strömendem Regen und Sturm nicht einmal drei Meter beträgt ... Es war die erste Bruchlandung meines Lebens. Beängstigend und zugleich sehr aufregend ... Natürlich ist es bedauerlich, dass unser Funkgerät zerstört wurde und ein Teil unseres Luftschiffs – ich glaube, das Leitwerk, nicht wahr, Chantal? – durch die Bäume beschädigt wurde und dass wir das Gefährt mit seiner kaputten Hülle zurücklassen mussten.«

Chantal legte ihre Gabel beiseite, warf einen raschen Blick auf ihre Uhr und erklärte:

»Um diese Zeit müsste der Großraumhelikopter es schon zur Basis zurückgebracht haben.«

Lucrèce bedachte die Anwesenden mit einem väterlichen Blick. Er war bei seinem dritten Caipirinha, und der Alkohol färbte sein Gesicht rosig.

»Die Nacht im Dschungel zu verbringen, war – trotz Kälte, Gefahr und Feuchtigkeit – sehr lehrreich. Das nächtliche Konzert, mit dem uns die Natur erfreut hat, war eine Glanzleistung! Und all diese giftigen Tiere, ein wahres Paradies für jemanden wie mich. Aber ich rede und rede ... Was haben Sie gerade über *Apterix* gesagt, Kommissarin?«

Maria-Esperanza lächelte ihm mit ihren leicht auseinanderstehenden Zähnen zu.

»Dass seine Früchte ein hervorragendes Heilmittel bei Erkältung sind, Senhor Serge Méjaville.«

Lucrèce faltete die Hände auf seinem Schmerbauch, über dem sich ein blütenweißes Hemd spannte, und lehnte sich zurück.

»Sicher, meine Liebe, sicher. Aber Vorsicht, die Pflanze enthält Cumarine, ein Alkaloid, das auch bei uns in einer Pflanze namens Engelwurz vorkommt. Bei der feuchten Fermentierung der Früchte, die Sie Tonkabohnen nennen, werden Antikoagulantien wie das Acenocumarol abgesondert, die bei Säugetieren Hirnblutungen auslösen ... Hm ... Ein sehr wirkungsvolles Gift. Bei uns nennt man es Rattengift.«

Sénéchal, der zwischen Chantal und Maria-Esperanza saß, schenkte den beiden großzügig argentinischen Rotwein nach. Dann machte er sich wieder über seinen Teller mit *Feijoda*, einer gut gewürzten Bohnensuppe, her und brummte:

»Glaub mir, bei fliegenden Ratten hilft das nichts.«

»Fliegende Ratten? Na, so was? Gibt es denn in Brasilien welche?«

Kapitel 47

Die drei Männer, die mit nacktem Oberkörper hintereinander in einem Einbaum sitzen, wirken nervös.

Der Mann mit dem Gewehr, der vorne im Boot sitzt, blinzelt unter dem verwaschenen Schirm seiner Mütze, um den verfallenen Steg besser erkennen zu können, der gute dreißig Meter vor ihnen im Morgennebel auftaucht. Plötzlich hebt er die Hand und wendet sich zu seinen Gefährten um.

»Legt euch ins Zeug, Jungs, und haltet die Augen offen. Gleich kommen wir unten an dem Steg vorbei ... Hier dürfen wir nicht rumtrödeln.«

Der Mann hinter ihm knurrt:

»Wir sollten besser verschwinden. Ich mag diese Gegend nicht, hier wird mir ganz mulmig.«

Der Fettwanst im Fond des Einbaums lässt den Blick über das Ufer schweifen, während er kräftig sein Paddel ins Wasser taucht. Zu seinen Füßen liegen zwei tote Affen. Ihr blutverschmiertes Fell bewegt sich leicht, denn soeben hat sich ein Wind erhoben, der den Nebel zerreißt und das Wasser kräuselt. Der Dicke lacht höhnisch.

»Ein schöner Tag, um sich einen Curare-Pfeil in den Rücken jagen zu lassen, findet ihr nicht?«

Der Mann mit der formlosen Schirmmütze regt sich auf:

»Klappe, José. Ich habe keine Lust, dass diese verdammten Indianer uns hören. Ihr Dorf muss ganz in der Nähe sein ... Jedenfalls mögen sie es überhaupt nicht, dass man in ihrem Revier jagt. Also Ruhe!«

Den Finger am Abzug des Gewehrs, kneift er die Augen zusammen und beobachtet aufmerksam den Fluss. Plötzlich deutet er auf einen Gegenstand, der zwischen den gekreuzten Pfählen des Stegs hängt.

Der Fettwanst im Fond hört auf zu paddeln. Er erkennt ein eigenartiges Paket. Es hängt an einer Liane, deren anderes Ende zwischen den Brettern des Pontons eingeklemmt ist. Es scheint auf sie zu warten.

Kapitel 48

»Was habt ihr denn da gefunden, Jungs?«

Mit einem Grinsen, bei dem er alle seine Goldzähne entblößt, mustert der Wirt der Kneipe im Pfahlbau über dem Fluss die drei Gäste, die am Tresen lümmeln.

Dann verschwindet das Grinsen.

Was sie ihm vorhin nach der Sperrstunde auf einem großen grünen Papier präsentiert haben, ist eine mausetote Schlange, eine, wie er sie noch niemals gesehen hat. Eine Schlange, die nach Schlamm stinkt und deren Farbe völlig anormal ist. Dabei hat er jede Menge von diesen Mistviechern im Dschungel und in den Sümpfen der Gegend gesehen, auch sehr große. Mehr als eine hat er getötet und sogar gegessen ... Seinerzeit hat er sogar einen Typen gekannt, der in den Sümpfen von einer Klapperschlange gebissen wurde. Um ihn zu retten, hat man ihm den Fuß amputiert. Trotzdem ist er eine Woche später gestorben. Doch einer solchen Schlange ist er garantiert noch nie begegnet. Sonderbar. Sehr sonderbar. Ihr Kopf ist in ein rotes Stück Stoff gewickelt, wie ihn die Indianer weben. Er hat sich nicht einmal getraut, die glänzende, teilweise aufgeplatzte Haut zu berühren, die keinem von Gott geschaffenen Wesen zu gehören scheint. Übrigens hat niemand sie berührt, die drei Männer haben sie ausgewickelt und sind zurückgewichen, als könnte dieses Mistvieh plötzlich aufwachen und ihnen an die Gurgel gehen.

Der Wirt wirft wieder einen Blick auf das Tier.

»Also, wo habt ihr das gefunden, Jungs?«

Dann greift er nach einer schmutzigen Flasche und füllt noch einmal die drei kleinen Gläser der Jäger. Der größte, ein Fettwanst, grinst.

»Wo wir sie gefunden haben, kann dir doch egal sein, oder? Uns interessiert nur, wie viel du uns dafür bietest.«

»Was soll ich denn damit anfangen?«

Der Fettwanst sieht seine beiden Gefährten an. Der Bärtige mit dem grobschlächtigen Gesicht wiegt leicht den Kopf, sein Blick ist auf das frisch gefüllte Glas gerichtet. Der andere knetet seine formlose Schirmmütze, streckt seine große Pranke nach seinem Glas aus, leert es in einem Zug, rülpst laut und sagt:

»Deine Frau kann sie dir zum Abendessen kochen. Du stellst drei Teller mehr hin, und wir bringen was zu trinken mit!«

Er wirft den anderen einen belustigten Blick zu.

»Oder, Jungs?«

In der Bretterhütte mit den geschlossenen Fensterläden, die von einer Sturmlampe schwach erleuchtet wird, brechen die drei Männer in Gelächter aus.

Draußen dunkeln die Schatten, die Dämmerung breitet sich über dem Fluss aus. Auf einem Ast hockt ein Nachtvogel und beobachtet den Einbaum der Fischer, der zwischen den Pfählen im Wasser treibt.

Dann breitet er die Flügel aus und erhebt sich lautlos in den Himmel.

Kapitel 49

Der Mond taucht zwischen den Zweigen auf, erhellt kurz das Indianerlager und verschwindet hinter einer Wolke.

Xingu schläft in seiner Hängematte. Seine Hand hängt heraus und berührt fast die seines Bruders, der zusammengerollt mit seiner Verlobten *Kleiner Frosch* in der Matte nebenan schläft.

Xingus großer Bruder behauptet, einen leichten Schlaf zu haben. Doch jetzt schnarcht er. Und sein Schnarchen übertönt das der anderen Stammesangehörigen, von denen einige Männer und Frauen eng umschlungen am ersterbenden Feuer ausgestreckt liegen. Xingu träumt vom Fluss, vom Gott Jaguar und auch von der Schlange, die sein Auge verbrannt hat. Seit dieser grässlichen Begegnung sind seine Nächte voller Albträume. Diesmal geht er in der Dämmerung über jenen Pfad, gesäumt von den großen Bäumen, die eine weiße Flüssigkeit absondern, wenn man ihre Rinde ritzt. Er kann mit beiden Augen sehen. Vor ihm tauchen die gekreuzten Kieferknochen des Tapirs auf, die plötzlich von einem Licht aus dem Nichts erhellt werden. Er wendet sich um und sieht seinen Bruder, der am Ende des Weges steht und ihm Zeichen macht, die er nicht versteht. Also geht er weiter, an den Kieferknochen vorbei. Er fühlt sich sehr mutig. Vor ihm ist es stockdunkel. Er streckt die Arme weit aus und geht einen Schritt voran. Dann noch einen, in die völlige Finsternis. Plötzlich durchzuckt ein stechender Schmerz seine Hände.

Xingu fährt hoch und reibt sie an seinem mageren Brustkorb, als wäre der Schmerz noch da. Dann legt er die Fingerspitzen auf sein verbranntes Auge … Er hatte es vergessen.

Sein Herz klopft, ihm ist kalt.

Xingu betrachtet die Schlafenden ringsum. Er selbst fühlt sich von dem riesigen Mond beobachtet. Der taucht das Lager in ein fast übernatürliches Licht, leuchtet die Palmendächer der Hütten aus und dahinter jeden Stamm, jeden Ast und jedes Blatt des Dschungels. Das Licht gleitet an den riesigen Stämmen entlang bis zum Unterholz, säumt die schwarze Masse des Dickichts mit einem silbernen Band. Plötzlich erregt eine Bewegung die Aufmerksamkeit des Jungen: Etwa zehn Meter entfernt steht ein Krieger. Seine Schultern und sein Rücken glänzen im rötlichen Schein des Feuers. Langsam wiegt er sich von einem Fuß auf den anderen und beschirmt die Augen mit den Händen. Er beobachtet etwas, das Xingu nicht sehen kann. Ein Tier? Ein Reh vielleicht? Oder einen Tapir?

Xingu lauscht. Er hört nur das Schnarchen der Schäfer, das Knistern der Glut und dahinter das nächtliche Leben des Dschungels, das Zirpen der Insekten und ganz in der Ferne das Konzert von Hunderten von Fröschen.

Jetzt steht der Mann am Feuer völlig reglos da. Dann bückt er sich und greift nach Pfeil und Bogen, die zu seinen Füßen liegen.

Noch leicht schlaftrunken steigt der Junge aus seiner Hängematte. Unendlich leise setzt er die Füße auf den Lehmboden. Trotzdem erstarrt der Krieger. Er hat ihn gehört, doch er wendet sich nicht um. An der Tätowierung im Nacken und der Art, wie er den Bogen hält, hat Xingu ihn erkannt. Es ist Yaoni, der Linkshänder. Ein noch junger Mann, aber schon ein erfahrener Jäger. Gemeinsam mit einem anderen Stammesgenossen wacht er heute Nacht über das Lager. Er ist bekannt für sein Geschick im Umgang mit dem großen Bogen und für seinen Mut.

Der Jagdinstinkt des Jungen erwacht. Er wird ihm helfen. Xingu ist jetzt ganz wach, und die Albträume sind in der Nacht verschwunden. Er nimmt seine Lieblingslanze, die neben seiner

Hängematte lehnt, und hofft insgeheim, dass auch er ein Tier erlegen wird.

Leicht gebeugt setzt sich Yaoni in Marsch. Er macht eine knappe Bewegung mit den Schultern. In der Sprache der Fährtenleser bedeutet das: »Folge mir lautlos.«

Auf leisen Sohlen umrundet Xingu das Feuer und verlässt ebenfalls das Lager. Kurz darauf trifft er Yaoni, der vor dem Pfad am Rande des Dschungel stehen geblieben ist. Xingu mustert sein Gesicht. Unter dem Pagenkopf leuchtet das Weiße in den Augen des blau bemalten Kriegers. Die lange Nadel, die sein Ohrläppchen durchbohrt, funkelt im Mondlicht. Yaoni zeigt keine Regung, seine Lippen bewegen sich nicht, nur seine Nasenflügel beben leicht. Mit gemessenen Bewegungen wählt er einen Pfeil aus. Er nimmt die Kappe ab, die die giftige Spitze schützt. Dann deutet er mit dem Schaft auf etwas im Unterholz – offenbar bewegt es sich, denn der Pfeil ändert langsam die Richtung.

Sein großer Bruder hat Xingu gelehrt, dass man ein Ding bei Nacht besser erkennen kann, wenn man es nicht direkt ansieht, sondern zunächst das Umfeld, um es dann langsam einzukreisen. Aber wie soll Xingu das mit einem Auge machen? Wenn der Heiler des Stammes im Dschungel bestimmte Pflanzen findet, bereitet er daraus einen Sud zu, den sich die Krieger in die Augen träufeln. Das schärft den Blick bei Tag und bei Nacht, aber es ist sehr schmerzhaft. Sicher hat Yaoni heute diese Tropfen für seine Nachtwache benutzt, denn Xingu sieht nichts von dem, was er ihm mit seinem Pfeil zeigen will – nur eine Baumgruppe, riesige Farnbüsche und dahinter, durch einen fast phosphoreszierenden Nebelvorhang, ineinander verwobene schwarze Lianen. Ganz in der Nähe quakt ein Laubfrosch und verstummt dann.

Yaoni geht einige Meter über den baumgesäumten Pfad, der sich vor ihm öffnet.

Xingu folgt ihm Schritt für Schritt. Instinktiv legt der Junge drei Finger auf sein verbranntes Auge und wendet leicht den Kopf, um besser ins Unterholz spähen zu können. Langsam kommt der Mond wieder hervor, der Weg wird von bleichem Licht erhellt und füllt sich mit geisterhaften Schatten, um dann wieder in der Dunkelheit zu versinken. Kurz glaubt Xingu, einen kleinen grellgrünen Punkt zu sehen, der aber gleich wieder erlischt.

Er beobachtet die Stelle, weiß aber nicht genau, was er gesehen hat. Wie alle Bewohner des Dschungels kennt er diese Pilze, die in der Nacht leicht orangefarben leuchten. Und er hat in den Sümpfen schon jene Lichter gesehen, die in der Dämmerung am Boden tanzen und wohlwollende Geister sein sollen. Ihm sind auch die leuchtenden Insekten vertraut, die in abgestorbenen Bäumen leben.

Da blitzt der helle Punkt wieder auf, dann ein zweiter und ein dritter. Alle erlöschen gleichzeitig. Das sind keine Insekten, da ist sich Xingu sicher. Der Junge beobachtet Yaonis Gesicht. Der Mann hat die Stirn gerunzelt und wirkt unruhig. Sein Bogen ist gespannt, der Pfeil auf den Boden gerichtet.

Xingu sucht mit den Augen den Wald ab. Diesmal ist er ganz sicher, dass sich die nächstgelegenen Lianen bewegt haben. Nicht weit entfernt hört er ein Knacken. Etwas kommt auf sie zu. Ein Raubtier? Ein Ozelot? Ein Jaguar? Nein, denn Gott Jaguar verschmilzt mit der großen Stille.

Wieder das Knacken. Dann ein Blätterrauschen. Xingus geschultes Ohr versucht, die Laute auseinanderzuhalten, die zu ihm herüberdringen, aber er kennt kein Tier, das solche Geräusche macht. Seine rechte Hand umklammert die Lanze. Langsam dreht er sich um und sieht zwischen zwei Baumstämmen das Feuer des Lagers.

Es scheint ihm jetzt weit entfernt.

Jemand muss aufgewacht sein und Holz nachgelegt haben, denn hohe Flammen erleuchten die Hütten. Xingu wagt nicht mehr, sich zu bewegen. Er friert. Er möchte gehen. Neben ihm lauscht Yaoni reglos in die Finsternis. Er hat den Kopf leicht vorgeneigt und ist völlig konzentriert.

Dann spannt er mit einer unglaublich schnellen Geste seinen Bogen und schießt einen Pfeil ab, der durchs Unterholz zischt und sich mit einem dumpfen Geräusch in einen Stamm bohrt.

Sogleich legt er einen zweiten nach, der pfeifend durch die Dunkelheit saust. Diesmal vernimmt Xingu den Aufprall in größerer Nähe. Ganz anders als der erste. »So als hätte der Pfeil den Panzer einer großen Schildkröte getroffen«, denkt er und wird erneut von Jagdfieber erfasst.

Als hätte er nur auf diesen Augenblick gewartet, tritt erneut der Mond hinter der Wolke hervor und erleuchtet das Unterholz.

Dreißig Meter von den Indianern entfernt zuckt ein milchiger Schein, dann zeichnet sich eine menschenähnliche Gestalt ab. Eine Gestalt, die sich langsam aus den riesigen Farnen löst.

Sie verschwimmt, verschwindet allmählich, taucht ein Stück weiter entfernt wieder auf, erhellt die Blätter dahinter. Nur der obere Teil eines massigen Körpers ist sichtbar. Die Erscheinung verfärbt sich hellblau.

Dann macht das Wesen einen gewaltigen Satz. Zweige splittern, als es in der Nähe der beiden Indianer landet.

Viel zu nah.

Entsetzt beobachten die beiden Jäger, wie es sich aufrichtet. Und wieder verändert sich die Farbe.

Sie lassen ihre Waffen fallen und machen beide gleichzeitig kehrt.

Xingu schreit auf, als er in einen Mann rennt, der hinter ihm steht. Eine kräftige Hand packt seinen dünnen Arm und reißt ihn mit. In der Dunkelheit hört er die entsetzte Stimme seines Bruders flüstern:

»Lauf, Xingu, lauf! Das ist ein Dämon!«

Kapitel 50

Pater de la Vega hatte am selben Morgen Maria-Esperanza angerufen und berichtet, er habe zahlreichen Personen das Foto von dem Abdruck des Kreuzes gezeigt. Und der Pfarrer Faria de Queroz, ein guter Bekannter von ihm, glaube zu wissen, wo das Kreuz stand. Um sicherzugehen, wolle Dom Faria den Abdruck mit eigenen Augen sehen.

Der Mann sei betagt, hatte de la Vega hinzugefügt und sich bereit erklärt, ihn aus seiner Einsiedelei abzuholen. Er war überzeugt, dass man sich auf das Urteil des gelehrten Greises verlassen konnte.

Wie ein Heiligenschein zierte ein dünner weißer Haarkranz den kahlen Schädel von Dom Faria de Queroz. Seine wässrigen Augen lagen unter grau melierten dichten Brauen. Eine von beiden setzte sich in einem Bogen auf der Stirn fort, was dem zerfurchten, sonnengegerbten Gesicht einen ständigen Ausdruck von Zweifel oder Erstaunen verlieh. Unter der langen Hakennase zitterte ein Kinn mit spärlichen Bartstoppeln. Trotz seiner kräftigen Statur und seinen breiten Händen wirkte er sehr zerbrechlich.

Beim Eintreten nickte er den Anwesenden grüßend zu und strich sich nachdenklich mit dem Zeigefinger über die eigenwillige Augenbraue. Dann eröffnete er ihnen mit lauter Stimme, wer er war: ein Priester, so wie sein junger Freund de la Vega, der den Armen und Schwachen zur Seite stand, nicht einer der Hofprälaten im Dunstkreis der Mächtigen. Er lebe wie ein Eremit in einer verfallenen Hütte am Rand des Dschungels, denn in seinem Alter habe er im Diesseits keine Ansprüche mehr. Doch, so hob er hervor, dürfe man ihn deshalb nicht für einen Kommunisten halten. Denn die kommunistischen Priester stellten für ihn die Entartung aller moralischen Werte dar. Sie seien eine Plage für das Land, die Kirche und die gesamte Menschheit.

Nach dieser Tirade hielt er es für zweckmäßig hinzuzufügen, er spreche mehrere Sprachen, darunter natürlich auch Latein.

Man ließ ihn in dem einzigen Sessel des Zimmers Platz nehmen. Er verlangte ein Glas Wasser, das Lucrèce ihm brachte. Dann zog er einen Rosenkranz aus Elfenbein und eine verbeulte Metalldose aus der Tasche, die eine plastikgefasste Brille enthielt. »Eine Kinderbrille«, dachte Sénéchal. (Er fand auch, dass von dem betagten Priester ein strenger Geruch ausging.)

Der Alte setzte die Brille auf, betrachtete den von einer Lampe erhellten Abdruck an der Wand, erhob sich, ohne seinen Rosenkranz loszulassen, mühsam aus dem Sessel und trat mit gebeugtem Rücken näher. Während er das Kreuz eingehend musterte und jedes Ornament untersuchte, murmelte er einige unverständliche Worte.

Das Kreuz zeigte am Schnittpunkt von Längs- und Querbalken einen Ritter mit einer Rüstung, der auf einem riesigen Pferd saß. Vor sich hielt er eine Lanze, um die sich eine Schlange wand. Durch das geöffnete Visier seines Helms sah man leere Augenhöhlen. In Lumpen gehüllte Skelette tanzten um ihn herum. Eines von ihnen, das seinem geharnischten Pferd vorausging, hielt ebenfalls ein Kreuz in der Hand. Aus seinem Mund trat ein Schwall winziger Dämonen; die schuppenbedeckten Ungeheuer mit spitzen Zähnen und Fledermausflügeln ließen sich auf dem Querbalken des Kreuzes nieder. Ihr gerillter Schwanz endete in einem Stachel. Unterhalb des Ritters nahm ein mittelalterlicher Soldat mit spitzem Helm und Mantel die gesamte Breite des Kreuzes ein. Sein Schild lag zu seinen Füßen. Er deutete auf das Wort *Cras*. Mit dem Absatz zertrat er einen Vogel mit geöffnetem Schnabel, neben dem *Hodie* geschrieben stand.

Die Elfenbeinperlen glitten automatisch durch Dom Farias rechte Hand. Die Stille im Raum wurde nur vom Klicken des Rosenkranzes und dem Summen der Klimaanlage unterbrochen. Dann drehte sich der Alte langsam zu Sénéchal um und verzog das Gesicht zu einer Grimasse, wobei sein Mund eine Reihe, schlechter gelber Zähne entblößte.

»Das ist besagtes Kreuz. Ich habe es schon gesehen. O ja, ich habe es gesehen … Als mein junger Freund de la Vega mir das Foto zeigte, habe ich ihm gleich gesagt: ›Sieht aus wie das alte Kreuz mit den Bestien aus der Bibel‹, und ich dachte, es wäre verschüttet … De la Vega, Sie haben gut daran getan, mir das zu zeigen. *Cras, hodie* … Morgen, heute.«

»Ich verstehe kein Wort«, sagte Sénéchal verblüfft.

»Haben Sie die Bibel gelesen, französischer Polizist? Natürlich … Sie erinnern sich: ›Wenn du dich weigerst, mein Volk ziehen zu lassen, dann schicke ich morgen Heuschrecken über dein Land.‹ Und dann: ›Darauf sprach der Herr zu Moses: Streck deine Hand über Ägypten aus! Dann werden Heuschrecken kommen und über Ägypten herfallen. Sie werden den ganzen Pflanzenwuchs des Landes auffressen, alles, was der Hagel verschont hat.‹«

»Gut. Sehr gut. Und weiter?«

Mit dem gekrümmten Zeigefinger winkte ihm der alte Mann, näher zu treten.

»Kommen Sie auf meine linke Seite, mit dem anderen Ohr höre ich nicht richtig.«

Er zog den Inspektor am Ärmel zu sich heran. Der Alte hatte mehr Kraft, als Sénéchal vermutet hätte. Und wieder verkündete er mit Donnerstimme:

»Die Heuschrecken. Das ist es. Sie sind überall. Eine Plage … Sie verwüsten die Ernte. Hungersnot. Elend. In Scharen, zu Millionen, ja Milliarden stürzen sie sich auf das Land. ›Die Heuschrecken haben keinen König, und doch schwärmen sie alle geordnet aus.‹ Das sind die Heuschrecken!«

Der Umweltinspektor musterte den Abdruck erneut. Da er keine Heuschrecke entdecken konnte, warf er Lucrèce über die

Schulter des Alten hinweg einen fragenden Blick zu. Der kleine Chemiker machte eine diskrete beruhigende Geste. Als er sich dann an den Pater wandte, sprach er fast ebenso laut wie dieser selbst:

»Ich sehe auf diesem Kreuz keine Heuschrecken, Pater. Aber es ist möglich, dass ich sie nicht zu erkennen vermag.«

Der Alte maß ihn durch seine Kinderbrille.

»Sie scheinen mir etwas intelligenter als Ihr großer Kollege.«

Mit zustimmender Miene deutete Lucrèce auf das Pauspapier:

»Können Sie sie mir bitte zeigen?«

Dom Faria de Queroz würdigte ihn keiner Antwort und wandte dem Abdruck den Rücken zu. Mit geschlossenen Augen und gerunzelter Stirn, das Gesicht von noch tieferen Falten durchzogen, deklamierte er:

»›Der fünfte Engel blies seine Posaune. Da sah ich einen Stern, der vom Himmel auf die Erde gefallen war; ihm wurde der Schlüssel zu dem Schacht gegeben, der in den Abgrund führt … Da stieg Rauch aus dem Schacht auf wie aus einem großen Ofen, und Sonne und Luft wurden verfinstert durch den Rauch aus dem Schacht. Aus dem Rauch kamen Heuschrecken über die Erde, und ihnen wurde Kraft gegeben …‹ Ja! Das ist es! Wenn ich an die schöne rot-weiße Kirche denke! Und die Heuschrecken, diese Drecksviecher, sind …«

Plötzlich unterbrach er seine Litanei. Er verzog das Gesicht zu jener eigenartigen Grimasse, die Sénéchal schon zuvor gesehen hatte: Der leicht geöffnete Mund gab den Blick auf die gelben Zähne frei. Dann machte er die Augen wieder auf, wandte sich an den Umweltinspektor und deutete mit einer Kopfbewegung auf das Pauspapier:

»Sie, der Sie so groß sind, beugen Sie sich etwas herunter, und sehen Sie hin … Sehen Sie genau hin … In der Offenbarung des Johannes heißt es, dass die Heuschrecken wie Rosse aussehen, die zur Schlacht gerüstet sind. Aber ihre Gesichter sind die von Menschen, ihr Gebiss ist das eines Löwen. Sehen Sie das große geharnischte Pferd und die Schuppen der Flügeltiere?«

Er schloss erneut die Augen und rezitierte:

»›Ihre Brust wie ein eiserner Panzer, und das Rauschen ihrer Flügel ist wie das Dröhnen von Wagen, von vielen Pferden, die sich in die Schlacht stürzen.‹«

Er wies auf die Wolke von winzigen Dämonen, die sich auf dem Querbalken des Kreuzes ausbreiteten.

»›Sie haben Schwänze und Stacheln wie Skorpione, und in ihren Schwänzen ist die Kraft, mit der sie den Menschen schaden.‹ Sie sehen doch diese Stacheln am Ende ihrer Schwänze? *In cauda venenum* – im Schwanz befindet sich das Gift!«

Lucrèce warf ein:

»Sieht eher aus wie Fledermäuse, finden Sie nicht?«

Der Greis fuhr fort:

»Verstehen Sie, die Heuschrecken sind keine gewöhnlichen Heuschrecken, es sind teuflische Kräfte, die Elend und Finsternis in das Leben der Menschen bringen … Das Merkmal der Heuschrecken ist, dass sie alles auf ihrem Weg verschlingen. Sie verkörpern auch das Urteil Gottes, etwa bei der achten Plage für das Land Ägypten. In der Apokalypse heißt ihr Führer Abaddon, was ›Engel des Abgrunds‹ bedeutet … Doch zweifelsohne ist es Satan selbst, der sie führt.«

Kapitel 51

Sénéchal hatte größte Mühe, den Blick von der mit Altersflecken übersäten Hand des Greises zu lösen. Mechanisch glitten die Elfenbeinperlen des Rosenkranzes durch seine Finger und produzierten dabei ein Klicken, das dem Umweltinspektor auf die Nerven ging. Der Besitzer dieser Hände starrte ins Leere und schien nichts mit ihrer Tätigkeit zu tun zu haben. Der ehrwürdige Pater Dom Faria de Queroz in seiner abgetragenen Soutane schien, während er Gebete zum Himmel sandte, über die Frage des Inspektors nachzudenken.

Der Umweltinspektor wiederholte:

»Pater, erinnern Sie sich an das Datum dieses Vorfalls, ungefähr zumindest? Das kann sehr wichtig sein.«

Der Pfarrer nickte, legte die linke Hand wie eine Muschel hinter sein Ohr und brüllte:

»Wissen Sie, die Zeit vergeht so schnell. Warten Sie. Ich glaube, das war im Juli, vor drei, vier Monaten … Eine so hübsche rotweiße Kirche … Welch ein Jammer!«

Dann versank er wieder in Schweigen. Sénéchal wartete geduldig.

Der Mann, der vor ihm saß, sah jetzt aus wie ein alter, erschöpfter Adler. Plötzlich sagte er mit stumpfsinniger Miene:

»Vielleicht sollten Sie mir den Abdruck für eine Weile anvertrauen, damit ich ihn den Gläubigen dieser Gemeinde zeigen kann? Sie müssten sich daran erinnern können.«

In seinem Rücken hörte Sénéchal, wie der athletische Pater de la Vega leise mit Maria-Esperanza sprach. Diese erklärte:

»Senhor Pierre Sénéchal, Dom Faria scheint müde zu sein. Pater de la Vega begleitet ihn nach Hause zurück. Sind Sie einverstanden?«

Sénéchal warf Lucrèce einen Seitenblick zu. Der kleine Dicke hielt die Augen ostentativ auf den Bildschirm seines Laptops gerichtet. Offenbar interessierte ihn das Gespräch nicht im Geringsten. Der Inspektor seufzte:

»Ja, ja, natürlich.«

Dann wandte er sich an den Priester:

»Wir haben Ihre Zeit schon zu sehr in Anspruch genommen, Dom Faria de Queroz. Ich danke Ihnen für all die Erklärungen, die Sie uns zu diesem Kreuz gegeben haben. Den Abdruck behalten wir einstweilen hier, weil er ein weiteres Mal untersucht werden muss.«

Dann richtete er sich zu seiner vollen Größe auf, was auf alle wie ein Signal wirkte. Maria-Esperanza erhob sich, Lucrèce schaltete seinen Laptop aus, und der junge de la Vega löste sich von der Wand, an der er lässig mit verschränkten Armen gelehnt hatte. Er setzte seine Baseballkappe auf und half dem alten Mann hoch.

Sobald die beiden zur Tür hinaus waren, drehte sich Sénéchal zu Lucrèce und der Kommissarin der IBAMA um. Er sah sie finster an und stieß schließlich hervor:

»Bei allem Respekt, den ich seinem Amt und seinem sicher hohen Alter schulde: Ich sage euch, der gute alte Mann ist völlig irre!«

Kapitel 52

»Also«, sagte Sénéchal auf dem Beifahrersitz neben Kommissarin Saint-Louis, die den Geländewagen der IBAMA mit hoher Geschwindigkeit sicher und zügig lenkte. »Ich habe nichts von diesem Geseire verstanden, und ich hasse Rätsel, auch wenn sie biblisch sind!«

Er wandte sich an Lucrèce, der, seinen Laptop auf den Knien, auf der Rückbank saß.

»Lucrèce, versuch, in diesem Rebus einen Anhaltspunkt zu finden, ein Indiz, das uns auf eine Spur bringt, Herrgott noch mal!«

»Du sollst Gott nicht lästern, mein Sohn, und schrei nicht so, ich bin schließlich nicht taub. Was der Priester gesagt hat, stimmt nicht im Geringsten mit meiner Untersuchung des Abdrucks überein.«

»Und du schienst dir ja deiner Sache sehr sicher, ich zitiere dich aus dem Gedächtnis, mein wissenschaftlich gebildeter und wohlerzogener Ermittler: ›Die vielen verschiedenen Pollenarten und die große Anzahl von Pflanzenrückständen führen mich zu der Annahme, dass der Abdruck des Metallkreuzes im Dschungel genommen wurde.‹ Dieser alte Priester, der mit seinen Dreckschuhen mein ganzes Hotelzimmer eingesaut hat, behauptet hingegen, das Kreuz auf dem Altar einer Kirche gesehen zu haben, die am Rande eines Dorfes stand. ›Eine so hübsche rot-weiße Kirche! Welch ein Jammer.‹ Eine Kirche, die laut seiner Aussage von einer Schlamm- und Geröllawine verschüttet wurde. Und da es an den nötigen Mitteln fehlt, nicht ausgegraben wurde.«

»Pierre, solche Erdrutsche kommen in dieser Gegend sicher häufig vor, großenteils wegen der Abholzung des Regenwaldes, aber ich versichere dir, dass sich der Alte in diesem Fall irrt.«

»Und ich möchte, dass du seine Geschichte von der ach so hübschen rot-weißen Kirche überprüfst, das ist alles.«

»Sag mal, du hast ja heute eine miserable Laune!«

»Ich habe Hunger!«

Maria-Esperanza unterbrach die beiden:

»Ich habe die Sache mit der Kirche überprüft.«

Lucrèce spitzte die Ohren, während Sénéchal skeptisch eine Augenbraue hochzog.

»Ich habe eine meiner Kolleginnen angerufen, die in der Gegend wohnt. Sie hat bestätigt, was Dom Faria de Queroz gesagt hat. Zumindest, was die Kirche betrifft. Sie ist wirklich vor drei Monaten durch einen Erdrutsch verschüttet worden. Es gab keine Opfer zu beklagen. Der Priester der Gemeinde ist in einen anderen Bundesstaat im Süden an der Grenze zu Uruguay gegangen. Und ich erinnere daran, dass vor drei Monaten die Aeronauten von Chitinex in der Gegend waren.«

Plötzlich gab sie Gas und raste über eine Kreuzung, was ein Hupkonzert hervorrief. Sénéchal bemerkte:

»Sagen Sie mal, die Ampel war doch rot?«

»Ach, wissen Sie, was man bei uns sagt: In Frankreich ist eine rote Ampel imperativ, in Italien fakultativ und in Brasilien dekorativ. Ich dachte, Sie hätten es eilig, in Belém ein Restaurant am Amazonasufer aufzusuchen und vor einem Teller Ente mit *Tucupi*, *Maniçoba,* Krebsen oder Schildkröten *Sarapatel* zu sitzen, Senhor Pierre Sénéchal?«

»Sicher, wenn man es so sieht ...«

Sie blickte in den Rückspiegel und fragte Lucrèce:

»Würden Sie mir sagen, Senhor Serge Méjaville, woran Sie gearbeitet haben, während Senhor Pierre Sénéchal mit Dom Faria de Queroz gesprochen hat?«

Ein breites Lächeln zeichnete sich auf dem Gesicht des rundlichen Mannes ab.

»Ich hatte gehofft, dass mir einer von euch beiden diese Frage stellen würde. Sie sind ausgesprochen scharfsinnig, Kommissarin Maria-Esperanza, es ist ein Vergnügen, mit einer Frau wie Ihnen zusammenzuarbeiten, die …«

Sein Blick traf den von Sénéchal, in dem ein ironischer Schimmer blitzte. Der kleine Chemiker fuhr fort:

»Nun ja … ich habe die Bibel studiert. Das heißt, ich habe im Internet nachgesehen, welchen Platz die Insekten in der Bibel einnehmen. Es gibt eine spezielle Suchmaschine, in der man Schlüsselwörter eingeben kann, das ist sehr amüsant … Ich habe die drei Insektenarten notiert, die Ursprung der Plagen sind, mit denen Ägypten zu Moses' Zeiten geschlagen wurde. Das waren Stechmücken – sie waren die dritte Plage –, Bremsen und Heuschrecken – Letztere waren die achte. Kein Wort von Skarabäen, bei denen es sich ja um gepanzerte Insekten handelt! Vielleicht eine Frage der Interpretation.«

Sénéchal unterbrach ihn:

»Sehr gut, sehr gut, aber der gute Alte hat sich nicht weiter über die Figuren auf dem unteren Teil des Kreuzes ausgelassen, als da wäre ein Soldat mit Mantel und Schild, dessen Fuß einen Vogel zerquetscht … Was hat er noch zu den beiden Worten neben dem Soldaten gesagt? *Cras, hodie.* ›Morgen, heute.‹ Das war es doch?«

»Da du, mein lieber Inspektor, nicht mit der Sprache Ciceros vertraut bist, will ich es dir erklären: Meiner Meinung nach bezieht sich das auf die berühmte Formel *Hodie mihi, cras tibi*, was so viel bedeutet wie: ›Heute kommt der Tod für mich, morgen für dich.‹ Zur Zeit des Römischen Reiches schrieb man das auf die Grabsteine. Der Stoizismus inspirierte zu derartigen Überlegungen. Später konnte man es auch bei uns am Eingang der Friedhöfe lesen. Manchmal heißt es nur *Cras tibi*, ›morgen du‹. Ich bin weiterhin der Überzeugung, dass dieses Kreuz einen Bezug zu einem Friedhof hat, auf alle Fälle zum Tod.«

»Und der Vogel mit dem aufgerissenen Schnabel, den der Soldat zertritt?«

»Hm … Ein Rabe oder eine Krähe, ein Unglücksbote.«

»Ja, oder vielleicht ein Waldfalke …«

»Ein was?«

»*Micrastur semitorquatus*, eine hier heimische Vogelart!«

»Welch eindrucksvolle ornithologische Kultur!«

»In meinem Hotelzimmer hängt ein Stich von diesem Vogel, und darunter steht in verschiedenen Sprachen der Name, unter anderem auf Lateinisch. Ich will damit nur sagen, mein gelehrter Freund, dass man sich in endlose Interpretationen über den verborgenen Sinn der reizenden Figuren stürzen kann, die dieses Kreuz schmücken … Trotzdem ist die einzige Frage, die uns im Moment wirklich interessiert: Haben unsere geheimnisumwobenen Aeronauten diesen Abdruck im Dschungel genommen? Oder haben sie irgendwann diese rot-weiße Kirche besucht und ihn dort gemacht – oder machen lassen?«

»Ja, wenn man die Dinge von einem gewissen Standpunkt betrachtet …«

»Was dann?«

»Die Geschichte des alten Priesters hat jedenfalls einen Vorteil.«

»Und welchen, wenn ich fragen darf?«

»Man müsste Baufahrzeuge anrollen lassen, um diese ach so hübsche rot-weiße Kirche und ihr Kreuz unter Tonnen von Schlamm und Geröll auszugraben. Andernfalls ist seine Behauptung schlecht nachprüfbar, verstehst du?«

Kapitel 53

Er langweilt sich, der Schwarze mit der Baseballkappe, auf der »Aufzüge Brunão« steht. Also schlägt er die Zeit tot, indem er in einer Broschüre liest. Titel: »Weltweite Vereinigung zur Erhaltung des Brasilholzes – Zusammenschluss von Bogenmachern zur Verhinderung der Verknappung von Brasilholz.«

Er blättert um. Auf der nächsten Seite erklärt ein Typ, dessen bärtiges Porträt in einem ovalen Rahmen abgebildet ist: »Der Handel mit jenem Holz, welches Hauptgrundlage für die Produktion von Geigenbögen ist, wird in Brasilien bald verboten werden. Es ist also Zeit, sich mit dieser dringenden Frage zu beschäftigen.«

Heute ist er rundherum gepolstert. Unter seiner Latzhose mit der Aufschrift »Reparaturservice, Tag und Nacht« wölbt sich ein falscher Bauch. Er trägt eine gewöhnliche Brille, deren Gläser allerdings einen unsichtbaren Infrarotdetektor enthalten. Auf der Wange hat er ein Pflaster. Das ist wichtig für die Zeugen. Die erinnern sich später nur an solche Details …

Trotz der Klimaanlage kommt er um vor Hitze unter seiner Perücke, deren krause Strähnen unter der Baseballkappe hervorschauen. Er wartet in einem Kabuff im letzten Stock dieser vorzüglich gesicherten Luxusresidenz.

Schon bei seiner Ankunft haben ihn Angestellte wie den letzten Dreck behandelt, und der Securitymann, flankiert von einem Gorilla mit stechendem Blick, hat ihn in einen abgelegenen Raum gebracht. Sie haben seine Papiere kontrolliert und ihm befohlen, hier zu warten. Dann tauchte ein Typ in nachtblauem Anzug auf. Er streifte ein Paar Latexhandschuhe über und befahl ihm, sein gesamtes Reparaturmaterial aus seiner Tasche zu nehmen und auf dem Tisch auszubreiten.

Peinlich darauf bedacht, seine Manschetten nicht zu beschmutzen, überprüfte der Kerl alle Werkzeuge. Ein mehreckiges, an beiden Enden verschlossenes Röhrchen weckte seine Aufmerksamkeit.

»Was ist das?«

Ohne eine Antwort abzuwarten, legte er es zu den anderen Sachen zurück, direkt neben die Lötlampe. Der Form halber suchte er noch etwas weiter und verschwand dann wortlos.

Der Gorilla zog einen Metalldetektor hervor. Während er ihm fest in die Augen sah, ließ er den Apparat an seinem Körper entlanggleiten, vorne, hinten. Dann nickte er und knurrte:

»Der ist okay.«

Daraufhin warf der Securitymann eine Magnetkarte auf den Tisch, mit der er die Sicherheitsschleusen im »technischen Teil« der Residenz öffnen kann.

»Los, du Dreckskerl, reparier das, und zwar ein bisschen plötzlich. Du hast nicht den ganzen Abend Zeit.«

Und der andere fügte hinzu:

»Wenn man dran denkt, das dieser verfluchte Aufzug erst vor drei Tagen überprüft wurde!«

Der Schwarze in der Latzhose seufzt, als er vor dem Metallschrank mit den unzähligen farbigen Kabeln und elektronischen Relais steht. Raul hat ihm ein vereinfachtes Schema der Anlage gegeben (einen Plan, der in allen Details auf Seite vier der Broschüre »Weltweite Vereinigung zu Erhaltung des Brasilholzes« abgebildet ist). Und an der Innenseite der Tür hat er ihm ein kleines Geschenk hinterlassen.

Wenn er seine Arbeit beendet hat, muss er dieses kleine rechteckige rote Ding mit den fünf Polen nur in das elektronische Wirrwarr einsetzen, und schon wird der Aufzug Nummer zwei funktionieren. Und wieder stinkreiche alte Schachteln mit ihren jugendlichen Gigolos im Copacabana-Stil von einem Stock zum nächsten transportieren. Wie auch die Pornomagnaten im Ruhestand, die mit ihren falschen Zähnen, ihrem weißen Zweireiher und ihrer nach Gangstermanier getönten Brille am Arm platinblonder, aufgespritzter Nutten hängen.

Doch ehe das mondäne Leben Brasiliens seinen Fortgang nehmen kann, muss er sich diskret um den Typen kümmern, der jetzt faul, ein Glas in der Hand, auf einer der Terrassen der lachsfarbenen Luxusresidenz in einem Liegestuhl ruht.

Dieses Nachbargebäude ist noch viel stärker gesichert, denn es gehört einem berühmten Mafia-Clan aus dem Nordosten, Leuten, die wirklich unter Verfolgungswahn leiden.

Wie jeden Abend sitzt der Mann friedlich auf der etwa dreißig Meter entfernten Terrasse und bewundert den Sonnenuntergang.

Der Schwarze öffnet seine Werkzeugtasche, schraubt den Griff der Lötlampe ab und schiebt ihn auf die Gleitschiene des mehreckigen Röhrchens. Das hübsche Röhrchen, an dem der Idiot mit den Gummihandschuhen vorhin verwundert herumgefummelt hat: »Was ist denn das?«

Ein leises »Klick« in der Stille.

Der Gasbehälter der Lötlampe schraubt sich wie durch Zauberhand auf die eine Seite des Röhrchens, das ausziehbar und jetzt doppelt so lang ist.

Er lacht still in sich hinein, während er sein Material in dem überhitzten Raum zusammenbastelt ... Er wischt sich die Stirn ab und fragt sich, ob dieser blöde Securitymann in seinem schönen nachtblauen Anzug sich wohl an das Pflaster auf seiner Wange erinnert, wenn es hier morgen von Bullen wimmeln wird.

Nachdenklich hält er inne, stellt sich noch einmal die Frage und beantwortet sie endgültig mit Nein.

Sogleich setzt er seine beschauliche Bastelarbeit fort.

Kapitel 54

Der Sitz der Stiftung zum Schutz Amazoniens machte nicht viel her. Er befand sich in einem heruntergekommenen Gebäude mit verblichenen blauen Holzfensterläden. Nur durch die vielen Parabolantennen, die an einem auf dem Ziegeldach befestigten Mast angebracht waren, unterschied es sich von den Nachbarhäusern dieser ruhigen, mit Palmen gesäumten Straße.

Über der gläsernen Eingangstür drehten sich langsam zwei Überwachungskameras.

Ohne den Motor abzustellen, blieb Kommissarin Saint-Louis im Wagen sitzen. Sie schien auf etwas zu warten.

Zwei Männer tauchten plötzlich zu beiden Seiten des Autos auf. Der eine trug eine Brille mit getönten Gläsern. Maria-Esperanza ließ die Scheibe herunter und zeigte ihren IBAMA-Ausweis. Er kontrollierte ihn sorgfältig und sagte etwas in sein Walkie-Talkie. Dann winkte er ihr weiterzufahren und öffnete per Fernbedienung ein unauffälliges Tor, das zu einer Parkgarage führte. Der andere Mann beobachtete aufmerksam die Straße.

Sénéchal fragte:

»Wer sind diese Typen?«

Während die Indianerin den Wagen in die Tiefgarage fuhr, erwiderte sie:

»Sicherheitsbeamte. Die Stiftung steht seit einiger Zeit unter Regierungsschutz. Sie hat hier nämlich nicht nur Freunde. Da sie Zugang zu den Satelliten zur Überwachung Amazoniens hat, bekommt sie viele Informationen, die sie uns regelmäßig weiterleitet. Unter anderem lanciert die Stiftung auch Aktionen zur Unterstützung der ›Bauern ohne Land‹ und kämpft dafür, dass die Eingeborenen ihre Territorien behalten. Kürzlich hat sie Beamte überführt, die sich bestechen ließen und Genehmigungen zur Bewirtschaftung des Landes ausstellten, das Indianerstämmen gehört. Sie hat sich mit den Mächtigen angelegt. In ihre Büros ist schon öfter eingebrochen worden, und vor ein paar Monaten wurde sie am helllichten Tag von vermummten, bewaffneten Männern überfallen, die ins Haus geschossen haben und dann auf Motorrädern abgehauen sind. Dabei ist eine Frau verletzt worden. Der Mann, den wir gleich treffen werden, Victor Sampayo, ist nur durch ein Wunder einem Mordanschlag entgangen, den zweifellos Pistoleros im Auftrag der Großgrundbesitzer verübt haben.«

»Reizend! Solche Probleme haben wir bei der FREDE nicht. Aber vielleicht kommt das ja noch. Lucrèce, erinnere mich daran, dass wir unsere geliebte Chefin darum bitten, das Untergeschoss des Umweltministeriums durch bewaffnete Gorillas schützen zu lassen.«

Kapitel 55

Durch die Eingangshalle gelangten sie in einen hell erleuchteten, klimatisierten Raum. An verschiedenen Schreibtischen arbeitete ein gutes Dutzend Angestellte an Computern. Über ihren Köpfen hingen Monitore an halbkreisförmig angeordneten Chromstangen. Auf einem der Bildschirme war ein Satellit mit Solarsegeln zu sehen, der im Dunkeln um die Erde kreiste, auf einem anderen das Luftbild eines Flusses, auf dem Schiffe fuhren. Die Bilder wechselten ständig. Man hörte das Klappern der Tastaturen sowie Kommentare und eigenartige Geräusche aus den Lautsprechern an den Wänden. Sénéchal stellte belustigt fest, dass es sich offenbar um die Übertragung eines Fußballspiels handelte.

Eine junge Frau in einer roten Bluse hob den Kopf von ihrem Computer und kam ihnen lächelnd entgegen. Sie wechselte einige Worte mit Kommissarin Saint-Louis und führte sie dann in einen Nebenraum. Dort erwartete sie ein Mann.

Maria-Esperanza machte sie miteinander bekannt.

Victor Sampayo, der Leiter der örtlichen Niederlassung, war etwa vierzig Jahre alt. Er war groß, kräftig und schmalhüftig. Sein glattes, indianisch geschnittenes Gesicht mit den dunklen Augen wurde von pechschwarzen mittellangen Haaren umrahmt.

Er trug über den Knien abgeschnittene Bermudashorts, die seine unbehaarten Waden sehen ließen, dazu ein bunt gemustertes Hawaiihemd.

Der Mann bot ihnen keinen Platz an und blieb, mit verschränkten Armen an die Wand gelehnt, stehen, während Kommissarin Saint-Louis ihm den Grund für den Aufenthalt der beiden französischen Ermittler in Brasilien erläuterte.

Währenddessen betrachtete Sénéchal das Foto, das über Victor Sampayos Kopf hing. Es zeigte drei ältere, westlich wirkende Damen, die unter einem Sonnenschirm an einem Gartentisch saßen. Eine von ihnen, mit dauergewelltem bläulichem Haar, zeigte ihre strahlend weißen falschen Zähne. Ihre Nachbarin trug eine alberne blonde Perücke und biss in einen Hamburger. Etwas Ketchup tropfte über ihr Kinn. Die dritte verzehrte gebratene Hähnchenstücke aus einer bunten Schachtel. Vor einem Zaun, auf einem giftgrünen Rasen, sah man den Kotflügel einer alten amerikanischen Limousine. Das ganze Bild wirkte künstlich, so als wären die alten Damen, die Hamburger, der Rasen und der Zaun von Scheinwerfern beleuchtetes Plastik.

Sobald Maria-Esperanza ihre Ausführungen beendet hatte, konnte Sénéchal sich nicht mehr zurückhalten:

»Sagen Sie, Senhor Sampayo, wer sind denn die drei charmanten Damen beim Picknick?«

Der Mann sah den Inspektor belustigt an:

»Das Foto? Das hängt da, um die Einschussstellen zu verdecken, die dieses verrückte Motorradkommando in unseren Wänden zurückgelassen hat ... Es zeigt Daisy und ihre beiden Freundinnen. Sie sind gerade dabei, Amazonien zu verschlingen.«

»Aha? Sieht gar nicht so aus. Man könnte eher meinen, dass sie Hamburger und Brathähnchen verzehren.«

»Genau das meine ich ja ... Wir haben dieses Foto in einer amerikanischen Zeitschrift entdeckt, es vergrößert und Daisy erfunden. An diesem Beispiel kann man die ›Produktkette Hamburger‹ veranschaulichen, einer der Gründe – und nicht der geringste – für die Abholzung des amazonischen Regenwaldes. Das weiß Daisy nicht, und es ist ihr auch egal.«

»Was ist die ›Produktkette Hamburger‹?«

»Daisy und ihre Freundinnen nehmen jeden Tag ein oder

zwei Mahlzeiten zu sich, die hauptsächlich aus Hamburgern, Soda, Pommes frites und gebratenem Hähnchen bestehen. In Brasilien haben wir ein großes Problem mit den kulinarischen Vorlieben von Daisy – von Millionen Daisys, Freddys, Jimmys und Jacks, die sich alle hauptsächlich von Hamburgern ernähren. Denn ihretwegen sind die Viehzüchter im Begriff, Amazonien in Hackfleisch zu verwandeln ... Um Rinder zu züchten, die zu den von Daisy so geschätzten Hamburgern verarbeitet werden, wird der Regenwald abgeholzt. Das läuft hier rund um die Uhr: Pro Minute verschwinden mehr als zwanzig Hektar.« Er blickte auf seine Uhr. »In einer Stunde, Senhor, werden eintausendzweihundert Hektar amazonischen Regenwalds in Rauch aufgegangen sein. Und der Tag ist noch nicht zu Ende. Die Motorsägen laufen von Sonnenaufgang bis Sonnenuntergang. Wir sind keine Faulpelze, verstehen Sie? Der Raubtierkapitalismus erlebt in unserem schönen, großen Brasilien einen rapiden Aufschwung. Wir sind im Moment das Land, in dem weltweit am meisten Vieh gezüchtet wird. Großartig, was? Auf der Erde wird mehr und mehr Fleisch gegessen. Seit den fünfziger Jahren hat sich der Konsum verfünffacht ... Also kaufen unsere Rancher zu Spottpreisen große Waldstücke – oder sie kaufen gar nicht, sondern bedienen sich ganz einfach. Sie verjagen die kleinen Bauern und Indianer, die besten Hüter des Waldes, denen dann nicht anderes übrig bleibt, als elend in den Favelas zu vegetieren, sich als Sklaven bei den Fazendeiros zu verdingen oder, im Fall der Frauen, sich zu prostituieren ... Die Großgrundbesitzer verkaufen die paar Bäume, die leicht zu fällen sind, und zünden dann das Gebiet an, nachdem sie es zuvor mit demselben Entlaubungsmittel behandelt haben, das die Amerikaner in Vietnam eingesetzt haben. Das geht schneller, denn Zeit ist Geld. Die abgefackelte Erde wird dann zu Weideland für Tausende von Rindern, die später den Gringos Hamburger liefern.«

Sampayo breitete hilflos die Hände aus.

»Natürlich wird nicht wieder aufgeforstet, sondern ein Stück weiter noch eine Fläche abgeholzt und so weiter. Zwanzig Hektar pro Minute, das entspricht vierzig Fußballfeldern … Über wie viel mehr Hektar an Weideland und weniger an Regenwald wird Brasilien heute Abend verfügen?«

Er zuckte die Schultern und blickte mürrisch drein.

»Man schätzt die Zerstörung des brasilianischen Regenwaldes momentan auf drei Millionen Hektar pro Jahr, und es geht immer schneller! Drei Millionen Hektar, das ist schon ein guter Schnitt! Eine Zahl, die wir leider aufgrund der Satellitenüberwachung immer wieder nach oben korrigieren müssen. Außerdem sind auch Waldbrände sehr verbreitet, sie gelten hier als die ökonomischste Form für die Gewinnung von Weideland. Man bezahlt Leute dafür, dass sie Feuer legen. Allein im Bundesstaat Pará hat es in diesem Monat dreiunddreißigtausend Brände gegeben. Selbst die Naturschutzgebiete sind von dieser kriminellen Plage betroffen. Und das alles nur, weil darauf keine wirkliche Strafe steht. Ist es nicht so, Kommissarin?«

Während er sprach, war Victor Sampayo zur Tür seines Büros gegangen. Seine Besucher folgten ihm zurück zu den Monitoren, die über den Schreibtischen hingen. Er beugte sich über einen unbesetzten Arbeitsplatz, strich mit einer eleganten Geste sein dickes schwarzes Haar aus dem Gesicht und begann, auf der Tastatur zu tippen.

Auf einem der Bildschirme erschien ein Bauer mit einem Strohhut, der auf einer orangefarbenen Fläche stand.

»Es ist Ihnen sicher nicht unbekannt, dass auf abgeholzten Gebieten das Regenwasser immer schneller abfließt und die Erosion zunimmt, da der Boden nicht mehr von den Wurzeln gehalten wird. Die Abholzung bringt also den Wasserzyklus durcheinander. Weideland ist das letzte Stadium vor der Wüste. Sehen Sie den Mann mit dem Hut? Die Erde zu seinen Füßen ist rissig. Hier sind die Bäume gefällt worden, und der nackte Boden war der Sonne ausgesetzt. Die ersten Regentropfen sind sofort in der Hitze verdunstet, und auf der Oberfläche hat sich eine dünne, harte Kruste gebildet. Diese Schicht, die nur ein oder zwei Millimeter dick ist, verhindert das Eindringen des Wassers. Der Boden ist unfruchtbar. Aus ... So entsteht die Wüste.«

Er tippte weiter. An die Stelle des Bauern trat eine Satellitenaufnahme, die eine große orangefarbene Fläche im Grün des Regenwaldes zeigte.

»Die Natur hat den Bäumen viel Verantwortung auferlegt, vielleicht zu viel ... Die Bäume, Zuflucht und Hüter des Lebens ... US-Wissenschaftler haben ausgerechnet, dass man für etwa zweihundertfünfzig Gramm Fleisch fünfundsiebzig Kilo freie Natur zerstören muss – um Daisy ihren köstlichen Imbiss zu liefern! Fünfundsiebzig Kilo – das ist das durchschnittliche Gewicht eines Menschen! Das bedeutet fünfundzwanzig verschiedene Pflanzenarten, Hunderte von Insekten, ein Dutzend Vögel, Reptilien und Säugetiere. All das für einen einzigen Hamburger, der in null Komma nichts verzehrt ist. Eine gigantische Verschwendung, was? Wie viele Hamburger werden Daisy und all ihre Freundinnen in den USA noch verschlingen, bis unser Millionen Jahre alter Regenwald, unser nationaler Schatz, mit seinem Ökosystem und seiner unglaublichen Biodiversität in eine Wüste verwandelt ist? Dieses Verbrechen, denn genau das ist es, beginnt im Herzen Amazoniens und endet bei den Giganten der amerikanischen Fast-Food-Ketten.« Er korrigierte sich: »Vergessen wir nicht die Europäer. Die Europäische Gemeinschaft importiert ein Drittel des weltweit exportierten Tropenholzes ... Wir sind geschmeichelt, dass Ihnen die jahrhundertealten Bäume unseres Dschungels so gut gefallen, dass Sie Tische und Stühle für Ihre Gärten daraus machen ... Würden sechs Milliarden Erdenbürger sich so verhalten, würden wir drei Planeten wie den unseren benötigen. Gut, gehen wir zurück in mein Büro.«

Die Ermittler der FREDE und die Kommissarin wechselten verblüffte Blicke, während sie ihm folgten. Victor Sampayo schien ein Energiebündel.

Er schloss die Tür hinter ihnen und griff nach einer Akte, die auf seinem Schreibtisch lag.

»Diesem Bericht ist zu entnehmen, dass bei gleichbleibender landwirtschaftlicher Expansion im Jahr 2050 etwa die Hälfte des amazonischen Regenwaldes zerstört sein wird. Ein sehr schlimmes Phänomen, das uns alle – Sie und mich – bedroht. Und sogar Daisy. Aber Daisy weiß nichts davon, und es ist ihr auch egal. Sie lacht mit ihren falschen Zähnen und verschlingt unser aller Erbe. Sie sollte sich lieber um ihren Cholesterinspiegel kümmern!«

Er warf die Akte zurück.

»Aber lassen wir diese alte Schachtel. Worüber wollen Sie mit mir sprechen?«

Kapitel 56

Im Halbdunkel der Kapelle hat Dom Faria de Queroz keine Augen für die blassen Reflexe, die die Emailverzierungen am Altar auf die mit Blattgold überzogenen Wandpfeiler werfen, ja nicht einmal für den ausgezehrten sterbenden Christus an seinem Buchsbaumkreuz. Er achtet auch nicht auf den barocken Wandschmuck oder auf die Heiligen mit den manirierten Gesten, deren Gipsaugen sich im Schein der flackernden Kerzen beleben.

Denn seine Lider sind geschlossen. Er betet.

Wie er in seiner abgetragenen Soutane vor dem Standbild der Heiligen Jungfrau kniet, die ihn mit ihrer ganzen Größe, ihren ausgebreiteten Armen, dem gesenkten Kopf und dem sanften Lächeln zu beherrschen scheint, erscheint Dom Faria de Queroz als ein Inbegriff der Frömmigkeit.

Über seinem Haupt schwebt eine Schar pausbäckiger Putten um den Kristalllüster. Sie blasen silberne Trompeten oder greifen mit ihren Wurstfingern in die Saiten einer gemalten Harfe. In ihren kupfernen Nischen scheinen die Heiligen geduldig auf das Jüngste Gericht zu warten.

Seine Nasenflügel beben leicht. So sehr liebt er den Duft des Weihrauchs und der weißen Lilien, mit denen die Gläubigen die Kapelle schmücken.

Schließlich bekreuzigt er sich und steht mühsam auf. Er wendet sich ab und geht zu der sorgfältig verschlossenen Ausgangstür. Als er den Schlüssel aus der Tasche zieht, hört er zu seiner Linken ein Hüsteln.

Im Dämmerlicht des alten Gemäuers, einige Schritte von ihm entfernt, steht zwischen zwei Wandpfeilern ein Mann. Der Priester blinzelt.

»Sie? Sind Sie schon lange da? Ich dachte …«

Der andere bewegt sich nicht. Schließlich sagt er leise:

»Ich nehme an, es ist Ihnen gelungen?«

Dom Faria de Queroz schiebt den Schlüssel zurück in seine Tasche und fährt mit dem Zeigefinger über seine rebellische Augenbraue. Dann erklärt er:

»Ich würde gerne … ganz sicher sein.«

Der Mann seufzt unmutig.

»Ich wäre Ihnen dankbar, wenn Sie mir erklären könnten, was Sie mit ›ganz sicher‹ meinen.«

Der alte Priester greift nach seinem Rosenkranz. Die kühlen Elfenbeinperlen beruhigen ihn.

»Nun … die beiden französischen Polizisten sind weit von ihrer Heimat entfernt. Sie kennen das Land nicht. Ich nehme an, sie werden ihre Suche nach dem verdammten Kreuz einstellen.«

»Wie sehen sie aus?«

»Ein Riese mit grau meliertem Haar, der einem Pistolero gleicht. Er trägt lächerliche Hosenträger. Ihn begleitet ein kleiner Dicker, der recht clever wirkt.« Er entblößt seine gelben Zähne. »Aber nicht so clever, um mich zu beunruhigen. Die Frau von der IBAMA hingegen …«

Er beendet den Satz nicht und lässt die Perlen durch seine Finger gleiten, sodass sie in der Stille leise klicken.

Plötzlich stampft der andere heftig mit dem Fuß auf den Steinboden. »Hören Sie sofort auf, Ihr Spielzeug zu traktieren!«

Seine Stimme klingt gedämpft, doch sein Ärger ist unverkennbar.

»Ich rate Ihnen dringend, diese Sache im Auge zu behalten, Pater. Das ist ein äußerst heißes Eisen. Da erzähle ich Ihnen ja wohl nichts Neues? Sie wissen, wo das Kreuz steht. Und was sich darunter befindet. Wenn diese Leute zu forsch sind, muss ich eine Lösung finden.«

Dom Faria de Queroz schweigt betreten. Dann stammelt er:

»Haben Sie vor, sich der … der Reiter der Apokalypse zu bedienen?«

Der andere entgegnet mit vor Wut bebender Stimme:

»Verschwinden Sie, Sie Schwachkopf! Und sprechen Sie diese Worte nie wieder in meiner Gegenwart aus, sonst bringe ich Sie um … Auf meine Art. Und die dürfte Ihnen ja bekannt sein.«

Kapitel 57

Victor Sampayo schob den USB-Stick, den Maria-Esperanza ihm übergeben hatte, in den Computer. Den Ellenbogen auf den Schreibtisch gestützt, betrachtete er die verschiedenen Fotos der goldenen *Diabrotica*. Er klickte auf das Bild der einzigen überlebenden Larve, die sie im Keller der Aeronauten gefunden hatten. Sie lag neben einem Lineal.

Er begutachtete den Körper, der dem eines Ringelwurms glich, die schwarze, glänzende Haut, die hakenartigen angezogenen Beine, die Augen, die an riesige Kaviarkörner erinnerten, und die eindrucksvollen Mundwerkzeuge. Dann klickte er noch einmal und musterte das Foto der ausgewachsenen Käfer mit ihrem bronzegrünen Panzer und den feinen Antennen.

Er gab ein gedehntes »Hm« von sich und fragte dann:

»Ihrer Meinung nach könnten diese Viecher also so etwas wie eine gentechnisch veränderte ökologische Waffe gegen die genmanipulierten Sojapflanzen darstellen, die unsere Fazendeiros anstelle des Regenwaldes anpflanzen?«

Lucrèce unterbrach ihn mit einer Handbewegung.

»Das ist nur eine Hypothese. Wir haben noch keine Transkription des genetischen Codes dieser Insekten bekommen.«

Sampayo seufzte:

»Wir leben wirklich in einer verrückten Welt! Nebenbei bemerkt wäre das nur die gerechte Strafe. Diese guten Fazendeiros, die mit bedeutenden amerikanischen Firmen kooperieren, planen, in absehbarer Zeit dreißig Millionen Hektar ihres Wunderkorns in Brasilien anzupflanzen. Dreißig Millionen!«

Er verzog das Gesicht zu einer komischen Grimasse.

»Wenn ich bedenke, dass unsere kleine Stiftung überall Geld für die Wiederaufforstung zu sammeln versucht! Bäume sind das beste Mittel, um Kohlendioxid umzuwandeln. Aber ich fürchte, wir sind nicht schnell genug: Die Weltbank finanziert die großen Firmen, die unseren Dschungel zerstören und stattdessen auf seinem Boden ihre widerlichen gelben Sojakörner aussäen. Das ist doch hirnverbrannt, oder? Ihre Leute in dem Luftschiff von Chitinex – so heißen die doch? – züchteten diese Insekten in einem Keller und sind verschwunden. Ich weiß besser als viele andere, wie schnell man hier in einer Bretterkiste landen kann, wenn man gewissen Interessen in die Quere kommt. O ja! Aus den Bäumen dieses Landes werden auch Särge gefertigt!«

Er wandte sich an Maria-Esperanza:

»Sicher haben Sie von den Morden an den beiden Großgrundbesitzern aus dem Mato Grosso gehört ... Muñoz und Carvalho. Es kam in den Nachrichten.«

Sie nickte.

»Ich habe mit Kripokommissar Zé Ferrera gesprochen, der die Ermittlungen leitet. Scheint eine ziemlich undurchsichtige Sache zu sein.«

»Dieser Muñoz war ein Freund des Gouverneurs. Ein großartiger Gouverneur ...« Er blickte Sénéchal mit einem ironischen Lächeln an. »Unsere Stiftung hat ihm letztes Jahr die ›Goldene Motorsäge‹ verliehen, einen Preis, den wir für die größten Zerstörer des Regenwaldes geschaffen haben. Er war einer der mächtigsten Sojabarone Brasiliens. Unantastbar. Unendlich reich ...«

Maria-Esperanza zögerte kurz, ehe sie fragte:

»Sie wissen wahrscheinlich, dass Javier Clemente Ruiz, einer der Anführer der ›Bauern ohne Land‹, ermordet wurde?«

»Der Mann mit dem Hund ... Diese Schweine von Fazendeiros haben ihn schließlich zur Strecke gebracht. Sie haben eine Personenmine in seiner Gummibaumplantage vergraben, stimmt's?«

»Eine Glasmine. Komisch, nicht wahr?«

Lucrèce murmelte:

»Eine Antipersonenmine aus Glas? Diese Methode wurde früher von der argentinischen Guerilla angewandt. Sehr kostengünstig. Und garantiert tödlich. Ähm ...«

Victor Sampayo sah ihn grimmig an.

An die Stelle der Fotos der *Diabrotica* traten nun Zahlenreihen und farbige Kurven. Die Zahlen veränderten sich andauernd.

Victor Sampayo richtete den Bildschirm so aus, dass seine Besucher, die um den Schreibtisch saßen, ihn sehen konnten. Dann trat er ans Fenster des Sitzungsraums und blickte in den feinen Regen hinaus, der jetzt auf Belém niederging. Er kam zurück, lehnte sich an die Wand und verschränkte die Arme vor der Brust – eine Haltung, die typisch für ihn zu sein schien.

»Wussten Sie, dass der Name Belém eigentlich Bethlehem bedeutet? Nein? Von hier aus kann man auf dem Amazonas Hunderte von kleinen Booten sehen, die zum Markt bringen, was der Dschungel produziert. Der Dschungel und natürlich der Fluss, der ihn nährt ... Früchte, Gemüse, Fische, Schalentiere, Gewürze, Heilkräuter, Zierpflanzen und vieles mehr ... Man kann auch die Fünfundfünfzigtonner sehen, deren Laderaum randvoll ist mit genmanipuliertem Soja. Das ist der neue Goldrausch ... Dieser verdammte genmanipulierte Samen, der gegen Insektenbefall und Pestizide resistent ist, an dem man viel, sehr viel verdienen kann, wenn man etwas clever ist ... Oder bereits steinreich. Dieser Wundersamen wird im ganzen Land von einem amerikanischen Multi verkauft, der sich nicht mit dem Monopol zufriedengibt, sondern auch eine erneute Aussaat der Samen verbietet und bei Zuwiderhandlung Abgaben für sein Patent verlangt. Das sind die Cleversten überhaupt. Sie verkaufen auch die passenden Unkrautvernichtungs- und Pflanzenschutzmittel. Der Gipfel, wenn ich so sagen darf, ist, dass die Insekten, die all dieses Zeug nicht mögen, zu den Armen abwandern und deren Ernte vernichten … Wenn diese neue Industrie zumindest den kleinen Bauern zugutekäme … Die angestammte Landwirtschaft wird durch Investoren ersetzt, wie etwa die angelsächsischen Pensionsfonds. Morgen wenden die sich anderen, rentableren Projekten zu und lassen eine furchtbare ökologische und soziale Katastrophe zurück … Großartig, die Wissenschaft im Dienste der leidenden Menschheit, finden Sie nicht?«

Er deutete auf den Monitor mit den Zahlen und Kurven.

»Das ist die Börse von Chicago, dort werden die Kurse für Rohstoffe festgelegt, zu denen auch Soja zählt. Im Sommer gibt es im Süden der Vereinigten Staaten einen Wechsel zwischen Trockenheit und Wirbelstürmen. Diese kleinen Klimaschwankungen bei unseren Konkurrenten in den USA lassen den Kurs ansteigen, unsere Sojabarone werden noch reicher und kaufen sich computergesteuerte Dreschmaschinen – der letzte Schrei – und noch größere Bulldozer. Hm … Sollte irgendein Witzbold in einem Labor diese hübschen Schädlinge gezüchtet haben, die den Selbstschutz von genmanipuliertem Soja ignorieren, werden die Aktienkurse in den Keller purzeln. Und Hunderte von Hubschraubern werden die Felder mit hochgiftigem Pflanzenschutzmittel spritzen.«

Er lachte plötzlich laut auf.

»Glauben Sie nicht, dass diese großen Skarabäen ein Trick der Gringos sein könnten? Immerhin sind die Jungs sehr findig, wenn es darum geht, Krieg gegen die Konkurrenz zu führen, sie schrecken vor nichts zurück. Aber nein … nein. Sie wohnen ja jetzt bei uns. Unser Land ist sozusagen ihr Hinterhof. Besser gesagt ihre Vorratskammer.«

Er klimperte wieder auf der Tastatur, und die *Diabrotica* tauchten erneut auf. Nachdem er sie eine Weile mit zusammengekniffenen Augen betrachtet hatte, wandte er sich an Maria-Esperanza:

»Kommissarin Saint-Louis, können Sie mir ungefähr die GPS-Koordinaten der eigenartigen Lichter angeben, die Sie von Ihrem

Baum im Dschungel aus gesehen haben? Dann kann ich mit Hilfe der Satellitenbilder suchen ...«

Die Sprechanlage auf seinem Schreibtisch summte. Und plötzlich hörten sie eine aufgeregte Stimme, Schreie und Applaus. Ein strahlendes Lächeln erschien auf dem Gesicht des Indianers. Er schlug mit der flachen Hand auf seinen Schreibtisch:

»Unsere Nationalmannschaft hat drei zu eins gegen Argentinien gewonnen! Es ist mir also eine Freude, Ihnen mitteilen zu dürfen, dass ich der IBAMA für diese Recherchen keinen Real in Rechnung stellen werde!«

Kapitel 58

»Siehst du, Mann«, sagt der Typ, der in Shorts und T-Shirt an der Fensterfront steht, »siehst du, seit Jahren bin ich jetzt in diesem Job, und ich kann mich wirklich nicht beklagen. Es ist mir immer gelungen, meinen Arsch zu retten. Von der Regierung bekomme ich Kost, Logis und Wäsche. Ich habe ein schönes Haus, sonntags mähe ich meinen Rasen, wasche meinen Dienstwagen oder bumse mit meiner Frau, die – unter uns gesagt – eine echte Kanone im Bett ist. Danach spiele ich Golf oder Tennis, oder ich besaufe mich mit meinen Freunden in der Stadt. Meine Kinder besuchen eine kirchliche Schule, und ich habe einige Ersparnisse für meine alten Tage auf der hohen Kante. Der Bankier schätzt mich, der Kaufmann achtet mich, und die Alten ziehen den Hut, wenn ich mit meinem Köter vorbeikomme. Übrigens hört man ihn nicht mehr, den blöden Köter, wahrscheinlich schläft er in der Garage. Na, bei dieser Hitze … Wo war ich stehen geblieben? Kurz, du scheinst ein guter Typ zu sein, Mann, tauchst während der Siesta bei mir auf und erzählst mir eine schöne Geschichte …«

Er zieht an seiner Zigarre und streift die Asche in einem silbernen Aschenbecher auf dem Couchtisch ab.

»Wirklich eine schöne Geschichte, dagegen ist nichts zu sagen, und sie hat den Vorteil, dass man dabei eine ganze Stange Geld verdienen kann. Kurz, eine Geschichte, wie ich sie mag.«

Er sieht den Schwarzen an, der mit übereinandergeschlagenen Beinen und verschränkten Händen auf seinem Sofa sitzt, den

Blick unverwandt auf die Kommode mit den Souvenirs, Fotos und Trophäen gerichtet. Zu seinen Füßen steht ein Aktenkoffer aus rotem Leder.

Er zieht wieder an seiner Zigarre und fährt fort:

»Aber – denn natürlich gibt es ein Aber – ich frage mich, ob das Angebot, das du oder besser gesagt dein Chef, mir unterbreitet, dem Organisationstalent, das ich bei dieser bemerkenswerten Operation bereits an den Tag gelegt habe, tatsächlich angemessen ist … außer …«

Der Mann beugt sich vor und drückt sorgfältig seine Zigarre aus.

»Außer, da würde sich unterwegs etwas in Luft auflösen … Eigentlich siehst du eher aus wie ein Versicherungsvertreter, wie du da so brav mit deinem Anzug und deinem Aktenköfferchen auf meinem Sofa sitzt.« Er lächelt. »Vielleicht bist du ja im Grunde einer.«

Den Schwarzen scheint das zu amüsieren. Er lacht.

»Was verstehen Sie unter ›sich in Luft auflösen‹, Senhor?«

Der andere hebt die Hände.

»Na, vielleicht zweigst du ja ganz nebenbei eine kleine Provision für dich ab? Wäre ja nur menschlich, Mann, und ich habe nichts dagegen. Alle haben Frau und Kinder, die versorgt werden müssen. Aber ich denke, dein Boss – den persönlich kennenzulernen ich bis heute nicht das Vergnügen hatte –, nun, ich denke, dass ein Mann wie er einem Mann wie mir ein anständiges Angebot machen sollte, meinst du nicht?«

Der Schwarze stellt die Füße wieder nebeneinander und legt seinen Aktenkoffer auf die Knie.

»Ah, Senhor, Senhor! Er hat mir gesagt, dass Sie ein harter Verhandlungspartner sind … Und das stimmt! Also, führen Sie mich an einen etwas intimeren Ort in Ihrem schönen Haus, mit weniger Fenstern. Dann will ich Ihnen ein kleines Geschenk zeigen, das der Boss Ihnen schickt als Beweis seiner Freundschaft und Hochachtung. Vielleicht sehen Sie die Dinge danach anders.«

Der Mann in Shorts blickt auf den Aktenkoffer und fährt sich mit der Zungenspitze über die Lippen. Er sieht sich schnell um.

»Warte, ich bin gleich wieder da.«

Der Mann lässt den Schwarzen sitzen und geht in die angrenzende Küche. Er zieht die Tür hinter sich zu, schließt hastig die Fensterläden und schaltet die Deckenbeleuchtung ein. Er lehnt sich an die Wand und schließt die Augen, er schwitzt ... Herrgott noch mal! Was für ein verdammtes Glück ... Er bietet mehr. Jetzt oder nie. Ganz ruhig, verflucht noch mal ... Kohle. Sauerstoff!

Mit zitternder Hand öffnet er den Schrank und schenkt sich einen ordentlichen Whisky ein, den er in einem Zug herunterkippt. Er atmet tief durch und errechnet im Geist eine Summe. Er wird so viel wie möglich verlangen. Der andere verfügt über die entsprechenden Mittel ...

Er wischt sich die Hände an seinen Shorts ab, öffnet die Tür zum Wohnzimmer und erklärt mit fester Stimme:

»Zeig mir, was du da hast, mein Junge.«

»Hier«, sagt der Schwarze, der jetzt lächelnd vor ihm steht.

Mit ausgestrecktem Arm jagt er ihm zwei Kugeln in die Brust.

Feine Blutstropfen besprenkeln die schmutzigen Teller in der Spüle, das Wachstuch auf dem Tisch und die Flasche mit dem billigen Whisky.

Kapitel 59

Inspektor Zé Ferrera war ein Mann um die sechzig, hatte feuchte Augen, ein dunkles, faltiges Gesicht, eine große Nase und roch nach Haarwasser. Seine Haare schienen von einem launigen Gärtner gepflanzt, und einen großen Teil seiner Energie verwandte er darauf, sie regelmäßig mit einer überdrüssigen Handbewegung glatt zu streichen, um ihnen einen Anschein von Ordnung zu geben.

Diese Geste wiederholte er zum zehnten Mal, seit er Sénéchal im leidlich kühlen Schatten der Bananenbäume gegenübersaß.

Der Umweltinspektor, der ihm liebend gerne mitgeteilt hätte, dass sein Kampf gegen das Chaos auf seinem Kopf verlorene Liebesmühe war, zeigte ihm die Fotos von den beiden Aeronauten und dem Luftschiff, das über dem Dschungel schwebte.

Den Arm ausgestreckt, sodass man den Revolver in dem Lederhalfter unter seiner Achsel sah, hielt der Inspektor die Fotos vorsichtig zwischen Daumen und Zeigefinger, betrachtete sie eine Weile und reichte sie dem Umweltinspektor zurück.

»Keine Ahnung … Mit so einer Kiste mussten sie ja abstürzen. Man müsste mir eine schöne Stange Geld zahlen, damit ich in so was einsteige. Und Sie wollen mir erzählen, dass Sie hier sind, um die armen Teufel zu suchen, die in dieses grüne Meer geplumpst sind, Senhor? Da wäre es besser, Sie würden gleich nach Hause fahren. Dort ist es sicher nicht so heiß und staubig wie hier.«

Sein Blick wanderte zu Maria-Esperanza, die ein Stück abseits eine hitzige Debatte mit einem behelmten Arbeiter führte.

Er schnalzte mit der Zunge und bemerkte: »Flotte Biene, was? Diese Indianerinnen, alle Achtung ... Die hier muss der liebe Gott persönlich auf beide Wangen geküsst haben, weil sie so bezaubernd ist ...«

Mit dem Fingernagel schnipste er ein Stück Rinde von dem Baumstamm, der ihm als Sitz diente. Darunter war er milchig weiß.

»Sie täte gut daran, ihren hübschen Hintern in Sicherheit zu bringen. Die Lage hier spitzt sich zu, verstehen Sie? Die Auseinandersetzungen zwischen Großgrundbesitzern und Bauern werden immer heftiger. Alle wollen von den kleinen gelben Körnern profitieren. Die Leute von der IBAMA stehen direkt in der Schusslinie. Sie tauchen im Dschungel auf, um die großen Fazendeiros zurechtzuweisen, sie überwachen alles mit Satelliten und wollen Besitzurkunden sehen ... Damit machen sie sich keine Freunde ... Das behindert den Handel, heißt es. Am Ende wird es eine regelrechte Schlacht mit den Pistoleros der Herrn Großgrundbesitzer geben, und dann werden einige Leichen der IBAMA den Weg dort drüben säumen.« Er machte eine vage Handbewegung. »Oder einen anderen. Allerdings scheint kürzlich jemand der Ansicht gewesen zu sein, dass die Fazendeiros etwas zu gierig sind – oder vielleicht auch etwas zu zahlreich, was weiß ich ... Beispielsweise die verstorbenen Senhors Muñoz und Carvalho, diese würdigen Unternehmer – Gott sei ihrer Seele gnädig –, von denen ich die Ehre hatte, Ihnen vorhin zu erzählen. Man muss sagen, dass um diese reichen Landbesitzer herum jede Menge dreckige Aasgeier kreisen. Vor kurzem hat die Luftwaffe mehrere behelfsmäßige Landebahnen im Dschungel entdeckt. Für Flugzeuge, die den gelben Samen ins Herz des Urwalds bringen ... Ja. Aber diese Flugzeuge transportieren auch Drogen ...«

Er schien dem Rauschen der Bananenblätter über seinem Kopf zu lauschen, ehe er sich mit zuckersüßer Stimme erkundigte:

»Verzeihen Sie mir, wenn ich Ihnen eine Frage stelle, die vielleicht etwas indiskret wirken mag, Senhor, aber was verschafft mir das außerordentliche Vergnügen, Sie und Ihren Stellvertreter an diesem Schauplatz eines Verbrechens anzutreffen? Ermittlungen, mit denen ich im Moment befasst bin? Sosehr ich meine Augen auch anstrenge, ich kann kein einziges Luftschiff in den Kronen dieser Gummibäume entdecken.«

Sénéchal machte eine besänftigende Handbewegung:

»Bitte deuten Sie das nicht als Einmischung zweier Fremder in Ihre Angelegenheiten, Inspektor. Aufgrund eines Abkommens zwischen unseren Organisationen – der FREDE und der IBAMA – betreut uns hier vor Ort die Kommissarin Saint-Louis ... Wir interessieren uns besonders für die Vorgehensweise der örtlichen Polizei gegen den Schmuggel mit Tropenhölzern. Und natürlich versuchen wir auch, unsere beiden vermissten Landsleute wiederzufinden.«

Der Polizist sagte »hm, hm«, dann »ja, natürlich«.

Doch das belustigte Glitzern in seinen Augen verriet, dass er seinem Kollegen kein Wort glaubte. Er wandte den Kopf erneut zu Maria-Esperanza.

Die Auseinandersetzung zwischen ihr und dem Arbeiter wurde lauter.

Mit einem Seufzer erhob er sich, strich seine verknitterte Hose glatt und ging zu der Polizistin der IBAMA und ihrem renitenten Gesprächspartner.

Sénéchal folgte ihm in einigem Abstand. Bei den beiden angekommen, blieb Zé Ferrera stehen und nahm, die Arme hinter dem Rücken verschränkt, die Pose eines Zuschauers ein. Wütend gestikulierend, das Gesicht hochrot, stieß der Arbeiter einen endlosen Wortschwall hervor. Die Indianerin stand ihm ungerührt gegenüber, ihre schwarzen Augen blickten gleichmütig drein. Als der Mann einen drohenden Zeigefinger auf sie richtete, ergriff sie diesen und knickte ihn so brutal um, dass sich der Typ vor Schmerzen heulend im Staub wand. Fassungslos sah Sénéchal, wie Zé Ferrera seine Waffe zog und sie dem am Boden Wimmernden an die Schläfe drückte.

Er brüllte einige Worte und entsicherte seinen Revolver.

Mit angstverzerrtem Gesicht hob der Arbeiter sogleich die Hände und verfiel in einen flehenden Ton. Zé Ferrara stellte ihm eine kurze, barsche Frage, die der andere verneinte. Der Bulle sicherte seine 357 wieder, schob sie wie ein Westernheld zurück in den Halfter und wandte sich an Sénéchal.

»Er schwört, dass nicht er es war, der die Antipersonenmine hier auf dem Grundstück des Aktivisten der ›Bauern ohne Land‹ gelegt hat … Eigentlich kein Wunder, denn er ist erst gestern zum Bäumefällen gekommen.« Zum ersten Mal lächelte er und entblößte dabei seine schiefen Zähne. »Na, dann war es eben jemand anders.«

Mit seinen feuchten Augen beobachtete er den Arbeiter, der sich, schweißüberströmt und mit gesenktem Blick, aufrappelte, ungeschickt nach seinem Helm griff und davonhinkte, wobei er sich den verletzen Finger hielt. Dann versetzte er Maria-Esperanza einen freundschaftlichen Schlag auf die Schulter, der ihre Dreadlocks tanzen ließ.

»Kommissarin, wir beide sind Meister der, wie man so schön sagt, psychologischen Verhöre, so viel ist sicher!«

Er warf dem Umweltinspektor einen verschmitzten Blick zu.

»Man muss den Burschen schließlich beibringen, dass man vor einer Dame den Hut zu ziehen hat, finden Sie nicht, Senhor Franzose?«

»Gewiss, gewiss. Sagen Sie, Kommissarin, dieser Meinungsaustausch schien etwas lebhaft. Was wollte der Typ?«

Maria-Esperanza schob die Hände in die Taschen ihrer Uniformhosen und drückte den Rücken durch. (Eine Haltung, die die Spanielaugen des Kripoinspektors lüstern aufblitzen ließ.)

»Das Land ist verkauft, der ehemalige Besitzer liegt unter der Erde, doch damit ist die Geschichte nicht zu Ende. Der Vorarbeiter hat gedroht, durch einige angeblich wichtige Freunde für meinen Rausschmiss bei der IBAMA zu sorgen, weil ich angeordnet habe, für heute alle Aktivitäten auf diesem Grundstück einzustellen. Er warf mir vor, ich würde ihn am Arbeiten hindern, sein

Tag sei verloren, er müsse Bäume fällen ... Sein Boss sei wütend, und sie würden in Zeitverzug kommen, all diese Geschichten.«

»Bei welcher Firma arbeitet er?«

»Bei einem Sägewerk der Firma Escudo Real, die auch Tropenholz exportiert.«

Zé Ferrera lächelte sarkastisch und schniefte dann komisch.

»Merkwürdig, ich finde, hier stinkt es nach Korruption. Vielleicht sollten Sie sich die Verkaufspapiere mal näher ansehen. Und die Arbeitserlaubnis der Angestellten ... falls sie eine haben. Mein Job ist es herauszufinden, wer die Glas-Antipersonenmine gelegt hat. Aber meinen heutigen Hauptverdächtigen haben Sie schon ganz schön malträtiert, Kommissarin Saint-Louis.«

Maria-Esperanza blickte in die Richtung, in die der Vorarbeiter verschwunden war, und klopfte auf den Kolben der Beretta, die in ihrem Hüfthalfter steckte.

»Ich hätte diesem Schwachkopf die Eier abschießen sollen, doch zufällig bin ich heute sehr, sehr milde gestimmt.«

Kapitel 60

Sie erreichten eine Hütte, deren Dach mit einer zerfetzten Plastikplane abgedeckt war. Die Tür stand offen.

Schwitzend wühlte Lucrèce in den Werkzeugen und Säcken mit Dünger. Bei ihrer Ankunft wandte er sich um und begegnete dem wenig erfreuten Blick des Kripoinspektors, der fragte:

»Interessante Funde, Senhor?«

Wie auf frischer Tat ertappt, warf der Dicke einen raschen Blick auf die Werkzeuge und Säcke.

»Nun, hier gibt es, unter einer Plane verborgen, etliche Stichwaffen mit eigenartig gekrümmten Klingen und Kanister mit einer chemischen Flüssigkeit, die nach Äthylen riecht, das in einem Explosivstoff enthalten sein kann, also ...«

Zé Ferrera sah ihn herausfordernd an.

»Diese Stichwaffen, wie Sie sie nennen, sind Messer, mit denen die Rinde der Gummibäume eingeritzt wird. Das Äthylen wird dann mit einem Pinsel auf die Stämme aufgetragen, da es die Absonderung von Kautschuk fördert, verstehen Sie? ... Sie sollten sich ab und zu einen Dokumentarfilm in unserem staatlichen Schulfernsehen ansehen, Senhor Méjaville ... Im Übrigen sind auch unsere Krimiserien nicht schlecht!«

Lucrèce musterte ihn gedankenvoll, als frage er sich, ob er diesen Bullen nicht lieber tot sehen würde.

Sénéchal, der gebückt in die Hütte getreten war, schmunzelte. Dann fiel sein Blick auf das Plakat, das auf der Innenseite der Tür klebte. Dort stand: »Der Regenwald ist unser wertvollstes Gut, er ist nicht zu verkaufen.« Unterzeichnet war der Satz mit »Bewegung der Bauern ohne Land«. An einer Ecke des Plakats war mit einem Reißnagel ein altes Foto befestigt, das einen Mann mit langem, gelocktem Haar zeigte, der mit erhobener Faust auf einer Tribüne stand. Neben ihm saß ein grauer Hund mit geöffnetem Maul, der aussah, als würde er lächeln.

»Ist das der Mann, der durch die Antipersonenmine getötet wurde?«

»Javier Clemente Ruiz. Bekannter Aktivist der ›Bauern ohne Land‹, der den Beinamen ›der Mann mit dem Hund‹ trug. Ein Gewerkschaftsführer, der vehement dagegen eintrat, dass eine Handvoll Reicher sich öffentliches Land unter den Nagel reißt. Er hat erreicht, dass zahlreiche kleine Bauern des Staates Pará sich zusammengeschlossen haben. Er hat die Gebiete der Indianer verteidigt und mehrmals im Gefängnis gesessen. Er hat auch korrupte Beamte und Polizisten überführt. Außerdem ist es ihm zu verdanken, dass Ermittlungen gegen den Einsatz von strikt verbotenen, krebserregenden Insektiziden durch große Fazendeiros eingeleitet wurden. Und er war ein scharfer Kritiker der genmanipulierten Landwirtschaft.«

Maria-Esperanzas Ausführungen klangen wie ein Nachruf. Sie senkte den Blick und zog Sénéchal am Arm nach draußen. Mit gedämpfter Stimme fuhr sie fort:

»Er war auch ein äußerst effizienter Informant der IBAMA, vor allem der meine. Mit seiner Hilfe habe ich einen Mistkerl festnehmen können, der drei Indianer erschießen ließ, weil er es auf ihr Land abgesehen hatte. Ich habe Clemente Ruiz sehr geschätzt. Diese Schweine ... Es ist unwürdig, was sie mit ihm gemacht haben. Die Art, wie sie ihn getötet haben ... Diese Glasmine sollte natürlich eine Warnung für die ›Bauern ohne Land‹ sein ...«

Bedrückt ließ sie seinen Arm los und blickte zu dem Mann von der Kripo, der vor der geöffneten Tür der Hütte in eine große Diskussion mit Lucrèce verwickelt schien. Leise fügte sie hinzu:

»Zé Ferrera ist ein ehrlicher Bulle, keiner, der insgeheim für die großen Fazendeiros oder Konzerne arbeitet.« Sie grinste. »Aber reizen Sie ihn nicht zu sehr, Senhor Sénéchal, er gilt als – wie sagen Sie noch gleich? – als ein sicherer Abdrücker … nein, ein guter Schütze, der schnell zur Waffe greift.«

»Das habe ich vorhin bemerkt.«

»Nur eine kleine Zuspitzung der Situation. Er hätte den Mann niemals getötet.«

»Da bin ich ja beruhigt!«

»Er hat mich hergebeten, weil ich ihm gesagt habe, dass Clemente Ruiz mein Informant war … Und er wittert etwas, was vielleicht in Zusammenhang mit einem anderen Fall steht, in dem er ermittelt. Es geht um den Mord an zwei benachbarten Großgrundbesitzern.«

»Davon hat er gesprochen.«

Sie bedachte ihn mit einem ironischen Blick.

»Na, dann scheint er wohl Ihrem Charme erlegen zu sein!«

Als sie zu der Hütte zurückkehrten, wies der Kripoinspektor auf das Plakat und fragte:

»Weiß jemand, was mit dem Hund des Opfers geschehen ist?«

Lucrèce, der neben ihm stand, antwortete:

»Ich habe mich bei dem Mann erkundigt, der vorhin hier war. Ich meine verstanden zu haben, dass es sich um einen Nachbarn handelt.«

»Und wo ist er jetzt?«

»Vermutlich nach Hause gegangen.«

»Wie sah er aus?«

»Schwarz und dünn. Mit einem Strohhut.«

»Hm, hm … Da ist ein Höflichkeitsbesuch fällig. Das mache ich zur Zeit der Siesta. Und auch bei den anderen Nachbarn. Was hat er erzählt?«

»Unserem zugegebenermaßen etwas verworrenen Gespräch entnahm ich, dass der Hund verletzt war. Als die Männer vom Minensuchtrupp kamen, soll er noch immer hier gewesen sein. Dieser Nachbar behauptet, ihn auch anschließend zwei- oder dreimal gesehen zu haben. Nach seiner Aussage hinkte das Tier. Dann sei es im Dschungel verschwunden.«

Zé Ferrera fuhr sich mit der Hand übers Haar.

»Schade, den hätte ich mir gerne näher angesehen.«

»Inspektor, gestatten Sie mir eine Frage«, erkühnte sich Lucrèce, die Hand wie zu einem Friedensgruß erhoben. »Warum interessieren Sie sich so für den Hund des Opfers? Rein berufliche Neugier, Inspektor ... unter Kollegen.«

Der Polizist betrachtete eine Weile seine Schuhspitzen, atmete tief durch und lüftete seine Jacke – allerdings nicht, wie Lucrèce befürchtet hatte, um seinen Revolver zu ziehen, sondern um ein zusammengefaltetes Blatt aus der Innentasche zu holen.

»Das ist womöglich völlig unwichtig, vielleicht aber auch nicht ... Hier ... Ich weise Sie darauf hin, dass diese Informationen vertraulich sind ... An dem Ort, wo der Grundbesitzer Muñoz und mehrere seiner Leibwächter ermordet wurden, hat man im hohen Gras der Fazenda einen toten Hund gefunden, verstehen Sie? Wahrscheinlich handelte es sich um ein streunendes Tier, denn sein Körper wies alte Narben auf, wohl von Kämpfen mit anderen Hunden oder mit Ratten, und er hatte die Krätze. Er wurde mit einer kleinkalibrigen Waffe erschossen, die nirgendwo gefunden wurde. Mit ihr wurden zweifellos auch mehrere der erwähnten Personen getötet. Verwirrend ist allerdings die Tatsache, dass die Spuren, die man am Boden gefunden hat, nicht zu identifizieren waren. Sonderbare Spuren ... Nicht in den Datenbanken unserer großartigen Kollegen von der Spurensicherung abgespeichert.«

»Welche Art Spuren?«, erkundigte sich Lucrèce.

Zé Ferrara schien zu überlegen und meinte dann widerwillig:

»Schwer zu sagen, der Boden war sehr trocken.«

Der Polizist drehte sich um und entfernte sich ohne Vorwarnung. Die Übrigen folgten ihm. Im Weitergehen fuhr er fort:

»Außerdem waren die Schnauze und der Rücken des Hundes in einem erbarmungswürdigen Zustand. Mehrere Zähne waren ausgeschlagen, Stücke davon hat man im Gras gefunden. In seinem Kopf waren tiefe frische Schnitte, so als … als hätte er mit einem hartnäckigen Gegner gekämpft, bevor er erschossen wurde. Die Kollegen vermuteten, dass es ein Ozelot war, doch sie haben keine Fellreste in seinem Maul gefunden. Warum sollte man einen streunenden Hund bei einer Strafexpedition wie dieser erschießen? Rätsel über Rätsel.«

Die kleine Gruppe stand jetzt vor den großen Gummibäumen, die ihre Schatten auf einen Schauplatz des Grauens warfen: Die Vegetation schien von der Hand eines zornigen Riesen verwüstet worden zu sein. Auf der nackten roten Erde lagen gefällte Bäume wie Mikadostäbe, die Äste abgebrochen, die Wurzeln ineinander verschlungen. Durch das große Loch, das in den Dschungel gerissen war, sah man den Himmel, darunter einen kahlen Hügel, auf dem jetzt zwei Bulldozer standen wie Tiere aus grauer Vorzeit.

Zé Ferrera biss die Zähne zusammen und stieß einen Fluch aus.

»Eines der Opfer bei dem Gemetzel auf der kleinen Fazenda von Senhor Muñoz, einen seiner Leibwächter, hat man tot im hohen Gras gefunden. Er muss versucht haben, vor seinen Mördern zu fliehen. Weit ist der Junge nicht gekommen. Sieht ganz so aus, als wäre er der Einzige gewesen, der an diesem Abend das Areal der Fazenda verlassen hat, denn andere Fußabdrücke – ausgenommen die seiner Kollegen und seines Chefs – hat man nicht gefunden. Aber warum war das hohe Gras ganz platt gedrückt? Da draußen muss einiges los gewesen sein. Ein einziges Rätsel, die ganze Sache. Manchmal überkommt mich allein bei dem Gedanken daran eine große Müdigkeit. Meines Wissens haben die Pistoleros dieses Landes noch nicht das Fliegen gelernt. Sonst würde man ganze Geschwader über den Favelas sehen …«

Kapitel 61

Unter dem Wasserflugzeug mit der Aufschrift »Instituto Brasileiro do Meio Ambiente« brannte der Dschungel.

Heftige Turbulenzen, ausgelöst durch die heiße Luft, zwangen den Piloten zu einer größeren Flughöhe. Als er durch eine Rauchwolke flog, wurde es in der Kabine plötzlich finster. Nach einigen heftigen Stößen brummten die Motoren wieder gleichmäßig. Der Himmel war mit dunklen Partikeln übersät.

Lucrèce drückte die Nase an die Fensterscheibe und betrachtete die Flammen, die bis an die Tragflächen zu reichen schienen. Die zerstörerische rot-gelbe Glut züngelte an den Bäumen empor, und dicke schwarze Rauchsäulen versperrten die Sicht auf den Horizont.

Schließlich ließen sie die Brandflächen hinter sich zurück.

Jetzt überflog das Wasserflugzeug Felder von einem leuchtenden Grün. Über die Tragfläche hinweg beobachtete der kleine Chemiker Dutzende von Mähdreschern, die sich scheinbar im Schneckentempo in breiten Kolonnen vorwärtsbewegten.

Er rückte seine Fliege zurecht und wandte sich seinem hochgewachsenen Nachbarn mit den Hosenträgern zu.

»Hast du das gesehen, Pierre? Sie fackeln Amazonien ab, um ihr verdammtes Soja pflanzen zu können. Welch ein Schatz, der da vor unseren Augen zerstört wird … Weißt du, dass vor achttausend Jahren die Hälfte des Festlands unseres Planeten bewaldet gewesen sein soll? Erst vor fünfzehn Jahren hat ein Prozess eingesetzt, in dessen Folge jährlich eine Fläche, dreimal so groß wie Belgien, verschwindet. Und das dauert seither an … Ein Desaster! Was für ein Irrsinn, die Lunge der Welt zu vernichten! Es ist ein ungeheuerliches Verbrechen, das Ökosystem aus dem Gleichgewicht zu bringen, das mehr als die Hälfte der Biodiversität unseres Planeten birgt – und all das nur, um Rinder und Hähnchen zu mästen! In Afrika wächst die Wüste durch die Abholzung von jährlich mehreren tausend Quadratkilometern. Ehemalige Gärten werden in Sandgruben verwandelt und Flüsse in jämmerliche Rinnsale. Hier wird es genauso gehen … Und das, obwohl sich ein Fünftel des weltweiten Süßwassers in Amazonien befindet! Manchmal frage ich mich, ob es nicht tief in unserem Inneren eine Urangst vor der Natur gibt, die uns antreibt, diese zu zerstören, um sie durch ein uns vertrauteres, weniger beängstigendes Universum zu ersetzen. Der Mensch ist wirklich das einzige Lebewesen, das seine Umgebung zerstört. Alles, was um ihn herum existiert!«

Maria-Esperanza, die hinter dem Piloten saß, hängte den Hörer des Transponders ein. Dann wandte sie sich den beiden französischen Polizisten zu.

»Diese Brandstifter dort unten werden bald Besuch von der Bundespolizei bekommen … Die von Glück reden kann, wenn sie die Verantwortlichen schnappt. Ich habe Ihr Gespräch mit angehört. Es tut mir leid, Ihnen sagen zu müssen, Senhores, dass wir, die Wilden, diese angebliche Urangst, von der Sie sprechen, nicht kennen. Nach unserer Auffassung vom Universum bilden alle Lebewesen, Pflanzen, Wasser und Tiere, eine untrennbare Einheit. Alle können nur gemeinsam überleben. Für die Menschen, die im Dschungel und vom Dschungel leben, gehören sogar die Waldgeister zur Biodiversität.« Ein Lächeln huschte über ihr Gesicht. »Aber ich habe eine gute Nachricht für Sie, Senhor Méjaville …«

»Ach ja?«

»Die Motorsägen in unserem Land werden mit Ökobenzin betrieben. Zum Schutz der Umwelt.«

Der Pilot sah durch das Seitenfenster des Cockpits. Wie Teile eines Puzzles lagen grüne Inseln in einer Lagune zerstreut. Er verkündete, er werde zur Landung ansetzen.

Alle beugten sich zu den Fenstern und betrachteten ein eigenartiges Gebäude, das in der Ferne auftauchte.

Kapitel 62

Der Bart und die roten Haare des Senhor Annibal Freire da Fonseca sind von weißen Fäden durchzogen. Als er jetzt von seinem Pferd absteigt, ist ihm ein Diener behilflich.

Der Fazendeiro trägt ein schwarzes Hemd mit weiten Ärmeln und doppelten Manschetten, das am Kragen mit einer seidenen Schleife geschlossen ist. Dazu eine dunkelbraune Hose mit einem breiten, bunt gemusterten Gürtel. Auf den spitzen Stiefeln glänzen die gravierten Rädchen seiner silbernen Sporen.

Während ein Stallbursche das Pferd am Zügel wegführt, nimmt er seinen Stock aus den Händen des Dienstboten entgegen, der sich verbeugt, dann einen Schritt zur Seite tritt, um respektvoll und kerzengerade, den Blick in die Ferne gerichtet, hinter seinem Herrn stehen zu bleiben.

Die junge Senhora Freire da Fonseca, deren blutroter Blazer ihr blondes Haar unterstreicht, sitzt noch auf ihrem Fuchs. Der Spitzenkragen ihrer Bluse schmeichelt ihrem ebenmäßigen ovalen Gesicht. Sie bedenkt die Ankömmlinge, die sich jetzt ihr und ihrem Mann nähern, mit einem strahlenden Lächeln.

Das kleine Flugzeug am Ende des Stegs schaukelt sanft auf dem Wasser. Der Pilot steht in der Tür und macht sich an einer Trosse zu schaffen.

Der Hausherr, ein kräftiger Sechziger, stützt sich auf seinen Stock, neigt den Kopf zur Seite und rückt seine getönte Brille zurecht. Mit einer unwilligen Handbewegung nestelt er an dem roten Haarknoten in seinem Nacken herum.

Er hasst Gäste.

Der Junge, der den Fuchs der Senhora am Zügel hält, tritt zur Seite, als diese anmutig abspringt und ihre Handschuhe aus Pecarileder abstreift. Sie reicht sie ihm zusammen mit ihrer Peitsche und tritt mit Augenaufschlag auf ihre Gäste zu. Lächelnd streckt sie ihnen die rechte Hand entgegen, als würde sie alte Freunde bei einer Gartenparty begrüßen.

Kapitel 63

Die kleine Gruppe stand in dem Innenhof, in dem sich Palmen wiegten, und blickte zu dem extravaganten Haus, dessen Dach sich gegen den blauen Himmel abzeichnete.

Das Lied der Dschungelvögel drang bis zu ihnen herüber. Während Lucrèce Fotos machte, betrachtete Sénéchal, die Augen mit der Hand beschirmend, die breiten Arkaden, die Baluster mit den Jugendstilmotiven und die Fenster, geschmückt mit Karyatiden und Rosetten.

Der Bau bestand nur aus Schrauben, Streben, Metallbalken, stählernen Kursiven, Balkonen, Blechplatten und -festons, gusseisernen Säulen und Bögen. Eine spiralförmige Treppe führte von beiden Seiten zum majestätischen Haupteingang, der von drei Reihen riesiger Nieten bekrönt wurde. Der glänzende beigefarbene Anstrich des Ensembles erinnerte eher an ein Dampfschiff der Kriegsmarine als an die äquatoriale Sommervilla eines Großgrundbesitzers.

Der Umweltinspektor bemerkte auch die Funkantenne auf einem der Ecktürme. Aus den Augenwinkeln nahm er in einem wohl den Dienstboten zugeteilten Nebengebäude einen Mann mit einem großen Hut wahr. Er stand im ersten Stock und hielt gut sichtbar eine Automatikwaffe in der Hand. Im Hof gingen andere Bedienstete ihrer Arbeit nach. Einer führte einen grauen Esel, der mit Papayas beladen war.

»Französische Architektur, Senhores Franceses«, dröhnte

Annibal Freire da Fonseca mit seiner tiefen Stimme. Mit seinem Spazierstock deutete er auf das Wohnhaus. »Vierundvierzig Zimmer plus die Gesinderäume ... Alles aus Eisen, so was verrottet nicht. Aber wenn meine Leute auf der einen Seite mit dem Streichen fertig sind, können sie auf der anderen gleich wieder von vorne anfangen. Außerdem herrscht im zweiten Stock Gluthitze! Glücklicherweise haben wir die Kühle der nahe gelegenen Lagune ... und stets eine leichte Brise.«

Er machte eine ausholende Geste.

»Cesaria, willst du es ihnen nicht erklären?«

Eine Hand in die Hüfte gestützt, begann die junge Frau in dem roten Blazer:

»Annibals Urgroßvater war ein Cauchero ... das heißt, er hat Kautschuk angebaut. Auf seiner Plantage waren mehr als fünfhundert Indianersklaven beschäftigt. 1889 ist er zur Pariser Weltausstellung nach Paris gereist. Er hat dieses Haus von der Firma Eiffel gekauft und hier aufstellen lassen.«

Lucrèce fragte:

»Aber wie hat er es an diesen abgelegenen Ort geschafft?«

Der Hausherr antwortete:

»Diese Häuser wurden in Einzelteilen verkauft. Er hat alles mit dem Schiff transportiert und dann vor Ort aufgebaut. Selbstredend hat er das größte und teuerste aller angebotenen Häuser gekauft. Ich glaube, der Transport dieses Metallhaufens hat sehr lange gedauert, war sehr schwierig, sehr kostspielig, und eine Menge Menschen sind dabei umgekommen.« Er nestelte wieder an seinem Haarknoten. »Pah, das war eben das goldene Zeitalter des Kautschuks. Andere Caucheros haben mitten im Dschungel, in Manaus, eine Oper errichten lassen ... Eine Oper, in der Sarah Bernhardt aufgetreten ist. Manche tränkten ihre Pferde aus silbernen Eimern mit Champagner, andere ließen ihre Wäsche in Paris waschen ... Und dann – *pffft!* – alles vorbei!«

Er lachte plötzlich auf und klopfte mit seinem Spazierstock auf das Pflaster.

»Pah! ... Ich hoffe, dieser verdammte Kasten wird wegen seines Gewichts eines Tages im Boden versinken, damit wir endlich auf einer Fazenda im Hochland leben können. Aber Sie sind sicher nicht hergekommen, um sich mit mir über Architektur zu unterhalten. Gehen wir in die Bibliothek, dort ist es am kühlsten. Vermutlich durch die vielen unnützen Bücher, die dort herumstehen.«

Kapitel 64

Die Wände waren mit aufwändigen Metallregalen überzogen, in denen Hunderte alter ledergebundener Bücher standen. Mit Hilfe einer Eisenleiter, die auf eine Laufschiene am Boden und an der Decke montiert war, gelangte man zum oberen Teil. In einer Ecke stand eine lebensgroße Skulptur aus dunklem Holz, die einen Indianer mit Pfeil und Bogen darstellte. Seine leeren Augen schienen die Anwesenden zu beobachten.

Senhor Annibal Freire da Fonseca hatte in einem tiefen Ohrensessel Platz genommen. Er spielte mit dem Knauf seines Spazierstocks, bis die Diener seinen Gästen in winzigen Tassen Kaffee serviert hatten. Sein bleiches, hartes Gesicht, das teilweise von der getönten Brille verdeckt war, zeigte keine Regung.

Seine junge Frau saß zu seiner Rechten, ein Stück hinter ihm. Sie hatte ihre Reitkleidung gegen einen hellen Baumwollrock und einen bunten Bolero eingetauscht, der ihre makellosen gebräunten Unterarme freigab. Als perfekte Gastgeberin hatte sie den Besuchern zuvor einige Räume des Metallhauses gezeigt. Sie hatten gediegene Mahagonimöbel, Kristalllüster, Muranospiegel und die Gobelins betrachten können, die der Urgroßvater während der Hochblüte des Kautschukhandels erworben hatte.

Sénéchal hatte ausgiebig einen Kormoran mit ausgebreiteten Schwingen aus massivem Silber bewundert, und Lucrèce hatte lange vor der Ahnengalerie des Hausherrn verweilt: Damen mit Reifrock oder langen, festlichen Gewändern, Herren in Frack,

Uniform oder Gehrock mit Perücken und Zylindern. Einige männliche Vertreter der glorreichen Linie der Freire da Fonseca waren zu Pferd und mit ihren Waffen dargestellt. Der kleine Chemiker hatte bemerkt, dass viele von ihnen rothaarig waren und vier einen Spazierstock hatten.

Der große Fazendeiro musterte die Kommissarin der IBAMA und die beiden Franzosen, die ihm gegenübersaßen, und erklärte:

»Dieser Kaffee kommt von unseren Plantagen im Süden. Die ersten Kaffeesträucher wurden 1729 gepflanzt. Angeblich hat mein Vorfahre Ignacio Freire da Fonseca seine magere Wasserration an Bord des Schiffes, das ihn aus Afrika zurückbrachte, mit einigen eingetopften Kaffeepflanzen geteilt, die er bei den Eingeborenen eingetauscht hatte. Daran hat er gut getan. Der brasilianische Kaffee erfreut sich weltweit immer größerer Beliebtheit. Unser Unglück begann erst später. Unter anderem durch Ihr Verschulden, Senhores Franceses …«

Er lächelte und zeigte seine schönen, gleichmäßigen weißen Zähne.

»Es war Ihr Charles Marie de La Condamine, der um 1740 den Kautschuk in Guyana entdeckt hat. Er hätte vielleicht besser daran getan, zu Hause zu bleiben, was meinen Sie?«

Sénéchal antwortete:

»Er hat auch die Chinarinde entdeckt, den Fieberrindenbaum …« Er lächelte ebenfalls. »Senhor Freire de Fonseca, wir haben ein Sägewerk namens Escudeo Real besucht, das Ihnen gehört. Von den Arbeitern haben wir erfahren, dass Sie ein enger Freund der Fazendeiros Muñoz und Carvalho waren. Kommissarin Saint-Louis hat auch herausgefunden, dass Sie eine große Sojapflanzung besitzen, die direkt neben dem Land der beiden Verstorbenen liegt.«

Das Gesicht des Mannes verdüsterte sich.

»Furchtbar, was ihnen zugestoßen ist. Doch lassen Sie mich klarstellen, dass der Begriff ›enge Freunde‹ nicht den Tatsachen entspricht. Wir unterhielten rein geschäftliche Beziehungen.«

Er senkte den Kopf und murmelte:

»Trotzdem war Guilherme Luiz Felisberto Muñoz ein ehrenwerter Mann, dem ich große Achtung entgegenbringe. Eine alte Familie praktizierender Katholiken. Sehr traditionsbewusst, dieser Muñoz ... Und ein grandioser Reiter ... Friede sei mit ihm. Muñoz war vielleicht einer der letzten Vertreter des großen alten Brasiliens, das wir wieder zu neuem Leben zu erwecken versuchen. Mit Gottes Hilfe.« Er trommelte mit dem Zeigefinger auf die Lehne seines Sessels. »Selbst hier, in unserer Abgeschiedenheit. Nicht wahr, Cesaria?«

Die junge blonde Frau hinter ihm nickte. Sénéchal fragte:

»Und Carvalho?«

»Er war einer jener Parvenus, von denen es in diesem Land tagtäglich ein oder zwei neue gibt, seit das gelbe genmanipulierte Korn aus Amerika zu uns gekommen ist. Und seit Brasilien von einem ehemaligen Schuhputzer aus den Armenvierteln von São Paulo regiert wird.«

Er deutete mit seinem Stock auf das geöffnete Fenster und rief:

»Selbst der letzte meiner Pferdeburschen ist mehr wert als diese Schlange Carvalho.« Verächtlich rümpfte er die Nase. »Große Luxuswagen, bewaffnete Leibwächter zu jeder Tageszeit. Hat sich aufgeführt wie einer dieser verdammten Drogenbarone. Ich hätte gerne einige Parzellen seines Landes gekauft, um meinen Besitz zu arrondieren. Da die beiden Nachbarn waren, hatte ich Muñoz gebeten, die Transaktion zu übernehmen. Aber ... jetzt kreisen viele Aasgeier um die beiden schönen Besitzungen. Leider werden sie wohl zerstückelt werden.«

Sénéchal horchte auf:

»Muñoz war mit der Transaktion betraut?«

Sein Gegenüber seufzte:

»Einige Zweige unserer beiden Stammbäume müssen sich irgendwann berührt haben ... Es gibt da ein paar entfernte Cousins. Kurz, ich habe ihn gebeten, das Geschäft abzuwickeln, da es mir ehrlich gesagt zuwider war, mit einem Subjekt wie Carvalho zu verhandeln.«

»Mit anderen Worten, Ihr Name tauchte bei diesem Geschäft nicht auf? Ging es um große Summen?«

Senhor Freire da Fonseca betrachtete ihn eine Weile durch seine getönte Brille, ein ironisches Lächeln auf den Lippen.

»In der Welt, in der ich lebe, Senhor, geht es immer um große Summen.«

»Was ist Ihrer Meinung nach passiert? Wie kam es zu diesen beiden Morden?«

»Ich bin ein Geschäftsmann und Reiter, kein Polizist. Aber wenn Sie meine Meinung hören wollen: All diese Hungerleider, diese Bauern ohne Land, denen schwachsinnige Politiker den Himmel auf Erden versprochen haben, wollen ein Stück vom Kuchen abbekommen, ohne viel dafür zu tun. Und so gehen sie ganz offen dazu über, Großgrundbesitzer wie mich anzugreifen. Tatkräftige Leute, die Besitz in diesem Land haben und Tag für Tag neuen Reichtum schaffen. Offenbar wollen sie jetzt moderne Pistoleros anheuern ... Snipers, Heckenschützen, so sagt man wohl? Denn sie wissen, dass wir gut geschützt sind, dass wir unsere eigenen Leute haben, die über uns wachen ... Und dass es einfacher ist, uns aus großer Entfernung mit Präzisionsgewehren töten zu lassen oder durch Profikiller zu erledigen, als uns mit der Waffe in der Hand gegenüberzutreten.«

Er beugte sich vor und schlug mit der Spitze seines Stocks auf den Couchtisch, sodass die Tassen klirrten.

»Aber sie sollen sich in Acht nehmen, noch haben wir Zähne zum Beißen!« Ergrimmt lehnte er sich in seinem Sessel zurück. »Das zumindest ist meine Ansicht zu dieser traurigen Sache, Senhor Francese!«

Sénéchal sah Maria-Esperanza an, deren Blick auf dem rothaarigen Mann ruhte. Dann ergriff er wieder das Wort:

»Um Ihr Sägewerk zu beliefern, haben Sie das Land des Gewerkschafters Javier Clemente Ruiz gekauft, der durch eine Antipersonenmine getötet wurde ... Dieser Mann, so wurde mir berichtet, ist gegen Sie vorgegangen, weil Sie Ihre Pflanzungen mit verbotenen Insektiziden spritzen. Mit krebserregenden Substanzen. Stimmt das?«

Der Angesprochene verzog keine Miene.

»Ich hatte gehofft, Sie würden nicht auf diese alte Geschichte zu sprechen kommen. Als ich von diesen ...«, er machte eine vage Handbewegung in Richtung Maria-Esperanza, »... von diesen Gesetzeshütern informiert wurde, dass meine Bauern – wie übrigens Hunderte andere – verbotene Chemikalien einsetzen, habe ich sofort Anweisung gegeben, damit aufzuhören. Aber es gab diesen Befall von Skarabäen auf unseren Pflanzungen, und man musste hart gegen dieses Ungeziefer vorgehen. Ich hoffe, Sie verdächtigen mich deshalb nicht etwa, den Kerl umgebracht zu haben?«

»Eine reine Routineuntersuchung, Senhor.«

Der Mann sah Sénéchal eine Weile prüfend an und schien plötzlich erleichtert.

»Da bin ich froh. Denn sehen Sie, Senhor, unsere großen Familien sind Pioniere und Wegbereiter.« Er breitete die Hände aus. »Wir haben dieses Land urbar gemacht. Wir haben ihm sogar seinen Namen gegeben! Die ersten portugiesischen Siedler, die sich hier im sechzehnten Jahrhundert niedergelassen haben, haben es Brasilien genannt. Der Name geht auf die glutrote Farbe des Brasilholzes zurück, das hier massenhaft wuchs. Zunächst war es wegen seiner Farbpigmente begehrt, später diente es zum Schiffsbau. Von jeher haben die Feire da Fonseca das Beste aus dem einst unkultivierten Land gemacht. Im Bundesstaat Minas Gerais haben wir sogar ein Weingut angelegt, das unseren Namen trägt und dessen beste Erzeugnisse bis in Ihr Land exportiert werden.«

Er richtete seinen Stock auf den Umweltinspektor.

»Wenn man mich verleumdet hat, werde ich es erfahren ... Wissen Sie, im Laufe meines Lebens haben viele Geschäftsleute versucht, mich zu vernichten, aber heute könnte ich Ihnen ihre Gräber zeigen.«

Angesichts der erstarrten Mienen seiner Gesprächspartner zuckte er mit den Schultern.

»Hm! Nur eine Redensart.«

Kapitel 65

Auf dem Rückweg fragte Sénéchal, der mit verschränkten Armen dasaß, seine Nachbarin:

»Was halten Sie von diesem Kerl, Kommissarin Saint-Louis?«

Die Indianerin, die seit dem Start des Wasserflugzeugs geschwiegen hatte, sah ihn zweifelnd an.

»Abgesehen davon, dass er zurückgezogen lebt und angeblich niemanden empfängt, da er Gäste verabscheut, unterscheidet er sich nicht von den anderen großen Fazendeiros seines Schlages. Das Vermögen, das er von seinen Vorfahren geerbt hat, ist durch Sklaverei und Gewalt entstanden. Aber einen Konkurrenten und einen bekannten Gewerkschafter ermorden zu lassen, das ist eine andere Sache …«

Sie sah auf das, was aus Lucrèces Rucksack ragte, und fragte zuckersüß:

»Sie haben lange allein mit ihm gesprochen, Senhor Méjaville. Darf ich fragen, was er Ihnen zum Abschied geschenkt hat?«

Das Gesicht des Chemikers rötete sich.

»Nun, das ist mir etwas peinlich, meine Liebe. Da ich ihm zahlreiche Fragen über seine Vorfahren gestellt habe, hat er mir … eine Peitsche aus reinem Kautschuk geschenkt. Sicher, um mich loszuwerden.«

»Eine Pferdepeitsche?«

Lucrèce wich Maria-Esperanzas durchdringendem Blick aus.

»Um die Wahrheit zu sagen, er hat behauptet, es handele sich um eine Peitsche zur Züchtigung der weiblichen Sklaven, die … die früher in den Kautschukpflanzungen nicht schnell genug gearbeitet haben.«

Er schluckte mühsam.

»Indianische Sklavinnen natürlich.«

Zweiter Teil

Kapitel 1

Die Häuser sehen alle aus wie überdimensionale Zuckerstücke und scheinen wahllos über den Hang verteilt.

Im Sonnenlicht werfen sie lange Schatten auf den roten Boden des Dorfes. Die Türen und die hölzernen Fensterläden sind geschlossen. Unter einem dürren Baum weidet ein Esel die mageren Grashalme auf seiner Koppel mit dem zerbrochenen Gatter ab.

Eine Staubwolke fegt über die Straße, der Wind pfeift um die Strommasten, deren Kabel in einem verschlungenen Wirrwarr oberhalb der Behausungen verlaufen, dann versinkt der Weiler wieder in seinen Dämmerzustand. In der Ferne ertönt eine Glocke. Oben auf dem Hügel erhebt sich ein ockerfarbenes Gebäude mit zwei Kuppeln.

Ein klappriger Überlandbus erklimmt die holperige Straße. Auf beiden Seiten verkündet eine vier Meter lange Banderole auf Portugiesisch, dass ein bestimmtes amerikanisches Softgetränk das Leben leichter mache.

Der Bus quält sich um eine letzte Kurve, der Motor heult auf, und eine schwarze Rauchwolke quillt aus dem Auspuff. Schnaufend fährt er noch an einigen Häusern vorbei, um schließlich wie ein erschöpftes Tier an einem Pfad zum Stehen zu kommen, der von den allgegenwärtigen Kakteen gesäumt wird. Die Bremsen quietschen, die Bustür öffnet sich, und ein junger, athletischer Schwarzer in Jeans und T-Shirt steigt aus. Er trägt einen roten

Rucksack. Der Fahrer wünscht ihm noch »Gute Reise!«, ehe der Bus unter eindrucksvollem Geschepper seinen Weg fortsetzt. Der junge Mann rückt seine Baseballkappe zurecht und geht mit dynamischen Schritten den Weg zum Kloster hinauf.

Die Klappe in der Pforte öffnet sich, und zwei braune Augen ruhen auf dem jungen Mann, der in der Sonne steht. Das dunkle Augenpaar blinzelt, strahlt erfreut, und eine heisere Stimme verkündet:

»Ich mache Ihnen auf!«

Ein altes Schloss knarrt, dann öffnet sich quietschend die Tür. Ein Mönch in brauner Kutte erscheint. Sein zahnloses Lächeln bildet ein schwarzes Loch in seinem Bart. Neben ihm an der steinernen Mauer lehnt ein altes Motorrad, an dem der Lack abblättert. Der Beiwagen hat keine Windschutzscheibe, und der Sitz ist kaputt.

Der Mönch tritt auf den jungen Mann zu und ergreift seine Hände.

»Willkommen, Pater de la Vega. Unser Superior erwartet Sie bereits in der Bibliothek.«

Kapitel 2

Dom de Araújo, Superior des Klosters Santa Angélica do Cachimbo, verzieht keine Miene.

Die Hände in die Hüften gestemmt, das Haupt erhoben, steht er hinter seinem Schreibtisch. Mit finsterer Miene lauscht er Pater de la Vega, der ausführlich von seiner Begegnung mit den beiden französischen Ermittlern und dem alten Priester Faria de Queroz berichtet. Dom de Araújo zieht hörbar die Luft ein, als sei ihm ein unangenehmer Geruch in die lange Hakennase gestiegen. Mit seiner schmalen Hand streicht er über sein schwarzes Ziegenbärtchen, das die auffallend roten Lippen noch betont.

Als sein junger Gesprächspartner von der Deutung der Kreuzmotive durch den alten Priester erzählt, heben sich seine buschigen Brauen zu zwei spitzen Dreiecken.

»Dummes Zeug! Völliger Unsinn!«

Die beiden kahlköpfigen Mönche im Gang, die an der Tür gelauscht haben, zucken zusammen und huschen davon.

Wie zwei gute Wachhunde weichen die beiden kahlköpfigen Mönche Pater de la Vega nicht von der Seite. Dieser sitzt an einem der Tische in der Klosterbibliothek.

Ein anderer Mönch, ein mageres Männchen, kommt, die Arme mit Büchern beladen, auf sie zu und legt seine Last auf einem benachbarten Tisch ab. Er pustet auf den dicken Folianten ganz oben auf seinem Stapel. Eine Staubwolke erhebt sich, die für einen Moment in dem Licht tanzt, das durch die Kirchenfenster hereinfällt. Dann verneigt er sich und entfernt sich mit schlurfendem Schritt. Einer der beiden kahlköpfigen Mönche greift nach dem entstaubten Buch, prüft den Schnitt, legt es auf Pater de la Vegas Tisch und schlägt es theatralisch vor ihm auf.

Gebieterisch deutet er auf einen Stich auf der rechten Seite. »Sechzehntes Jahrhundert.«

Wie ein Zauberkünstler zieht der andere Mönch eine in Kupfer gefasste Lupe aus dem Ärmel und reicht sie dem Besucher. Erregt greift der junge Schwarze nach ihr.

Der Stich stimmt haargenau mit dem Abdruck überein, der im Keller der verschwundenen Aeronauten gefunden wurde. Es sind dieselben fratzenhaften Dämonen und der Ritter mit der Rüstung.

Kapitel 3

Die Mittagssonne brennt auf die Ziegeldächer herab.

Ein Mann auf einem klapprigen Mofa biegt in das steil ansteigende Gässchen. Er trägt einen Strohhut, schmutzige Shorts und notdürftig mit Draht zusammengehaltene Sandalen. Eine große, billige Sonnenbrille verdeckt einen Teil seines Gesichts.

An seinem Gefährt ist ein auf Fahrradreifen montierter Karren befestigt. Er enthält allerlei wiederverwertbaren Plunder: eine Plastikuhr mit verbogenen Zeigern, einen Radiowecker, rostige Nägel in einer durchsichtigen Box, Stricke und mehrere Bündel Altkleider. Auf dem ganzen Krempel thront ein Käfig, in dem ein grün-roter Vogel nach Kräften bemüht ist, auf seiner winzigen Stange das Gleichgewicht zu halten. Über seinem Kopf schaukelt ein Sonnenschirm, der einer gerupften Fledermaus gleicht.

Unter den neugierigen Blicken einer dicken milchkaffeebraunen Dame in einem fuchsienfarbenen Negligé tritt der Mann ein paar Mal in die Pedale, um über einen Buckel zu kommen.

Die Frau sitzt inmitten von Topfpflanzen auf ihrem Balkon und zieht genüsslich an ihrem Zigarillo. Als von dem Mofa der Geruch nach verbranntem Motoröl zu ihr aufsteigt, flucht sie lautstark.

Das Gefährt rumpelt schwankend um die Ecke und verschwindet in einem Gewirr von Gassen, von deren fensterlosen Häusern das Geknatter des Motors zurückschallt. Es fährt auf einen von Balkonen gesäumten Platz. Vor den geschlossenen Fensterläden trocknet Wäsche in der prallen Sonne. In der Mitte des Platzes steht ein elegant geschwungener Musikpavillon voller kaputter Stühle. Ein paar Schritte entfernt sitzen, in eine Partie Schach vertieft, zwei Männer unter einem Sonnenschirm. Ein dritter lümmelt, die Beine übereinandergeschlagen, auf einer Steinbank und sieht ihnen zu. Trotz der Hitze trägt er ein zerknittertes Sakko. Zwischen leeren Gläsern und Flaschen steht ein Kofferradio, aus dem Reggaemusik ertönt. Sie heben kaum den Blick, als sie das *Plotplotplot* des Mofas vernehmen.

Die dicke Dame im Negligé wirft die Kippe ihres Zigarillos auf die verwaiste Straße, sieht auf die Uhr und erhebt sich aus ihrem Sessel. Sie tritt durch einen Perlenvorhang in ein kleines Zimmer, das mit Fotografien berühmter Sänger und einem Rahmen mit Medaillen dekoriert ist. In einer vergoldeten Nische steht auf einer Marmorplatte, von Kerzen umrahmt, eine schwarze Madonna. Eine grüne Glühbirne brennt auf einem Nachttisch. Über einem Bett, auf dem blumenbestickte Satinkopfkissen liegen, hängt ein mit Girlanden verzierter Ventilator.

Die dicke Frau geht daran vorbei in das angrenzende Badezimmer und betrachtet ihr Gesicht in dem trüben Spiegel.

Der Mann in Shorts stellt den Motor ab, steigt schwerfällig von seinem Mofa ab und schiebt es zu einem Container, aus dem Abfälle, Bierdosen und Papiertüten herausschauen. Während er mit dem im Käfig herumhüpfenden Vogel plaudert, wühlt er in dem Gerümpel auf seinem Karren und zieht eine Eisenstange mit einem Haken hervor.

Er wirft einen Blick hinter sich: Die Schachspieler sind noch immer in ihre Partie vertieft. Lediglich der dritte Mann scheint seine Position auf der Bank ein wenig verändert zu haben.

Die dicke Frau fasst ihr Haar vor dem Spiegel zu einem strengen Knoten zusammen und trällert dazu einen populären Schlager. Sie verlässt das Badezimmer, kniet vor der Madonna nieder, murmelt ein Gebet, erhebt sich mühsam und schaltet das Radio ein. Sie schnippt mit den Fingern im Takt und zieht dann das fuchsienfarbene Negligé aus, das sie zusammengerollt neben das Kopfkissen legt.

Auf dem Bett liegt eine Uniform in XXL, daneben ein Halfter, in dem eine Automatikwaffe steckt.

Der Penner durchwühlt den Container, zieht Papiertüten heraus und untersucht eine nach der anderen. Er geht dabei ganz systematisch vor und hat ein Loch in die Mitte des Müllhaufens gegraben. Schließlich entdeckt er ganz unten einen Leinenbeutel, der mit einem Riemen verschlossen ist.

Er beugt sich vor und schnappt ihn sich mit seinem Haken. Seine Arme sind noch in dem Behälter verborgen, als er eine Maschinenpistole daraus hervorzieht. Eine Taurus MT12 mit Schalldämpfer. Leise probiert er den Verschluss aus, nimmt die billige Brille ab und lässt sie in die Mülltonne fallen. Vorsichtig dreht er sich um, wirft einen Blick in die Runde, dann zieht er die Taurus aus dem Versteck.

Die Waffe hinter dem Rücken verborgen, nähert er sich den Schachspielern.

Die dicke Dame küsst ein Amulett, das sie um den Hals trägt, dann knöpft sie singend ihre Uniform zu. Sie nimmt das Koppel vom Bett, legt es um die Hüften, hält die Luft an und schließt die Schnalle. Sie rückt es zurecht, wobei sie ihr ausladendes Hinterteil hin- und herbewegt, sodass ihre Hose zu platzen droht.

Der Mann auf der Steinbank, der mit einem Auge belustigt das Theater des Penners verfolgt hat, sieht diesen jetzt mit hinter dem Rücken verschränkten Händen und undurchdringlichem Gesicht auf sich zukommen. Er betrachtet den Schatten auf dem Boden und runzelt verwundert die Stirn: An der Rückseite sieht er eine merkwürdige Form, die Form des Gegenstandes, den der Penner vor ihm verbirgt.

Der Mann auf der Bank richtet sich auf und öffnet sein Sakko.

Sein Instinkt hat ihn soeben vor einer drohenden Gefahr gewarnt.

Plötzlich sieht er die Hand des Penners mit der Maschinenpistole vorschnellen, er öffnet den Mund, um zu schreien, und lässt sich wie ein Stein zu Boden fallen. Er hört das Pfeifen der Kugeln und das Knattern der Waffe, Patronenhülsen knallen auf das Pflaster. Holzteile rollen an ihm vorbei. Er erkennt den schwarzen Turm und den weißen Springer und denkt unsinnigerweise, dass die Schachpartie nun verpatzt ist. Er bemerkt, dass er seinen Revolver in der Hand hält, kann sich aber nicht daran erinnern, dass er ihn aus dem Halfter gezogen hat. Der Tisch geht mit einem lauten Krachen zu Bruch und reißt einen leblosen Körper mit sich. Er wird mit Blut bespritzt. Geduckt springt er hinter die Bank. Erneutes Geknatter, Steinstückchen und Staub wirbeln auf, ein Projektil prallt pfeifend ab, Gläser zersplittern. Irgendwo sind Schreie zu hören, rechts von ihm läuft jemand davon.

Er richtet sich auf und eröffnet ohne Zögern das Feuer auf die sich bewegende Gestalt im Gegenlicht. Der donnernde Widerhall seiner großen Pistole erstaunt ihn selbst. Mit halb geschlossenen Augen schießt er wieder und wieder. Er hört nichts mehr, drückt noch einmal ab und begreift dann, dass das Magazin leer ist.

Er lässt sich hinter die Bank fallen und versucht, mit zittriger Hand die Trommel zu öffnen. Dann sucht er in seinem Sakko hektisch nach Munition.

Dabei will er sich nur nicht eingestehen, was er im Grunde genau weiß: dass er keine bei sich hat.

Kapitel 4

Der falsche Penner hat seinen Hut verloren, sein schweißüberströmtes Gesicht ist schmerzverzerrt.

Humpelnd läuft er davon, dann, nach ein paar Schritten, hüpft er mit gekrümmtem Rücken, die Maschinenpistole über der Schulter, auf einem Bein weiter. Blut tropft auf die Pflastersteine. Wieder versucht er zu laufen, schreit jedoch vor Schmerz auf und lehnt sich kurz an eine Mauer. Dann biegt er um eine Ecke und sieht das Kellerfenster.

Er ist wütend. Wütend darüber, dass er es versaut hat … Verdammt noch mal, das Arschloch hat mir mit seiner dämlichen Flinte das Knie oder das Schienbein zerschossen … Warum verfolgt er mich nicht? Warum kommt er nicht her, damit ich ihn einfach wegkegeln kann? Was? Scheiße, noch zehn Meter, ich bin fast da … Bis zum nächsten Mal, du Wichser …

Sein Bein wird immer steifer.

Er betrachtet das Kellerloch zu seinen Füßen. Blut tropft von seinem Bein, auf dem Boden bildet sich eine rote Lache. Er wird es niemals schaffen, da durchzukommen. Nicht mit diesem Bein, das ihm nicht mehr gehorcht. Doch die Flucht durch Kellerfenster ist schließlich seine Spezialität … In dieser Stadt ist er sicher der einzige Profi, der dünn und beweglich genug ist, sich durch diese Luken zu schieben. Ein wahrer Schlangenmensch. Letzte Nacht hat Raul diesen verdammten Keller aufgebrochen, letzte Nacht hat Raul das Vorhängeschloss am Fenster geknackt. Raul hat auch die Taurus in dem Müllcontainer deponiert … Und Raul und sein Motorrad sind nur zwei Häuser entfernt, er muss bloß eine Treppe hinaufgehen und einen Innenhof durchqueren … Er muss sehen, dass er hier verschwindet, die Bullen werden nicht auf sich warten lassen.

Der Mann wischt sich mit dem Handrücken den Schweiß von der Stirn, beißt die Zähne zusammen und macht sich, auf einem Bein hüpfend, wieder auf den Weg.

Die dicke Dame in Uniform spricht in ein Walkie-Talkie. Sie meldet Schüsse auf der Plaça de Santa Ana, da, wo der Musikpavillon steht. Mit ihrer freien Hand schiebt sie ein Palmenblatt beiseite, das ihr die Sicht auf die Gasse unter ihrem Balkon versperrt. Sechs aufeinanderfolgende Schüsse, ja, aus der gleichen Waffe, nein, eine andere habe sie nicht gehört, möglicherweise Schreie, doch sie sei sich nicht sicher.

Sie beendet abrupt das Gespräch und wirft das Walkie-Talkie in einen Blumenkübel: Soeben hat sie ein paar Meter entfernt einen Mann gesehen, der eine Maschinenpistole mit Schalldämpfer in der Hand hält. Der Mann ist verletzt.

Ohne Eile greift sie zu ihrer Automatik, entsichert sie und nimmt den hinkenden Ankömmling ins Visier.

»Senhor, werfen Sie die Waffe weg!«

Der Angesprochene hebt den Kopf, entdeckt sie und zielt.

Sie duckt sich mit gezogener Waffe. Zwei Schüsse knallen, der Mann bäumt sich auf und hebt die Hand an die Brust. Wut und Enttäuschung malen sich auf sein Gesicht. Dann sackt er langsam vornüber und löst dabei eine letzte MG-Salve aus. Die Kugeln pfeifen, er schlägt auf das Pflaster.

Von ihrem blumengeschmückten Balkon aus jagt Polizistin de Moraes, siebenmal als beste Schützin der Ortsgruppe Belém ausgezeichnet, dem ausgestreckt am Boden Liegenden eiskalt ein Mantelgeschoss Kaliber vierzig in den Kopf.

Kapitel 5

»Hallo, Kommissarin Saint-Louis? Hier Inspektor Ferrera. Na, geht die Schmetterlingsjagd mit den beiden Franzosen voran?«

»Guten Tag, Inspektor. Was ...«

»Sagen Sie, spielen Sie gelegentlich Schach?«

»Nie ... Warum fragen Sie?«

»Also, ich finde, da haben Sie völlig recht, denn es ist eine sehr gefährliche Freizeitbeschäftigung. Also, ich spiele. Und wie jeden Sonntag, so auch gestern. Oder besser gesagt, ich habe zwei sehr guten Spielern zugesehen. Einer von beiden wurde schachmatt gesetzt, besser gesagt, er ist mausetot. Und sein Partner wird mit zwei Kugeln im linken Oberschenkel und einem dreimal gebrochenen Schlüsselbein wohl längere Zeit im Krankenhaus bleiben müssen. Ich hoffe, sie kriegen ihn wieder hin, wo wir beide doch gerade eine Partie am Laufen haben. Mir selbst geht es gut, danke der Nachfrage.«

»Ich verstehe kein Wort.«

»Ich fasse es für Sie zusammen: Irgendein schwachköpfiger Pistolero hatte vor, mich am helllichten Nachmittag ins Jenseits zu befördern. Wahrscheinlich gemeinsam mit einem oder mehreren Komplizen.«

»Sind Sie sicher?«

»Entschuldigen Sie, Kommissarin, aber ohne, wie soll ich sagen, narzisstisch erscheinen zu wollen, war tatsächlich ich die Zielscheibe des Angriffs. Kurz, ich habe ihn verwundet, und gleich darauf hat ihn eine Polizistin aus Belém mit zwei Schüssen in den Bauch niedergestreckt … Gut gemacht, tolles Ergebnis, aber unter uns, sie hätte ihn vielleicht nicht gleich an Ort und Stelle abknallen sollen.«

»Haben Sie eine Idee, wer der Auftraggeber ist?«

»Ich bin felsenfest davon überzeugt, dass meine Frau dahintersteckt, Kommissarin. Schließlich bin ich ja wiederholt in Ihrer Begleitung gesehen worden, und Sie wissen doch, wie Frauen sind …«

»Lassen Sie diesen Blödsinn.«

»Schon gut. Dieser Pistolero ist sehr mager, er hat die gleiche wunderbare Hautfarbe wie ich, und er ist auf einem Video zu sehen, das einer meiner Kollegen in meinem Auftrag während der Beerdigung des großen Fazendeiro Senhor Muñoz gemacht hat, der mit seinen Leibwächtern unter Umständen, die man nur als mysteriös bezeichnen kann, brutal zu Tode kam.«

»Was ist denn auf Ihrem Video zu sehen, Inspektor?«

»Hm … Nichts Besonderes, unser großer Dünner mit dem Totenkopflächeln plaudert lediglich mit Muñoz' Personal, das ist alles.«

»Sie haben sicher die Personen, mit denen er sprach, bereits verhört?«

»Nun ja, in meinem Alter verfügt man, wie soll ich sagen, bereits über eine gewisse Berufserfahrung, junge Frau … Gut, ich will mal nicht so sein und Ihnen alles erzählen: Der Kerl hat sich unauffällig erkundigt, ob die Polizei schon eine Spur von der Gruppe hat, die Muñoz und seine bewaffneten Lakaien umgelegt hat.«

»Interessant.«

»Nicht wahr?«

»Und seine Waffe?«

»Stammt vom Schwarzmarkt, die Seriennummer wurde abgefeilt, das Übliche. Eine Taurus MT-12 mit langem Lauf. Brasilianisches Fabrikat, gut erhalten, gut gefettet, neuer Schlagbolzen, kurz, das Handwerkszeug eines Profis. Der Schalldämpfer ist

Schmuggelware. Die Waffe sowie die abgefeuerte Munition sind im Labor, aber ehrlich gesagt bin ich nicht sonderlich optimistisch. Unser Killer ist nicht irgendein kleiner Ganove, den man in einer Bar anheuert, sondern ein alter Hase. Seine Fingerabdrücke sind bisher unbekannt. Ein weitaus interessanteres Detail dürfte allerdings sein, dass der Idiot sich, um mich zu täuschen, als Penner verkleidet hat und mit einem Mofa unterwegs war. An seinem Gefährt hing ein Karren voll mit Gerümpel. Sogar einen Vogel in einem Käfig hatte er dabei. Um sich so auszustaffieren, hat der Kerl wohl in seinem eigenen Müll gewühlt. Keine gute Idee, denn in einer Plastikbox voller alter Nägel haben die Jungs vom Labor einen Faden … Moment, ich zitiere … einen sehr dünnen Draht, fast wie ein Haar, von exakt, hm, zwölf Komma fünf Millimetern Länge gefunden.«

»Und?«

»So was kriegt man nicht im Kurzwarenladen … Na, fällt bei Ihnen der Groschen?«

»Keine Ahnung.«

»Hm … Sie sitzen wirklich auf der Leitung. Es handelt sich um einen Draht, wie ihn unsere Freunde vom Militär benutzen, um Antipersonenminen zu aktivieren. Er ist praktisch unsichtbar. Wenn Sie ihn zufällig zerreißen und dadurch die Verbindung unterbrochen wird, fliegt Ihnen das Ding um die Ohren … Kurz, auf diesem Draht waren winzige Spuren von Sprengstoff nachzuweisen. Ich laufe besser schnell los und kaufe mir eine schusssichere Weste und ein paar Amulette für den Fall, dass ein anderer bewaffneter Idiot meinen glorreichen Weg zur Rente stoppen will. Außerdem lasse ich diesen Sprengstoff mit dem der Glasmine vergleichen, die Ihren Freund Clemente Ruiz in die Luft gejagt hat.«

Kapitel 6

Der Uniformierte starrte wie gebannt auf die Brüste von Kommissarin Saint-Louis, die in dem grünen IBAMA-T-Shirt äußerst vorteilhaft zur Geltung kamen.

Sie schien es nicht zu bemerken, aber Lucrèce und Sénéchal, die neben ihr saßen, warfen sich hinter ihrem Rücken leicht besorgte Blicke zu. Sie fragten sich, wann er wohl über sie herfallen würde und wie sie ihn überwältigen sollten, ohne die gesamte Militärbasis aufzuscheuchen.

Doch der Gefreite lehnte sich lässig in seinem Sessel zurück, betrachtete seine Fingernägel und erklärte schließlich, das Leben halte wirklich jeden Morgen, den Gott werden ließ, wunderbare Geschenke bereit, ja, wirklich wunderbare.

Alle drei nickten zustimmend, ohne genau zu begreifen, wovon er eigentlich sprach. Dann griff der Soldat nach einer Akte auf seinem Schreibtisch, die er kurz durchblätterte. Er zog einen Kugelschreiber aus seiner Brusttasche, spielte ein wenig damit herum und kritzelte schließlich etwas auf die Innenseite des Aktendeckels.

»Sie scheinen gute Beziehungen zu haben, Kommissarin Saint-Louis. Die Anweisung kommt von ganz oben, und dieser ganze Papierkram ist mit allen Stempeln versehen, über die die brasilianische Armee heute verfügt. Obwohl Sie diese Anfrage erst gestern Morgen gestellt haben. Das ist beachtlich. Ich beglückwünsche Sie zu Ihrem Verhandlungsgeschick und wünsche Ihnen viel

Erfolg für Ihre Untersuchung. Jetzt werde ich Ihre französischen Freunde und Sie mit unserem kleinen Genie allein lassen, das einen Großteil der Nacht damit verbracht hat, Ihnen einen Gefallen zu tun.«

Er starrte erneut auf ihre weiblichen Rundungen.

»Angeblich hat er eine ganz unglaubliche Entdeckung gemacht …«

Er erhob sich und reichte Maria-Esperanza mit einem feurigen Blick die Akte.

»Studieren Sie das Ganze sorgfältig, … Kommissarin.«

Er salutierte und verließ das Zimmer.

Die Polizistin öffnete die Akte. Sénéchal fragte:

»Was hat er denn aufgeschrieben?«

»Der Idiot hat mir seine Privatnummer gegeben!«

Sie fluchte leise vor sich hin.

Wie im Theater trat nun ein anderer Uniformierter ein. Er stellte sich als Hauptmann La Mota vor und war unter anderem Experte für die Analyse und Aufbereitung von Satellitenbildern. Er präzisierte:

»Die offizielle Bezeichnung lautet Analyseexperte.«

Er setzte sich vor einen der Bildschirme, tippte mit rasender Geschwindigkeit etwas in die Tastatur, ging dann zum einzigen Fenster, ließ das Rollo herunter, pfiff im Halbdunkel eine Sambamelodie vor sich hin, schloss die Tür ab, drückte lange auf einen Schalter, wodurch eine riesige Videoleinwand herabgelassen wurde, schaltete eine Lampe in der Nähe des Computers ein und setzte sich wieder.

Anschließend bat er seine Besucher, neben ihm Platz zu nehmen. Wieder tippte er eilig etwas ein, und auf der riesigen Leinwand erschien eine gestochen scharfe Luftaufnahme des Dschungels. Er lehnte sich in seinem Sessel zurück.

»Es überrascht mich nicht, dass die Leute von der Stiftung zum Schutz Amazoniens nicht den Sektor finden konnten, der Sie interessiert. Falls Sie ihnen die gleichen GPS-Koordinaten gegeben haben wie mir, hätten sie keinen so gravierenden Irrtum begehen dürfen … Egal, auf jeden Fall verfügen sie nicht über die gleichen Möglichkeiten wie die Armee.«

Mit einem Anflug von Stolz fügte er hinzu:

»Und natürlich auch nicht über die gleichen Fachkenntnisse. Im Übrigen, wenn die Analyse von Satellitenbildern so einfach wäre, würde es ja ausreichen, die Welt übers Internet zu betrachten, wie das alle tun.«

Er wandte sich direkt an Maria-Esperanza, die wie immer von den französischen Ermittlern flankiert wurde, als seien sie ihre unerschütterlichen Leibwächter.

»Kommissarin Saint-Louis, bevor Sie irgendetwas unternehmen, sollten Sie wissen, dass ich mich persönlich beim militärischen Nachrichtendienst vergewissert habe, dass wir keinerlei nächtliche Aktion in diesem Sektor durchgeführt haben. Weder offiziell noch … inoffiziell.«

Die Indianerin runzelte die Stirn.

»Und?«

»Nun, hm, man hat mir bestätigt, dass die Armee nicht für die Lichtphänomene verantwortlich war, die Sie beobachtet haben.«

Der Umweltinspektor hob die Augenbrauen.

»Und Sie glauben ihnen?«

Der junge Hauptmann lachte herzhaft.

»Ja, hin und wieder glaube ich ihnen … Gut. Also, ich habe etwas wirklich Interessantes entdeckt.«

Über die riesige Leinwand glitten Bilder vom Dschungel, die völlig identisch wirkten.

»Gestern habe ich einen unserer Satelliten, der auf den klangvollen Namen K-L 165 hört, auf drei null null vier Höhenmeter verlegen lassen. Er hat das Gebiet, das Sie interessiert und das wir der Einfachheit halber Alpha nennen wollen, abgesucht und verschiedene Informationen registriert.«

Sein ausgestreckter Arm erschien als Schatten vor der Leinwand, auf der man nun einen Wasserlauf sah, der sich zwischen den Bäumen hindurchschlängelte.

»Diese Aufnahmen, Kommissarin, stammen aus dem Sektor,

den Sie mit Ihrem Laser angepeilt haben, als Sie die Lichter bemerkten. Sicherheitshalber habe ich diesen Bereich in alle Richtungen um ein paar Kilometer ausgedehnt. Auf den ersten Blick gleichen sich die Bilder völlig, selbst die Farben der Blumen, die die Baumwipfel bedecken, stimmen weitgehend überein.«

Lucrèce war beeindruckt:

»Die fotografische Qualität ist erstaunlich.«

»Genau genommen sind das keine Fotografien, sondern Wellenlängen, Wellen, die der Computer in Bilder umsetzt.«

»Ach ja?«

»Einfacher ausgedrückt: Der Radarsensor des Satelliten schickt Energieimpulse auf die Erdoberfläche. Ein Teil dieser Energie wird reflektiert und kommt in Form eines Signals, eines Echos, zurück.«

Lucrèce blinzelte angestrengt.

»Sosehr ich mich auch bemühe, ich sehe nur Bäume, nichts als Bäume. Es könnte genauso gut ein Blick auf ein Brokkolifeld sein.«

»Niemand kann auf diesem unbearbeiteten Bildmaterial irgendetwas erkennen, es sei denn, man verfügt über ein sehr geschultes Auge … Sieht man sich aber die Aufnahme Nummer sechshundertsiebzehn an, das ist die hier …«

Hauptmann La Mota präsentierte ein neues Bild auf der Leinwand.

»… dann wird es gleich viel interessanter.«

Die anderen sahen sich verblüfft an. Für sie war es absolut identisch mit den vorhergehenden Aufnahmen.

»Vor allem seit man Strahlung verwendet und Filter einsetzt.«

Er drückte auf verschiedene Tasten. Das Bild Nummer sechshundertsiebzehn wurde komplett rot und schwarz. Unten an der Leinwand zeichnete sich ein dunklerer Fleck ab.

»Ich zeige Ihnen einen Ausschnitt.«

Er zoomte auf den Fleck, der nun die gesamte untere Hälfte einnahm.

»Das Verfahren, mit dem wir die Bilder bekommen und sie bearbeiten, lässt die Lichtreflexionen auf den Blättern im Dschungel deutlich zutage treten.«

Mit einer Handbewegung kreiste er das vergrößerte Areal ein.

»Man kann gut erkennen, dass hier die Vegetation anders ist. Hier hat es früher einmal Veränderungen gegeben. Der Fluss, der sich durch den unteren Bildrand schlängelt, ist sicher normalerweise breiter. Er hat einen sehr niedrigen Wasserstand. Die graue Zone dahinter ist ein Sumpfgebiet. Ein Stück weiter, unterhalb der Bäume in dem gleichen Sumpfgebiet, befindet sich etwas, sagen wir, für das Echo Auffälliges, doch bisher gelingt es mir nicht, es genauer zu bestimmen, auch dann nicht, wenn ich das Bild manipuliere. Ich kann Ihnen lediglich sagen, dass es etwas sehr Großes ist.«

Sénéchal nickte anerkennend.

»Nicht zu fassen! Dieser kleine, für das bloße Auge nicht erkennbare Unterschied auf dem Bild kommt mit Hilfe der Filter zum Vorschein. Mit etwas Fantasie könnte man es für eine große Ameise oder eher noch für eine Riesenspinne halten. Um bei den Insekten zu bleiben, die uns ja vorrangig interessieren.«

Er deutete mit dem Zeigefinger auf die Leinwand.

»Abdomen und Thorax befinden sich hier, aber es fehlt ein Bein, und ein anderes scheint verkümmert – an der Stelle, die den Wasserlauf mit dem Sumpfgebiet verbindet. Können Sie noch näher heranzoomen?«

»Das möchte ich lieber nicht. Wenn man zu viele Details hat, kann man sie nicht mehr analysieren. Aber ich kann Falschfarben einsetzen.«

Ein grellgelber Punkt erschien am Ende eines Beins der »Spinne«, ein Stück weiter oben zeigten sich andere gelbe Stellen, dann wurden es mehr und mehr. Die Punkte schienen rein zufällig auf der Leinwand aufzuleuchten, doch schließlich ergaben sich exakt sieben gekrümmte Linien von unterschiedlicher Länge, die alle zu einer fast runden Form verbunden waren.

Der Experte kommentierte:

»Meiner Ansicht nach sind die Beine Ihrer Spinne Wege, die

früher in den Dschungel geschlagen und dann von einer anderen Vegetationsform überwuchert wurden. Das Abdomen, wie Sie sagen, dieser etwas abgeflachte Kreis, war zweifellos eine alte Kautschukplantage.«

»Wie kommen Sie darauf?«

»Der Satellit ist in der Lage, uns die Höhe der Bäume anzuzeigen. Diese hier sind zwischen vierzig und vierundvierzig Meter hoch, und ihre Wipfel weisen die für Kautschukbäume typischen Charakteristika in Form und Färbung auf. Ein ausgewachsener Kautschukbaum erreicht, je nach Sorte, eine Höhe zwischen dreißig und fünfzig Metern. Bei den Exemplaren, die wir hier sehen, handelt es sich also um alte Bäume. Auf jeden Fall belegt dieses Bild eindeutig, dass an diesem Ort Bäume abgeholzt wurden und hier vor langer Zeit Kautschukpflanzungen waren … Man muss sich nur den Abstand zwischen den Bäumen ansehen …«

Er tippte erneut etwas ein: Das Bild wurde wieder grün, und die Vegetation wirkte vollkommen gleichmäßig. Von einem spinnenförmigen Fleck war nichts mehr zu sehen.

Sénéchal erkundigte sich:

»Wer hätte Ihrer Ansicht nach mitten im Nirgendwo, besser gesagt mitten im Dschungel, Kautschukbäume anpflanzen können? Und ist es Ihnen möglich, diese Plantage zu datieren?«

»Das würde ich mir ehrlich gesagt nicht zutrauen.«

»Könnten Indianer sie angelegt haben?«

»Sicher nicht. Kommissarin Saint-Louis, ich kann diese Nachforschungen mittels diverser Techniken noch vertiefen, zum Beispiel eine Infrarotanalyse vornehmen. Ich kann sogar ein dreidimensionales Bild dieses Ortes mit einer Genauigkeit von zehn Quadratzentimetern erstellen«, er lachte, »was uns vor allem helfen würde, die Blätter an den Bäumen zu zählen. Doch dafür bräuchte ich neue Genehmigungen, und … das kann dauern.«

Mit ihrer klangvollen Stimme erklärte Maria-Esperanza:

»Machen Sie sich keine Sorgen, Capitão. Wir werden bald wissen, worum es sich handelt.«

Kapitel 7

Ein mit einer Plane abgedeckter Militärlaster parkt auf der Startbahn, nur wenige Schritte von einem der beiden aufblasbaren Tunnel entfernt, in denen die Luftschiffe stehen. Unter den aufmerksamen Blicken eines Wachpostens entladen Männer in kakifarbenem Kampfanzug mit weißen Lettern beschriftete Metallkisten der Armee.

Einer von ihnen packt einen flachen Karton und geht auf den aufblasbaren Tunnel zu. Im Vorbeigehen beobachtet er einen anderen Soldaten, der auf dem Dach eines kleinen Gebäudes postiert ist und den Horizont mit einem Fernglas absucht. Dann schiebt er einen Vorhang beiseite und betritt den Tunnel. Feuchtwarme Luft schlägt ihm entgegen.

Hier herrscht geschäftiges Treiben: Ein Mann kniet, einen funkensprühenden Schweißbrenner in der Hand, das Gesicht hinter einer Schutzmaske verborgen, vor dem verchromten Chassis der Gondel. Ein kräftiger Bursche mit einem Rollgabelschlüssel installiert Scheinwerfer, während sich ein Stück weiter unter Chantals kritischem Blick ein Typ am Motor des Flugapparats zu schaffen macht. Nicht weit davon lagern große Aluminiumpropeller in Kisten. Überall liegen verschlungene Kabel und Werkzeuge am Boden verstreut. Armeesäcke stehen kreisförmig aufgereiht vor gestapelten Kisten. Es riecht nach einem Gemisch aus Ozon, Motorenöl und überhitztem Metall. Ein rundlicher Mann mit platter Nase fragt den Hereinkommenden:

»Was bringst du uns denn da Schönes?«

»Das schusswaffensichere Plexiglas.«

Plattnase deutet mit dem Daumen ans Ende des Tunnels.

»Leg es da hinten bei den Zivilisten und der Kommissarin von der IBAMA auf die Kisten.«

Maria-Esperanza, die an einem Klappschreibtisch sitzt, tippt etwas in ihr Notebook. Nicht weit von ihr sind Sénéchal und Lucrèce in eine heftige Diskussion vertieft. Die junge Frau hebt den Kopf, als sie den Mann mit dem Karton bemerkt.

»Steht Ihr Höchstfrequenzradar bereit? Wir sind schon spät dran.«

Der Angesprochene nickt, stellt seine Last vorsichtig ab und meint:

»Seien Sie ganz unbesorgt, er kommt. Die Scharfschützen sind auch schon auf dem Weg.«

Kapitel 8

Der auf dem Dach des Forschungslabors postierte Soldat verfolgt durch sein Fernglas ein merkwürdiges Schauspiel: Auf dem Pfad, der zur Startbahn führt, rast in einer Staubwolke ein altes Motorrad heran, dessen Beiwagen über jede Unebenheit holpert.

Der bärtige Fahrer, der mit gekrümmtem Rücken auf der Maschine sitzt, umfährt im Zickzack die Wagenspuren und weicht geschickt den Schlaglöchern aus. Seine braune Kutte flattert im Wind und enthüllt seine mit rotem Staub bedeckten Waden und Knie. Er trägt einen ledernen Motorradhelm und eine imposante Brille, deren Gläser im Sonnenlicht blitzen. Im Beiwagen sitzt ein stämmiger Kerl, das Gesicht halb durch einen Schal verdeckt. Er presst ein dickes Buch an sich.

Der Soldat betrachtet einen Moment lang verblüfft das unglaubliche Gespann und springt auf den Boden. Während er seine Automatik entsichert, winkt er dem Mann, der das Ausladen des Lasters überwacht, ihm zu folgen. Mit gezogenen Waffen stürmen die beiden Soldaten auf die Ankömmlinge zu. Das Motorrad macht eine Vollbremsung, schlittert elegant über die Plastikplane und kommt mit abgewürgtem Motor direkt vor ihren Füßen zum Stehen.

Der Fahrer schenkt ihnen ein zahnloses Lächeln, das ein schwarzes Loch in seinen Bart reißt, und deutet einen verballhornten militärischen Gruß an.

»Senken Sie die Waffen und führen Sie Pater de la Vega sofort zu Kommissarin Saint-Louis.«

Kapitel 9

»Monsieur Sénéchal?«

»Professor Morel?«

»Wieder einmal, Monsieur Sénéchal, hat sich das Sprichwort bewahrheitet: *Nomina si nescis, perit et cognito rerum!*«

»Wie bitte, Professor?«

»›Wenn du die Dinge nicht zu benennen weißt, schwindet auch ihre Bedeutung.‹ Carl von Linné, jener Naturforscher des achtzehnten Jahrhunderts, der die Nomenklatur der Arten ersann, hatte recht…«

»Professor, haben Sie etwa Neuigkeiten, die diese goldfarbenen *Diabrotica* betreffen? In diesem Fall ist Ihnen meine Aufmerksamkeit sicher, denn mein Wissensdurst ist ungestillt.«

»Genau darüber will ich gerade mit Ihnen sprechen, Monsieur Sénéchal. Diese große schwarze und namenlose Larve hat uns ihre genetischen Informationen sowie die Zusammensetzung ihrer Pheromone offenbart … Hoffentlich erinnern Sie sich noch daran, was ich Ihnen in Bezug auf die Pheromone erzählt habe? Der chemischen Kommunikation der Insekten untereinander?«

»Ja, ganz genau.«

»Nun, um es kurz zu machen, denn ich kenne ja Ihre krankhafte Ungeduld, die für Sie gewiss ein schweres Handicap sein muss… Wo war ich stehen geblieben?«

Sénéchal seufzte.

»Sie waren dabei, es kurz zu machen, verehrter Professor. Und ich weiß nicht, wie Sie auf die Idee kommen, dass ich leicht ungeduldig werde. Aber wie der Zufall es will, habe ich es eilig …«

»Wie immer … Nun, die DNA dieses Insekts zeigt keinerlei Veränderung, bei seiner Untersuchung konnte man keine fremden Gene nachweisen, die in seinen genetischen Code eingefügt worden wären. Noch kann man in seinen Pheromonen Moleküle erkennen, die …«

»Wollen Sie damit sagen, es handelt sich bei diesem Insekt um ein echtes, von der Natur hergestelltes Exemplar, das genau wie seine Kumpel bereits seit Jahrmillionen auf diesem Planeten herumspaziert?«

»Exakt. Außer, dass es bisher nie beschrieben wurde.«

»Und Sie finden es nicht weiter verwunderlich, dass diese ungewöhnlich großen, goldfarbenen Viecher bisher keinem Ihrer Kollegen aufgefallen sind?«

»Nein, besonders dann nicht, wenn dieses Insekt im größten Wald der Erde lebt. Bis heute sind rund 1,8 Millionen Arten beschrieben worden, doch ein Großteil der Lebewesen ist noch unbekannt. Jedes Jahr werden von Forschern zwischen sechzehn- und siebzehntausend neue Tier- und Pflanzenarten registriert. Das ist eine seit zehn Jahren konstante Ziffer. Brasilien allein beherbergt rund dreißig Prozent der weltweiten Biodiversität. Doch das nur am Rande, Monsieur Sénéchal … Es gibt noch ganz andere Beispiele. Wussten Sie, dass das erste Exemplar der *Ornithoptera alexandrae* erst im Jahr 1906 gefangen wurde? Also zu einem sehr späten Zeitpunkt in der Menschheitsgeschichte.«

»Was ist das?«

»Der Königin-Alexandra-Vogelfalter ist der größte Tagfalter der Schöpfung … Das Weibchen hat eine Flügelspannweite von achtundzwanzig Zentimetern, das heißt, es ist so groß wie ein Vogel. Diese Art lebt in einer Region im Südwesten von Papua-Neuguinea. 1951 zerstörte ein Vulkanausbruch zweihundertfünfzig Quadratkilometer ihres Lebensraumes, sodass ihr heute nur noch neunzig Quadratkilometer bleiben. Es ist also durchaus möglich, dass diese goldfarbenen Tierchen nur in einem sehr begrenzten Areal in Amazonien vorkommen.«

»Ich verstehe, und die beiden Kerle versteckten in ihrem Keller ...«

»Die dreihundertachtunddreißigste unter den bislang bekannten *Diabrotica*-Arten.«

»Und seine Vorliebe für Soja? Könnte dieses neue Exemplar tatsächlich zu einer Bedrohung für die Ernte werden?«

»Meine Kollegen haben ihn mit verschiedenen Sorten gefüttert, unter anderem auch mit der, die Sie aus dem Keller der beiden verschwundenen Aeronauten mitgebracht haben.«

»Waren die Samen der Pflanze genmanipuliert?«

»Ganz und gar nicht. Es handelt sich um eine in Brasilien weit verbreitete Sorte. Offenbar sagt dem Insekt das Gensoja überhaupt nicht zu, denn jedes Mal, wenn man es ihm anbietet, rührt es sein Fressen nicht an. Möglicherweise wegen der dieser Pflanze zugesetzten Gene, mit denen seine Fortpflanzung unterbunden werden soll. In jedem Fall scheint Soja nicht die Pflanze zu sein, von der es sich gewöhnlich ernährt.«

»Mit anderen Worten?«

»Mit anderen Worten, wenn dieses Insekt von den beiden Chitinex-Angestellten im Dschungel gefunden wurde – so wie Sie annehmen –, haben die beiden nicht seine gewohnte Nahrungsquelle mitgenommen. Also mussten sie die Tiere mit etwas ernähren, was leicht zu beschaffen ist: normales, nicht modifiziertes Soja. Das ist alles. Die beiden haben es im Garten angepflanzt, um ihre Untermieter ernähren zu können, die sie heimlich in ihrem klimatisierten Keller züchteten und via Webcam überwachten. Warum? Ich muss gestehen, dass mir das völlig schleierhaft ist.«

Kapitel 10

Der Hubschrauber, an dessen Unterseite eine lange Metallkiste hängt, fliegt mit großem Getöse über den Amazonas. Die Positionslichter blinken am Himmel. Das regelmäßige Dröhnen der Rotorblätter hallt von den Mauern einer Fabrik wider, deren Schornsteine von Scheinwerfern angestrahlt sind. Am Horizont, über den grelle Blitze zucken, deuten schmale Lichterketten auf eine entfernte Hafenstadt hin.

Grinsend wendet sich der Pilot an seinen Kopiloten.

»Es ist das erste Mal, dass wir ein Luftschiff transportieren. Ich dachte, so was gäbe es gar nicht mehr.«

Sein Nachbar nickt.

»Pass trotzdem auf, die Kiste bietet einen erheblichen Luftwiderstand. Schließlich enthält sie Butangasflaschen.«

Der Pilot macht Witze.

»Donnerwetter, Butangasflaschen! Da müsste man mir schon einiges bieten, damit ich meinen Hintern in so eine Maschine setze.«

Weit von ihnen entfernt sitzt ein Mann vor einem Monitor. Er beobachtet einen roten Punkt, der sich inmitten eines grellgrünen Rechtecks fortbewegt. Der Mann schlägt die Beine übereinander, zündet sich eine Zigarette an, kneift die Augen zusammen und betrachtet durch den Rauch hindurch den Bildschirm. Dann greift er nach seinem Handy.

»Ihr Hubschrauber hat gerade die Düngemittelfabrik MacGill überflogen und ist nun dabei, den Fluss zu überqueren. Ich glaube nicht, dass sie mich orten können, nein … Ich hoffe, dass ihr da unten auch wirklich Ordnung geschaffen habt …«

Er hört einen Moment lang zu, dann fährt er fort:

»Das weiß ich doch, aber für den Fall, dass … Übrigens, es gibt zwei neue, sehr große Pflanzungen. In der südsüdöstlichen Zone. Ich behalte die Sache im Auge.«

Er lauscht wieder, lächelt und beendet das Gespräch:

»Adeus. Bis bald.«

Kapitel 11

Die »Piranha«, ein modernes Schnellboot und Abfangjäger der brasilianischen Armee, brauste mit hoher Geschwindigkeit über den Fluss. Der lange, schmale Bug wirbelte das Wasser auf.

Ihr voraus fuhr ein seltsames metallenes Gefährt mit flachem Boden, das wie ein kleines Sturmboot aussah. Es hatte einen Tarnanstrich und transportierte Soldaten in Kampfanzügen, die mit Gurten auf den hölzernen Sitzen angeschnallt waren. Sie trugen Dschungelhüte, und ihre Waffen steckten in Schutzhüllen. In ihrer Mitte lagen unter einer kakifarbenen Plane Rucksäcke und Material. Der Mann am Bug, ein MG-Schütze, hatte sein Gewehr zwischen die Knie geklemmt und saß mit dem Rücken zum Vordersteven.

Sénéchal, der ein Regencape trug, klammerte sich im Vorschiff der »Piranha« an der Reling fest. Ihn faszinierte sowohl die Geschwindigkeit der beiden Boote wie auch die Verkehrsdichte auf diesem Fluss. Seit ihrer Abfahrt hatte er das Gefühl, sich auf einer stark frequentierten Autobahn zu befinden, wo alle Wasserfahrzeuge vertreten waren, die in Brasilien hergestellt wurden.

Sie waren mitten in der Nacht ausgelaufen.

Die »Piranha« und das Sturmboot hatten starke Scheinwerfer eingeschaltet und waren – trotz Nebel – durch die Nacht gerast. Bisweilen tauchten wie aus dem Nichts plötzlich Frachtschiffe vor ihnen auf – schwarze Giganten mit undeutlichen Umrissen. Mit Vollgas waren sie immer weiter geradeaus gefahren, bis der Morgen graute und sie unter dem rotgelben Himmel die Weite des Gewässers und die ferne schmale Linie des gegenüberliegenden Ufers sahen. Dann waren die beiden Militärboote in einen kleinen Seitenarm abgebogen, der immer schmaler wurde, je weiter sie in den Regenwald vordrangen.

Inzwischen war die Sonne aufgegangen, elfenbeinfarbene Wolken mit einem rosa Rand tauchten am Horizont auf. Allmählich verlangsamte sich das rasante Tempo ihres Konvois. In regelmäßigen Abständen begegneten sie pastellblauen, zweistöckigen Dampfern, die Miniaturnachbildungen der Mississippi-Steamboats glichen. Auf dem Dach eines dieser Schiffe entdeckte Sénéchal fünf dicht zusammengedrängte Ziegen. Gleich darauf sah er eine halbmast beflaggte Fähre, die einen Autobus transportierte; die Passagiere standen an der Reling und winkten ihnen zu. Ein qualmender Kahn schob riesige mit Stricken aneinander befestigte Baumstämme vor sich durchs Wasser. Ein Mann sprang von einem zum nächsten, um sie mit einem Bootshaken auf Kurs zu halten. Lange Pirogen mit tuckernden Motoren beförderten Obst oder waren bis oben hin mit Gemüse oder getrocknetem Fisch beladen. Schwimmende Nussschalen, an deren Masten statt Segeln bunte Kleidungsstücke knatterten, tanzten vorüber.

Der Umweltinspektor betrachtete Maria-Esperanza, die unweit von ihm im Schutz des vorderen Geschützturms saß.

Auch sie trug ein Regencape, dessen Kapuze sie in den Nacken geschoben hatte, sodass ihr die Dreadlocks um das Gesicht wehten. Lucrèce hatte sich im Kabinenraum der »Piranha« in einem Ledersessel neben dem Steuermann niedergelassen. Trotz des Wellengangs las er in einem dicken Buch. Der Umweltinspektor erkannte den Folianten, den Pater de la Vega mitgebracht hatte. Zwei Schritte weiter saß die Kommandosoldatin de Gama, eine junge Frau mit kurz geschorenen Haaren. Auf ihrem nackten Oberarm prangte eine Tätowierung: ein von einem Dolch durchbohrter Totenkopf. Mit ernster Miene wachte sie über eine neben ihr stehende Metallkiste mit zahlreichen Griffen und Aufklebern wie »zerbrechlich« oder »Vorsicht«, bei deren Anblick Sénéchal ins Grübeln kam. Tags zuvor hatte Maria-Esperanza ihm erklärt, dass das einzige weibliche Armeemitglied auf dieser Expedition eine Sprengstoffexpertin sei.

Plötzlich vibrierte die Brücke. Vor ihnen drosselte das Boot mit den Soldaten das Tempo, um eine schmale Stelle zwischen einigen Bäumen zu durchqueren. Die »Piranha« folgte ihm.

Der Dschungel war nun ganz nah: Palmen wiegten sich im Wind, Mangrovenbäume, deren Zweige ins Wasser hingen, und Seerosen, so weit das Auge reichte.

Langsam passierten sie ein Dorf mit Pfahlbauten. Männer mit Shorts und Baseballkappen standen an den Balustraden ihrer Häuser, die aus dem Wasser ragten. Mürrisch beobachteten sie, wie die Boote vorbeizogen, während sie sich einen Schluck aus der Bierflasche genehmigten. Ein Mann mit nacktem Oberkörper trug einen Revolver in einem Schulterhalfter. Die Wellblechhütten am Ufer schienen auf ihren Stelzen das Flussbett verlassen zu haben und klammerten sich nun in Gruppen an den schlammigen Hängen fest.

Auf einem kahlen Baum hockten Kinder, die paarweise laut lachend in die schwache Strömung sprangen.

Das Gesicht des Umweltinspektors verfinsterte sich, als er die langhaarigen Mädchen in eng anliegenden T-Shirts und schmutzigen Miniröcken bemerkte. Sie standen aufgereiht an der Reling eines schwimmenden Bordells mit mehreren rosa gestrichenen Etagen, das am Ufer vor Anker lag. Mit verschränkten Armen starrten sie trübsinnig auf den schlammigen Morast unter ihnen – wie die Passagiere eines gestrandeten Ozeandampfers, die darauf warten, dass die Flut sie befreit.

Maria-Esperanza deutete auf die halbwüchsigen Mädchen und meinte:

»Wie Sie sehen, Pierre Sénéchal, endet hier die Zivilisation.«

Das Boot vor ihnen fuhr mit verminderter Geschwindigkeit in eine kaum sichtbare Fahrrinne, die ins Nichts zu führen schien.

Der Steuermann der »Piranha« folgte mit aufheulenden Motoren. Schließlich gelangten sie in ein verschachteltes Netz von Kanälen, die in ein grünliches Aquarienlicht getaucht waren. Sénéchal bemerkte einen kleinen Fischkutter, der aus einer Bucht herausfuhr und sie rechts überholte. Auf dem Vorderdeck lagen Kaimane mit zusammengebundenen Mäulern und Pfoten. Aus einem Korb reckten Landschildkröten ihre faltigen Hälse in alle Richtungen. Auf dem Dach stapelten sich Dutzende von verschnürten Leguanen, deren lange Schwänze ineinander verschlungen waren. In der Nähe des Ruders waren in einer Reuse große Nagetiere eingesperrt, die die Gitterstäbe attackierten. Ein Käfig mit zwei blauen Papageien neigte sich gefährlich zum Wasser. An der Kabine hingen Jagdgewehre.

Nachdem sie lange durch Seerosen gefahren waren, kamen sie schließlich zu kleinen Inseln mit Dschungelvegetation, die unvermutet in einem toten Seitenarm auftauchten. Die Steuermänner legten bei geringem Tempo vorsichtig an, dann verstummten die Motoren.

Lucrèce blinzelte, klappte sein Buch zu, schüttelte den Kopf und murmelte:

»Erstaunlich. Wirklich ganz erstaunlich, diese Geschichte.«

Dann wandte er sich an den Steuermann:

»Sind wir da?«

»O nein, Senhor. Wir warten.«

»Wie bitte?«

Daraufhin befragte der dicke Mann Kommandosoldatin de Gama. Er deutete auf die Kiste, die sie eifersüchtig bewachte.

»Dürfte ich erfahren, was sich darin befindet, Madame de Gama?«

Ohne das gute Stück aus den Augen zu lassen, erwiderte sie trocken:

»Sechs Kilo Material. Zum Aufspüren von Sprengstoff. Ganz wild auf Futter.«

»Wie?«

Lucrèce hakte nicht weiter nach. Die lakonische Art der Brasilianer verwirrte ihn stets aufs Neue, und diese Kommandosoldaten waren sowieso alle durchgeknallt. Er öffnete die Kabinentür, lauschte kurz dem Gesang der Vögel und beugte sich über die Reling.

Im gleichen Augenblick erstarrte er: Ein alter Indianer sah ihn unverwandt an. Er trug ein perlenbesticktes Gewand und saß mit verschränkten Armen in einem Einbaum voller Blumen, deren Duft dem kleinen Chemiker in die Nase stieg. Der Kopf des Greises war mit gelben und weißen Federn geschmückt. Am Bug saß ein am ganzen Körper tätowierter Junge, der nur einen roten Lendenschurz trug. Mit abwesendem Blick stieß er träge das Paddel ins Wasser.

Wie Schatten passierten sie die Soldaten, die schweigend ihre Arbeit taten: Einige schwärzten sich das Gesicht mit Ruß, andere zogen ihre Waffen aus den Schutzhüllen.

Alle hoben den Kopf, als sie den Motor des Luftschiffs hörten, das unsichtbar über den Bäumen näher kam.

Kapitel 12

Der Mann in Schwarz mit der orangefarbenen Brille öffnete eine der Schiebetüren, zielte sorgfältig in die Zweige unter ihm und betätigte den Abzug. Man hörte ein *Plopp!* Rauch stieg aus dem merkwürdigen Lauf der Waffe auf und verflüchtigte sich hinter dem Heck des Luftschiffs.

Der Pilot saß in der Gondel am Steuerknüppel und betrachtete aufmerksam das Baumkronendach durch die Scheiben aus schusssicherem Plexiglas. Dann sprach er in das Mikro seines Helmes:

»Wir steigen wieder nach oben. Ich werde noch einmal nach links schwenken. Gib mir ein Zeichen, wenn du einen anderen Blickwinkel hast.«

Zwei Meter hinter ihm beugte sich ein Analytiker über die Messinstrumente vor seinem Sitz. Den Kopfhörer auf den Ohren, musterte er eine Reihe von Skalen, die hell aufleuchteten. Zu seiner Rechten zeigte ein Satellitenbild sein Luftschiff über den Wipfeln. Es sah aus wie eine schimmernde Zigarre über einem Brokkolifeld.

Unter einem der Bildschirme ragte aus einer Kiste ein geladenes MacMillan-Präzisionsgewehr hervor.

Feldwebel Cavalcante, der die Handvoll Soldaten befehligte, machte stets ein mürrisches Gesicht und erteilte mit seiner rauen Stimme nur sporadisch Anweisungen. Seine Nase durchbohrte eine gebogene Knochennadel, und Sénéchal fragte sich, was der Mann wohl tat, wenn er sich schnäuzen musste.

Einstweilen kauerte der Feldwebel im Dickicht, das Sturmgewehr auf den Knien, während seine dunklen, mandelförmigen Augen den Boden absuchten.

Er legte zwei Finger auf den feuchten Boden, führte sie an die Nase, schnupperte und wischte sie dann nachdenklich an seiner Kampfjacke ab. Dann sah er zu seinem Nebenmann hinüber, einem mageren Soldaten mit langen Armen, der mit einem kakifarbenen Notebook neben ihm hockte.

»Und?«

»Er setzt noch zwei oder drei weitere Kameras aus, sobald ihm etwas im Geäst auffällt, Sargento. Er sagt, er landet nicht, bevor sie nicht noch eine letzte Runde gedreht haben. Er hat ein ungutes Gefühl, der Ort ist ihm nicht geheuer. Mit dem Radar haben sie unten Bewegungen registriert und thermische Reaktionen feststellen können, aber sie wissen nicht genau, was es ist, Sargento.«

Der andere brummte:

»Ich verlange auch gar nicht, dass er dort landet. Seine unguten Gefühle sind mir völlig wurscht. Wissen Sie, ob die erste Kamera etwas Brauchbares geliefert hat?«

»Gleich müssten die Bilder da sein.«

Auf dem Bildschirm des Notebooks flackerte ein leuchtender Balken, stabilisierte sich schließlich und präsentierte ihnen in kleinem Format eine auf dem Kopf stehende Weitwinkelaufnahme.

Der Soldat betätigte zwei Tasten, das Bild drehte sich und füllte nun den gesamten Bildschirm aus.

Die Männer beugten sich gemeinsam darüber.

»Donnerwetter! Das gibt's doch gar nicht …«

Kapitel 13

Das Sturmgewehr mit beiden Händen über dem Kopf haltend, watete Maria-Esperanza durch das Wasser, das ihr bis zu den Hüften reichte. Dicht hinter ihr, den Strohhut tief in die Stirn gezogen, befand sich Lucrèce in einem kleinen Beiboot, das auch ihre Rucksäcke und das Material transportierte. Mit einem Paddel lenkte er das Dingi mehr schlecht als recht und bemühte sich, nicht auf die wiegenden Hüften der jungen Frau zu schielen.

Doch als sie wieder festen Boden unter den Füßen hatte, wurden die Augen des kleinen Mannes unwiderstehlich von den Reizen ihres Hinterteils in der nassen Hose angezogen. Verlegen wandte er sich ab und stieß kräftig mit seinem Paddel zu, um sich von der »Piranha« zu entfernen, deren Motor hinter ihm im Leerlauf tuckerte. Das Schnellboot setzte zu einer Kehrtwendung an, die Schiffsschrauben wirbelten das Wasser auf – und Lucrèce wäre beinahe gekentert.

In einiger Entfernung erhob sich Sénéchals hochgewachsene Gestalt aus dem Sumpf und verschreckte die Frösche. Er hatte sein Klappgewehr wie ein Sonntagsjäger geschultert und nun ebenfalls das Ufer erreicht.

Mit der Hand beschirmte er die Augen und betrachtete den riesigen von Bäumen und Lianen überwucherten Dampfer, dessen umgeknickter Schornstein sich zu der glatten, weiten Wasserfläche herabneigte. Als wäre er fast ein Jahrhundert zuvor an genau dieser Stelle vom Himmel gefallen.

Kapitel 14

Vorsichtig, mit gezückten Waffen, bewegten sich die Fährtenleser Jarina und Serra vorwärts.

Alle zehn Meter blieb der eine stehen und suchte aufmerksam den Boden ab, während sein Begleiter die Baumkronen und das dunkle Unterholz musterte. Beide waren klein und schmächtig. Auch sonst war ihre Ähnlichkeit verblüffend.

Sie hörten den Motor des sich nähernden Luftschiffs. Dann war es eine Weile still, bevor das Geräusch in der Ferne wieder einsetzte.

Ein Vogel trällerte sein Lied, Affen schnatterten in den Baumwipfeln.

Plötzlich hockte sich Jarina auf seine Fersen.

Serra blieb stehen und sah sich schweigend um. Jarina nahm seinen Dschungelhut vom Kopf und hielt ihn ein Stück vor sich, um einen Schatten auf den Boden zu werfen. Er murmelte:

»Barfüßer. Vielleicht vom Stamm der Flecheiros. Sie sind gerannt.«

Er hatte nun den Blick eines Pferdehändlers, der, den Kopf leicht zur Seite geneigt, den Preis für ein Tier schätzte. Er bewegte den Hut ein wenig und ließ so den Schatten wandern.

»Ein Kind … Eher ein Jugendlicher. Und zwei Erwachsene.«

Er schnalzte mit der Zunge.

»Sie sind niemandem gefolgt. Auch keinem Wild, denn es gibt keine anderen Spuren. Sie liefen gemeinsam geradeaus.«

Mit dem Zeigefinger berührte er die Muschel in seinem Ohrläppchen und schloss:

»Sie hatten Angst.«

Wortlos öffneten beide die Trageriemen ihrer Rucksäcke, stellten sie ab und zogen Visiere mit Restlichtverstärker heraus, die sie rasch auf ihren Sturmgewehren befestigten.

Kapitel 15

Maria-Esperanza half Lucrèce, das Beiboot ans Ufer zu ziehen. Hose und Schuhe des kleinen Chemikers waren schlammverschmiert.

Nervös kontrollierte er den Inhalt seiner Brusttasche, dann fächelte er sich mit dem Strohhut Luft zu. Sénéchal gesellte sich zu ihnen, das Klappgewehr auf den Boden gerichtet. Seine durchnässte Kleidung stank nach Moder.

Sie wies mit dem Daumen auf den Pfad hinter ihnen.

»Da wären wir endlich, bei den Beinen der großen Spinne.«

Alle drei betrachteten den Rumpf des Dampfers mit seinem geneigten Bug und dem umgeknickten Schornstein. Die Oberdecks waren völlig überwuchert. Die Lianen bildeten eine dichte graue Mähne, die vom Bug bis zum Heck wogte. Das Wurzelwerk der Bäume, die in seiner Mitte wuchsen, war bis in die kleinsten Ritzen der Gangway vorgedrungen. Durch den Farn, der das Heck des mumifizierten Riesen überwucherte, lugten hier und da Drahtkonstruktionen – die spärlichen Überreste der ehemaligen Reling.

Das Sturmboot mit den Soldaten lag im Wasser neben dem gestrandeten Wrack. Mit Seilen gesichert, kletterten zwei Soldaten an dem verfaulten Schaufelrad vorbei die Außenwand hinauf und gelangten zu einer Reihe von Bullaugen, die toten Augen glichen. Kommandosoldatin de Gama, die Kiste zwischen den Knien, wartete geduldig an Bord.

Der Umweltinspektor meinte:

»Ich verstehe nicht, wie man mit so einem schwimmenden Giganten überhaupt bis in dieses Niemandsland vordringen konnte. Auf den Satellitenbildern ist kein schiffbarer Weg erkennbar, der für Pötte dieser Größe geeignet wäre.«

»Das Klima hat sich verändert, Pierre Sénéchal. Und der Fluss auch. Solche Schaufelraddampfer hatten einen geringen Tiefgang. Man belud sie mit Kautschukballen, die sie nach Manaus oder Belém brachten. Früher drangen solche Schiffe sehr tief in den Regenwald vor.«

Lucrèce, der sich noch immer mit seiner Kopfbedeckung Luft zufächelte, ergänzte:

»Das sind die Folgen der radikalen Abholzungspolitik und einer intensiven landwirtschaftlichen Nutzung. Im Laufe des letzten Jahrhunderts ist der Wasserpegel des Amazonas dramatisch gesunken. Das Schiff hat diesen Ort sicher niemals mehr verlassen können ... Oder man hat es hier zurückgelassen, als der Kautschukboom zu Ende ging.«

Während er sprach, beobachtete er de Gama, die nun auf dem Boot stand. Sie befestigte ihre kostbare Kiste an einem Tau, das einer ihrer Kameraden aus dem Bullauge des Schiffsrumpfes herabgelassen hatte. Der andere Soldat hatte die Gangway erreicht und stieg über ein Stück Reling.

Maria-Esperanza zog ihr kakifarbenes Notebook hervor und winkte die beiden Franzosen zu sich heran. Das Satellitenbild, das Hauptmann La Mota ihnen gezeigt hatte, erschien auf dem Bildschirm. Sie sahen erneut die Wipfel der Kautschukbäume und erkannten die alten Waldwege wieder, die die Beine der Spinne bildeten, sowie den Sumpf, an dem sie sich gerade befanden. Das Luftschiff und sein Schatten waren in einer Ecke des Bildschirms deutlich zu erkennen. Es bewegte sich ruckartig vorwärts.

»Wie Sie sehen, ist das Schiff wegen der Bäume, die es überwuchert haben, von oben nicht sichtbar, und die ...«

Der dumpfe Knall einer Explosion ließ sie aufblicken.

Sie sahen, wie oben aus dem Bullauge Rauch aufstieg und einer der beiden Soldaten mit ausgebreiteten Armen von der Gangway stürzte. Dann hörten sie das Knarren des hohen Schiffsschornsteins, der sich langsam zur Seite neigte und Lianen und verbogene Metallteile mit sich riss.

Unten auf dem Boot erkannte de Gama, dass er direkt auf sie zustürzte.

Sie sprang ins Wasser und tauchte geistesgegenwärtig unter das Sturmboot.

Sie hörte den ohrenbetäubenden Knall, als der Schornstein das Schiff traf. Durch den Aufprall wurde das Heck in die Luft geschleudert und klatschte knapp neben ihrem Kopf wieder herunter aufs Wasser. Sie hielt die Luft an und schwamm so weit weg, wie sie nur konnte.

Als sie wieder auftauchte, brannten ihre Lungen. Sie begutachtete den Schaden: Die Holzsitze des Bootes waren zerschmettert, die Motorenabdeckung war geborsten und die Lafette des seitlich angebrachten Maschinengewehrs leer.

Daneben versanken die Überreste des Schornsteins und ließen Luftblasen aufsteigen.

Als sie den Blick zum Schaufelraddampfer hob, entdeckte de Gama einen der Soldaten. Er schwang benommen an seinem Tau am Rumpf des Schiffes hin und her. Als sie sich nach der Geheimwaffe umsah, stellte sie erleichtert fest, dass die Kiste ein paar Meter von ihr entfernt ruhig dahintrieb.

Oben am Bullauge war niemand mehr.

Kapitel 16

Tausende Kilometer entfernt druckte Dame Pottier Fotos aus. Sie zeigten die im Keller der Aeronauten gefundenen Insekten – eine schwarze Larve und die ausgewachsenen Tiere. Angewidert schüttelte sie sich, dann drückte sie einen Knopf ihrer Sprechanlage.

»Ravier, legen Sie mal kurz die Comics beiseite, und kommen Sie zu mir. Ich habe einen Spezialauftrag für Sie.«

Sekunden später betrat der Mann, der bekanntermaßen unter ständiger Schlaflosigkeit litt, das Büro der zierlichen Frau. Sie reichte ihm die Bilder und erklärte ihm, was sie von ihm erwartete. Er riss die Augen auf.

Nachdem er murrend gegangen war, griff sie nach einer Akte auf ihrem Schreibtisch. Auf dem Deckblatt stand:

»Nationalarchiv
Dienststelle zur Koordinierung der algerischen Belange
(1958 – 1964)«

Dann ließ sie sich aus den Beständen des Archivs die folgenden Unterlagen schicken: Kartei Reihe B, Amerika 1952 – 1963. Unterreihe: Argentinien, Nr. 74. Bericht Nr. 18.6.1., März 1952 – August 1963.

Kapitel 17

Dort, wo Serra und Jarina sich befanden, war lediglich ein entferntes *Bomm!* zu hören.

Jarina schloss kurz die Augen, als könne er mittels Telepathie den Ursprung des Geräuschs erahnen. Dann öffnete er sie wieder und griff nach seinem Funkgerät. Einige Meter entfernt fotografierte Serra die Überreste eines verlassenen Indianerdorfes. Er machte die letzten Aufnahmen von den leeren Hängematten, den Köchern, die an den Rundhütten standen, den von Fliegenschwärmen heimgesuchten Kalebassen (eine enthielt blaue Farbe zum Bemalen der Körper), den Gittern über den erloschenen Feuerstellen sowie von den unzähligen Fußspuren auf dem Boden.

Die Indianer mussten in aller Eile aufgebrochen und in ihre Einbäume gestiegen sein ... Hm! Vorsicht war geboten. Zumal Jarina gerade direkt gegenüber dem Lager merkwürdige Spuren im Unterholz entdeckt hatte ... und einen vergifteten Pfeil, der in einem Baumstamm in Augenhöhe steckte. Dabei sammelten die Jäger sonst ihre kostbaren Pfeile stets wieder ein ... Alles äußerst seltsam.

Er wandte sich an seinen Begleiter.

»Sag schon!«

Der andere unterbrach die Funkverbindung.

»Es gibt Ärger. Los, lass uns von hier verschwinden.«

Kapitel 18

Kommandosoldatin de Gama erschauerte: Durch ihr Fernglas erkannte sie deutlich den großen Ast mitten auf dem Pfad, an dem zwei gekreuzte Kieferknochen eines Tapirs hingen. Sie wusste nur zu gut, was diese alte Botschaft besagte. Sie war eindeutig: »Geht nicht weiter. Verbotener Pfad. Gefahr.«

Dann musterte sie den kleinen, korpulenten Mann mit dem Schmetterlingsnetz über der Schulter, der zaghaft seine Frage wiederholte:

»Können wir in die Richtung gehen, Mademoiselle? ... Madame? Was meinen Sie?«

Anstelle einer Antwort drehte sie sich um und befahl der Gruppe, stehen zu bleiben. Der andere Franzose war ein wahrer Hüne mit grau meliertem Haar. Seine zusammenklappbare Waffe, eine Kaliber zwölf, wirkte in seinen Pranken wie Spielzeug.

Gerade erzählte ihm Kommandosoldat Coelho, wie er sich aus dem Bullauge des Wracks gebeugt und ein Seil hinuntergelassen hatte, um die Geheimwaffe daran zu befestigen. Da vernahm er aus den Tiefen des Schiffes ein merkwürdiges Geräusch. Er hatte nach seinem Sturmgewehr gegriffen und im Dunkeln ein paar Schritte gemacht, ganz behutsam, um nicht durch den verrosteten Boden zu brechen. Und genau in jenem Moment wurde das Schiff von einer Explosion auf dem Oberdeck erschüttert.

Im nächsten Augenblick lag er, von dichtem Rauch umgeben, der Länge nach auf dem Boden. Und trotz des Pfeifens in seinen

Ohren hatte er das grässliche Knirschen gehört, als der Schornstein herunterkrachte. Ein Schwall von Rost- und Metallstückchen regnete auf ihn herab. Etwas glühend Heißes hatte seinen Arm getroffen.

Das hielt er jetzt dem Hünen mit den Hosenträgern zwischen Daumen und Zeigefinger entgegen: ein geschwärztes Stück Glas, das aus einem Loch in der Decke gefallen war.

»Das Zeug war überall auf dem Oberdeck des Dampfers verstreut, Senhor. Eine Glasmine, typisch für die Guerilla. Im Grunde ganz einfach: ein mit flüssigem Sprengstoff gefülltes Gefäß und ein Zünder. Eine schöne Schweinerei, Senhor. Ebenso wirkungsvoll wie giftige Pilze, wenn Sie verstehen … Meiner Meinung nach hat einer dieser blöden Affen das Ding ausgelöst, Senhor.«

Der Hüne mit den Hosenträgern sah mit einem Mal sehr nachdenklich aus.

Kapitel 19

Das Luftschiff stand reglos mit ausgeschaltetem Motor über den Bäumen. In der Gondel betrachtete der Analytiker die Aufnahmen der Minikameras, die der Scharfschütze ins Blattwerk befördert hatte.

Er betätigte einen Schalter, um sie an Feldwebel Cavalcante weiterzuleiten, der gerade irgendwo mit zwei seiner Männer im Gelände unterwegs war.

Plötzlich leuchtete ein grünes Kontrolllämpchen auf einem der Monitore auf, und ein durchdringender Pfeifton gellte aus seinem Kopfhörer.

Das Luftschiff gewann mit gleichmäßig laufendem Motor schrittweise an Höhe. In der Gondel tippte der Analytiker hastig etwas in seine Tastatur. Er schwitzte unter seinem Helm.

Der schwarz gekleidete Scharfschütze hatte die orangefarbene Brille nach oben geschoben und wartete. Das Präzisionsgewehr lag auf seinen Knien.

Der Analytiker rief aufgebracht:

»Scheiße, ich hab ihn verloren!«

Sofort betätigte er mehrere Schalter. Dann versuchte er, über Funk Feldwebel Cavalcante zu erreichen.

Kapitel 20

»*Bambusa arundinacea*«, erklärte Lucrèce und berührte einen Dorn, der aus dem dichten Gestrüpp von schönen hellgrünen Blättern hervorstach. »Natürlicher Stacheldraht. Ein ursprünglich aus Asien stammender Großer Dornenbambus, der bis zu zweitausendeinhundert Meter hoch wird. Hilft in Form von Tee ausgezeichnet bei rheumatischen Beschwerden, doch es empfiehlt sich nicht, ihn anzufassen. Hm! Seinem Umfang und der Dichte nach zu schließen, ist er vor sehr langer Zeit gepflanzt worden. Was wiederum voraussetzt, dass hier Menschen waren … Der Bambus stammt gewiss aus der gleichen Zeit wie die riesigen Kautschukbäume entlang des Pfads. Von dieser Seite kommen wir nicht durch.« Er ging in die Hocke. »Doch hier zu meinen Füßen befindet sich ein Loch.«

Kommandosoldatin de Gama beugte sich nun ihrerseits darüber.

»Da könnten sie durch.«

Lucrèce überlegte, wen sie wohl meinte, doch er traute sich nicht nachzufragen. Die breiten Schultern des Mädchens und sein Bizeps mit dem Totenkopf beeindruckten ihn. Sénéchal, der ein paar Schritte hinter ihnen ging, blickte angelegentlich auf den Ast, an dem die gekreuzten Kieferknochen des Tapirs hingen. Doch ab und zu warf er neugierige Blicke auf Maria-Esperanza. Sie schien völlig in ihr Notebook vertieft. Ihre Dreadlocks berührten den Bildschirm, während sie immer wieder eifrig etwas tippte. Der Umweltinspektor wirkte ein wenig beunruhigt. In gedämpftem Ton fragte er den kleinen Chemiker:

»Jetzt mal im Ernst, Lucrèce, ganz unter uns, glaubst du, dass sich in den Tiefen dieses Kontinentalwaldes möglicherweise Kreaturen verbergen, die dem Menschen bisher unbekannt waren? Abscheuliche Monster?«

»Wer weiß … Kürzlich hat man in Schottland Spuren eines Skorpions, des *Hibbertopterus*, entdeckt. Ein Tier, so groß wie ein Mensch und einen Meter breit, das dreißig Zentimeter große Schritte macht …«

»Das ist doch wohl ein Scherz!«

»Beruhige dich, die Spuren sind dreihundertdreißig Millionen Jahre alt. Aber ich bin mir sicher, du wärst ihm nur ungern über den Weg gelaufen.«

Sénéchal verscheuchte diese Vorstellung, zog an seinen Hosenträgern und beobachtete wieder die Indianerin. Zum wiederholten Mal fragte er sich, wie es einer einfachen Kommissarin von der Umweltpolizei bloß gelungen war, die brasilianische Armee zu dieser Operation zu überreden.

Kapitel 21

Feldwebel Cavalcante lauschte dem Bericht der Fährtenleser mit besorgter Miene. Sein ohnehin verkniffenes Gesicht wirkte noch angespannter als sonst.

Der Analytiker oben im Luftschiff hatte ihn informiert, dass sich jemand in ihren Funkverkehr eingeklinkt hatte. (»Vielleicht bloß ein Versuch, Sargento«.) Leider hatte er nicht feststellen können, woher der Kontakt kam. Sicherheitshalber hatte er sofort sämtliche Frequenzen geändert.

Offenbar interessierte sich jemand mit einer hervorragenden Ausrüstung für ihren kleinen Ausflug ins Grüne.

Kapitel 22

De Gama winkte den beiden bewaffneten Männern, die rund zehn Meter entfernt auf dem Pfad standen und der Gruppe Rückendeckung gaben. Einer von ihnen nahm die mit mehreren Griffen versehene Kiste und trug sie gemessenen Schrittes zu ihr, so als handele es sich um eine wertvolle Reliquie.

Sie sah Lucrèce an:

»Treten Sie zurück, Senhor, es könnte gefährlich werden.«

De Gama öffnete behutsam eines der Schiebetürchen und ließ die »Geheimwaffe« frei.

Eine spitze Schnauze kam zum Vorschein, dann noch eine. Feine graue, zitternde Schnurrbärte zierten sie.

Als Nächstes bemerkte Lucrèce schwarze Knopfaugen, dann ovale Ohren in einem zarten Rosa, und schließlich war der dreieckige Kopf einer riesigen braunen Ratte ganz zu sehen.

Das Tier beäugte neugierig den kleinen Chemiker, der sich im Hintergrund hielt, dann sein Schmetterlingsnetz. Vorsichtig streckte es zwei krallenbewehrte Pfoten aus der Kiste und sprang schließlich mit einer geschmeidigen Bewegung vollständig heraus. Der lange runde Schwanz fegte hinter ihm von rechts nach links.

Sogleich folgte sein Artgenosse, der die Schnauze in die Luft reckte und nach allen Seiten schnupperte. Jede der beiden Ratten trug ein andersfarbiges Geschirr, an dem ein verchromter Ring und ein Plastikgehäuse befestigt waren. Sénéchal trat neugierig näher und riss die Augen auf: Das waren die größten Ratten, die er jemals gesehen hatte. Nicht einmal die Exemplare, die seine normannische Mühle heimsuchten, konnten da mithalten – gegen diese beiden hier wirkten sie winzig.

De Gama murmelte ein paar Worte, und eine dritte, noch größere Ratte mit etwas dunklerem Fell kam zum Vorschein, drängelte sich an den beiden anderen vorbei und rollte sich vor ihnen zusammen. Mit bebenden Schnurrbarthaaren sah sie sich aufmerksam um.

Während die Kommandosoldatin in Papier gewickelte Bananenstückchen verteilte, redete sie mit leiser Stimme auf die Tiere ein. Gierig verschlangen die Ratten das Futter. Die Frau erklärte Lucrèce:

»Ich habe Ihnen ja gesagt, Senhor, dass dieses Ortungssystem ganz wild auf Futter ist. Sie können wieder näher kommen, jetzt besteht keine Gefahr mehr.«

»Sind diese Tiere denn wirklich aggressiv?«

»Wenn sie hungrig sind, gehen sie sogar auf Zivilisten los.«

Sie verzog keine Miene, doch der kleine Chemiker sah sehr wohl, dass Maria-Esperanza, die hinter de Gama stand, verstohlen grinste.

Während die Rattenbeschwörerin ein kakifarbenes Notebook aus ihrem Rucksack zog, erklärte sie:

»Wanjiru, Rosanna und Natalia sind Gambia-Riesenhamsterratten. Alles Mädchen ... Sie haben einen besonders ausgeprägten Geruchssinn und sind überaus intelligent.« Sie machte ein verächtliches Gesicht. »Anders als Hunde, die irgendwann von einer Mine, auf die sie angesetzt sind, in die Luft gejagt werden. Außerdem sind diese Ratten sehr leicht, verstehen Sie? Ich habe sie selbst dazu abgerichtet, eine ganze Reihe von Sprengstoffen aufzuspüren.«

Sie machte sich an den Plastikgehäusen der Tiere zu schaffen, die immer aufgeregter wurden. Ihr Fell sträubte sich, und die Augen glänzten. Anschließend blickte de Gama zufrieden auf den Bildschirm ihres Notebooks.

Sie befestigte eine Leine am Geschirr der größten Ratte sowie eine kleine Kamera auf dem Plastikgehäuse. Anschließend führte sie das Tier zu dem Loch im Unterholz der großen Dornenbambushecke. Die Schnauze dicht am Boden, schnüffelte es einen Moment lang. Dann ließ de Gama es von der Leine, und es verschwand lautlos im Dickicht.

Die beiden anderen Ratten folgten eine nach der anderen.

Lucrèce erkundigte sich:

»Woher wissen Sie, wo sie sich befinden?«

De Gama deutete auf den Bildschirm des Notebooks.

»Die Mädchen haben einen implantierten GPS-Chip. Natalia wird mir und auch dem Luftschiff Weitwinkelaufnahmen übermitteln.« Sie wies auf Maria-Esperanza. »Und natürlich werden sie auch an diese hübsche Polizistin gesendet.«

Sénéchal starrte auf das Loch in der Bambushecke.

»Ich frage mich, was sie dahinter wohl entdecken werden.«

Lucrèce blickte ihn pfiffig an.

»Hm, ich für meinen Teil glaube, es zu wissen.«

»Ach ja? Und seit wann bist du unter die Hellseher gegangen, mein Lieber?«

Der Dicke wedelte albern mit dem Schmetterlingsnetz vor der Nase des Umweltinspektors herum.

»Auf Reisen solltest du dich öfter der Lektüre frommer Bücher hingeben, mein lieber Ökofreak. Apropos …«

Maria-Esperanza unterbrach ihn:

»Ich bekomme gerade die letzten Aufnahmen der vom Luftschiff aus abgesetzten Kameras. Es gibt da etwas, das Sie interessieren dürfte, Senhor Serge Méjaville. Und Sie natürlich auch, Pierre Sénéchal.«

Zu ihrer großen Enttäuschung zeigte das Foto lediglich einen aus unmittelbarer Nähe aufgenommenen Blätterhaufen. In den wenigen Lücken, durch die Licht fiel, konnten sie etwas erkennen, das wie aufeinandergetürmte Steine aussah. Oberhalb eines dieser Stapel entdeckten sie schemenhafte schwarze Balken.

Die Indianerin betätigte den Zoom: Trotz der schlechten Bildauflösung waren eindeutig drei Kreuze zu erkennen.

Kapitel 23

Die Ratten schlängelten sich im Gänsemarsch zwischen den Farnen hindurch und schlüpften durch ein Loch in der Mauer in das Gebäude.

Natalia, die den Zug anführte, hielt plötzlich inne, ehe sie sich auf der anderen Seite herauswagte.

Ihr Instinkt warnte sie.

Sie rührte sich nicht vom Fleck, sondern steckte nur vorsichtig ihre Nasenspitze ins Innere. So verharrte sie, aufgeregt schnuppernd, alle Sinne in Alarmbereitschaft. Dann setzte sie sich auf die Hinterpfoten.

Die an ihrem Geschirr befestigte Minikamera machte ein leises Geräusch, als das Gerät den Stein über ihr berührte.

Natalia duckte sich.

Die Geräusche, die die Kamera aussandte, verhießen nichts Gutes, vermutlich drohte ihr Gefahr, und das wusste sie. Behutsam schob sie den geneigten Kopf vor. Dank ihres guten Sehvermögens bei Dunkelheit konnte sie im Zwielicht einige Details des hohen Raumes, der vor ihr lag, wahrnehmen. Die Mauer ihr gegenüber schien sanft hin- und herzuschwingen. Das Tier beobachtete einen Moment lang diese Bewegung und wich langsam zurück. Es spitzte die Ohren: Sein feines Gehör, das sogar Ultraschall registrieren konnte, vernahm die sehr hohen Laute der schlafenden Fledermäuse, die von der Mauer und dem dichten Blattwerk zurückgeworfen wurden, sowie das Zirpen zahlreicher Insekten.

Einer sehr großen Zahl von Insekten.

Sie analysierte auch die Gerüche, die sie mit jedem Atemzug aufnahm, doch es war keiner darunter, auf den sie abgerichtet worden war. Die hier waren für sie weitaus beunruhigender, da sie ihr unbekannt und sehr intensiv waren.

Plötzlich vernahm Natalia ein leises Klirren und Knistern. Ein anhaltendes Geräusch, das aus dem ganzen Raum zu kommen schien. Außerdem registrierte sie schwache Bewegungen …

Die Riesenhamsterratte rieb sich mit einer fast menschlich wirkenden Geste die Schnauze und setzte ihre Pfote behutsam auf. Der Boden darunter vibrierte. Sie nahm etwas Seltsames wahr: sich überschneidende kurze pulsierende Frequenzen. Ihr Gehirn versuchte vergeblich, sie auseinanderzudividieren. Dann sträubte sich ihr Fell.

Die Informationen, die sie gerade aufnahm, behagten ihr gar nicht. Sie vermochte sie nicht zu deuten, und sie jagten ihr Angst ein. Eine Reaktion, die sich auf ihre Gefährten übertrug, die dicht hinter ihr waren.

Sie wollte die Pfote heben, doch ihre Krallen steckten in einer klebrigen Masse fest. Sie zog mit aller Kraft und stieß einen panischen Schrei aus.

Erschreckt flohen Wanjiru und Rosanna nach draußen und schossen durch das Farnkraut davon.

Kapitel 24

»Petroglyphen«, meinte der Kommandosoldat mit leiser Stimme.

»Was?«

»Ein Petroglyph ist eine prähistorische in Stein geritzte oder gemalte bildliche Darstellung. Nicht zu verwechseln mit der Piktografie, deren Symbole eine chronologische Geschichte erzählen. Oder mit den Felsbildern, Malereien oder Gravuren auf Höhlenwänden. Meiner Ansicht nach sind diese hier über tausend Jahre alt.«

»Manchmal frage ich mich, woher du das alles weißt.«

»Aus dem Internet.«

Kommandosoldat Peixoto, ein Gelehrter mit rußgeschwärztem Gesicht, fuhr mit zwei Fingern über eine Vertiefung im glatten Felsen, der schräg aus dem dunklen Wasser eines schmalen Flussbetts ragte. Er war mit kunstvollen Zeichnungen von Menschen und Tieren bedeckt. Mit dem Zeigefinger pickte er einige gelbe und schwarze Haare heraus und besah sie sich eingehender.

»Ah, der Herr Jaguar reibt sich den Rücken an diesem Stein. Und schärft sich die Krallen.«

Der andere Kommandosoldat, ein stämmiger Kerl mit tätowierten Wangen, dessen Oberkörper sich zwei Meter entfernt aus dem Wasser erhob, verzog das Gesicht:

»Ich lege keinen Wert darauf, hier auf ihn zu treffen. Vor allem nicht im Wasser.«

»Im Allgemeinen trifft er auf dich. Achte auf die niedrigen Äste.« Der Gelehrte reckte die Nase in die Luft und schnupperte wie ein Tier. »Momentan bewegen wir uns im Windschatten, aber das kann sich ändern.«

Vor ihnen ringelten sich blühende Lianen wie Schlangen um Wurzeln, die aus dem Wasser ragten.

Peixoto packte sein Sturmgewehr, regulierte seinen Restlichtverstärker und richtete die Waffe exakt auf ein dunkles Loch, das sich im Dickicht am Ufer auftat.

Reglos verharrte er im Wasser, das ihm bis zur Taille reichte. Durch das Zielfernrohr sah er einen Pfad, der unter das Geäst führte und nach rund dreißig Metern eine Biegung machte. Das Bild war klar und deutlich. Aufmerksam betrachtete er den Boden, der mit Laub und abgebrochenen Zweigen übersät war. Insekten tanzten im Unterholz. Alles schien friedlich. Er ließ die Waffe auf seine Brust sinken. Plötzlich blinzelte er argwöhnisch.

Der Tätowierte spürte, dass sein Gefährte zauderte.

»Sollen wir weiter?«

»Vielleicht.« Er schnupperte wieder. »Nein … Ich weiß nicht. Sieh selbst.«

Nun richtete sein Begleiter das Zielfernrohr seines Sturmgewehrs in die gleiche Richtung und regulierte ebenfalls den Restlichtverstärker.

»Siehst du den Stamm des großen Baumes auf drei Uhr, ungefähr sechs Meter vom Pfad entfernt?«

»Klar und deutlich.«

»Das ist eine *Bertholletia excelsa* aus der Familie der *Lecythidaceae*, also der Topffruchtbaumgewächse.«

»Na wunderbar! Langsam gehst du mir mit deinem Internetwissen auf die Nerven.«

»An ihr wachsen Nüsse. Genau genommen Paranüsse. Siehst du auf dem Pfad etwa viele Paranüsse?«

»Scheiße, du hast recht!«

Kapitel 25

Die drei Riesenhamsterratten waren an den Griffen ihrer Kiste angebunden. Unruhig zerrten sie an ihren Leinen und strebten mit zitternden Schnauzen in Richtung Pfad.

Zwanzig Meter entfernt lag ihre Trainerin ausgestreckt am Boden.

De Gama trug eine dicke Anti-Splitter-Kombi und einen merkwürdigen runden Helm. Sie lag auf einer Plastikplane im Schatten eines Paranussbaumes und starrte in ein nicht sehr tiefes Loch im Boden.

Werkzeug lag griffbereit neben ihr.

Durch das bauchige Polycarbonat-Visier, das ihr Gesicht schützte, musterte sie das, was in der Vertiefung lag.

Behutsam entfernte sie noch etwas Erde. Die kleinen Insekten, die sie umschwirrten, gingen ihr auf die Nerven. Außerdem war sie wegen Natalias schmerzender Kralle beunruhigt. Und auch wegen der Substanz, die sie darunter gefunden hatte. Zudem hatte die Kamera der Ratte lediglich Bilder von hohen Farnen und einem Loch in einer Mauer übertragen. Die drei Tiere waren völlig verängstigt zurückgekommen.

De Gamas behandschuhte Hände arbeiteten rasch und konzentriert. Schließlich stützte sie sich auf einen Arm, klappte das durchsichtige Visier nach oben und holte tief Luft. Dann meldete sie über Funk:

»Fertig. Gesichert.«

Kurz darauf erschien Kommandosoldat Peixoto, das Sturmgewehr im Anschlag. Vorsichtig näherte er sich und sah in das Loch, wo sich ein flacher, verdreckter, olivgrüner Zylinder mit kurzem Metallstift befand.

»Gute Arbeit, de Gama, du bist immer noch ganz die Alte. Eine Springmine 64. Sie besitzt einen ZDZ-64-Zünder, der sowohl auf Druck als auch auf Zug reagiert, und enthält …«

»Fünfhundert Gramm TNT. Danke, die Drecksdinger kenne ich. Die Hülle besteht aus Beton, versehen mit Stahlsplittern, die bis zu zehn Meter weit fliegen. Man hätte euch von den Bäumen kratzen müssen, wenn ihr auf einen der drei Drähte unter dem Laub getreten wäret. Da hattest du den richtigen Riecher, Peixoto.«

Der Angesprochene blickte zu Boden.

»Durch Betonteilchen krepieren … Heilige Muttergottes, so möchte ich wirklich nicht sterben!«

De Gama setzte ihren Kevlar-Helm ab und fuhr sich mit der Hand über das kurz geschorene, schweißnasse Haar.

»Was du nicht sagst. Und diese Springmine ist kein antikes, selbst gebasteltes Teil, das schon Jahre hier vergraben liegt. Man könnte meinen, sie war für uns bestimmt.«

Kapitel 26

Maria-Esperanza untersuchte mit ihrer Taschenlampe die alte Eisentür. Dann bückte sie sich und schob vorsichtig einige Farnwedel beiseite, die den Spalt zwischen Tür und Boden verstopften. Als sie hineinleuchtete, konnte sie nur moosbewachsene Steinplatten und zwei staubbedeckte Kautschukfrüchte erkennen. Sie richtete sich auf, wollte nach der von Rost zerfressenen Tür greifen und hielt dann inne …

Kein Laut drang nach außen. Dennoch beschlich sie das merkwürdige Gefühl, dass dahinter tausend Augen lauerten.

Da rief Sénéchal nach ihr. Vorsichtig, den Lichtkegel vor ihren Füßen, schritt sie an dem Gemäuer entlang. Der Umweltinspektor kniete vor einem verrosteten Grabkreuz, das er im Schein seiner Stablampe aufmerksam betrachtete.

Er fuhr sich mit dem Ärmel über die Stirn und deutete auf die wenigen anderen Kreuze.

»Rein gar nichts! Und ich komme hier um vor Hitze. Ist natürlich nur eine Redensart!«

Die Enttäuschung war ihm anzusehen.

Er ließ den Strahl der Taschenlampe über die Gräber gleiten. Lediglich drei waren teilweise erhalten, sonst gab es nur braune, zerbröckelte Trümmer oder mit Farn und Flechten überwucherte Erdhügel.

Auch die Grabgitter waren zerbrochen und von Schlingpflanzen bedeckt. Nachdenklich zog der Umweltinspektor an seinen

Hosenträgern und lauschte dem entfernten Brummen des Luftschiffs und dem Rascheln der Blätter.

Nun untersuchte Maria-Esperanza die Kreuze.

»Das sind nicht die, die unsere vom Luftschiff abgeworfenen Kameras gefilmt haben.« Sie deutete auf das Gebäude hinter sich. »Die alte Tür ist an einigen Stellen zugeschweißt worden. Und zwar erst kürzlich. Auf den Flügeln ist die Jahreszahl 1929 eingraviert.«

Sénéchal wies unten auf ein Loch in der Mauer.

»An dieser Stelle sind die Ratten Ihrer neuen Freundin umgekehrt, nicht wahr?«

»Sie waren völlig panisch.« Sie warf ihm einen finsteren Blick zu. »Und de Gama ist nicht meine Freundin.«

Sie sah zu der Dornenbambushecke hinüber, unter der die Ratten hindurchgeschlüpft waren. Zwei Soldaten hatten mit Macheten einen Weg durch das Dickicht geschlagen. Mit Sprengstoffdetektoren ausgerüstet, waren sie ins Unterholz vorgedrungen und hatten das Areal mit dem Gebäude entdeckt. Sie hatten das gesamte Gelände gründlich nach versteckten Sprengladungen abgesucht, ehe sie es für sicher erklärten. Dabei hatten sie lediglich zwei Schlangen verscheucht.

Sénéchal richtete die Taschenlampe nach oben. Obwohl es noch Tag war, drang nur wenig Sonnenlicht an diesen Ort. In einem Baum entdeckte er eine erstarrte Gruppe von Fledermäusen. Es wunderte ihn, dass die Tiere sich nicht in dem alten Gemäuer eingenistet hatten.

Er richtete den Lichtkegel auf die Spitze des Gebäudes.

Der Glockenturm der alten Kirche stützte sich gegen den gewaltigen Stamm eines Kautschukbaumes, dessen Krone rund vierzig Meter hoch war. Der Uhrturm war nur noch ein Gerippe aus verrostetem Metall und wurmstichigem Holz. Die am Boden verstreuten Ziegel waren von Lianen oder fächerförmigen Farnen überwuchert. Im Dachstuhl schimmerte zwischen zwei hölzernen Balken noch eine mit Grünspan überzogene Glocke. Ein schräg einfallender Sonnenstrahl ließ sie aufblitzen.

Durch die Löcher im Kirchendach ragten Bäume. Ihre bizarr geformten Stämme lugten durch die Spitzbogenfenster, deren steinerne Blumenranken teilweise abgeblättert waren. Wie ein schwärzliches Adergeflecht rankten sich Wurzeln an der Fassade empor.

Ein seltsam morbider Ort.

Sénéchal erklomm einen Mauervorsprung und klammerte sich an das Fenstersims. Knirschend löste sich ein Stück Stein, und der Umweltinspektor konnte sich gerade noch festhalten.

»Na gut. Ich habe eine bessere Idee. Kommissarin, würden Sie den Feldwebel und seine Männer über Funk benachrichtigen?«

Er nahm sein kurzes Franchi-SPAS-Pumpgewehr und lud es mit entschlossener Miene.

Die Detonation scheuchte die Fledermäuse aus dem Baum auf. Mit einem dumpfen Knall schlug die Eisentür ins Innere der Kirche.

Maria-Esperanza drehte sich zu ihm um. Der Lauf seiner Waffe rauchte noch. »Womit haben Sie Ihr Gewehr geladen, Pierre Sénéchal?«

»Mit Treibspiegelgeschossen. Sehr praktisch, wenn man mal den Schlüssel vergessen hat.«

Kapitel 27

Es sind Hunderte, und ihr Blick ist auf die Eindringlinge gerichtet. Ihre langen, dürren gelben Beine mit den schwarzen Ringen lassen die riesigen Netze erzittern.

Sie kriechen an den knorrigen Bäumen empor, die im Kirchenschiff Wurzeln geschlagen haben, und krauchen über die gipsernen Heiligenfiguren in ihren Nischen.

Sie krabbeln über die moosbewachsenen Bodenplatten und die alten Steine. Ihre weißen Netze, die sich über den Altar spannen und an den Mauern herabhängen, beben in dem kaum wahrnehmbaren Luftzug. Die fein gewobene Spitze überzieht die Rundbögen, die Nischen mit den rostigen Gittern und die steinernen Engel, die die Pilaster zieren. Unter der eingefallenen Decke haben sie ein unentwirrbares Netz gesponnen, in dem ihre länglichen Unterleiber wie schwarze, reife Früchte hängen.

Die Relikte ihrer mit Seidenfäden umgarnten Beute reihen sich hier und da in makabren Girlanden: Schmetterlingsflügel, mumifizierte Überreste von Skarabäen und Fledermäusen, vertrocknete Eidechsen und große, ausgesaugte Libellen mit durchscheinenden, glitzernden Flügeln.

Kapitel 28

Lucréce richtete seine Taschenlampe auf ein Netz, in dessen Mitte eine besonders imposante Spinne hockte. Auf dem Brustkorb des Tieres glänzten im Schein des Lichts zahllose Augen. Er rümpfte die Nase.

»Guter Gott! Was für ein Gestank! Aber ich versichere dir, mein lieber Pierre, dass diese *Nephila claviceps* trotz ihrer fünfzehn Zentimeter Länge und ihres Netzes von drei Metern Durchmesser eine wenig aggressive Spinnenart ist. Du darfst bloß nicht ihr Netz anfassen!«

»Das hatte ich auch nicht vor – umso mehr, als es hier von diesen Viechern wimmelt ...«

»Der Spinnfaden dieser Tiere, mit dessen Hilfe sie auch untereinander kommunizieren, ist einer der stabilsten der Welt. Angeblich benutzen ihn die brasilianischen Fischer als Angelschnur. Wie der berühmte Insektenforscher von Kristel herausgefunden hat, genügt ein fingerdicker Tragfaden aus der Seide dieser *Nephila*-Spinne, um ein startendes Flugzeug am Boden zu halten. Also lass dich bloß nicht umgarnen, denn mit einer bloßen Nagelfeile wird es dir nicht gelingen, da wieder herauszukommen.«

Er blickte auf die Polizistin.

»Seien auch Sie vorsichtig, Kommissarin, denn auf diesen Netzen befinden sich zahllose Parasitenspinnen, die von der *Nephila*-Spinne geduldet werden und sich an ihren Essensresten gütlich tun. Aus dieser Entfernung kann ich sie natürlich nicht alle identifizieren. Einige sondern im Fall eines Bisses Nekrose, das heißt ein den Gewebetod förderndes Gift ab. Es wäre also nicht klug, sie zu reizen.«

Sénéchal fragte den kleinen Chemiker:

»Apropos, wo warst du eigentlich?«

»Nun ja, ich habe mich gewissen Experimenten gewidmet ...«

»Welchen, wenn man fragen darf?«

»Äh, das wäre etwas voreilig.« Er tätschelte seine Brusttasche. »Wusstest du, dass der brummige Feldwebel mit der Knochennadel in der Nase mir gestattet hat, mich den beiden Fährtenlesern anzuschließen? Das hättest du sehen sollen! Sie waren sogar in der Lage, mein Gewicht nur aufgrund meiner Fußabdrücke richtig zu schätzen ... Ihnen entgeht gar nichts. Richtige Jagdhunde. Sie behaupten, dass in diesem Sektor erst kürzlich viele Spuren absichtlich verwischt worden sind. Nicht von Indianern, da sind sie sich absolut sicher. Und sie haben andere gefunden, die sie nicht zuordnen können. Dieser Ort ist sehr sonderbar. Ein wahres Labyrinth.«

Während er sprach, beleuchtete er die Überreste von Skarabäen in verschiedenen Netzen. Vorsichtig näherte er sich diesen Exemplaren und begutachtete eins nach dem anderen. Er murmelte:

»Hm. Nein ... das ist es nicht. Auf keinen Fall.«

Sénéchal ließ den Lichtstrahl seiner Taschenlampe durch das Kirchenschiff gleiten, wobei er besonders den unteren Teil der Steinmauer eingehender betrachtete. Der Boden war mit Kautschukfrüchten übersät, die mit den Netzen verwoben waren. Zahlreiche Insekten hatten sich dort eingenistet. Er sagte zu Lucrèce:

»Ich verstehe, warum die Riesenhamsterratten sich nicht hier hereingewagt haben. Sie wären gefressen worden ...«

Dann erhob er die Stimme, als erwarte er eine Antwort von den unzähligen Spinnen:

»Wieso hat man die Tür dieser Kirche mitten im Dschungel verschweißt? Weshalb wollte man uns daran hindern, dieses Gelände zu betreten? Warum haben sie Höllenmaschinen am Zugang zu dieser alten Kautschukplantage installiert? Warum?«

Er wiederholte seine Frage:

»Warum?«

Ein schwaches Echo war die einzige Antwort.

Die Indianerin hinter ihm sagte leise:

»Weil es hier etwas gibt, das wir nicht entdecken sollen … Weil man nicht will, dass wir erfahren, wer für diese merkwürdigen Lichtzeichen verantwortlich ist, die wir in jener Nacht beobachtet haben.«

»Seht euch das an!«, rief Lucrèce.

Ein Sonnenstrahl huschte über die Mauer. Er fiel auf dicke Spinnennetze, die in einem dunklen Winkel des Gebäudes glitzerten, verweilte kurz auf einem Gesicht und verschwand dann wieder.

Ein anderer Lichtfleck tauchte ein Stückchen weiter auf, brachte eine weiße Hand zum Vorschein und erlosch.

Sie richteten alle gleichzeitig ihre Taschenlampen auf den hintersten Teil der Kirche, der im Dunkeln lag. Hinter unzähligen Spinnennetzen starrte sie eine Gruppe von Menschen an.

Kapitel 29

Der Pilot des Luftschiffs schaltete den Motor aus und suchte den Dschungel durch seine Plexiglas-Kanzel ab.

Die hohen Wipfel der Kautschukbäume bildeten ein klar umrissenes dunkles Pflanzendach, das dem Palmenhain einer Oase glich. Sie war von einem dichten smaragdgrünen Wald umgeben, der mit gelben und malvenfarbenen Blumen durchsetzt war. Wegen des Lichtes änderten die Äste und Blätter ständig ihre Farbe, fingen den Widerschein des Himmels und der Wolken ein. Die sieben alten Wege, die zu der Oase führten, waren aus dieser Entfernung klar und deutlich zu erkennen.

Der Pilot wandte den Kopf und sah das Sturmboot in der Nähe des Schaufelraddampfers und die »Piranha«. Sie schwammen in einem Meer von Seerosen.

Er warf einen Blick auf den Bildschirm. Die Position jedes Kommandomitglieds war mit einem farbigen Kreis und einer Ziffer markiert. Er zoomte zu den verschiedenen Sektoren: Machado und de Sousa untersuchten das Schiffswrack; Jarina und Serra gingen auf Pfad zwei in Richtung Norden; de Gama und ihre Ratten befanden sich südöstlich auf Pfad fünf zusammen mit Peixoto, der ihnen Deckung gab; Feldwebel Cavalcante und …

Über Kopfhörer erklang die Stimme des Scharfschützen:

»Ich habe etwas Merkwürdiges in einer Spalte entdeckt, aber ich kann es nicht genau sehen … Bei dreihundertsechs Metern, von dir aus gesehen auf zehn Uhr … Ich habe es auf dein GPS übertragen. Komisch, könnte sich um, hm, Buchstaben handeln.«

Der Pilot drehte sich um: Der schwarz gekleidete Mann hatte sein MacMillan-Gewehr mit dem Laserzielfernrohr gehoben und richtete es auf die Oase. Er meinte:

»Dieser ganze elektronische Kram an Bord ist eigentlich überflüssig, oder? Manchmal reicht es, gute Augen zu haben. Sag mal, Almeida, war da vorhin was auf deinem Thermoscanner zu sehen?«

Der Analytiker zögerte.

»Ich weiß nicht genau. Vermutlich Affen. Momentan zeigt er nichts mehr an.«

Der Pilot startete den Motor, und das Luftschiff setzte sich brummend in Bewegung.

Kapitel 30

Die Illusion schwand.

Die Menschen, die sie aus dem hintersten Winkel der Kirche beobachteten, waren an die Wand gemalt. Sie ritten auf Rossen in unterschiedlichen Farben, die unter dem Zahn der Zeit stark gelitten hatten.

Das Pferd mit dem roten Fell war fast vollständig von einer Schicht Schimmel bedeckt. Nur der Kopf mit den schrecklichen Zähnen ragte heraus. Brust, Kruppe und Beine waren kaum noch zu erkennen. Einer der vier Reiter reckte ein Schwert in die Höhe, ein anderer einen Bogen.

Sénéchal brummte:

»Ich gestehe, ich habe mich ins Bockshorn jagen lassen … Ein Fresko.«

»Nein, das glaube ich nicht«, entgegnete Lucrèce.

»Aber …«

»Das Wort Fresko leitet sich vom Italienischen *a fresco* ab, was so viel bedeutet wie ›auf das Frische‹. Eine Technik, bei der die Ausarbeitung auf einer noch nicht trockenen Unterlage erfolgt und …«

»Schon gut, Lucrèce! Doch es handelt sich ja wohl um Wandmalerei. Und was stellt sie deiner Meinung nach dar, mein lieber Michelangelo? Den Preis der Diana?«

»Es handelt sich hier um die vier apokalyptischen Reiter. Sie werden in der Offenbarung des Johannes erwähnt. Ihr Erscheinen wird für den Fall prophezeit, dass die ersten vier der sieben Siegel gebrochen werden: Krieg, Hungersnot, Pest und Tod. Der weiße Reiter wird manchmal auch als Antichrist gedeutet.«

Er murmelte:

»Diese Reiter stehen für das Böse.«

Sénéchal erinnerte sich an die Worte, die er vor kurzem gehört hatte:

»›In der Offenbarung des Johannes heißt es, dass die Heuschrecken wie Rosse aussehen, die zur Schlacht gerüstet sind. Aber ihre Gesichter sind die von Menschen, ihr Gebiss das eines Löwen.‹ Erinnert dich das nicht an jemanden? Sag mal, Lucrèce, mein Freund, findest du es nicht eigenartig, dass es hier, abgesehen von den steinernen Statuen, keinen einzigen Kultgegenstand gibt? Kein Gemälde, keinen Kelch, keinen Kerzenhalter, kein Kreuz, nichts?«

Ein diskreter Summton erklang aus Maria-Esperanzas Tasche. Sie zog das Notebook heraus. Das Licht des Bildschirms erhellte ihr Gesicht.

»Sie haben gefunden, was wir alle seit langem suchen ... Und noch eine Menge anderer Dinge.«

Kapitel 31

Durch das Blätterdach der riesigen Kautschukbäume drangen vereinzelte Sonnenstrahlen und malten helle Flecken auf die verfallenen Häuser. Von der Vegetation teilweise überwuchert, waren sie eins mit ihr geworden, Stein und Holz miteinander verschmolzen. Einige waren zwischen majestätischen Baumstämmen eingeklemmt, andere waren unter dem Druck der Natur in sich zusammengefallen und bildeten nun von Sträuchern bewachsene Hügel. Der braune Moosteppich fiel kaskadenartig von den Dächern über die noch erhaltenen Mauern bis auf den Boden, wo teilweise noch das alte Pflaster zu sehen war, auf dem sich inzwischen Farne ausgebreitet hatten. Hinter einer Häusergruppe erhob sich inmitten der Trümmer verkeilter Balken und Hecken ein auf wundersame Weise unbeschädigter viereckiger Turm von zehn Metern Höhe, geschmückt mit dem Laub eines Baumes, der aus einer der Schießscharten wuchs.

Die Augen mit der Hand beschirmend, betrachtete Sénéchal von einer Anhöhe aus die alte Siedlung. An seiner Seite musterte Lucrèce die Gebäude durch das Fernglas. Sein Schmetterlingsnetz lag zu seinen Füßen neben einem Bilderrahmen mit einer vergilbten Fotografie.

Beide waren beeindruckt von der Stille, die über diesen Ruinen mitten im Dschungel lag.

Ein paar Schritte entfernt glitzerte Wasser. Ein Stück weiter hingen Lianen wie schwere Vorhänge vor den Trümmern. Sie bildeten ein undurchdringliches Flechtwerk, hinter dem man die Überreste von niedrigen Mauern, Höfen und Treppen erahnen konnte. Die leeren Fenster zierten Kletterpflanzen, die in dichten Bahnen an den verwitterten Balkonen emporwuchsen.

In einer Baumkrone hingen, einem Leichentuch gleich, die verkohlten Überbleibsel eines Luftschiffs, auf denen der Schriftzug »Chitinex Development« undeutlich zu erkennen war. Die Gondel war verschwunden.

Kapitel 32

Die gerahmte vergilbte Fotografie zeigte einen Mann in den Fünfzigern mit vollem Gesicht, schwarzen Augenbrauen und silbergrauen Schläfen. Zu seinem Frack trug er eine breite weiße Fliege.

Lucrèce, der Maria-Esperanza und Sénéchal das Bild unter die Nase hielt, deutete mit dem Kinn auf den Kommandosoldaten, der mit dem Sturmgewehr in der Hand in einiger Entfernung wartend dastand.

»Dieses Porträt hat Senhor Peixoto, übrigens ein äußerst gebildeter Mann, in dem aufgebrochenen Tresor eines der Häuser gefunden. Laut seiner Aussage zeigt es Präsident Getúlio Dornelles Vargas, der 1930 durch einen Staatsstreich an die Macht kam und sich 1954 das Leben nahm. Die handschriftliche Widmung unter dem Foto ist auf den 23. November 1930 datiert. Sofern unsere Informationen stimmen, wären wir damit in der Lage, diese Pioniersiedlung zeitlich einzuordnen. Außerdem haben Sie, Kommissarin, die Jahreszahl 1929 an der Kirchenpforte entdeckt.«

Sénéchal meinte:

»Er sieht dir ein bisschen ähnlich, findest du nicht?«

Leicht verärgert drehte Lucrèce das Foto um.

»Soweit ich weiß, gibt es in meiner Familie keinen südamerikanischen Diktator. Das Wichtigste ist nun, die beiden Männer wiederzufinden, deren Luftschiff da oben hängt … Oder zumindest ihre Leichen, was bedauerlicherweise wahrscheinlicher ist. Der Kommandotrupp durchsucht den Sektor und sogar einige Höhlen, die unterhalb des Dorfes entdeckt wurden. Gewiss haben sie den ersten Menschen, die sich hier niedergelassen haben, als Unterschlupf gedient.«

Maria-Esperanza fügte hinzu:

»Zwei Männer werden versuchen, die Hülle des Luftschiffs herunterzuholen. Dieses Dorf ist möglicherweise von einem Expeditionstrupp errichtet worden, der sich sehr weit in den Regenwald vorgewagt hatte, um hier nach ›tränenden Bäumen‹ zu suchen.«

»Tränende Bäume?«

»Das Wort Kautschuk ist aus der Verbindung zweier indianischer Worte entstanden: *cao*, der Baum, und *ochu*, Träne. Der Expeditionstrupp hat hier offenbar eine Pioniersiedlung errichtet, um Kautschuk anzubauen. Die Soldaten haben altes Werkzeug gefunden, Messer zum Ritzen der Bäume und Gerätschaften, um die Kautschukballen zu bearbeiten. Die Pioniere werden sie anschließend mit dem Schaufelraddampfer, der jetzt in dem toten Flussarm auf Grund liegt, nach Manaus transportiert haben.«

Lucrèce nickte:

»In den 1930er Jahren ging der Kautschukboom in Amazonien doch zu Ende ...«

»Wieso das?«, wollte Sénéchal wissen.

»Schuld daran war ein winziger Pilz mit dem Namen *Microcyclus ulei*, gemeinhin bekannt als die südamerikanische Rostkrankheit. Sie hat sich auf den großen Kautschukplantagen verbreitet. Also hat man sich immer weiter in den Dschungel vorgearbeitet, um gesunde Bäume zu finden.«

»Was ist deiner Ansicht nach aus den Bewohnern dieses Dorfes geworden?«

Der beleibte Mann wies auf die verrostete Pforte mit der Inschrift *Hodie cras*, die zu dem von Büschen und Lianen überwucherten Friedhof mit den verfallenen Gräbern führte.

»Oh, ich bin sicher, sie sind immer noch da ... unter der Erde.

Vielleicht sind sie von der Cholera oder einer anderen Krankheit dahingerafft worden. Die Fährtenleser haben nicht weit von hier Petroglyphen entdeckt, die sicher gut tausend Jahre alt sind. Vielleicht haben die Indianer damals Warnungen zu diesem Ort hinterlassen. Warnungen, die von den späteren Pionieren offensichtlich ignoriert wurden ... Und die wir vielleicht besser nicht außer Acht lassen sollten.«

Sénéchal meinte nachdenklich:

»Wie zum Beispiel die gekreuzten Kieferknochen des Tapirs auf dem Pfad?«

Maria-Esperanza warf einen Blick auf die Uhr.

»Wir sollten uns sofort an die Arbeit machen. Bald wird es dunkel. Vielleicht erfahren wir ja, woher die mysteriösen Lichtsignale stammen.«

Der kleine Chemiker hob die gerahmte Fotografie auf, die er neben das verrostete Kreuz auf dem moosbewachsenen Grab gelegt hatte. Am Schnittpunkt von Längs- und Querbalken zeigte es einen Ritter in Rüstung, der auf einem riesigen Pferd saß. Durch das geöffnete Visier seines Helms sah man leere Augenhöhlen. In Lumpen gehüllte Skelette tanzten um ihn herum.

Kapitel 33

In ihrem Pariser Büro der FREDE strich sich Dame Pottier mit ihrer manikürten Hand eine kastanienbraune Strähne aus dem Gesicht. Trotz der späten Stunde klickte sie noch einmal auf die Maus ihres Computers. Ein Foto erschien auf dem Bildschirm.

Es zeigte die Schwarz-Weiß-Aufnahme eines jungen Mannes von vorne und im Profil. Darunter stand der handschriftliche Vermerk: »Sondergericht für Staatssicherheitsangelegenheiten«. Die glatt nach hinten gekämmten Haare des Mannes ließen die Stirn frei. Dame Pottier fand seinen Blick ein wenig irr. In einer Ecke der Aufnahme war mit einem Stempel das Wort »Delta« aufgedruckt.

Sie klickte weiter, und ein anderes Foto erschien. Die grobkörnige Auflösung ließ darauf schließen, dass es mit einem alten Teleobjektiv gemacht worden war. Es zeigte denselben Mann auf der Terrasse einer Bar. Er trug ein weißes Hemd mit hohem Kragen und aufgekrempelten Ärmeln, eine altmodische Sonnenbrille und hatte eine Zigarette im Mundwinkel. Ganz offensichtlich war er in eine hitzige Diskussion mit einem stämmigen Typen vertieft, der ihm gegenübersaß und dessen schmales Gesicht zornig wirkte. Der Mann mit dem blonden Bürstenhaarschnitt trug deutlich sichtbar ein Kreuz auf seinem geschlossenen Hemdkragen.

Kapitel 34

Lucrèce öffnete das Buch, das er bislang in seinem Rucksack gehabt hatte. Wie er so zwischen Maria-Esperanza und Sénéchal vor dem Kreuz stand, wirkte er wie ein beleibter Priester, der gleich eine Grabrede halten würde.

»Da ist es also, das berühmte Kreuz. Wie ich schon vermutet hatte, ist es in die steinerne Grabplatte eingelassen.« Er deutete mit seinem dicken Zeigefinger darauf. »Man kann noch die Spuren des Grafitpulvers erkennen, das die Chitinex-Aeronauten aufgetragen haben, um ihren Abdruck zu nehmen. Laut diesem Buch und der Aussage Ihres Freundes de la Vega, Kommissarin, ist es typisch für das frühe sechzehnte Jahrhundert. Es wurde in Portugal gefertigt, dann per Schiff nach Brasilien verschickt, gemeinsam mit den Priestern, die hierherkamen, um die Bevölkerung zu missionieren.«

Sénéchal fragte:

»Findet sich in dem Buch etwas darüber, wen die Abbildungen auf dem Kreuz darstellen?«

»Hm, bezüglich der Motive gibt es zahlreiche Interpretationen ... Der Ritter in Rüstung könnte der heilige Georg sein – die Schlange, die sich um seine Lanze ringelt, symbolisiert den Drachen – und der Soldat unten mit dem Mantel möglicherweise der heilige Martin ... Die Skelette in Lumpen, der Ritter in Rüstung, der Soldat sowie die Insekten aus der Bibel, halb Skorpione, halb Heuschrecken mit spitzen Zähnen ... Ein Mönch aus dem Kloster, in dem de la Vega nachgeforscht hat, hat selbst historische Recherchen angestellt und eine Spur dieses Kreuzes entdeckt: Es wird auf einer Liste der Kultgegenstände genannt, die im Jahr 1928 eine der zahlreichen Dschungelexpeditionen auf der Suche nach Kautschuk mit sich führte. Dank dieses Grabsteins, der Fotografie von Präsident Getúlio Dornelles Vargas und dem Datum auf der Kirchentür fügt sich alles zusammen.«

Er blickte von seinem Buch auf und sah, wie nur wenige Meter von ihm entfernt ein Kommandosoldat aus dem Dickicht auftauchte und mit einem elektronischen Gerät, das entfernt an ein überdimensionales Bügeleisen erinnerte, über die Gräber fuhr.

»Man darf nicht vergessen, Pierre, dass eine Reise in den Amazonasdschungel damals ein echtes Abenteuer war. Man lief Gefahr, Anakondas, Jaguaren und Piranhas über den Weg zu laufen und von Fieberkrankheiten und feindlichen Stämmen attackiert zu werden. Es gab keine exakten Karten, kein GPS, kein Satellitentelefon ... Und es kam kein Hubschrauber, um einen zu retten. Man heuerte eine bewaffnete Eskorte an, reiste auf Maultieren und schwenkte Fahnen.«

Maria-Esperanza ergänzte:

»Unterwegs führte man ganze Stämme in die Sklaverei, man ließ Männer, Frauen und Kinder in den Kautschukplantagen schuften. Die Bäume hatte man ihnen genauso gestohlen wie ihr Land. Und all das unter dem wohlwollenden Auge der Priester, die diese Expeditionen begleiteten.«

Der kleine Chemiker nickte zustimmend.

»Sie haben vollkommen recht, Kommissarin. Auf jeden Fall wurde dieses Kreuz auf ein namenloses Grab gesetzt. Wer mag wohl darunter liegen?«

Sénéchal schlug vor:

»Vielleicht der Priester der von Hunderten von Spinnen bevölkerten Kirche, die sich am Dorfrand befindet? Man kann auf diesen Gräbern sowieso nichts mehr entziffern. Apropos, ich nehme an, dieses Kreuz aus dem sechzehnten Jahrhundert ist äußerst wertvoll, nicht wahr?«

»Gut möglich.« Lucrèce ließ seinen Blick über den Friedhof schweifen. »Es leuchtet ein, dass sich die Aeronauten besonders für dieses Kreuz interessiert haben. Es ist das auffälligste. Und es hat die Zeit besser überdauert als die anderen. Aber sie konnten es nicht in ihrem Luftschiff mitnehmen. Dazu hätten sie es zersägen müssen.«

Der Umweltinspektor warf ihm einen halb strengen, halb ironischen Blick zu.

»Jetzt verstehe ich auch, warum du genau wusstest, was wir hinter der Dornenbambushecke vorfinden würden, du alter Schlawiner! Du hattest gelesen, dass das Kreuz einer Expeditionsgruppe gehörte, die 1928 aufbrach, um im Regenwald nach Kautschuk zu suchen. Und als du die Kautschukpflanzung auf Hauptmann La Motas Satellitenbild gesehen hast …«

Lucrèce schloss das Buch und meinte mit gespielter Bescheidenheit:

»Nun, das ist doch reine Spekulation. Ich, äh …«

»Ja, ja. Das Dumme an der Bescheidenheit ist, dass man sich mit ihr nicht brüsten kann. Außerdem möchte ich zu gerne wissen, was du seit unserer Abreise in deiner Brusttasche verbirgst.«

Der mit dem elektronischen Gerät hantierende Soldat war inzwischen in ihrer Nähe angekommen und fegte mit der flachen Hand ein paar Kautschukblätter von der Grabplatte, in die das Kreuz eingelassen war. Er fuhr mit seinem Apparat darüber, wobei er den winzigen Monitor am Griff betrachtete.

Plötzlich hielt er inne, runzelte die Stirn und wiederholte den Vorgang. Dann murmelte er:

»Verdammt, das ist doch nicht möglich!«

Sénéchal fragte:

»Was ist los?«

Der Angesprochene richtete sich auf und sah ihn verwirrt an. Dann wies er auf den Bildschirm.

»Mein Radargerät zeigt mir an, dass jemand da unten liegt … Das ist normal, werden Sie sagen. Aber diese Person ist sicher nicht schon seit 1930 dort begraben … Ganz bestimmt nicht, Senhor!«

Kapitel 35

Dame Pottier hielt für einen Moment die bräunlich angelaufene Klinge des Messers ins Licht. Dann öffnete sie damit den großen Umschlag, den ihr ein Bote soeben gebracht hatte.

Er enthielt zwei Fotos sowie die Kopie eines Zeitungsausschnitts und ein dünnes, mit Stempeln versehenes blassrosa Dokument einer Pariser Botschaft.

Das erste der beiden Farbfotos zeigte einen Mann in Galauniform mit hagerem Gesicht, langer Nase und dichtem Schnurrbart, der mit finsterer Miene in die Kamera starrte. Seine hohe schwarz-weiße Schirmmütze hatte eine goldfarbene Bordüre.

Sie kannte dieses Gesicht aus der Presse.

Das andere Foto zeigte ihn ohne Kopfbedeckung und mit glatt zurückgekämmtem Haar. Er kniete vor einem lächelnden Priester, der ihn, die Hand über seinem Kopf ausgestreckt, zu segnen schien.

Rasch überflog sie das blassrosa Dokument und betrachtete anschließend die Kopie des Zeitungsausschnitts. Sie las den Text unter dem schlechten Foto, das den gleichen Priester zeigte. Diesmal sah man ihn von vorne. Sie pfiff durch die Zähne.

An ihrem Computer klickte sie erneut auf das Schwarz-Weiß-Foto der beiden Männer auf der Terrasse. Sie musterte den stämmigen Mann mit dem blonden Bürstenhaarschnitt und dem gut sichtbaren Kreuz auf dem geschlossenen Hemdkragen.

»Du Mistkerl! Jetzt haben wir dich!«

Kapitel 36

Sénéchal kniete neben dem Grab. Mit Gummihandschuhen untersuchte er das Skelett, das auf älteren, teilweise bereits zu schwärzlichem Staub zerfallenen Gebeinen lag.

Eingehend musterte er den Schädel, an dem noch ein paar strohblonde Haarbüschel klebten: Er wies einige lange zickzackförmige Risse auf, die alle von einem Loch oberhalb des rechten Ohrs ausgingen. Der Umweltinspektor sah zu Feldwebel Cavalcante hinüber, der ihm breitbeinig gegenüberstand.

Der Soldat betrachtete einen Gegenstand in einem durchsichtigen Plastiktütchen. Neben ihm machte Lucrèce Fotos, während Maria-Esperanza in einiger Entfernung ihr Notebook konsultierte. Die Soldaten des Kommandotrupps, die die Grabplatte beiseitegeschoben hatten, befüllten ein tragbares Motorsprühgerät aus einem Aluminiumkanister. An ihren Gürteln hingen Gasmasken.

Sénéchal deutete auf das Skelett.

»Ich würde sagen, der Kerl – denn ganz offensichtlich handelt es sich um einen Mann – wurde aus nächster Nähe mit einer großkalibrigen Kugel erschossen. Ein Mantelgeschoss noch dazu, wenn man die Verletzungen betrachtet ... Ameisen und andere Insekten, die ins Grab eingedrungen sind, haben den Leichnam komplett gesäubert, doch ich glaube, er liegt dort erst ein paar Monate. Kein Schmuck, keine Uhr, außer diesem Orden, den wir unter ihm in den sterblichen Überresten des rechtmäßigen

Nutzers dieser Grabstelle gefunden haben. Sein Mörder hat es versäumt, ihm die Auszeichnung abzunehmen, bevor er die Leiche hier entsorgt hat. Es sei denn, das gute Stück war in ein Kleidungsstück eingenäht. Aber die Kleidungsstücke sind ebenfalls den Insekten zum Opfer gefallen … Die Hände wurden sauber direkt über der Speiche abgetrennt. Sie befinden sich nicht im Grab. Da es sich um einen hochgewachsenen Mann handelt, kann es keiner der beiden Aeronauten sein.«

Mit dem Zeigefinger untersuchte er die Mundhöhle.

»Die Vorderzähne des Oberkiefers sind eingeschlagen worden. Vielleicht um eine Identifizierung zu verhindern – was wohl auch der Grund für die abgetrennten Hände ist. Doch ich verstehe nicht, warum der Leichnam ausgerechnet in dieses Grab gelegt wurde.«

Der kleine Chemiker erwiderte:

»Es ist nicht nur das auffälligste Grab des ganzen Friedhofs, sondern es liegt auch am Rand. Vielleicht war es am einfachsten zugänglich.«

Der Umweltinspektor wandte sich an den Feldwebel:

»Und was sagt Ihnen dieser Orden, Sargento?«

Cavalcante spielte an dem Knochen, der seine Nase durchbohrte.

»Ich kenne mich mit den Auszeichnungen der US-Army nicht sonderlich aus, aber ich glaube, es handelt sich um eine ›Medal of Defense‹. Und ich meine zu wissen, dass das bei den Gringos eine große Ehre ist.«

Kapitel 37

»Gleich können Sie rein, meine Herren. Sie natürlich auch, Kommissarin, wenn Sie unbedingt wollen ... Aber ich warne Sie, es ist sehr speziell ...«

Dem Kommandosoldaten mit Gasmaske, Gummistiefeln und luftdichter Montur lief das Wasser herunter. Er streifte die Trageriemen des Sprühgeräts von seinen Schultern, stellte es auf den Boden und zog die langen grünen Handschuhe aus.

»Wir haben in allen Grotten Gas versprüht, für den Menschen völlig ungefährlich. Eine verrückte Gesellschaft kam da zum Vorschein: Skorpione, Spinnen, Schlangen, Fledermäuse und eine ganze Menge anderer Tiere, deren Namen ich nicht kenne und die sich in den Dschungel verzogen haben. Von den Ameisen ganz zu schweigen – ich hatte nicht die Zeit, sie zu zählen, und sie schienen es eilig zu haben. Das, was Sie interessiert, verbirgt sich im hintersten Winkel: in der dritten Grotte hinter einem Steinhaufen.« Er deutete auf eine Öffnung zwischen den Bäumen. »Gleich dort drüben, Pessoa und Moraes stehen genau davor. Sie haben Lampen. Passen Sie bloß auf: Der Gestank wird Sie umhauen!«

Die Gondel des Luftschiffs war mit einem Schneidbrenner zerlegt worden.

Sie lag zwischen zwei Stalaktiten in einer Mulde am Ende der Grotte. Der ganze hintere Teil fehlte. Neben der Gondel waren die langen Butangasflaschen aufgestapelt. Zahlreiche Rohre vom Korpus lagen auf einem Haufen und funkelten im Schein der Stablampen, die die beiden Kommandosoldaten hielten. Die Seile, mit denen die Gondel unter dem Luftschiff befestigt worden war, türmten sich auf dem Dach, von Schimmel überzogen. Nicht weit davon auf einem Steinblock lag der große, zerfetzte Propeller, gleich daneben der beschädigte Motor, dessen Öl ausgelaufen war. Die teilweise verkohlten Rücksitze warfen gespenstische Schatten auf die Wände der Grotte.

Der Pilot saß lächelnd mit geneigtem Kopf vor seinen Instrumenten, so als versuche er, die herannahenden Besucher in der Dunkelheit zu erkennen.

Seine leeren, schwarz umrandeten Augenhöhlen wirkten wie eine Maske. Oberhalb der Zähne sprossen aus pergamentenen Hautfetzen lange gelbliche Haare, die auf einer Seite traurig herabhingen. Sénéchal musste unwillkürlich an den imposanten weißen Schnauzbart von Leteinturier denken.

Durch die vermoderte, zerrissene Kleidung konnte man Knochen und Gewebefetzen erkennen. Auf seiner rechten Schulter wuchsen einige fahle Pilze. Zu seinen Füßen lag in einer getrockneten Blutlache die zusammengekrümmte Leiche eines anderen Mannes. Auch sein eigenartig verdrehter Kopf schien die Neuankömmlinge zu betrachten. Sein Schädel, an dem noch einige Haare klebten, wies ein großes sternförmiges Loch auf.

Plötzlich schoss ein kleiner brauner Skorpion daraus hervor und sauste im Zickzack über den Boden. Dann zuckte er zusammen und blieb reglos liegen. Seine Beine krampften sich unter dem Körper zusammen.

Wortlos nahm der Inspektor einem der Soldaten die Stablampe aus der Hand und ging vorsichtig um den Skorpion herum.

»Fassen Sie nichts an, Senhor«, bat der Soldat, »die Leichen könnten mit Sprengladungen versehen sein.«

Sénéchal nickte. Er hielt sich ein Taschentuch vors Gesicht, während er die Lampe auf den Piloten richtete. Dann ließ er den Lichtkegel über die Bordinstrumente gleiten, hin zu dem zweiten, am Boden der Gondel liegenden Leichnam. Schließlich drehte er sich um und murmelte:

»Ihre Augen sind verbrannt worden. Gehen wir, der Gestank ist unerträglich.«

Kapitel 38

Die erste Person, auf die Sénéchal traf, als er beim Turm ankam, war die unerschütterliche Rattenbeschwörerin. Sie hielt eine Automatik mit Schalldämpfer im Anschlag. Als sie ihn bemerkte, nahm sie die Waffe langsam herunter.

»Sie müssen schon ein bisschen mehr Lärm machen, Senhor, wenn Sie kommen. Ich hätte Sie erschießen können.«

Er schenkte ihr ein strahlendes Lächeln.

»Wenn wir uns das nächste Mal begegnen, werde ich eine kleine, beschwingte Melodie pfeifen, versprochen.«

Zu den Füßen der jungen Frau stand die Kiste mit ihren schnurrbärtigen Schützlingen. Im Boden bemerkte Sénéchal einige Löcher und, ordentlich an der Mauer aufgereiht, vier sandfarbene dosenähnliche Körper aus Metall, aus denen kurze Antennen ragten. Ihr Anblick jagte ihm einen Schauer über den Rücken.

»Waren da noch mehr Sprengladungen? Welcher Typ ist es diesmal?«

»Springsplitterminen. Bei einer Explosion fliegen in einem Radius von dreihundertsechzig Grad und einem Umkreis von mindestens fünfundzwanzig Metern Metallsplitter durch die Luft, die tödliche oder schwere Verletzungen hervorrufen.«

Sie fügte hinzu:

»Antipersonenminen, made in USA. Treten Sie ruhig näher, Senhor, ich habe die Sprengladung entfernt. Diese Drecksdinger waren auf jeder Seite des Turms vergraben und miteinander verbunden worden. Das putzt alles weg, was sich innerhalb dieses Radius bewegt, und je nach Art der Verletzung krepiert man früher oder später … Die Mädchen haben außerdem noch eine Sprengladung an der Tür entdeckt, ein hinterlistiges Teil, das mit einem Granatwerfer gekoppelt war.« Kommandosoldatin de Gama lächelte stolz. »Ein Anfänger wäre darauf reingefallen.«

Sie deutete auf den Turm.

»Gehen Sie ruhig rein. Ihr Kollege ist schon da, zusammen mit dem Feldwebel.«

Er bog um die Ecke und beugte beim Eintreten den Kopf. Im hellen Licht des Standscheinwerfers sah er Lucrèce. Der kleine Mann hatte seinen Strohhut verloren und lag in einer langen schwarzen Holzkiste, hinter der sich noch weitere stapelten.

Einige Schritte von ihm entfernt stand Feldwebel Cavalcante mit einem Bajonett in der Hand.

Kapitel 39

Sénéchal fragte Lucrèce:

»Darf ich erfahren, was du da machst? Übst du für einen Auftritt als Schlangenmensch?«

Feldwebel Cavalcante wandte sich wieder seiner ursprünglichen Beschäftigung zu. Mit Hilfe seines Bajonetts versuchte er, die Nägel aus den zum Teil noch geschlossenen Deckeln der Kisten herauszuziehen.

Der Dicke stützte sich auf einen Ellenbogen und richtete sich mühsam in der Kiste auf. Er wischte sich die Stirn mit dem Ärmel ab und sah Sénéchal an.

»Uff! Geschafft, jetzt hab ich's!«

Zwischen Daumen und Zeigefinger schwenkte er ein durchsichtiges Tütchen.

»Da waren haufenweise Barren drin ... Und das vermutlich in jeder der Kisten.«

»Goldbarren? Im Ernst? Du machst Witze!«

»Nein, keine Gold-, sondern Silberbarren. Viele Silberbarren ...« Er wedelte noch immer mit dem Tütchen. »Ein paar Partikel konnte ich aus dem Holz dieser Kiste herausfischen. In allen, die Feldwebel Cavalcante bereits geöffnet hat, haben wir Überreste von Silber entdeckt ... Die Oxidation der Barren hat in den Kisten deutlich sichtbare Spuren hinterlassen. Die stehen bestimmt schon eine ganze Weile hier, und ich bin sicher, dass sie lange vor Klimaeinflüssen geschützt waren.«

Er hob seinen Strohhut vom Boden auf, klopfte den Staub ab und setzte ihn wieder auf. Dann fragte er den Feldwebel:

»Sie sind alle leer, oder?«

Cavalcante brummte. Er schien fürchterlich enttäuscht zu sein. Fluchend packte er eine der offenen Kisten und kippte sie trotz ihres Gewichts mit einer einzigen Bewegung um. Dann hockte er sich darauf und stellte sein Bajonett neben sich. Er wirkte müde.

»Das waren nicht die Pioniere, die auf Mauleseln mehrere Tonnen Silber in den hintersten Winkel des Dschungels transportiert haben. Um eine solche Menge hierher zu befördern, braucht man einen großen Hubschrauber … Und die Nägel sind nicht besonders alt. Wo sind also diese ganzen Barren, Senhor Polizist?«

Sénéchal untersuchte im Dämmerlicht die Steintreppe mit den ungleichen Stufen, die in den Turm hinaufführte.

»Was ist dort oben?«

Lucrèce antwortete:

»Eine steinerne Falltür. Sie war nicht zugemauert … Sie führt auf eine Plattform, auf der der Feldwebel einen Scharfschützen postiert hat. Von dort hat der Mann einen hervorragenden Blick über die Ruinen.«

Nachdenklich ließ der Umweltinspektor seinen Blick über die Mauern und das Pflaster schweifen.

Dann sah er zum Feldwebel hinüber.

»Dieser Turm war durch mehrere Höllenmaschinen gesichert. Das könnte bedeuten, dass das Silber bis kurz vor unserer Ankunft noch in den Kisten gewesen ist und …«

Er riss die Augen auf.

»Bleiben Sie ganz ruhig sitzen, Sargento!«

Cavalcante sah ihn verdutzt an.

»Wieso? Was ist …«

Sénéchal hob warnend den Zeigefinger.

»Sargento Cavalcante, rühren Sie sich nicht von der Stelle! Lucrèce, nimm eins deiner Plastiktütchen, und zieh Handschuhe an.«

Der Umweltinspektor bewegte sich vorsichtig auf Cavalcante zu und kniete vor dem Bajonett nieder. In der Nähe der Klinge glänzte ein kleiner Metallzylinder, der halb in der Holzkiste steckte.

Er maß nur wenige Millimeter und war teilweise von einer gelblichen Schicht Erde überzogen.

Kapitel 40

Dame Pottier betrachtete zum zehnten Mal die Bilder einer winzigen Kamera, die Sénéchal in einer *Macbeth*-Ausgabe versteckt hatte. Seit seiner Ankunft in Belém lag sie auf dem Nachttisch seines Hotelzimmers.

Auf dem Video sah man Maria-Esperanza in einem roten Kleid auf dem Bett sitzen. Ein paar Schritte entfernt den jungen de la Vega mit seiner Baseballkappe, der, die Arme verschränkt, lässig an der Wand lehnte. Lucrèce saß am Schreibtisch und betrachtete den Bildschirm seines Laptops. Von Zeit zu Zeit schielte er verstohlen auf die Beine der Indianerin. Sénéchal sprach mit Dom Faria de Queroz, den er um einige Haupteslängen überragte. Der Greis, der direkt in die Kamera sah, spielte mit seinem Rosenkranz.

Die unangefochtene Chefin der FREDE stellte den Ton lauter und hörte, was der Priester mit der Donnerstimme und der Kinderbrille erklärte: »Das ist das besagte Kreuz. Ich habe es schon gesehen. O ja, ich habe es gesehen … Als mein junger Freund de la Vega mir das Foto zeigte, habe ich ihm gleich gesagt: ›Sieht aus wie das alte Kreuz mit den Bestien aus der Bibel‹, und ich dachte, es wäre verschüttet …«

Sie zoomte auf das Gesicht von Pater de la Vega und musterte es eingehend.

Kapitel 41

Die schmale Plattform oben auf dem Turm war mit Laub, Moos und Kautschukschalen bedeckt. Lianen schlängelten sich um die eigenartigen rautenförmigen Zinnen, von denen einige fehlten.

Sénéchal grüßte den Scharfschützen, der sein Präzisionsgewehr auf einem Stativ vor sich stehen hatte. Der Mann nickte ihm flüchtig zu und fuhr fort, die Umgebung durch sein Nachtsichtgerät zu beobachten.

Der Inspektor näherte sich der Steinbrüstung und betrachtete die eingestürzten Dächer des Dorfes, die hier und da durchs Blattwerk zu sehen waren. Zwischen den Ruinen hing ein feiner Dunst. In einiger Entfernung bauten drei Männer des Kommandotrupps Zelte in Tarnfarben auf.

Er sah zu der ausgeblichenen Hülle des Luftschiffs oben im Baum hinüber und musste an die Leichen in der Grotte denken. »Hätten die beiden versucht, in den Turm zu gelangen, wären sie mit Sicherheit von den Minen getötet worden. Hm, nein … Diese Minen waren für uns bestimmt, wir sollten den Turm nicht betreten, um dort zu sehen, dass … Was? Die leeren Kisten? Etwas anderes? Es gibt nichts anderes. Warum sind die Aeronauten ermordet worden? Haben sie möglicherweise etwas entdeckt, was sie nicht hätten finden sollen?«

Kapitel 42

»Du gibst uns mit deiner Flinte Deckung, ja, genau das wirst du tun! Und wenn uns ein wildes Tier angreift, ein Jaguar, eine Anakonda oder was auch immer, knallst du es ab! Ich verlange wirklich nichts Unmögliches von dir!«

»Lucréce, mein Freund, reg dich nicht auf, und hör auf so zu rennen, ich komme ja kaum mit. Außerdem wirst du mir mit deinem lächerlichen Schmetterlingsnetz noch ein Auge ausstechen. Sargento Cavalcante hat sich klar und deutlich ausgedrückt: Es ist höchst unvorsichtig, den Sicherheitsbereich zu verlassen, den die Kommandosoldaten abgesteckt haben ...«

»Lass bloß deine Taschenlampe aus.«

»Aber man kann mit deiner roten Funzel rein gar nichts erkennen!«

Der Dicke blieb abrupt stehen.

»Ich habe es dir schon gesagt ... Das kann mein Experiment vollkommen verfälschen. Ich möchte nicht, dass du mit deinem Licht Hunderte von Insekten anlockst. Das ist doch wirklich nicht so schwer zu verstehen!«

»Aber wozu brauchst du dieses Schmetterlingsnetz, das, wie ich schon sagte, ziemlich albern ist? Und was versteckst du eigentlich in deinem Rucksack?«

»Das wirst du schon sehen. Doch so viel sei verraten: Insekten mit zusammengesetzten Augen reagieren sehr empfindlich auf rotes Licht. Los, mach schon, zum Teufel!«

Die beiden Männer kamen in der Dunkelheit an der Kirche vorbei. Der kleine Chemiker richtete seine rote Lampe auf die einsame Glocke im Turm, der gespenstische Schatten auf die hohen Bäume warf. Große Fledermäuse flogen lautlos durchs Geäst. Lucrèce bewegte sich auf die Dornenbambushecke zu, in die die Kommandosoldaten mit der Machete eine Schneise geschlagen hatten. Die Öffnung im Blattwerk wirkte wie ein dunkler Schlund.

Sie durchschritten ihn und erkannten im roten Lichtschein den Ast mit den gekreuzten Tapirkieferknochen. Gut einen Meter über dem Boden zogen dichte Nebelschwaden dahin, in denen die knorrigen Wurzeln der Kautschukbäume verschwanden. Das bläuliche Licht des Mondes tauchte sie in einen phosphoreszierenden Schein. Laub knirschte unter ihren Schritten.

Lucrèce blieb vor den Knochen stehen.

»Pierre, riechst du das?«

Sénéchal schnupperte:

»Es duftet nach Blumen, oder? Merkwürdig, als wir hier angekommen sind, habe ich das gar nicht bemerkt.«

»Die Blumen riechen genauso wie die, die der alte Indianer und der tätowierte Junge in ihrem Einbaum transportierten.«

»Welcher alte Indianer?«

»Hast du ihn nicht gesehen?«

»Nein.«

»Hm ... Na gut. Macht nichts. Komm.«

Sie gingen weiter in den Nebel hinein. Nach einer Weile meinte der kleine Chemiker nachdenklich:

»Diese Tapirknochen scheinen schon seit vielen Jahren hier zu sein. Wer mag sie aufgestellt haben? Und vor allem, warum?«

»Wahrscheinlich, weil dieser Ort schon seit langem als gefährlich bekannt ist.«

»Diese Zeichen auf den Felsen da unten, die Petroglyphen. Die Höhlen ... Hier haben bereits vor Jahrhunderten Indianer gewohnt. 1930 haben sich dann Pioniere an ebenderselben Stelle niedergelassen. Das finde ich merkwürdig ...« Plötzlich blieb er stehen. »Du ... Hast du das gehört?«

»Was?«

»Ein Geräusch, links von uns … Hast du Munition dabei?«

»In meinem Gewehr steckt genug Blei, um ein oder zwei Lokomotiven bei voller Fahrt zu stoppen.«

»Perfekt. Beeilen wir uns, ich sehe da unten schon das Ende des Wegs.«

Der Sumpf war ein einziges undurchdringliches Nebelmeer. Leuchtkäfer funkelten im Schilf, Hunderte von Fröschen quakten im Chor, und in der Ferne hörte man den Ruf der Nachtvögel. Der obere Teil des von Bäumen bewachsenen Raddampfers hob sich wie ein Scherenschnitt vom Himmel ab. Darüber schwebte die reglose dunkle Masse des Luftschiffs. Ein schwacher grünlicher Schein drang aus dem Innern. Die in der Dunkelheit kaum sichtbaren Halteschlingen hingen zum Dampfer herunter.

Lucrèce schaltete sein Rotlicht aus. Für einen Moment verharrten beide Männer in der Finsternis. In der Ferne zog eine Sternschnuppe vorbei. Der kleine Chemiker schaltete die Lampe wieder ein.

»Ich meine, Lichter hinter einem der Bullaugen gesehen zu haben.«

»Ich auch. Was können die Kommandosoldaten da bloß wollen?«

»Egal … Nehmen wir den Weg, der am Sumpf entlangführt. Dort soll das Experiment stattfinden. Nimm die Lampe, und leuchte mir.«

Sénéchal gehorchte. Lucrèce zog aus seiner Brusttasche ein verchromtes Röhrchen und holte eine gläserne Ampulle daraus hervor, die eine durchsichtige Flüssigkeit enthielt. Der Umweltinspektor fragte:

»Was ist das?«

»Komm mit.«

Sie tauchten ins Unterholz ein, wobei Sénéchal sich bücken musste, während er hinter dem kleinen Chemiker mit seinem Schmetterlingsnetz herging. Sie gelangten ans Ufer. Flache, segelförmige Wurzeln ragten vor ihnen empor, die in einiger Entfernung im Morast versanken. Eine von ihnen wies einen tiefen Spalt auf.

Lucrèce nahm Sénéchal die Lampe ab. In ihrem roten Licht träufelte er einige Tropfen aus seiner Ampulle in die Vertiefung.

Mit einem Mal hatte er das Gefühl, beobachtet zu werden.

Der kleine Chemiker fuhr herum und richtete den Lichtkegel auf den toten Flussarm. Er prallte zurück, als er hinter dem Nebelschleier zwei metallisch schimmernde Augen erblickte.

Leichte Wellen bewegten die Seerosen, dann beruhigte sich die Wasseroberfläche wieder.

»Was war denn das?«

»Ein Kaiman. Er scheint keinen großen Appetit zu haben. Aber vielleicht kommt er nachher mit der ganzen Familie vorbei.«

Lucrèce beleuchtete die gläserne Ampulle. Leer.

»Verschwinden wir von hier. Es ist schiefgegangen!«

»Ist das Experiment schon vorbei? Also, ich muss sagen, es war sehr anschaulich.«

Plötzlich hob der Dicke den Zeigefinger.

»Was ist denn da unten los?«

Die starken Scheinwerfer des Luftschiffs flammten auf und erhellten die Überreste der zerstörten Gangway und die Bäume auf dem Oberdeck. Zwischen den Stämmen bewegten sich Gestalten.

Lucrèce und Sénéchal beschirmten die Augen mit der Hand und beobachteten die drei Kommandosoldaten, die sich oben auf dem Schiff im grellen Licht an irgendeinem Gegenstand zu schaffen machten.

Lucrèce murmelte:

»Schade, dass ich mein Fernglas nicht mitgenommen habe. Es sieht aus, als hätten sie einen … Sarg gefunden?«

»Ich glaube nicht. Sieht eher wie eine Metallkiste aus, die ziemlich schwer zu sein scheint. Sie machen sie an einer der Halteschlingen fest.

Das Luftschiff wendete am sternenübersäten Himmel. Der Gegenstand, den die Soldaten gebracht hatten, hob sich ruckartig am Ende des Stahlseils. Im weißen Lichtschein sahen die beiden, wie ein Kommandosoldat befehlend den Arm hob.

Sobald die Kiste auf Höhe der Gondel war, erloschen die Scheinwerfer.

Sénéchal zwinkerte. Vergeblich versuchten seine Augen, die Finsternis zu durchdringen. Als er sich wieder an die Dunkelheit gewöhnt hatte, sah er, wie der Zeppelin sich in die Lüfte erhob. Sein Motor brummte, und die Positionslichter leuchteten auf. Rasch gewann der Flugapparat an Geschwindigkeit und verschwand hinter dem Dschungel.

Lucrèce schaltete seine Lampe wieder ein. Verblüfft sahen sich die beiden Männer an.

Sie machten gerade kehrt, als irgendetwas mit hohem Tempo surrend auf sie zugeflogen kam und gegen die Brust des kleinen Chemikers prallte. Überrascht ließ er seine Lampe fallen und quiekte erschreckt auf. Er betastete sein Hemd und spürte unter seiner Hand ein Tier, das sich heftig wehrte. Dann bohrten sich scharfe Krallen in seinen Zeigefinger.

Er schüttelte die Hand, doch das Viech krallte sich immer fester in sein Fleisch. Er schrie …

Sénéchal schaltete seine Taschenlampe ein und sah, was dort an Lucrèces Finger hing.

Über ihren Köpfen ertönte ein erneutes Brummen, und ein zweiter großer Skarabäus mit goldenem Panzer landete auf der Brust des kleinen Chemikers, legte die Deckflügel an und bewegte den Hinterleib. Es folgte ein weiterer, der sich auf dem Hemdkragen niederließ.

Lucrèce hüpfte auf der Stelle und versuchte, den Skarabäus an seinem Finger abzuschütteln, während von überall her weitere Insekten auftauchten. Sie brummten um ihn herum wie Hubschrauber, setzten sich auf seine Wange oder seine Stirn und flogen sogleich wieder davon, wobei einige sich in seinem Haar verfingen und für ihn schmerzhafte Befreiungsversuche unternahmen.

Kapitel 43

Maria-Esperanza musterte Lucrèce.

Ihre schwarzen Augen starrten auf die angeschwollene Kartoffelnase des Chemikers, die zahlreiche Kratzer aufwies. Auch auf seiner Stirn hatten die Skarabäen etliche Spuren hinterlassen. Sein Haar war zerzaust, er hatte tiefe Schatten unter den Augen und um den Zeigefinger ein Pflaster.

Der Blick der jungen Frau wanderte für einen Moment zum Bullauge. Über dem Fluss ging gerade ein Wolkenbruch nieder. Dann betrachtete sie wieder das mitgenommene Gesicht des kleinen Mannes, der vor ihr saß.

»Wie heißen diese Substanzen gleich wieder, Senhor Serge Méjaville?«

»Pheromone, meine Liebe. Spezifische Hormone. Es sind von den Insekten ausgesandte Substanzen, mit deren Hilfe sie untereinander kommunizieren können. Aber vor allem dienen sie dazu, äh, Sexualpartner anzulocken.« Er hüstelte hinter vorgehaltener Hand. »Einige Schmetterlingsarten können auf diese Weise einen möglichen, äh, Sexualpartner über eine Entfernung von zehn Kilometern hinweg ausfindig machen ... Und ich hege die Vermutung, dass diese goldfarbenen *Diabrotica* die Hormone der weiblichen Larve sehr schnell identifiziert haben.«

»Sie hatten unglücklicherweise den Inhalt Ihrer *garrafada* über Ihrem Hemd verschüttet, wie?«

»Meiner was?«

Sie lächelte ihn freundlich an:

»*Garrafadas*, das sind die winzigen Fläschchen, die die Frauen auf dem Markt von Belém verkaufen. Bei Ihrer Ankunft hatten Sie sich dafür interessiert. Sie enthalten Elixiere, die ihre Ehemänner zähmen sollen. Erinnern Sie sich wieder?«

Nun musste auch Lucrèce schmunzeln.

»Ja, damit ist es in etwa vergleichbar ... Professor Morel ist es gelungen, einige der Botenstoffe von der Larve zu isolieren, die wir ihm geschickt haben. Die einzige Überlebende aus dem Keller der Aeronauten. Er hat diese Pheromone mit einer Flüssigkeit gemischt, die ihre Wirksamkeit konserviert, und mir eine Probe davon geschickt. So hatte ich die Möglichkeit, meine Hypothese zu bestätigen.«

Vorsichtig befühlte er seine Nase.

»Diese Tiere sind nicht aggressiv, doch ihre Füße haben Krallen, die aus ihrer Sicht, gewiss sehr praktisch sind, um sich fast überall festzuklammern.« Er zog eine Grimasse. »Und sie verfügen über Mundwerkzeuge, die im Vergleich zu ihrer Größe äußerst beeindruckend sind.«

»Beweist das Ihrer Ansicht nach, dass sie nur hier leben?«

»Davon bin ich überzeugt. Und zwar vermutlich im Baumkronendach. Bestimmt haben die beiden Aeronauten sie oberhalb des im Dschungel verborgenen Dorfs entdeckt.«

»Aber wieso haben sie diese Insekten in ihrem Keller versteckt?«

Lucrèce breitete die Arme aus.

»Ich habe keine Ahnung. Auf jeden Fall habe ich einundzwanzig dieser ausgewachsenen Tiere gefangen. Lebend. Alles Männchen. Jammerschade, dass kein Weibchen dabei war.«

Die Kabinentür öffnete sich, und Sénéchal kam herein. Mit finsterem Gesicht nahm er die Kapuze seines tropfnassen Regencapes ab. Lucrèce brummte:

»Na, welche Laus ist dir denn über die Leber gelaufen?«

Er wandte sich an Maria-Esperanza und meinte:

»Wenn seine Ohren so nach oben stehen, ist das ein schlechtes Zeichen.«

Der Umweltinspektor bedachte ihn mit einem grimmigen Blick.

»Du und Cavalcante, ihr seid beide Meister der Geheimniskrämerei.«

Mit ausladender Geste deutete er auf den kleinen Chemiker.

»Der verschwiegene Prinz der Pheromone gegen den unergründlichen Chef des Kommandotrupps! Aus dem Feldwebel ist nichts herauszukriegen. Unsere letzte Unterredung war so hitzig, dass die Rattenbeschwörerin eingegriffen hat. Ich hatte das Gefühl, sie hätte mir am liebsten eine Kette aus Antipersonenminen um den Hals gehängt und mich dann in den Sumpf gestoßen.«

Er ließ sich auf einen Sitz fallen und verschränkte die Hände über seinem Bauch.

»Dieser Bursche weiß angeblich nichts von einer Kiste, die seine Männer in dem Raddampfer gefunden haben und die nachts von dem Luftschiff abtransportiert worden ist.« Er wies anklagend auf Lucrèce. »Vor den geblendeten Augen unseres berühmten Skarabäendompteurs.«

Er musterte die Indianerin.

»Schon sonderbar, diese mangelnde Kommunikation in der brasilianischen Armee, finden Sie nicht, Kommissarin?«

Dritter Teil

Kapitel 1

»Wussten Sie, Senhor Sénéchal, dass um 1930 auf dem Grund des Nemi-Sees bei Rom die Überreste einer drehbaren Plattform gefunden wurden, die zu einem der Schiffe Kaiser Caligulas gehört hatte?«

»Um ehrlich zu sein, nein.«

»Diese Fundstücke zeigen uns, dass bereits im antiken Maschinenbau rudimentäre Lager genutzt wurden. Diese Plattform kann als eines der ersten Beispiele für ein Wälzlager betrachtet werden. Eine Vorrichtung also, die Lasten tragen und sich um ihre eigene Achse drehen konnte.«

»Das ist ja äußerst aufschlussreich. Lager, sagten Sie?«

»Ein derartiges Lager ersetzt Gleitreibung durch Rollreibung.«

»Ganz recht.«

Der beleibte, kahlköpfige Mann mit dem Milchkaffeeteint, eingezwängt in seinen makellosen Kittel, entfernte die Diamantlupe, die er vor sein Auge geklemmt hatte, und legte sie auf den hell erleuchteten Tisch. Direkt neben den winzigen glänzenden Zylinder, den Sénéchal ihm für ein Gutachten überlassen hatte und der nun zwischen zwei Glasplättchen eingezwängt war.

Mit seiner von zahlreichen Ringen geschmückten Hand schob er den schwenkbaren Computerbildschirm zur Seite, knipste das Binokularmikroskop aus, rückte den eindrucksvollen Knoten seiner knallgelben Krawatte zurecht und erklärte schließlich in manieriertem Ton:

»Meinen Untersuchungen zufolge gehörte das Nadellager aus Chromstahl, das Sie in einer Holzkiste gefunden haben, zu einer Hochleistungspumpe, mit der aus der Tiefe von Bergwerken erdhaltiges Wasser gepumpt wurde. Es war Bestandteil einer Pumpe der Firma Mendoza & de Azevedo, Modell 17 A, hergestellt zwischen Juli 1971 und Februar 1974. Danach wurde es durch das Modell 18 B ersetzt.«

Mit seinem Zeigefinger, den ein eindrucksvoller Siegelring zierte, deutete er auf den Gegenstand.

»Die Erde, mit der dieses Lager bedeckt war, enthielt Kupfer. Entgegen Ihrer vermutlichen Annahme kommt gediegenes Kupfer heute kaum mehr in der Natur vor, wie dies noch in der Antike der Fall war.«

»Ich … Ach, nein?«

»Nein. Falsch. Ganz falsch. Heute findet man Kupfer in Form von Salzen, die dreißig bis neunzig Prozent Kupfer enthalten. Bisweilen ist es mit anderen Metallen vermischt, die teilweise seltener sind als Kupfer, beispielsweise Gold und Silber. Sie müssen wissen, dass Kupfer – gleich nach Silber – der beste Stromleiter der Welt ist, nur deutlich billiger, versteht sich.«

»Natürlich.«

»Ein Erz gilt ab einem Gehalt von 1,8 Prozent reinen Kupfers als kupferreich. Eine Mine wird uninteressant, sobald der Gehalt unter 0,5 Prozent liegt. Die Erde auf diesem Lager enthielt nicht einmal mehr diesen Gehalt. Beim Vergleich mehrerer Muster ergibt dies …«

Er schwieg plötzlich und faltete die Hände, wodurch alle Ringe an seinen Fingern sichtbar wurden. Mit müden Augen fixierte er Sénéchal. Dann brach er ohne Vorwarnung in ein kindisches Gelächter aus, zog ein rosafarbenes Taschentuch hervor und betupfte damit seine Augen, wobei er sehr zufrieden wirkte.

»Ja, ja! Ich sehe, Sie sind ratlos, Senhor Polizist! Sie sagen sich wahrscheinlich: ›Dieser Bursche ist ein verdammter Langweiler, der mich stundenlang mit seinem Gequatsche aufhält. Anschließend werde ich genauso schlau sein wie zuvor.‹ Stimmt's?«

Er erhob sich und drehte den Bildschirm seines Computers so, dass der Umweltinspektor etwas sehen konnte.

»Falsch. Ganz falsch. Ich habe nämlich den Boden identifiziert, aus dem die Erde stammt, die diese Kupferart enthält. Ich habe das Lager der Wasserpumpe identifiziert, habe herausgefunden, wie alt sie ist und dass sie in einer Mine eingesetzt wurde. Nun musste ich nur noch herausfinden, aus welcher Mine diese Pumpe und die Erde stammen, und …«, mit einer theatralischen Geste packte er rechts und links seinen Bildschirm, »… hier haben wir die Mine, Senhor Sénéchal, zumindest ein Luftbild von ihr. Dort muss eine der von Ihnen entdeckten Kisten gelegen haben. Ich darf noch darauf hinweisen, dass dieses etwas verblichene Foto aus der Glanzzeit des Grubenbetriebs im Tagebau stammt. Die Mine, die sich gar nicht weit von hier befindet, wurde geschlossen. Wie üblich wurden ihre unterirdischen Teile gesprengt. Dieses Foto aber ist aufschlussreich, weil man darauf den damaligen Betrieb sieht, mit Lastwagen, die wie Spielzeugautos wirken, und den vielen riesigen Maschinen … Und dann natürlich dieser Staub überall.«

»Man könnte meinen, eine riesige auf dem Kopf stehende Pyramide sei in den Boden gerammt und von Sandhaufen umgeben worden«, bemerkte Sénéchal.

»Falsch. Ganz falsch. Man nennt so etwas eine stufige Ausschachtung, und die Sandhaufen heißen Stapelmauern. Der gesamte Bereich ist inzwischen von Stacheldraht umzäunt, denn solche Orte sind immer gefährlich, und die Natur …«, er hob die Augen gen Himmel und rieb sich dabei salbungsvoll die Hände, »… die Natur hat sich am Menschen gerächt, der sie ohne Unterlass malträtiert. Sie hat seither versucht, diese schlimme Wunde zu schließen.«

Sénéchal blickte ihn erstaunt an. Der beleibte Mann setzte sich wieder hinter seinen Schreibtisch und faltete erneut seine Hände.

»Ich muss Ihnen sagen, Senhor, dass die Mine nicht nur aus Sicherheitsgründen geschlossen wurde. Vermutlich wissen Sie, dass mein Land einundzwanzig Jahre eine grausame Diktatur war, die von den USA unterstützt wurde. 1984, gegen Ende dieser blutigen Periode, hielten es die Minenbesitzer für angebracht, nach Uruguay zu emigrieren, um dem brasilianischen Volk keine Rechenschaft ablegen zu müssen.«

»Das verstehe ich nicht.«

»Die Kupferminen gehörten Großgrundbesitzern, die der damaligen Militärjunta nahestanden. Diese Mine bildete den Schauplatz für Folterungen und Exekutionen. Viele unglückliche Opfer dieser Schlächter in Uniform sind dort während dieser schmutzigen Ära verschwunden.« Er machte eine müde Handbewegung. »Oppositionelle, Gewerkschafter, Journalisten ... Aber auch Mütter, Studentinnen und Leute wie Sie und ich. Man hörte von Kindern, die bei lebendigem Leib in die Steinbrechmaschinen geworfen wurden. Man entführte die Leute aus ihren Häusern, und wenn sie dann dort landeten, na ja ...« Er seufzte. »Sehen Sie, Senhor, die Vergangenheit ist Vergangenheit, aber zum Glück wurde die Mine São Marighella den Winden und Sträuchern zurückgegeben.«

Er griff nach einem Gegenstand, der neben seiner Tastatur gelegen hatte, und zeigte ihn Sénéchal.

»Ein kleines Geschenk, Senhor Polizist. Eine Zusammenstellung aller Informationen, die ich zu dieser verdammten Mine finden konnte, darunter auch neuere Satellitenbilder. Grüßen Sie mir die *bellissima* Maria-Esperanza Saint-Louis, und seien Sie versichert, dass Ihnen mein Labor jederzeit offen steht.«

Über den Tisch hinweg warf er dem Umweltinspektor einen USB-Stick zu, den dieser im Flug auffing.

»Alles Gute, Senhor ... Aber lassen Sie die Toten ruhen. Und auch die unerfreulichen Erinnerungen.«

Kapitel 2

»Ich habe Ihren Bericht gelesen, Inspektor, und muss zugeben, dass er lückenlos ist. Ich habe auch die Bilder von diesem verlassenen Dorf im Dschungel gesehen. Wirklich erstaunlich.«

»Die Spurensicherung ist vor Ort, Chefin. Die Leichen der Aeronauten und die sterblichen Überreste des Mannes, der im Grab gefunden wurde, werden untersucht. Aber diese Spezialeinheit, der Kommandotrupp, verschweigt mir etwas. Ach, übrigens, Chefin, Sie haben Lucrèce und mich nicht zufällig nach Brasilien geschickt, weil Sie wussten ...«

»Ich habe auch gelesen, Inspektor, dass die Skarabäen, die Monsieur Méjaville unter Lebensgefahr erbeutet hat, bereits im Pariser Labor von Professor Morel sind. Sagen Sie, haben Sie in letzter Zeit den jungen de la Vega gesehen?«

»Sehr wohl, ehrwürdige Chefin. Er kam zurück von Dom Faria de Queroz' Behausung und hat mir mitgeteilt, dass der verrückte Alte sich in Luft aufgelöst hat. Seit zwei Tagen ward er nicht mehr gesehen, und seine Bruchbude ist verwaist. Außerdem wurde dort alles auf den Kopf gestellt, denn jemand hat ihm einen gründlichen Besuch abgestattet. Ich hoffe, dass dem Pater nichts ... sagen wir nicht Wiedergutzumachendes zugestoßen ist, denn ich würde mich wirklich gerne noch einmal mit ihm unterhalten.«

»Das verstehe ich sehr gut. Es überrascht mich jedoch nicht, dass dieser reizende Mensch heute unauffindbar ist.«

»Darf ich mich darüber wundern, Chefin, dass Sie sein plötzliches Verschwinden nicht überrascht?«

»Zufälligerweise interessiere ich mich bereits für ihn, seit Sie mir die Videoaufzeichnungen seiner merkwürdigen Ausführungen über den Abdruck des Kreuzes in Ihrem Hotelzimmer haben zukommen lassen.«

»Deshalb sind Sie ja auch die Chefin, Chefin. Weil Sie den einfachen Soldaten im Kampf gegen das Verbrechen immer um eine Nasenlänge voraus sind.«

»Ihr Sarkasmus wird Sie noch direkt in die Hölle bringen, Sénéchal, wo für Sie zweifelsohne ein Ehrenplatz reserviert ist. Ich habe Ihren kleinen Film von Anfang bis Ende sehr spannend gefunden. Diese Polizistin von der IBAMA ist hinreißend, finden Sie nicht?«

»Äh, sicherlich …«

»Und die Augen von Pater de la Vega sprühen vor Intelligenz. Ich habe Ihnen einige Fotos geschickt, haben Sie sich die einmal angesehen?«

»Ich bewundere soeben das erste dieser Fotos auf meinem Bildschirm, Hoheit.«

Sénéchal betrachtete die Schwarz-Weiß-Aufnahmen eines jungen Mannes mit zurückgekämmtem Haar, von vorne und im Profil. Er las den darunterstehenden Text: »Sondergericht für Staatssicherheitsangelegenheiten«. An der Seite war das Wort »Delta« gestempelt.

»Woher haben Sie das, Chefin? Das Staatssicherheitsgericht wurde doch 1981 aufgelöst, wenn ich mich recht entsinne. Es war nach dem algerischen Unabhängigkeitskrieg, dem sogenannten ›Algerienkrieg‹, ins Leben gerufen worden, wenn ich mich weiterhin recht entsinne.«

»Perfekt, Inspektor … Das 1963 ins Leben gerufene Staatssicherheitsgericht war ein Sondergericht für Personen, die angeklagt waren, der Sicherheit des französischen Staates schaden zu wollen. Der Mann, den Sie auf dem Foto sehen, heißt Martial Dutilliers-Darcy. Er stammt aus einer angesehenen Familie aus der Provinz – streng katholisch, um nicht zu sagen fundamentalistisch. Der Vater war Berufssoldat … Martial verpflichtete sich in Algerien bei den Fallschirmspringern, wo er eine schnelle Bilderbuchkarriere hinlegte, vor allem in der Sparte Folter und Informationsbeschaffung. Anschließend tat er sich als aktives Mitglied der OAS hervor. Sagt Ihnen das etwas, Inspektor?«

»Selbstverständlich. Die ›Organisation Armée Secrète‹, abgekürzt OAS, war eine französische politisch-militärische Untergrundbewegung gegen die Unabhängigkeit Algeriens. Zu den Mitgliedern zählten zahlreiche Partisanen, die für den Erhalt der französischen Präsenz in Algerien kämpften. Gegründet wurde die Organisation 1961, glaube ich, kurz vor dem missglückten Putsch von vier Generälen in Algier.«

»Die OAS rekrutierte ihre Mitglieder sowohl unter abtrünnigen Berufssoldaten als auch unter den Aktivisten der extremen Rechten, unbelehrbaren Pétain-Anhängern oder Neonazis. 1962 widersetzte sie sich gewaltsam der Umsetzung des Abkommens von Évian, das einen achtjährigen Krieg zwischen Frankreich und Algerien beenden und zur Unabhängigkeit Algeriens führen sollte. Die verbrecherische Organisation bediente sich während dieser Phase der ganzen Bandbreite von Attentaten und Verbrechen: wahllose Sprengstoffanschläge, gezielte Exekutionen, rassistische Ausschreitungen, Banküberfälle zur Geldbeschaffung … Das alles in Algerien, aber auch in Frankreich, wo bald eine Bürgerkriegsstimmung herrschte. Die OAS hat Hunderte, ja Tausende von Menschen ermordet. Die Männer, die die Aktionen durchführten, nannten sich ›Delta-Kommandos‹.«

»Und Dutilliers-Darcy war einer von ihnen, stimmt's?«

»So steht es in seiner Akte, wie Sie selbst feststellen können.«

»Er ist also ein französischer Terrorist.«

»Ein *katholischer* französischer Terrorist, Sénéchal. Er hat sich insbesondere in der Affäre Château-Royal hervorgetan.«

»Was war das nun wieder?«

»Die Exekution von sechs Lehrern im Jahr 1962 durch eines der Delta-Kommandos in einem Schulhof unweit von Algier.«

»Dieses finstere Kapitel der Geschichte ist sicher hochinteressant, aber ich begreife nicht so recht ...«

»Schauen Sie sich die nächsten Bilder an.«

Sénéchal klickte weiter: Auf dem Bildschirm erschien ein neues Foto. Es zeigte denselben Mann mit altmodischer Sonnenbrille auf der Terrasse eines Cafés. Er stritt sich heftig mit einem stämmigen Typen, der ein schmales Gesicht und einen blonden Bürstenhaarschnitt hatte. Sénéchal kommentierte:

»Man sieht diesen Dutilliers-Darcy an einem Bistrotisch. Die Aufnahme wurde mit einem Teleobjektiv aufgenommen. Ich denke, da ist er ein paar Jährchen älter. Der Stämmige ihm gegenüber sieht aus wie ein Leibwächter, oder? So um die vierzig, schätze ich ... Nanu, er trägt ein kleines Kreuz am Kragen, ich würde sagen ...«

»Das Foto wurde 1970 in Buenos Aires aufgenommen. Die OAS war in Frankreich aufgeflogen. Mehrere Mitglieder hielten es für angebracht, sich ins Ausland abzusetzen. Unser Freund Dutilliers-Darcy, den Sie hier in Begleitung seines Beichtvaters sehen, eines argentinischen Paters und glühenden Fundamentalisten, hatte sich mit einigen seiner Freunde von den Delta-Kommandos in Buenos Aires niedergelassen. Obgleich Dutilliers-Darcy begnadigt wurde, bekam die Andenluft seinen Bronchien anscheinend besser.«

»Was machen diese Typen in Argentinien? Tangokurse besuchen?«

»Sie geben Kurse. Dort haben sie nämlich den idealen Job gefunden: Sie unterstützen die finsteren Machenschaften der argentinischen Junta, der sie wertvolle Ratschläge zur Verfeinerung ihrer Kriegsmethoden erteilen. Allesamt während des achtjährigen Algerienkrieges von der französischen Armee erprobt.«

»Ach was!«

»Wussten Sie, dass die französische Regierung von 1959 bis 1981 in Buenos Aires eine ständige Militärmission unterhielt, die den argentinischen Truppen Berater zur Verfügung stellte? Aber zurück zu unserem Freund Dutilliers-Darcy. Eine Sache verband damals alle diese Leute, ob sie nun ehemalige OAS-Mitglieder, fundamentalistische Pater oder argentinische Militärs waren. Ich zitiere: ›die Liebe zur christlichen abendländischen Zivilisation‹.«

»Verstehe ... Einen Moment bitte, Chefin.«

Sénéchal betrachtete das Farbfoto eines Mannes in Galauniform. Unter seiner hohen, mit Goldpaspeln eingefassten Schirmmütze blickte er finster in die Kamera. Der Umweltinspektor musterte das spitze Gesicht, die lange Nase und den dichten Schnurrbart. Anschließend betrachtete er kurz das folgende Foto, auf dem derselbe Mann vor einem lächelnden Priester kniete.

»Ich habe gemogelt, Chefin, ich habe mir gleich beide Farbfotos angesehen. Der Typ in der Uniform ist General Videla, dieser widerliche argentinische Diktator!«

»Er kam 1976 durch einen Staatsstreich an die Macht. In den folgenden Jahren bekämpfte die argentinische Armee gnadenlos jeglichen Widerstand gegen die ›christliche und abendländische Zivilisation‹. Die Militärjunta ließ an die dreißigtausend Menschen ermorden oder verschwinden. Gleichzeitig sahen sich etwa fünfhunderttausend Regimegegner gezwungen, ins Exil zu gehen.«

»Und welcher Zusammenhang besteht zwischen Videla und diesem Dutilliers-Darcy?«

»Habe ich Ihnen eigentlich schon gesagt, dass ich kürzlich mit Martial Dutilliers-Darcy gesprochen habe, Sénéchal?«

»Nein ... Wo? Und wann?«

»Sein Name steht im Telefonbuch von Buenos Aires. Ich habe ihn angerufen. Gewiss hätte er eine Menge zu erzählen, doch er ist nicht sonderlich gesprächig. Jetzt im Alter – er ist erst dreiundsiebzig – surft unser fundamentalistisch-terroristischer Katholik, der keine seiner Taten bereut, im Internet wie ein Teenager.«

»Es ist durchaus ehrenwert, wenn man im Rentenalter aktiv bleibt, aber ...«

»Dadurch war es ihm möglich, auf Ihrem Video den angeblichen Armenpriester namens Dom Faria de Queroz als den fundamentalistischen Pater der extremen Rechten und Beichtvater der flüchtigen Delta-Kommandos sowie persönlichen Beichtvater von Diktator Videla zu identifizieren. Er ist der Priester, der auf dem zweiten Farbfoto Videla segnet. Es besteht der dringende Verdacht, dass dieser Kuttenträger ein Schwerverbrecher ist, Sénéchal.«

Der Umweltinspektor schwieg einige Sekunden.

»Chefin, ohne Ihr sicherlich fantastisches Personengedächtnis in Frage stellen zu wollen, fällt es mir doch sehr schwer zu glauben, dass Sie zu diesen Schlussfolgerungen kommen konnten, als Sie diesen Greis in unserem Video gesehen haben …«

»Ich gebe zu, dass er seit den 1960er Jahren leicht geschrumpft ist. Aber sehen Sie genau hin, diese merkwürdige Augenbraue! Ehrlich gesagt habe ich, während Sie mit dem Kommandotrupp durch den Dschungel spazierten, mit der Kripo in Belém Kontakt aufgenommen. Ich hatte das außerordentliche Vergnügen, mit Inspektor Zé Ferrera zu sprechen. Wir waren uns darüber einig, dass es angebracht sei, Dom Faria de Queroz in seinem Ruhesitz einen kleinen Höflichkeitsbesuch abzustatten, was der Inspektor auch getan hat. Der Alte war leider ausgeflogen, und zwar, wie es schien, etwas überstürzt. Merkwürdig, diese Koinzidenz mit Ihrem kleinen Ausflug, finden Sie nicht? Der treffliche Zé Ferrera hat jedenfalls auf seine Art eine Hausdurchsuchung durchgeführt und die Baracke des Kerls gewissermaßen zerlegt. Da er nichts fand, ließ er einen Spezialisten kommen, der mit seinem Metalldetektor die Umgebung der Hütte abgesucht hat. Dabei stieß er auf eine Blechdose, die mit einem Gummituch umwickelt war. Und was lag darin … können Sie es erraten?«

»Keine Ahnung … Die Nägel des echten Kreuzes? Eine Mitra? Eine Ersatzsoutane?«

»Ein Revolver. Geladen. Kaliber fünfundvierzig.«

»Amüsant.«

»Außerdem ein alter argentinischer Pass auf den Namen Arturo Graziella. So lautet sein wirklicher Name, dessen Initialen auf dem Revolverkolben zu lesen sind. Des Weiteren die Fotos, die

Sie vor sich sehen, sowie ein paar Briefe, die er mit einigen seiner ehemaligen Schäflein ausgetauscht hat, alles Mitglieder der OAS. Die meisten von ihnen haben mittlerweile das Zeitliche gesegnet.«

»Mit Ausnahme von Martial Dutilliers-Darcy.«

»Richtig. Es ist höchst verblüffend, dass dieser Herr seit fast fünfzig Jahren in Buenos Aires unter derselben Adresse lebt. In der Dose lag auch das alte Foto eines Jungen, allerdings sehr verblichen und kaum auswertbar. Schließlich stieß ich auf einen argentinischen Zeitungsartikel aus dem Jahr 1983. Er enthält ein Foto von Faria de Queroz – alias Graziella – mit seiner herrlich spitzen Augenbraue. Die Zeitung beklagt das Verschwinden des ehrwürdigen Beichtvaters von General Videla, ohne jedoch ins Detail zu gehen. Laut Dutilliers-Darcy soll der Pater auf recht abenteuerliche Weise verschwunden sein, aber er konnte – oder wollte – mir nicht mehr darüber sagen, sondern schützte Gedächtnisschwund vor. Er deutete lediglich an, der Pater sei nicht mit leeren Händen gegangen und auf seiner Flucht auch nicht allein gewesen. Ich werde versuchen, noch mehr über diese Angelegenheit zu erfahren, und prüfen, ob man ein wenig Druck auf den guten Dutilliers-Darcy ausüben könnte.«

»Jedenfalls muss der alte Graziella in Buenos Aires eine Schauspielschule besucht haben, denn er war perfekt in der Rolle des verkalkten Alten. Ich bin drauf reingefallen. Hm ... Da er seine Dose nicht ausgegraben und mitgenommen hat, wollte er offenbar zurückkommen.«

»Möglich. Es sei denn, er ist wirklich verkalkt. Aber täuschen Sie sich nicht, Sénéchal, dieser Typ war ein Experte in der Denunziation ›linker‹ Priester. Seine Devise lautete: ›Die einzige Möglichkeit, die Seele eines kommunistischen Priesters zu retten, ist, ihn zu töten.‹ Unnötig hinzuzufügen, dass jeder, der von Videlas Beichtvater denunziert wurde, die besten Chancen hatte, mit einer Kugel im Kopf in einem Massengrab zu enden ... Das Schlimmste daran ist, dass er selbst die Angehörigen der Opfer empfing, die wissen wollten, wo und wie ihre Lieben verschwunden waren. Er pflegte ihnen eine Liste mit den Namen Vermisster zu zeigen und sagte: ›Die mit dem kleinen Strich vor dem Namen sind tot, und niemand kümmert sich mehr um sie.‹ Er identifizierte sich so sehr mit den Todesschwadronen, dass er unter seiner Soutane eine Waffe verbarg. Diese Waffe befindet sich inzwischen übrigens unter Verschluss bei der Kripo von Belém. Um das Bild schließlich zu vervollständigen: Graziella wurde sehr oft an der Mechanikschule der Marine in Buenos Aires gesehen, dem größten Untersuchungsgefängnis der Hauptstadt.«

»Erläutern Sie mir doch bitte diese Geschichte mit den OAS-Typen in Buenos Aires, Chefin.«

»1959 schlug der argentinische Führungsstab ein Abkommen vor, wonach französische Fachleute Unterricht in der ›antisubversiven Kriegsführung‹ erteilen sollten. Die französische Militärmission in Buenos Aires, die im Wesentlichen aus Veteranen des Algerienkriegs bestand, blieb bis 1981 vor Ort. An der Schule für Kriegsführung in Buenos Aires wurden die Methoden gelehrt, deren man sich im Indochinakrieg und während der ›Schlacht von Algier‹ bedient hatte. Es ging insbesondere um den ›Feind im Inneren‹ – die Grundlage der ›französischen Doktrin‹, die auf den Erfahrungen der Kolonialmacht mit der Stadtguerilla basierte. Jorge Rafael Videla, der spätere grausame Diktator, soll diese Kurse sehr geschätzt haben.«

»Und wie sah diese Doktrin aus, Chefin?«

»Der Feind war kein Soldat, der auf der anderen Seite der Grenze in Stellung ging. Es konnte ein Nachbar sein, der Bäcker oder ein Lehrer, der die famosen Werte des christlichen Abendlandes in Frage stellte. Um diesen verborgenen Feind zu besiegen, der sich ohne Uniform unters Volk mischt, musste die ›französische Doktrin‹ zur Anwendung gelangen, bei der die Informationsbeschaffung eine grundlegende Rolle spielte. Dazu gehörten die lückenlose Überwachung der Bevölkerung, Entführungen, Verhöre, Folter ... Die argentinischen Offiziere haben ihre Lektionen perfekt gelernt. Während des Finales der Fußballweltmeisterschaft von 1978 in Buenos Aires fand man am Strand entstellte

Leichen … Der französische katholische Fundamentalismus spielte beim Export dieser ›französischen Doktrin‹ ebenfalls eine Rolle, insbesondere zur Rechtfertigung der Folter. Vor Ort wurde er durch Priester der extremen Rechten wie Arturo Graziella vertreten.«

»Chefin, ich werde sehen, ob wir ihn noch schnappen können. Leider muss ich unverzüglich unser Gespräch beenden, denn ich interessiere mich nunmehr für Metalle, zum Beispiel Silber. Daher werde ich schleunigst einige Nachforschungen in einer Kupfermine anstellen und dort womöglich auf Gold stoßen.«

»Hm. Manchmal sprechen Sie in Rätseln, Inspektor.«

Kapitel 3

Auf dem verrosteten Schild stand »São Marighella«. Irgendjemand hatte einen Totenkopf daraufgemalt und darunter »Willkommen in der Hölle« geschrieben. Die Ebene vor Sénéchal war menschenleer. Der Ort selbst schien schon seit langem verlassen.

Er hatte seinen knallroten Leihwagen in der Nähe eines Zauns abgestellt, der von Brombeerbüschen überwuchert wurde und mit Schildern gespickt war, auf denen »Zutritt streng verboten«, »Einsturzgefahr«, »Sprengkörper« zu lesen stand. Dahinter war ein dichtes Gebüsch zu erkennen.

Der Umweltinspektor nahm seinen Rucksack, aus dem der Kolben seines Klappgewehrs ragte, und schloss den Wagen ab. Er ging am Zaun entlang, blickte sich um und schnitt mit einem Drahtschneider rasch eine Öffnung in den Zaun. Auf der anderen Seite zwängte er sich durch das Gebüsch. Direkt dahinter befand sich ein Felsvorsprung, von dicken Rollen aus Stacheldraht umgeben.

Vor ihm erstreckte sich die Mine.

Aus dieser Entfernung erinnerte ihn die gegenüberliegende Wand der Grube an die Zuschauerränge eines Amphitheaters. Im flach einfallenden Licht ergab sich ein ungewöhnliches Farbenspiel von Rosa bis Hellblau. Aus den Rängen hatten sich Hunderte von Felsblöcken gelöst und blockierten die Stufen dieser monumentalen Treppe, wo früher Lastkraftwagen und Erdbaumaschinen gefahren sein mussten. Am Rand der riesigen Ausschachtung erhoben sich zwei Metallbauten wie Wachtürme, flankiert von Förderrädern.

Dahinter erblickte der Umweltinspektor eine lange Ziegelmauer, gekrönt von einem gezackten Giebel und hohen Schornsteinen. Dieses Bauwerk musste die Fabrik gewesen sein, die auf dem USB-Stick beschrieben wurde.

Sénéchal ging bis zum Rand des Vorsprungs und spähte durch den Stacheldraht.

Unten spiegelte sich eine Wasserfläche, die mit ihren kleinen Felsenbuchten und Stränden an die Miniaturausgabe eines Binnenmeers erinnerte. Aus der Wand der Grube hatten sich Teile gelöst und bildeten kleine Inseln. Auf dem größten Uferstreifen bemerkte er zwei Gebäude mit eingestürzten Dächern, die an Hallen erinnerten. Eines wurde von einer Rotunde überragt.

Das Wasser war kobaltblau. Grund für diese merkwürdige Farbe musste der schwefelige Ursprung der Kupfervorkommen sein, vermutete Sénéchal.

Auf halber Höhe zog sich eine Ansammlung von Pfahlbaubaracken einen steilen Abhang hinauf. Er richtete sein Fernglas darauf und suchte die blinden Fenster und halb eingefallenen Dächer ab, entdeckte aber lediglich ein Schild, auf dem noch »Direktion – Verwaltung« zu lesen war. Er griff nach seinem Handy.

»Lucrèce? Ich bin in der Mine von São Marighella. Der Komplex erstreckt sich tatsächlich über mehrere Hektar. Ich kann das nicht alles allein erkunden. Kommt bitte hierher.«

»Wir müssen gleich los, Pierre. Wenn ich alles richtig verstanden habe, fahren wir zu einem, hm, Labor. Wir brauchen über eineinhalb Stunden dorthin, aber wir werden uns beeilen.«

»Zu einem Labor?«

»Maria-Esperanza hat am laufenden Band telefoniert, es schien heiß herzugehen. Es handelt sich um eine Art Forschungszentrum, sie haben da irgendwas entdeckt …«

»Was denn?«

»Ich weiß nichts Genaues, sie ist nicht sehr gesprächig … Also gut, wir machen uns auf den Weg. Pass auf, dass du dir in dieser

Mine keine Pfote brichst, wir sehen uns dort am Nachmittag. Ruf mich später noch mal an, dann weiß ich mehr!«

»Warte!«

Lucrèce hatte aufgelegt.

Sénéchal brummelte etwas vor sich hin, dann nahm er sein Klappgewehr aus dem Rucksack und lud es. Schließlich suchte er zwischen den Stacheldrahtrollen eine Stelle, wo er möglichst gefahrlos in die Grube hinabsteigen konnte.

Kapitel 4

Ein Mann in weißem Kittel betrat den klimatisierten Raum des Labors. Nachdem er Maria-Esperanza und Lucrèce einen Augenblick gemustert hatte, erklärte er:

»Ich bin Chefingenieur Castelo da Vide.«

Er stellte seinen Laptop auf einen Schreibtisch, brummte: »Sehen wir uns das mal an«, und ging mit raschen Schritten zu einem seltsamen Möbelstück, das aussah wie eine verchromte Waschmaschine. Er zog einen flachen Schlüssel aus seiner Tasche und steckte ihn in eine Öffnung auf der Oberseite des Gerätes. Man hörte ein Surren, eine Platte glitt nach oben und enthüllte eine Vitrine, deren Beleuchtung anging. Der Mann stieß einen fröhlichen Pfiff aus und bedeutete seinen Besuchern, näher zu treten.

Auf einer Polyurethan-Platte lag eine große Schlange mit verbeultem Kopf. Ihre dicke Haut war geschwärzt und stellenweise aufgerissen. Durch einen langen Schnitt konnte man eine Art Nylonnetz erkennen, aus dem bunte, verhedderte Drähte hingen, elektronische Bauteile sowie einige Teile, die wie Plastikringe aussahen.

Castelo da Vide grinste, während er auf die Scheibe klopfte.

»Der gute alte S5 ... Nun bist du also wieder da. Wurde ja auch Zeit, dass du mal wieder auftauchst! Wenn man bedenkt, dass man überall nach dir gesucht hat ... Schon verrückt, wie die Zeit vergeht! Sie haben wohl schon begonnen, dich auszuweiden.«

Er zog eine klappbare Fresnel-Linse heraus, hielt das Instrument vor seine Brille und beugte sich so tief über die Scheibe, dass seine Nase sie fast berührte.

»Die Identifikationsnummern wurden abgeschliffen … Na gut! Ach, da steht: ›In God we trust‹. Was soll denn das? Ist doch wohl selbstverständlich, dass du an Gott glaubst, Soldat …«

»Was ist denn das für ein Ding?«, fragte Lucrèce. »Diese künstliche Schlange. Ein S5, sagten Sie?«

Der Ingenieur hob den Kopf und legte die Lupe beiseite. Die Frage schien ihn zu überraschen.

»Richtig. Das hier ist ein in den USA hergestellter Aufklärungsroboter S5, ein per Funk ferngesteuertes militärisches Gerät, das sich in die Landschaft einfügt und den Bodentruppen Informationen liefert. Es gehört in die Familie der UGV, der ›Unmanned Ground Vehicles‹ – der unbemannten Bodenfahrzeuge. Im Gegensatz zu seinen Kollegen ist dieser Roboter aber weder auf Räder noch auf Beine, Zahnräder oder Ketten montiert.«

Nachdenklich murmelte er vor sich hin:

»Man muss zugeben, dass Kriechen eine gute Fortbewegungsart für ein solches Gerät ist … Jedes Segment besitzt seinen eigenen Kleinstmotor, ist in dieser Kategorie recht autonom und relativ einfach zu steuern. Die Außenhülle aus Kevlar ist eine gekonnte Imitation. Ja, das muss man wirklich zugeben.«

Ein Lächeln huschte über sein Gesicht.

»Dieses kleine Ungeheuer kann sich praktisch überall hindurchschlängeln, selbst durch Trümmer.«

Er wies auf den Schlangenkopf.

»Was Sie hier auf seinem hübschen Köpfchen sehen, ist eine Weitwinkel-Minikamera mit Infrarotfunktion. Die Vierkantröhre darüber ist ein Kurzstrecken-LCMS, das wahrscheinlich erst später eingebaut wurde, denn es gehörte ursprünglich nicht zu diesem Modell … Dieser S5 ist tatsächlich eine alte Glanznummer. Inzwischen gibt es einen kleinen Bruder, eine sehr viel unauffälligere und intelligentere Miniaturversion. Denn dieser gute alte Roboter, den Sie hier sehen, liebe Freunde – und auf dem die

Gringos unbedingt vermerken mussten, dass sie Monotheisten sind –, hat nicht mehr Hirn als ein Toaster.« Er seufzte. »Er wurde ganz schön übel zugerichtet … Offenbar hat er eine lange Reise hinter sich. Wahrscheinlich wurde er von Indianern auf einer Brücke zurückgelassen, hielt sich dann in einem billigen Lokal auf und wurde dem Wirt von einem Betrunkenen abgekauft, der ihn von früh bis spät in seinem Kleinlaster mitschleppte. Der Typ hat ihn überall herumgezeigt, bis uns ein Provinzbulle darüber informiert hat. Unsere Burschen von der Staatssicherheit waren völlig aus dem Häuschen, als sie erfuhren, dass ein S5 als Jahrmarktsattraktion in den Dörfern unterwegs ist. Ich würde zu gerne wissen, wer dieses Maschinchen gesteuert hat. Falls es da jemanden gab, natürlich.«

Die Polizistin der IBAMA schüttelte heftig den Kopf, wodurch ihre Dreadlocks in Bewegung gerieten.

»Ein Militärroboter … Also wirklich, das ist ja unglaublich! Aber was bitte ist ein … LCMS?«

»Ein ›Laser Countermeasure System‹. Sie wissen doch, wie sehr wir in der Armee Abkürzungen lieben. Dieses kleine Gerät verbrennt Ihnen aus dreihundert Metern Entfernung die Netzhaut. Anschließend fällt es Ihnen wesentlich schwerer, den Feind anzuvisieren … Es wird gegen Infanteristen eingesetzt. Aber das ist eigentlich eher Firlefanz, denn wir haben ein Gerät entwickelt, das nur zwanzig Kilo wiegt und einen Energiestrahl aussendet, der bis auf eine Entfernung von viertausendfünfhundert Metern die Retina feindlicher Soldaten verbrennen kann. Bei klarer Sicht natürlich. Seine Aufgabe ist es, die Eliteschützen zu blenden.«

Plötzlich schien ihm etwas einzufallen.

»Übrigens, Kommissarin, aus den Nachforschungen der Staatssicherheit ergibt sich, dass dieses Gerät nicht weit von einem Dorf unterwegs war, das noch aus der gesegneten Zeit des Kautschuks stammt. Ein Dorf, das Sie kürzlich«, er deutete mit dem Zeigefinger auf den kleinen Chemiker, »in Begleitung dieses Herrn entdeckt haben, der Franzose ist, wie ich annehme …«

Kapitel 5

Sénéchal trocknete sich die Stirn mit seinem Ärmel, hob den Kopf und betrachtete den Himmel, der über den herabführenden Stufen ein riesiges Viereck bildete. Er lief über einen Uferstreifen neben dem kobaltblauen Wasser. Wenige Zentimeter unter der Wasseroberfläche erblickte er Metallteile, die wie rötliche Korallen wirkten: verbogenes Tragwerk, gewaltige zerbrochene Kanister und riesige Räder. Etwas weiter ragten das Führerhaus eines Lastwagens und das kaputte Schild einer Planierraupe aus dem Wasser. Schwefelgeruch lag in der Luft.

Sénéchal ging auf die beiden Hallen zu, als er in der Ferne Motorenlärm hörte. Er schien von der einzigen Zufahrtsstraße zur Mine zu kommen. Der Umweltinspektor lauschte einen Moment und schaute durch sein Fernglas. Die Zufahrt war teilweise durch einen Haufen schwarzer Felsbrocken blockiert. Die verbogenen Seitenteile eines riesigen Portalkrans ragten in den Himmel wie eiserne Wachposten. Ein Stück weiter verhinderte eine Schranke, durch drei Reihen Stacheldraht geschützt, jegliches Eindringen in diesen Bereich. Weiter sah der Umweltinspektor nichts, und auch das Geräusch war verstummt.

Die erste Halle war völlig leer – bis auf einige Eidechsen und Skorpione, die sich bei seinem Kommen davonmachten. Die zweite, an der das Tor fehlte, beherbergte einige verrostete Maschinen, die aussahen wie mit Nieten beschlagene Getreidesilos, eine zerlegte Planierraupe sowie drei bauchige Hochöfen, von denen einer eingestürzt war. Großgliedrige Ketten hingen von den Schienen der Laufkräne an der Decke. Der Boden war übersät mit verstaubten Blechplatten, und die Unterkanten der Metallwände des Gebäudes waren stark durchlöchert.

In einer Ecke bemerkte Sénéchal ein Motorrad ohne Reifen, in dessen trübem Rückspiegel er undeutlich seine eigene Gestalt wahrnahm. Von den Holzkisten, die er suchte, keine Spur.

Er bemerkte eine intakte Wendeltreppe, die auf eines der Dächer führte, und begann hinaufzusteigen.

Kapitel 6

»Der Einsatz von Robotern zur Kriegsführung, meine Freunde, ist ein neues Faktum, an das man sich gewöhnen muss. Fliegende, laufende, kriechende und kletternde Roboter, Spionageroboter, Aufklärungsroboter, Infiltrationsroboter, Minenräumroboter ... Und natürlich Tötungsroboter. Wir stehen erst am Anfang dieser Technologie, aber die Entwicklung geht rasend schnell! Auch wenn das alles nicht wirklich neu ist, wissen Sie. Im Zweiten Weltkrieg haben die Deutschen bereits mit Erfolg elektrisch ferngesteuerte Raupenfahrzeuge getestet, um die Panzer der Alliierten zu sprengen. Nein, neu sind nur die revolutionäre Elektronik und Informatik, mit der diese Maschinen verbessert werden konnten. In Bosnien und Afghanistan wurden moderne Bodenroboter getestet, und sie haben dort bereits über dreißigtausend Missionen erfüllt. Wussten Sie das nicht? Diese Roboter werden von Typen gesteuert, die Helme mit Rundumsicht tragen.« Er drehte seinen Kopf rasch von links nach rechts wie ein aufgeregter Spatz. »Der Bediener kann seinen Kopf in eine beliebige Richtung drehen, und der Roboter tut Kilometer entfernt dasselbe. Das gilt auch für die Flugroboter.«

Ingenieur Castelo da Vide kicherte leise.

»Diese Maschinen bieten den Offizieren enorme Vorteile: Sie müssen weder geschult noch verpflegt oder eingekleidet werden. Haben sie ihren Dienst getan, werden sie zerlegt und verstaut. Sie beschweren sich nie und haben keine Familie, die benachrichtigt werden muss, falls sie im Kampf verloren gehen! Alles deutet darauf hin, dass künftige Kriege zunehmend in den Städten geführt werden. In einer Stadt können Bodenroboter eingesetzt werden, um Gebäude zu sichern und eroberte Bereiche zu halten. Sie können pausenlos durch die Straßen patrouillieren, um jede Bewegung zu überwachen … Auf einem urbanen Kriegsschauplatz braucht man viele Augen.«

»Und womit haben diese Bodenroboter Ähnlichkeit?«, fragte Maria-Esperanza.

»Oh, da gibt es für jeden Geschmack etwas, Kommissarin Saint-Louis. Einige sehen aus wie eine Zitronenpresse, manche auch wie eine kleine Baumaschine oder ein Rasenmäher … Das häufigste Modell ist nicht sehr imposant: Es sieht aus wie Kinderspielzeug. Allerdings wie Kriegsspielzeug aus dem Vollmetall M 249. Die modernen Kampfroboter, die derzeit entwickelt werden, sind bewaffnete, stimmgeführte ›Maulesel‹. Aufgabe dieser ›Maulesel‹ ist es, die Infanteristen zu begleiten und ihr Gepäck zu tragen. So eine Maschine kann einige hundert Kilo Waffen, Lebensmittel und Material transportieren. Sie kann alles in ihrer Umgebung sehen, hören und analysieren, und das bei Tag wie bei Nacht. Sie spürt Bewegungen und Wärmequellen auf, berechnet die Entfernung zu einem festen oder beweglichen Objekt, schleicht sich lautlos in die feindlichen Linien ein und eröffnet auf Befehl das Feuer. Und wenn ich sage, dass sie das Feuer eröffnet, so kann das schon bis zu einer Panzerabwehrrakete gehen.«

Lucrèce verzog angewidert das Gesicht.

»Ich finde das alles, hm … erschreckend.«

»Derzeit, da kann ich Sie beruhigen, feuern diese Roboter noch nicht von selbst. Noch ist es nötig, dass ein Mensch auf einen Knopf drückt, nachdem das Ziel identifiziert wurde. Aber Geduld … Wie ich bereits sagte, befinden wir uns erst am Beginn der Ära der Kampfroboter, lieber Freund. Von einer echten Neuerung können wir dann sprechen, wenn diese Roboter autonom agieren. Eines Tages wird sich der Roboter womöglich für jeden Menschen, den er abgeknallt hat, ein Kreuz auf sein Gehäuse ritzen, um einen Orden zu bekommen, wer weiß? Sehr viel wahrscheinlicher ist, dass der Roboter, der Sie Hals über Kopf davonrennen sieht, Ihren vermutlichen Fluchtweg berechnen und Sie verfolgen und töten wird.«

Lucrèce zögerte, bevor er fragte:

»Und hat dieser Schlangenroboter S5 von sich aus seine Militärbasis verlassen?«

Ingenieur Castelo da Vide bedachte ihn mit einem ironischen Blick.

»Hm. Diese Frage habe ich befürchtet. Leider darf ich sie Ihnen nicht beantworten.«

Maria-Esperanza erkundigte sich leise:

»Dürfte ich eines Ihrer überwachten Telefone für ein Gespräch nach draußen benutzen, Herr Chefingenieur?«

Kapitel 7

Sénéchal stand auf dem Dach der Halle. Mit einer Hand klammerte er sich an das wacklige Geländer der Eisenrotunde, während er seinen Feldstecher auf eine der kleinen Felsenbuchten richtete, die den riesigen Kessel säumten. Von seinem Ausguck bemerkte er etwas, was vom Boden aus nicht sichtbar gewesen war: ein rosafarbenes Felsstück, das einem gen Himmel gerichteten steinernen Schiffsschnabel glich. Es war von einer der oberen Stufen herabgestürzt und hatte einen Krater in die Felsen geschlagen. Und dieser Krater hatte sich mit kobaltblauem Wasser gefüllt.

Direkt oberhalb dieses Felsens war ein Teil eines Metallträgers zu sehen. Dort war der Eingang zu einem alten unterirdischen Stollen zu erkennen.

Der Umweltinspektor stieg in das Schwefelwasser, das ihm bis zum Bauch reichte, und umrundete den rosafarbenen Sporn. Zwischen zwei Blöcken bemerkte er eine Engstelle.

Ohne zu zögern, nahm er seinen Rucksack ab und zwängte sich seitlich hindurch, was ihm nur mit einigen Schwierigkeiten gelang. Dann holte er seinen Rucksack, ging um eine Biegung und fand sich in einem Stollen wieder. Um ihn schimmerte Wasser. Im Schein seiner Taschenlampe entdeckte er zu seiner Überraschung eine mit Gitterstangen versehene Metalltür, die zur Hälfte aus dem Wasser ragte. Sie war alt, die Zarge war früher einmal im Felsgestein verankert gewesen. Eine mit Roststellen übersäte stählerne Verblendung, von glänzenden nachtblauen Kristallen bedeckt, verbarg die Zwischenräume des Gitters. Das Schloss zeigte tiefe Kratzer.

Er richtete sich auf, stemmte sich gegen den Türflügel und drückte mit aller Kraft.

Wie befürchtet bewegte sich die Tür nicht einen einzigen Millimeter.

Er ging zurück ans Tageslicht und versuchte, tropfnass, wie er war, zum zehnten Mal Lucrèce und Maria-Esperanza per Handy zu erreichen. Fluchend wählte er eine andere Nummer und sprach länger mit einem Mann, dem er zahlreiche Angaben machte. Dieser bat ihn, die Verbindung noch einen Moment aufrechtzuerhalten, um einige Tests durchführen zu können.

Als er damit fertig war, machte sich der Umweltinspektor daran, unter den zahlreichen Metallteilen, die er im Wasser sah, einen geeigneten Hebel zu suchen.

Kapitel 8

Hinter seinem Schreibtisch stehend, musterte Castelo da Vide Kommissarin Saint-Louis und Lucrèce, die ihn erwartungsvoll ansahen. Er legte ihnen ein Dokument vor, das zweimal rot durchgestrichen war und das Siegel der brasilianischen Armee trug.

»Zufällig habe ich – wie durch Zauberhand und mit dem Vermerk ›sehr eilig‹ versehen – einen Haufen Papierkram erhalten, der mich darüber in Kenntnis setzt, dass bestimmte als ›vertraulich‹ eingestufte Informationen in Ihrem Falle doch nicht ganz so vertraulich sind und dass Sie diese einsehen dürfen. Gratuliere … Bravo.«

Er legte seine beiden behaarten Hände flach über den rot durchgestrichenen Aktendeckel.

»Also gut. Ich appelliere nun an Ihre Fantasie, meine Freunde.«

Er betätigte einen Schalter an der Ecke seines Schreibtisches. Die einzige Tür, die sich hinter seinen Besuchern befand, schlug mit einem gedämpften Geräusch zu. Direkt darüber leuchtete eine rote Lampe auf, und im Raum war ein leises Summen zu hören.

»Jetzt haben wir unsere Ruhe … Stellen wir uns nun vor, liebe Freunde, dass in einer anderen Militärbasis, die Sie nicht kennen, in einer Region, in die Sie niemals kommen werden, und womöglich erst vor kurzer Zeit, woran ich aber sonderbarerweise keinerlei Erinnerung habe ... stellen wir uns also vor, dass Männer wie ich, Militäringenieure, beauftragt sind, Versuche mit sensiblem Kampfgerät durchzuführen, diese Ausrüstung zu warten und auf ihre Tauglichkeit für unser Territorium hin zu überprüfen. Im Rahmen eines Militärabkommens, des sogenannten ›Technology Safeguards Agreement‹ zwischen den wunderbaren Vereinigten Staaten und dem armen Brasilien, haben die Gringos dieses Material unserem großen und schönen Land leihweise überlassen. Das Abkommen sieht vor, dass die besagte Kampfausrüstung durch unsere Armee im tropischen Feuchtgebiet, im Dschungel, im Sumpfland und wer weiß wo noch getestet werden soll ...«

»Wie beispielsweise der Schlangenroboter S5?«, wollte Maria-Esperanza wissen.

»Sensibles und experimentelles Kampfgerät ... Wenn uns die Gringos diese Art Waffen ausleihen – und uns damit deren Leistungsfähigkeit enthüllen –, können Sie sicher sein, dass diese bei ihnen längst veraltet und technisch nicht auf dem neuesten Stand sind.«

Er griff nach einem Füllfederhalter und schrieb nachdenklich einige Worte auf einen Notizblock. Seine Besucher warteten geduldig, bis er fertig war.

»Stellen wir uns also weiter vor, dass unsere tapfere Armee mit diesem Leihmaterial, das sie nicht völlig zufriedenstellt, Probleme hat. Weil es nicht ganz zuverlässig funktioniert, weil es zu Pannen kommt oder weil es nicht mehr dem aktuellen Geschmack entspricht. Selbst bei uns nicht. Denn in unserer Sparte vergeht die Zeit sehr schnell ... Was tun also diese Ingenieure? Sie rufen einen Typen in einer amerikanischen Basis an, in Kansas, Virginia, oder sonst irgendwo in Gottes eigenem Land ... Einen Experten für militärische Elektronik – so wie sie selbst. Einen hoch qualifizierten Burschen, der hier aufkreuzt mit Ersatzteilen von neueren Waffensystemen, die mit den vorhandenen Geräten kompatibel sind, und mit seinem großartigen Gringo-Know-how.«

Er wurde zusehends lebhafter.

»Nun stellen wir uns vor, dass zu diesem Material, um das der

Typ sich kümmern soll, Roboter wie diese alte Schlange S5 gehören, was Sie zu unterstellen scheinen, dass es aber auch andere Gerätetypen gibt, die recht unterschiedlich funktionieren ... Der Mann aus Kansas muss also die Steuerung dieser Roboter übernehmen, um sie vor Ort zu testen. Hierzu muss er sich bei ihnen identifizieren.«

»Wie das?«

»Wer diese Geräte steuern möchte, muss seine biometrischen Daten eingeben. Der Pannenhelfer aus Wyoming legt also seine Hände flach auf eine elektronische Platte. Diese speichert wie zuvor bei seinem brasilianischen Vorgänger die genaue Form der Hände sowie seine Fingerabdrücke. Dabei erfasst die Platte auch das Muster seiner Handflächenvenen, das ebenfalls ein einmaliges Merkmal darstellt. Schließlich tritt der Pannenhelfer vor einen optischen Scanner, der die ebenfalls einmaligen Merkmale seiner Iris registriert, anschließend wird noch seine Stimme aufgezeichnet. Auch die Codes, die Frequenzen und weitere Parameter für die Steuerung der Maschine werden geändert ... Uff! Ab da ist der Roboter so weit, dass er dem Gringo gehorcht und möglicherweise alles massakriert, was der Bursche ihm zu massakrieren befiehlt.«

»Faszinierend«, kommentierte Lucrèce.

»Nicht wahr? Aber stellen wir uns in dieser reinen Fiktion vor, meine Freunde, dass nicht alles wie geplant abläuft. Der Bursche aus Delaware oder North Carolina mit seinem hübschen Schraubendreher stellt fest, dass die Geräte viel schlechter in Schuss sind, als man ihm gesagt hatte. Also entscheidet er, dass sie zu einer Generalüberholung ins Stammhaus in den USA gebracht werden müssen.«

»Und warum kann das nicht vor Ort passieren?«

»Er meint, im unterentwickelten Brasilien sei das zu kompliziert. Er legt Wert auf seine Bequemlichkeit, verstehen Sie? Also überführt er das gesamte Material, einschließlich der noch funktionstüchtigen Elemente, in das Land der Demokratie und der Freiheit.« Er öffnete seine Hände weit. »Erlauben Sie mir, dies zu betonen: *einschließlich* des noch funktionstüchtigen Materials … Er beschließt also, in Gesellschaft dieser kleinen Ungeheuer zurückzukehren. Ein Transportflugzeug vom Typ Hercules C 130 erwartet die Fluggäste auf einem recht weit von der Basis entfernten Militärflughafen. Und so organisiert man eines schönen Abends einen Konvoi, der ihn und seine Eisenwaren zum Flughafen bringen soll.«

Castelo da Vide betrachtete seine behaarten Hände.

»Bei uns läuft das wie bei den Gringos: Wird diese sensible Ausrüstung von einem Ort zu einem anderen befördert, packt man nicht alle Kisten zusammen, das wäre zu gefährlich. Vielmehr trennt man die Elemente, das gehört zur Routine. Stellen wir uns also vor, dass das zerlegte Material von der Militärbasis in Richtung dieses Flughafens, dessen Name mir momentan entfallen ist, auf den Weg gebracht wird. Es ist auf zwei verschiedene Transportmittel verteilt. Ein Teil wird an Bord eines Hubschraubers, der andere Teil auf der Straße befördert. Beginnen wir bei der Straße: Um das Aufsehen zu vermeiden, das ein eskortierter Militärlastwagen verursachen würde, haben die Verantwortlichen wohlweislich Befehl gegeben, einen der universell nutzbaren Lastkraftwagen der Basis unter dem Decknamen ›Wäscherei Marinho‹ oder ›Obst und Gemüse Fernandez‹ zu benutzen. Er sieht ganz normal aus, ist aber innen gepanzert, verfügt über einen Druckausgleich und wird durch einen Haufen technischer Spielereien gesichert. Schließlich steht er über Funk mit der Welt in Verbindung, wird auf dem Radar und per Satellit verfolgt. Gefahren wird der Lkw von zwei Männern in Zivil, denen eine beachtliche Feuerkraft zur Verfügung steht.«

Er hob den Zeigefinger.

»Gewissen Gerüchten zufolge verfügen wir hier ebenfalls über derartige Lastwagen für unsere Materialtransporte. In dem erfundenen Fall, mit dem wir uns beschäftigen, war das Diebstahlrisiko für das militärische Material, das in dem universell nutzbaren Lkw transportiert wurde, sehr gering. Er enthielt tatsächlich nur Roboter ohne ihre elektronischen Bauteile – Memorycards,

Fernsteuerungssysteme, Akkus und so weiter. Diese Komponenten wurden zusammen mit den passenden Waffen für die Roboter und den Ersatzteilen per Hubschrauber transportiert. In den Lastwagen hatte man auch die elektronischen Bauteile geladen, die nur von den Robotern genutzt werden konnten, die im Hubschrauber unterwegs waren. Können Sie mir folgen? Um die Sache perfekt zu machen: Diese Elektronik ist theoretisch nicht verwendbar, da sie nur die biometrischen Daten eines einzigen Mannes gespeichert hat.«

»Die Daten des Pannenhelfers aus Kansas.«

»Richtig. Es besteht also kaum Grund zu der Annahme, dass jemand Lust haben könnte, sie sich unter den Nagel zu reißen. Daher beschert dieser kleine routinemäßige Waffentransfer in dieser Nacht niemandem auf der Basis schlaflose Stunden. Und doch ist zwischen dieser Militärbasis und der Startbahn für das Flugzeug vom Typ Hercules C 130 alles verschwunden … Alles. In Luft aufgelöst.« Er vollführte eine vage, etwas alberne Geste. »*Puff!*«

Lucrèce und Maria-Esperanza wechselten einen ratlosen Blick.

»Wollen Sie damit sagen, dass die Roboter gestohlen wurden?«

»Die Gringos sind buchstäblich durchgedreht. Sie kennen sie ja … Sie sind hier aufgekreuzt, haben alle befragt, haben Mannschaften in den Dschungel geschickt und sogar Kampftaucher einen Fluss absuchen lassen, wobei sie übrigens fast zwei Leute verloren hätten. Schließlich haben sie den Lastwagen am Grund eines ausgedehnten Sumpfgebietes gefunden. Sie haben aus dem Schlamm einen Kurzwellensender geborgen, der ihnen keinerlei Informationen geliefert hat, und ein Stück weiter entfernt die von Kaimanen halb zerfressene Leiche eines der Typen, die den Transport begleitet hatten. Er hielt noch sein M40-Gewehr in der Hand. Aus seinen Überresten zog man großkalibrige Projektile. Die DNA-Analyse ergab, dass es sich um den Fahrer des Lastwagens handelte. Sein Beifahrer, ebenfalls ein Soldat in Zivil, musste von den Tierchen komplett verspeist worden sein, denn man fand keine Spur mehr von ihm. Daraus schlossen die Ermittler, dass zumindest einer der beiden Burschen ein Komplize der Auftraggeber dieses grandiosen Coups war.« Er stieß ein kurzes sarkastisches Lachen aus. »Wirklich scharfsinnig, diese Gringos! Seine Aufgabe hatte wohl darin bestanden, einer zweiten Mannschaft genau an diesem Ort den Lastwagen zu übergeben, nachdem man die Eskorte abgeschüttelt und die Radarfrequenzen, Funkfrequenzen und das GPS durcheinandergebracht hatte. Diese zweite Mannschaft hat ihn zweifellos zusammen mit seinem Mitreisenden vor Ort erledigt – vermutlich aus lobenswerten ökonomischen Gründen –, bevor sie mit den Waffensystemen abgehauen ist. Die Leute hatten sich wahrscheinlich auf einem Baum versteckt. Man fand in den Zweigen Spuren von Seilen, die sich nur schwer verwischen lassen.«

»Und der US-amerikanische Elektroniker?«

»Er begleitete die anderen Roboter in dem Transporthubschrauber zusammen mit einem bewaffneten Typen und zwei Piloten.«

»Was ist aus denen geworden?«

»Na ja, der Hubschrauber ist gelandet … allerdings nicht dort, wo er sollte. Er meldete ein Druckproblem in einer Turbine. Danach wechselte der Pilot auf die Notfrequenz und erklärte, er müsse auf einer Lichtung mitten im Dschungel notlanden. Anschließend verschwand er vollständig von den Bildschirmen. Null Signal. Nichts mehr … Selbst der Satellit hatte ihn verloren. Man schickte sofort einen anderen Hubschrauber und einige Spezialeinheiten auf dem Fluss los, um ihn zu suchen. Zu spät: Als sie dort ankamen, stand der Transporthubschrauber bereits in Flammen, und in seinem Inneren verkohlten zwei Leichen. Die Roboter, die Elektronik, die Einzelteile, die Steuereinheit und die dazugehörigen Waffen hatten sich in Luft aufgelöst … Genau wie der Gringo-Techniker. Da man seine Leiche vor Ort ebenso wenig fand wie die des Wachmanns, schloss man daraus, dass beide zusammen mit der Ausrüstung entführt wurden.«

»Transportierte dieser Konvoi noch etwas anderes als die Roboter mit ihren Waffensystemen?«, wollte Maria-Esperanza wissen.

Castelo da Vide schnalzte erregt mit der Zunge.

»Kommissarin Saint-Louis, wir kennen uns inzwischen gut. Wir sind fast so etwas wie alte Freunde … Sie wissen, dass ich nicht in der Lage wäre, Ihnen irgendetwas zu verheimlichen.«

Einen Augenblick lang sahen sie einander argwöhnisch an, dann fuhr sie fort:

»Darf ich wissen, um welche Art Roboter es sich handelte?«

»Nein, tut mir leid.«

»Darf ich wissen, wie viele Roboter insgesamt in dem Konvoi unterwegs waren, Senhor?«

»Mit dem Schlangenroboter S5 waren es vier. Das stellt, unter uns gesagt, ein hübsches Sümmchen dar.«

»Vier … Wie die vier apokalyptischen Reiter? In der Bibel?«

Er grinste verblüfft.

»Wenn Sie so wollen, Kommissarin. Warum nicht?«

Kapitel 9

Mit der Taschenlampe in der Hand arbeitete sich Sénéchal in dem überfluteten unterirdischen Stollen voran. Durch den Kampf mit der Metalltür war er etwas erschöpft. Nach zahlreichen Anläufen und mit Hilfe einer Eisenstange, die er in eines der Löcher der Verblendung gesteckt hatte, war es ihm endlich gelungen, die Türe so weit zu öffnen, dass er seinen hünenhaften Körper hatte hindurchzwängen können. Seine Arme schmerzten noch von den Verrenkungen, die er dabei hatte vollführen müssen.

Der Stollen endete an einer Treppe, die nach links oben zu einem steinernen Bogen führte.

Mit einiger Mühe stieg Sénéchal aus dem Wasser. Dann verharrte er reglos und spitzte die Ohren. Der Schwefelgeruch reizte seine Nase. Von seinen nassen Kleidern tropfte Wasser auf die Steinstufen.

Schließlich stieg er bis zu dem Bogen hinauf und leuchtete in die Dunkelheit hinein. Er bemerkte eine umgedrehte, mit Staub bedeckte Lore und ein Schild, das vor einem leeren Türstock am Boden lag. Er ging darum herum und trat durch die Öffnung.

Als er erkannte, was im Licht seiner Lampe auftauchte, fuhr er zurück.

Aus leeren Augenhöhlen starrten ihn aufgestapelte menschliche Schädel an.

Entlang der linken Wand des Raumes, der in den Felsen gehauen war, reihten sich Zementkammern aneinander. Einige waren eingestürzt, große braune Flecken klebten auf den Trennwänden. Verrostete Gitter hingen vor ihren Öffnungen. Der Boden war mit Knochen übersät: wild durcheinander lagen dort Rippen, Schienbeine und Wirbel, einige in kleine Stücke zerbrochen. Der Lichtstrahl beleuchtete in einer Ecke einen fast intakten Brustkorb, der seinen Schatten hinter sich auf die Wand warf. Auf der rechten Seite lag ein Stapel von rostzerfressenen Metallgittern.

In der ersten Zelle sah Sénéchal etwas an der Rückwand hängen. Es dauerte einen Moment, bis er begriff, dass es sich um Handknochen handelte, die von Eisenketten umschlossen waren. Diese Knochen hatten zu einem Skelett gehört, das zerbrochen am Boden lag. Der Schädel wies oben ein sternförmiges Loch auf.

Dasselbe makabre Szenario wiederholte sich in der zweiten Zelle.

In jeder fand er mitten im Schutt menschliche Überreste. In der letzten Zelle entdeckte er zwei sich umklammernde Skelette ohne Schädel, die unter dem Gitter ihres Gefängnisses teilweise zertrümmert worden waren. Als er sich den Metallrosten näherte, bemerkte er, dass sie mit Metallfesseln ausgerüstet waren. Kupferne Stromkabel, die Grünspan angesetzt hatten und deren Ummantelung rissig geworden war, lagen ebenso auf dem Boden aufgestapelt herum wie altertümliche Ketten, kaputte Sägen, Meißel und eine Hacke ohne Griff. Sénéchal richtete den Lichtkegel auf den hinteren Teil des Raums und entdeckte eine mit Nieten versehene Türe. Daneben sah er einen langen, ovalen Gegenstand. Es handelte sich um eine Badewanne auf Füßen, die nur noch aus einem Haufen Rost bestand. In der Wanne lag ein Skelett. Seine Handgelenke und Füße waren mit Stromkabeln gefesselt.

Den Umweltinspektor schauderte es: Ihm war nun völlig klar, wozu dieser Raum gedient hatte.

Das Gewehr in der Hand, hielt er sein Ohr an die Tür. Er wartete, nahm von der anderen Seite aber keinen Laut wahr.

Vorsichtig drückte er dagegen. Die Tür bewegte sich nicht. Doch Sénéchal blieb hartnäckig. Langsam schwenkte die Tür nach innen. Dann fiel sie mit lautem Getöse zu Boden, wobei eine dichte Staubwolke aufwirbelte.

Lange, wurmstichige Holzkisten standen kreuz und quer in dem Raum. Die meisten waren zerfallen, und ihre morschen Planken mischten sich mit den Gebeinen, die darin lagen.

Aus einer Kiste ragte in grotesker Haltung ein Skelett, das um die Armknochen eine Kette trug. Es befand sich neben zahnlosen Schädeln, die sich auf zerbrochenen Beckenknochen stapelten. Der oberste Schädel dieses Haufens trug einen Schutzhelm aus Metall, dessen Farbe abblätterte. Die Kiste, die Sénéchal am nächsten stand, enthielt einen Haufen Wirbelknochen und Unmengen von Zähnen, die im Licht der Taschenlampe glitzerten.

Er richtete den Lampenstrahl in die Tiefe des runden Raumes, der in den Felsen gehauen war. Ketten hingen wie schwarze Lianen von den Wänden, an einigen Stellen waren in Kopfhöhe Metallfesseln in dem Gestein angebracht, das mit bräunlichen Flecken übersät war.

Der Umweltinspektor ging um die Kisten herum und entdeckte die Asche eines Feuers, in dem man offenbar Kleidung verbrannt hatte, sowie ein verkohltes Häuflein Ausweispapiere. Von den Flammen verschont geblieben war nur das Foto eines langhaarigen jungen Mädchens mit Faltenrock und einer dicken Brille. Ein Säbel, dessen Klinge noch glänzte, zog Sénéchals Aufmerksamkeit auf sich. Er griff nach ihm und konnte auf dem Griff mühsam entziffern: »Gott, Vaterland und Familie« und weiter »1982«.

Er murmelte:

»Ein Verhör- und Folterzentrum der brasilianischen Armee aus der Zeit der Diktatur … Hier endeten also die Unglücklichen, die man aufgegriffen hatte. Wie viele ›Vermisste‹ mögen es wohl in diesem und dem anderen Raum sein? Fünfundzwanzig? Dreißig? Wie viele Angehörige werden nach dem Ende der Diktatur in den Leichenschauhäusern oder Massengräbern nach ihnen gesucht haben?«

Mit seinem Handy fotografierte er die Kiste mit den Zähnen und Knochenwirbeln. Er würde sie auf seinem Computer mit den Aufnahmen der Kisten vergleichen, die sie im Turm des verlassenen Dorfes gefunden hatten.

Er nickte: Alles passte zusammen, vom Muster der Holzmaserung bis zur Größe der Nägel, mit denen die Bretter aneinander befestigt worden waren.

Er näherte sich der Kiste, vermied es, die dort liegenden Gebeine zu berühren, und fuhr mit dem Zeigefinger innen in eine Ecke.

Dann hielt er den Finger prüfend ins Licht seiner Lampe.

Diese glänzende Spur war Silberoxid.

Kapitel 10

»Was geschah dann, Senhor da Vide?«

»Es gab das Gerücht, die Amerikaner wollten die gesamte Besatzung der Militärbasis an den Lügendetektor anschließen und mit Pentothal vollpumpen. Das hätte ich auch gemacht. In den folgenden Stunden zog ein Feldwebel seine Galauniform an und jagte sich eine Kugel in den Kopf. Später entdeckte man, dass er ein geheimes Bankkonto besaß, das durch ein derart kompliziertes System ›gefüttert‹ worden war, dass man nie den Weg zu dem großzügigen Spender zurückverfolgen konnte. Vier andere Burschen machten sich am selben Tag aus dem Staub. Vor kurzem fand man einen von ihnen in der Toilette einer Bar mit durchgeschnittener Kehle. Der Zweite wurde in der Nähe der argentinischen Grenze von einem mit überhöhter Geschwindigkeit fahrenden Auto, das nie gefunden wurde, getötet, und der Dritte wurde in der Küche seiner Luxusresidenz erschossen. Der vierte Mann in dieser Geschichte bleibt unauffindbar, was aber nicht heißen muss, dass er noch lebt. Einem Hauptmann der Basis wurde schließlich vor kurzem zu Hause ein Besuch abgestattet. Am Ende lag er mit zwei Kugeln in der Brust in seiner Küche. Dem Gerichtsmediziner zufolge hatte man seine Frau und seinen Hund eine Stunde zuvor in der Garage erwürgt. Der Hauptmann stand im Verdacht, etwas mit diesem grandiosen Coup zu tun gehabt zu haben. Doch die Gringos konnten ihm nichts nachweisen, offenbar hatte er sogar den Lügendetektor ausgetrickst. Alle diese

Morde wurden professionell erledigt. Anscheinend hatte jemand beschlossen, keinen einzigen Zeugen am Leben zu lassen.«

Er warf ihnen durch seine Brille einen melancholischen Blick zu.

»Na ja, seither ist einige Zeit vergangen. Das verletzte Selbstwertgefühl der Armee ist wiederhergestellt, und nun gilt erneut das Gesetz des Schweigens ... Die Vermissten sind nie mehr aufgetaucht. Der Elektronikfachmann aus den USA war als Einziger in der Lage, die Roboter zu reparieren und zu warten. Punkt. Ende der hübschen Geschichte.«

Lucrèce, der bisher mit verschränkten Armen und halb geschlossenen Augen dagesessen hatte, hakte sogleich nach:

»Er war auch in der Lage, die Zugangsdaten der Roboter und die biometrische Signatur zu ändern, um die Steuerung dieser Roboter zu übernehmen, oder?«

Der Ingenieur drehte nachdenklich an seinem Ehering, bevor er antwortete.

»Ja ... Ja, dazu war der Gringo selbstverständlich in der Lage. Er gehörte dem Team an, das diese Geräte entwickelt hatte, und war ein Ass in der Datenverschlüsselung.«

Er lächelte etwas unbehaglich.

»Womöglich habe ich vergessen, Ihnen dafür zu danken, dass Sie ihn wiedergefunden haben.«

»Was meinen Sie damit?«

»Sie haben auf einem Friedhof in einem verlassenen Dorf die Überreste eines Gringos gefunden ... das war unser Mann.«

Er beobachtete die Wirkung, die seine Worte auf den Gesichtern der Besucher auslösten. Dann lehnte er sich in seinem Sessel zurück und streckte müde die Hand zu der Vitrine aus, in der die Schlange lag.

»Diese elektronische Schlange S5 gilt bereits als veraltet, ist sozusagen Schrott. Einer unserer genialen Mitarbeiter wird ihr den Bauch aufschlitzen und versuchen, im Empfänger die Signale zu entschlüsseln ... Kurz gesagt, er wird versuchen herauszufinden, wer sich die Befehlsgewalt über das Gerät verschafft hat.«

Er sah seine Gesprächspartner gutmütig an.

»Na ja. Sollte alles, was ich Ihnen erzählt habe, tatsächlich so geschehen sein, waren dafür unglaubliche menschliche, finanzielle und logistische Mittel nötig. Ein Coup dieses Kalibers muss von langer Hand vorbereitet worden sein, und allein die Bezahlung der Komplizen war natürlich ein enormer Kostenfaktor. Zudem bedurfte es eines hoch entwickelten Vertuschungs- und Kommunikationssystems. Die Leute, die das durchgezogen haben, hatten offenbar Großes mit den Robotern vor, nachdem sie das Risiko eingegangen waren, sich mit der Armee anzulegen. Man hat nie wieder von diesen Maschinen gehört. Bis heute. Das Seltsamste an dieser Affäre ist die Methode: Die Leute sind wie Militärs vorgegangen. Bestens vorbereitet und organisiert, arbeiteten sie methodisch wie eine sehr gut geschulte Spezialeinheit, ohne die geringste Spur zu hinterlassen ... Was ist los, Kommissarin Saint-Louis? Man könnte meinen, Sie hätten eine Erleuchtung gehabt. Oder habe ich diese Wirkung auf Sie?«

Maria-Esperanza zuckte zusammen.

»Ich dachte nur über Ihre hübsche Geschichte nach, Senhor ... Vor nicht allzu langer Zeit erhielten wir Informationen über zwei große Fazendeiros, die Nachbarn waren. Der eine wurde durch eine Kugel vom Kaliber 12,7 aus einer Entfernung von mehr als achtzehnhundert Metern erschossen. Die Kugel durchschlug exakt seine Kehle, was doch immerhin erstaunlich erscheint. Haben Sie eine Meinung zu dieser ... außergewöhnlichen Leistung?«

Da Vide nickte.

»Einer unserer besten Eliteschützen könnte das schaffen – unterstützt von einem Team, das mit hoch entwickeltem Lasermaterial, einer mobilen Wetterstation im Miniaturformat, einem elektronischen Assistenten zur Korrekturberechnung und dem ganzen Klimbim arbeitet ... Aber nur bei Tageslicht, guter Sicht und einem unbeweglichen Ziel.«

»In diesem speziellen Fall bewegte sich das Opfer. Und es war Nacht. Zwar gab es viel Kunstlicht, aber trotzdem ... Der Ballistikfachmann ist zusammen mit den Typen von der Spurensicherung in den Dschungel gegangen, um die Stelle zu suchen, von der aus nach seiner Berechnung der Schuss abgegeben worden war. Sie haben keine eindeutigen Spuren und auch keine Patronenhülsen gefunden.«

Die Indianerin griff nach ihrem Notebook und las den Bericht vor, den ihr Inspektor Zé Ferrera (nicht ganz freiwillig) geschickt hatte.

»Der Sachverständige, der mit der Angelegenheit betraut war, fand an der Stelle, von der aus vermutlich geschossen worden ist, keinerlei Hinweise. Er entdeckte am Boden lediglich Abdrücke, die einem Geländewagen der Marke Toyota zugeordnet wurden, ein in der Region sehr verbreitetes Modell. Die weiteren mageren Indizien waren abgebrochene Zweige, doch er stellte fest, dass zahlreiche weitere Spuren verwischt worden waren.«

Der Ingenieur kam hinter seinem Schreibtisch hervor und lehnte sich daran, die Hände in den Taschen seines weißen Kittels vergraben.

»Um aus dieser Entfernung mit einem Gewehr Kaliber 12,7 zu schießen, Kommissarin, braucht man eines der Marke MacMillan, Barret oder Hecate. Diese wiegen etwa zehn Kilo, und die Lafette wird auf einen Zweifuß montiert.«

»Die ballistische Untersuchung ergab tatsächlich, dass das Projektil 12,7 von einer Hecate II mit beweglichem Verschluss abgeschossen wurde. Die Waffe besaß einen bereits gut eingeschossenen Neunhundert-Millimeter-Lauf und einen Schalldämpfer.«

»Verstehe … Sehr beliebtes Modell. Gut, Sie montieren das Gewehr auf eine Roboterplattform, und schon erreichen Sie eindrucksvolle Ergebnisse. Heutzutage ist ein einfacher, gut ausgebildeter Soldat in der Lage, mit einer klassischen Waffe aus dreihundert Metern Entfernung ein Ziel von der Größe eines Basketballnetzes zu treffen … Verwendet er dabei einen Roboter, trifft er auf dieselbe Entfernung ein Geldstück. Die Schießplattform ist stabil und wird elektronisch bedient, ohne Stress und völlig angstfrei. Noch besser gelingt es mit einem integrierten ballistischen Berechnungssystem, um die Geschwindigkeit des Ziels und seiner wahrscheinlichen Fortbewegung zu berechnen … Und das zweite Opfer?«

»Der Mann versteckte sich mit seinen Leibwächtern in einer abgelegenen Fazenda. Niemand konnte sie betreten, die Türen waren von innen mit einer Sprengladung versehen. Und doch wurde er in einem geschlossenen Zimmer erschossen. Sein Leibwächter stand im Flur vor diesem Raum … Er wurde mit derselben Waffe erschossen, Kaliber zweiundzwanzig. Mit ummantelten Kugeln. Es gab keinerlei Hinweis darauf, dass ein Bewaffneter in die Fazenda eingedrungen ist, obgleich eine der Eingangstüren gesprengt war. Draußen waren zwei weitere Wächter, die mit einem Jeep Patrouille fuhren. Auch sie wurden erschossen – diesmal mit Splittermunition, genauso wie einer ihrer Kollegen, der die Fazenda verlassen hatte.«

Ingenieur Castelo da Vide verzog das Gesicht.

»Gut möglich, dass einer der Roboter aus dieser komischen Geschichte, die ich Ihnen erzählt habe, im Spiel war. Er könnte mit einem Allradwagen vor Ort gebracht worden sein und dort den Job erledigt haben. Mit einem Mann an der Steuerung und einem anderen, um ihn zu decken … Das ist natürlich lediglich eine Vermutung. Und da niemand erfahren sollte, dass die Typen über einen Kampfroboter verfügen, haben sie alle Spuren beseitigt. Sie hatten sicher viel Zeit. Falls das wirklich stimmt, ist es eine sehr schlechte Nachricht.«

Plötzlich fasste er einen Entschluss:

»Also gut. Ich glaube, ich sollte Ihnen noch etwas zeigen. Diesem Etwas würden Sie sicher nur ungern auf der Straße begegnen wollen …«

Kapitel 11

Oben am Steilhang geht ein Mann mit einem schwarzen Plastikkoffer auf einen von großen Förderrädern flankierten Turm zu. Der Kolben eines verchromten Revolvers ragt aus dem Halfter an seinem Gürtel.

Er bleibt stehen und betrachtet die Aussichtsplattform, die sich gegen den Himmel abhebt. Drei Stockwerke. Aber er hat jede Menge Zeit, um hinaufzusteigen.

In seinem Blick liegt eine grimmige Heiterkeit.

»Ein schöner Tag … Das wird ein amüsantes Spielchen geben mit diesem Schnüffler. Schade, dass inzwischen nur noch so wenige Besucher hierherkommen.«

Sénéchal, der erneut vergeblich versucht hatte, Lucrèce und Maria-Esperanza zu erreichen, ging am Wasser entlang, das Gewehr unter dem Arm, Kleidung und Schuhe durchnässt, die Haut vom Schwefelwasser gereizt.

Er blieb stehen, um durch sein Fernglas die Gebäude der Fabrik mit den hohen Kaminen oben auf dem Hügel abzusuchen. Blasses Sonnenlicht fiel auf die beiden Türme mit den Förderrädern.

Der Umweltinspektor fragte sich, wie lange er brauchen würde, um seinen Wagen zu erreichen und zu dieser Fabrik zu fahren.

Er nahm sein Handy und wählte die Nummer des Mannes, mit dem er bereits gesprochen hatte, bevor er in die überflutete Galerie eingedrungen war.

Da bemerkte er zu seinen Füßen merkwürdige Spuren, die zum kobaltblauen Wasser führten und dort verschwanden.

Der Mann, der auf seinem Bildschirm die Bewegungen des roten Punktes verfolgte, der Sénéchals Position anzeigte, griff nach der Automatikwaffe auf dem Schreibtisch. Er schob sie in das Nylon-etui an seiner Hüfte und schloss den Klettverschluss.

Ein letztes Mal überprüfte er seine Ausrüstung und die Gurte seiner kugelsicheren Weste, setzte seine schwarze Mütze auf und verließ eilig den Raum.

Vor der Tür reichte ihm ein anderer Mann ein Sturmgewehr, das er im Vorbeigehen an sich nahm. Energisch bewegte er den Verschluss, drehte sich um und hob den Zeigefinger.

»Und erklären Sie diesem Vollidioten, wenn er wieder anruft, dass er sich nicht von der Stelle rühren soll.«

Dann rannte er los. Das Getrampel seiner Stiefel hallte vom überhitzten Beton des Rollfeldes wider.

Kapitel 12

In dem von orangefarbenen Lampen schwach erleuchteten Raum zielte ein Soldat, der einen Integralhelm und eine Art Rüstung trug, mit seinem Sturmgewehr auf Maria-Esperanza. Castelo da Vide schloss die Panzertür.

»Keine Angst, liebe Freunde. Wir arbeiten hier an einem digitalen Infanteristen.«

Die Wände waren mit schalldämmendem Material ausgestattet. Elektronische Geräte blinkten diskret in den Regalen. Auf dem Boden lag ein Wirrwarr bunter Drähte, die größtenteils mit den Beinen des Soldaten verbunden waren. Dieser trug einen riesigen Rucksack mit vielen Taschen in demselben Camouflagemuster wie seine Montur. An der Decke waren eine Reihe Kameras auf ihn gerichtet. Er rührte sich nicht.

Castelo da Vide wies voller Stolz auf den Soldaten.

»Darf ich Ihnen das US-amerikanische Exoskelett ›TrekShaft‹ vorstellen, das von dieser Puppe getragen wird? Siebzig Kilo und fast drei Kilowatt … Besser bekannt ist das System als ›Robocop-Anzug‹.«

»Was ist denn ein Exoskelett?«, wollte Lucrèce wissen.

»Ein Exoskelett ist ein mit Gelenken versehener Anzug. Er erlaubt es dem Träger, extrem schwere Lasten zu transportieren und längere Anstrengungen durchzustehen, da die Kraft seiner Arme und Beine vervielfacht wird. Leistungsfähige hydraulische und elektronische Vorrichtungen liefern diese zusätzlichen Kräfte … In dem Kampfanzug, den Sie hier vor sich sehen, stecken vierzig Jahre technologische Entwicklung.«

Lucrèce hatte den Eindruck, als betrachte er eine Statue mit überdimensioniertem Rumpf und übergroßen Gliedern, gepanzert mit Platten, die an die eines Nashorns erinnerten. Über dem durchsichtigen Visier des Helms befand sich das Auge einer Kamera. Die Textur des Panzers weckte seine Aufmerksamkeit. Vorsichtig legte der Dicke zwei Finger auf den linken Arm, als fürchte er, der behelmte Kopf würde sich langsam in seine Richtung drehen. Die körnige Struktur der Hülle fühlte sich an wie Fischhaut.

Der Ingenieur nahm kleine Chrominstrumente von einer Ablageplatte. Er kam zu der Puppe zurück, beugte sich hinab und entfernte rasch einen Beinschutz, wodurch ein kompliziertes System aus glänzenden Metallstäben und Plastikkästchen sichtbar wurde, die durch bunte, haarfeine Drähte miteinander verbunden waren. Ein Geflecht von dünnen Leitungen, die gebogenen Spaghetti glichen, überzog den gesamten Schenkel. Hinter diesem System war schwarzes, dichtes Gewebe zu sehen. In Wadenhöhe glänzte etwas, das aussah wie ein Zwillingskolben. Eine dicke Metallplatte umhüllte die Ferse und verschwand im Schnürstiefel.

»Ein Roboter! Das ist ja wie im Kino«, stieß Maria-Esperanza leise hervor.

»Bei einem Roboter, Kommissarin, ist der Metallkram im Inneren. Hier ist es genau umgekehrt … Alles ist natürlich regulierbar. Sie können es berühren, das ist Aluminium, Titan und Karbon. Es dient auch dazu, einen einfachen Soldaten in ein integriertes Waffensystem zu verwandeln, mit Kommunikationsmitteln, Klimatisierung, einer sehr schwachen Infrarotsignatur. Gegen Feuer ist es resistent, gegen Atomstrahlung nur minimal, gegen Chemikalien in ausreichendem Maße. Es ist vollgestopft mit Mikromotoren, Prozessoren, die Hydraulikzylinder steuern, und Empfängern, die in der Lage sind, die Bewegungen des Trägers zu antizipieren … Vorsicht, das hat nichts mit Science-

Fiction zu tun, es funktioniert tatsächlich! Derzeit sind die Autonomieprobleme aber noch nicht wirklich gelöst.«

Er unterbrach seinen Vortrag und verzog das Gesicht.

»Hiermit, meine Freunde, können Sie hübsche Sprünge von mehreren Metern machen und dabei problemlos ein Maschinengewehr Typ MG 42 unterm Arm tragen, das Gepäck auf dem Rücken und einen verletzten Kameraden auf den Schultern. Der Rest ist vertraulich.«

»Ach ja?«

»Ich kann Ihnen zwei oder drei Dinge sagen, die ich in diesem Anzug entdeckt habe, nachdem er uns … zurückgegeben wurde. Das System, das er enthält, zeigte immer wieder schwere Fehlleistungen. Und sein Aufenthalt in einem Frachtdampfer aus dem letzten Jahrhundert, der in einem Sumpf steckte, war da nicht unbedingt förderlich. Bei der Untersuchung stellte ich etwas Erstaunliches fest: Im linken Schultergelenk steckte ein Stück einer indianischen Pfeilspitze aus Knochen. Der Einschlag war heftig, denn die Spitze hat mehrere Schaltkreise unterbrochen und bestimmte Funktionen der Mikrokameras zerstört. Für den Schützen ein echter Glückstreffer: Eine sofortige Störung des Chamäleonsystems war die Folge, und der Anzug hat natürlich reagiert … Muss ein hübscher Anblick gewesen sein, vor allem falls es nachts passiert ist. Der tollkühne Bogenschütze dürfte ziemlich verblüfft gewesen sein.«

»Was ist denn ein Chamäleonsystem?«, erkundigte sich Lucrèce.

Castelo da Vide näherte sich der Puppe, klappte ein zweites Gleitvisier über das orangefarbene Visier des Helms und drückte einen Knopf am rechten Handgelenk.

Der gepanzerte Soldat wechselte rasch seine Farbe. Erst nahm er orangefarbene und schwärzliche Töne an, bis sich der umliegende Schatten allmählich seines ganzen Körpers bemächtigte. Dann ging das gedämpfte Licht, das von der Decke strahlte, auf seinen linken Arm über und breitete sich über den Helm aus. Es konzentrierte sich einen Moment auf dem Rumpf, bevor es von einer Sekunde zur nächsten in eine dunklere Färbung wechselte, die sich sofort mit dem Hintergrund vermischte. Das Visier selbst wirkte schwarz mit orangefarbenen Flecken, die sich plötzlich zu einer einzigen Farbe verbanden. Nur das Sturmgewehr trat als Kontrast deutlich hervor.

Lucrèce und Maria-Esperanza wichen unwillkürlich zurück. Es flimmerte ihnen vor den Augen. Obgleich die Puppe nur wenige Meter vor ihnen stand, hatten sie Schwierigkeiten, sie zwischen den Regalen mit den zahlreichen elektronischen Instrumenten auszumachen.

Anschließend breitete sich eine Art opalisierender Nebel über dem Rumpf des Soldaten und über seine Extremitäten aus, bevor das Schauspiel allmählich zu Ende ging. Der futuristische Kämpfer war wieder vollständig im Raum zu erkennen und nahm erneut sein ursprüngliches Camouflagemuster an.

Lucrèce befingerte seinen Krawattenknoten.

»Erstaunlich!«

»Vielleicht haben Sie schon einmal von ›intelligenten Materialien‹ gehört? Dazu gehören unter anderem Polymerfasern, die auf dem Körper Bilder entstehen lassen können, als würde man den Flüssigkristallbildschirm eines Computers am Körper tragen. Ultraminiaturisierte Kameras registrieren Veränderungen in der Umgebung und passen die Farben sofort an. Ein Prozessor verarbeitet alle Informationen. Mit einem derartigen Overall wird ein Infanterist zu einer Art Chamäleon, das sich sofort seiner Umgebung anpasst. Ich kann Ihnen versichern, dass dies im Dschungel oder auch in der Wüste äußerst spektakulär wirkt. Die Illusion ist nahezu perfekt, der Soldat verschwindet sozusagen in der Kulisse.« Er lächelte. »Folgen Sie mir, meine Freunde, ich habe weitere Überraschungen für Sie in unserer ›Scherzartikelabteilung‹.«

Kapitel 13

Der Mann auf der Aussichtsplattform ist unter einem Camouflagenetz verborgen. Gleich wird er seine kleine Ausrüstung aufbauen.

Er betrachtet die majestätische Landschaft mit den pastellfarbenen Steinstufen, die sich vor ihm erstreckt. Er bewundert die wechselnden Lichteffekte, die sich durch die Spiegelung der Wolken im blauen Wasser am Grund der riesigen Grube ergeben.

Er ist gerne hier oben auf diesem Bergfried mit den rötlichen Eisengittern. Auch das Geräusch des Windes liebt er, der durch das Geländer, die Metalltreppen und die beiden riesigen Förderräder bläst. Diese Räder, über die Kabel laufen, dienten früher dazu, die Aufzüge mit den Minenarbeitern in die unterirdischen Schächte hinabzulassen.

Er zieht einen Restlichtverstärker aus der Tasche und betrachtet damit die Wasserfläche. So taucht das kleinste Detail aus dem Schatten auf, der die Felsen und Blechhallen umgibt. Sein Blick wandert die Böschung entlang bis zu der knienden Gestalt dieses Hünen mit dem grau melierten Haar.

Er betätigt das Zoom, um genauer sehen zu können.

Der Hüne fotografiert mit seinem Handy irgendetwas am Boden. Dann steht er auf, geht ans Wasser und steigt bis zu den Knien hinein. Er beschattet die Augen mit den Händen und untersucht die Oberfläche.

Aber wo sind sein Rucksack und sein Gewehr?

Kapitel 14

Gebannt sahen Maria-Esperanza und Lucrèce zu, wie der dreißig Zentimeter lange Roboter sich in dem durchscheinenden Rohrleitungssystem vorarbeitete. Sein runder Kopf bog um eine Kurve. Sein beigefarbener Ringkörper zog sich zusammen, dehnte sich und zog sich wieder zusammen wie eine Ziehharmonika. Der mit Miniaturkameras ausgestattete Kopf drehte sich, und ein Dutzend Saugfüße hefteten sich an den transparenten Kunststoff. Andere lösten sich, wobei ein leises Geräusch entstand, so als würde man ein Stück Klebstreifen abziehen. Seitlich an dem zylindrischen Körper stellte sich ein langer schwarzer Haltestift auf, dann ein weiterer hinten am Schwanz.

Der Roboter verkeilte sie innen an der Röhre, tastete umher, nutzte sie als Stütze und drehte sich einmal um die eigene Achse. Dabei ertönte ein Geräusch, als glitten Krallen über eine harte Fläche. Die Haltestifte legten sich sofort wieder am Panzer an. Er bewältigte die Biegung mit gesenktem Kopf und robbte dann in gleichmäßigem Tempo weiter, wobei seine ›Beinchen‹ im Rhythmus blieben, sein Körper wieder die Ziehharmonikabewegungen ausführte und er seine Stahlnase nach oben reckte. Sein Vormarsch brachte die Röhre zum Quietschen.

Unvermittelt hielt er auf Höhe von Lucrèces Gesicht an. Seine winzigen Kameras wendeten sich ihm perfekt synchronisiert zu und schienen ihn intensiv zu prüfen.

Der Dicke wich erst einen und dann noch einen zweiten Schritt zurück.

Die Indianerin und der kleine Chemiker hatten das unwirkliche Gefühl, sich vor einem Lebewesen zu befinden, einer Art Riesenraupe oder Riesenwurm aus einem Albtraum.

Plötzlich bemerkte Lucrèce, wie sich der kleine Gewehrlauf unter den Kameras auf ihn richtete und ein leises Klicken zu hören war. Dann nahm der Roboter Maria-Esperanza ins Visier, und dasselbe Klicken ertönte.

Hinter ihnen rief Castelo da Vide:

»So, Ende der Vorstellung! Yumi hat sie durch den Schlauch erschossen. *Peng, peng!* Ich weise Sie darauf hin, dass er Sie mittels Infrarotlicht auch getroffen hätte, wenn er durch eine undurchsichtige Röhre geklettert wäre.«

Rasch legte er die Fernbedienung zur Seite und senkte mit sorgenvoller Miene sein ergrautes Haupt.

»Kommissarin Saint-Louis, Sie sollten sofort die Spurensicherung losschicken, um die Kanalisation und die Belüftungssysteme der Fazenda von diesem Muñoz untersuchen zu lassen. Ich werde zwei meiner Männer mit Analysematerial schicken, die ihnen dabei helfen können. Übrigens handelte es sich bei den Lichtern, die Sie nachts von Ihrem Baum aus gesehen haben, um Experimente mit einem Kampflaser, die vom Turm dieses Dorfes durchgeführt wurden. Der Kampflaser gehörte zu den gestohlenen Waffen. Zum Glück, wenn ich das so sagen darf, sind die Roboter, die sich derzeit in freier Wildbahn befinden, bei weitem nicht so effizient wie Yumi, der eine Zierde der Technologie und zudem lernfähig ist.«

Lucrèce zog eine Augenbraue hoch.

»Was kann der Roboter denn lernen?«

Auf dem Gesicht des Ingenieurs erschien ein kaum merkliches Lächeln.

»Ich kann Ihnen garantieren, dass er Sie ab jetzt überall wiedererkennt, Senhor Méjaville. Allein schon an Ihrem Gang.«

Kapitel 15

Sénéchal tobte:

»Wo seid ihr bloß gewesen, Herrgott noch mal? Seit einer Stunde versuche ich, euch zu erreichen! Was soll das heißen, dein Handy war … Was? Ja, ich bin in der Mine … Ich verstehe dich kaum, Lucrèce … Gut. Hör zu, wir treffen uns im Hotel, okay?«

Er legte auf. Dann starrte er stirnrunzelnd auf die Wasseroberfläche vor sich. Blasen stiegen auf zwischen den Metallresten, die von rötlichem Schlamm überzogen waren. Sie wanderten, und in dem kobaltblauen Wasser quoll Schlamm empor, ähnlich wie Rauch.

Er trat näher ans Ufer und beobachtete die Strudel.

Der Schlamm bildete jetzt enge Spiralen. Irgendetwas bewegte sich zwischen einem riesigen Räderwerk und dem Lastwagenwrack unter der sich kräuselnden Oberfläche.

Kleine Wellen umspülten die Schuhe des Umweltinspektors. Er wich zurück.

»Was ist denn das?«, murmelte er. »Ein Tier? Aber was für eine Tierart könnte in diesem Wasser leben?«

Die Lagune nicht aus den Augen lassend, eilte er zu seinem Rucksack und seinem Gewehr, die er zwischen zwei Felsen abgelegt hatte.

Er bückte sich und ergriff die Waffe. Da vernahm er ein merkwürdiges pfeifendes Geräusch in seinem Rücken und drehte sich um.

Etwas kam aus dem Wasser.

Der Mann auf der Aussichtsplattform hat den Aufbau seiner kleinen Ausrüstung beendet. Er trägt jetzt ein Headset. Er richtet seinen Restlichtverstärker aus und zoomt auf die Gruppe der Pfahlbaubaracken, die sich den Steilhang hinaufziehen.

Er betrachtet die blinden Fenster, die verrosteten Eisenträger, von denen die Bauten gestützt werden, und die halb eingestürzten Dachstühle. Er kann das Schild »Direktion – Verwaltung« perfekt lesen. In sein Mikro hinein fragt er:

»Bist du an deinem Platz? Ich kann dich von hier aus nicht sehen.«

Er lauscht und antwortet dann:

»Perfekt. Gleich werden wir unseren Spaß haben. Und wir werden versuchen, das Problem mit der Parallaxe zu korrigieren.«

Aus dem Koffer zu seinen Füßen nimmt er einen ähnlichen Helm, wie ihn Jagdpiloten tragen, setzt ihn auf und klappt das schwarze Visier herunter. Er dreht an einigen Knöpfen am Kinnriemen und wartet.

Dann lächelt er. Die Sicht ist sehr klar.

Die auf sechs Laufräder montierte, tropfnasse, gut einen Meter hohe Maschine, bei der jede Radnabe wie eine Triebwerksdüse aussah, erinnerte vage an die Miniaturausgabe eines Panzers oder an ein Mondfahrzeug.

Vorne war sie ähnlich wie eine Motorsäge mit Blättern ausgerüstet, die allerdings über Ketten liefen. Die Blätter drehten sich rasch und gaben dabei ein elektrisches Geräusch von sich, bevor sie abrupt stehen blieben.

Unter ihnen ragte der wulstige Bug der Maschine vor.

Über dem Stahlgehäuse hielt ein flexibler Gelenkarm eine kompakte Waffe, von der Wasser tropfte: ein merkwürdig stromlinienförmiges Maschinengewehr ohne Gewehrkolben.

Neben der Waffe, die nicht auf Sénéchal zielte, befand sich ein Gehäuse. Darin sah man zwei gepanzerte Kameraobjektive, die zwei großen dunklen Augen glichen. Oben blinkte es rot. Hinten an der Maschine zeigte ein schwarzes Rohr, eingerahmt von zwei spitzen Stangen, senkrecht nach oben.

Mit einem Surren blieb der Roboter stehen. Schlammpakete lösten sich von seinen Seiten.

Der Umweltinspektor traute seinen Augen nicht.

Wie war es möglich, dass in dieser Einöde ein Minipanzer aus dem Wasser auftauchte? Zu seiner Verblüffung gesellte sich ein deutliches Unbehagen.

Plötzlich kam das Gerät einige Zentimeter näher. Der flexible Arm hob sich, die Waffe schwenkte herum und richtete sich mit einem *Pling* auf Sénéchal, als würde sie magnetisch von ihm angezogen.

Der Umweltinspektor zog sich hinter einen Felsen zurück, wo er mit seinem Gewehr in die Hocke ging.

»Mein Gott, das Ding scheint mich zu sehen!«

Er lugte vorsichtig dahinter hervor, den Finger am Abzug.

Die Maschine machte einen wilden Satz nach vorn und stieß dabei einen Pfiff aus. Dann schnellte sie in einer Staubwolke herum, wobei ihre Räder Wasser verspritzten.

Plötzlich fuhr sie in die entgegengesetzte Richtung, die Blätter auf den Ketten aufgestellt, und drehte sich einmal im Kreis. Dann beschleunigte sie und entfernte sich entlang des Ufers.

Trotz der Unebenheiten des Geländes blieben das Maschinengewehr und das Kameragehäuse stabil, immer auf Sénéchal gerichtet. Der flexible Arm bewegte sich hin und her und fing so die Stöße der Fahrt auf.

Der kleine Panzer steuerte auf einen schrägen Steinblock zu. Die Laufräder drehten durch, das Kettenlaufwerk fand Halt, die Räder folgten, und so erklomm er den Block und blieb oben stehen. Nun richtete er sich einige Zentimeter auf seinen Blättern auf und blieb in dieser fast senkrechten Position stehen wie ein lauerndes Tier.

Der Waffenlauf richtete sich sofort wieder auf den Umweltinspektor.

Sénéchal schauderte bei dem Gedanken, dass derjenige, der die Maschine fernsteuerte, sie soeben testete wie ein Pilot, der vor dem Start die Leitwerke seines Flugzeugs bewegt.

Sein Blick glitt über die Stufen und die kleinen Felsenbuchten zu der Fabrik oben auf dem Hügel.

Er kann sich überall verstecken. Vielleicht sogar sehr weit von hier entfernt. Er hat Lust, mit mir zu spielen … Er sieht mich durch dieses Scheißding, aber ich kann ihn nicht sehen. Ich müsste versuchen …

Auf den Knall direkt über seinem Kopf folgte das Pfeifen der Kugel, die sich in den Felsen verlor. Steinsplitter fielen ihm auf die Knie. Er hatte dort unten direkt vor der Detonation das Aufblitzen des Schusses und ein rotes Licht wahrgenommen.

Er umklammerte sein Gewehr und presste es fest an sich. Mit einem Mal lähmte ihn die Angst: Dieses Drecksding zielte mittels Laserstrahl und hatte ihn trotz der Entfernung nur um wenige Zentimeter verfehlt.

Ich muss sein Fernsteuerungssystem über den Haufen schießen … Nein, ich muss abhauen, und zwar schnell. Ich muss mich vor allem verstecken … ich muss mich verstecken!

Nervös fuhr er sich mit der Hand über die Stirn. Sie war schweißbedeckt.

Er sprang über seinen Rucksack.

Kapitel 16

Der Mann mit dem Headset, der sich im Schatten der Pfahlbauten verbirgt, verfolgt die gesamte Szene durch ein Fernglas. An der Wand lehnt ein Präzisionsgewehr vom Typ Hecate. Ein Magazin befindet sich in der Waffe, drei weitere liegen auf dem Boden bereit.

Der Mann kann den Felskreis genau sehen, hinter dem sich der Hüne mit den Hosenträgern versteckt. Er kann ihn auch aus einem anderen Blickwinkel beobachten, auf dem Bildschirm des Laptops, der geöffnet vor ihm steht. Diese Bilder werden ihm von den Kameras des Roboters übertragen.

Er murmelt in sein Mikrofon:

»Achtung, Juan, ich glaube, dieses Arschloch hat sein Gewehr dabei. Lass den Roboter nicht zu lange draußen, man könnte ihn sehen ...«

In seinem Kopfhörer ertönt die Antwort:

»Keine Sorge, ich spiele noch ein Minütchen, dann mache ich Schluss. Wie weit sind wir mit den Einstellungen?«

Der Mann klickt auf den Computer: Sofort wird das Bild, das den Felskreis zeigt, von einem Gitternetz und Ziffern überdeckt. Er zoomt auf den Kugeleinschlag.

»Vierunddreißig Zentimeter über dem Ziel. Aber was macht dieses Arschloch da? Ich sehe Rauch ... Er kommt hinter dem Felsen vor!«

Sénéchal tränten die Augen, er hustete. Von seinem brennenden Regenumhang stieg dichter Rauch auf, den er mit der Hand vertrieb. Er warf seine Kunststofftaschenlampe ins Feuer, die zu schmelzen begann, wieder fest wurde und dann in Brand geriet, worauf auch sie dunkle Rauchwolken produzierte.

Vorsichtig lugte er hinter den Felsen hervor: Der Roboter raste von seinem Vorsprung herunter. Mit seinem Gewehrlauf zog Sénéchal einen Fetzen des brennenden Gummis heraus, dann einen weiteren. Im Schutz des Felsblocks warf er sie, so weit er konnte. Funkengarben sprühten, die Flammen züngelten über dem Boden.

Der Rauch wirbelte umher und umgab ihn jetzt von allen Seiten. Sénéchal hörte den Roboter kommen, begleitet von seinem hohen Pfeifen. In panischem Schrecken schleuderte er seinen Nylonrucksack in die Glut, riss drei Expansivkugeln aus seiner Tasche und warf sie hinterher. Dann schnellte er herum und rannte geduckt los.

Er hörte Kugeln, die pfeifend abprallten, und Feuerstöße direkt neben sich. Er sprang ins Wasser, richtete sich wieder auf und lief weiter nach rechts. Zu den Hallen.

Vor dem Flammenvorhang kam der Roboter abrupt zum Stehen. Das Kameragehäuse mit der Waffe drehte sich langsam.

Die Wärmequelle in der Nähe störte sein Infrarotsichtsystem. Er fand seine menschliche Zielscheibe nicht mehr. Eine Falle witternd, rollte er langsam in die Rauchspiralen, traf auf die Gummifetzen, die sich zusammen mit dem Nylonrucksack an sein Gehäuse hängten.

Eingehüllt in orangefarbene und blaue Flammen, verließ er das Feuer auf der anderen Seite. Nach wenigen Metern hatte er den Rauch hinter sich gelassen, blieb wieder stehen und suchte die Landschaft nach dem Flüchtigen ab.

Der hydraulische Arm hob sich rasch, die Waffe drehte sich, und der Gewehrlauf richtete sich auf die rennende Gestalt.

Plötzlich eine laute Detonation. Eine Rauchwolke, begleitet von Funken, stieg von der rechten Seite der Maschine auf und vermischte sich mit den Flammen, die an ihr emporzüngelten: Die Kugel Kaliber zwölf, die sich in der Kerbe eines der Laufräder verfangen hatte, war soeben explodiert.

Der Roboter fuhr erneut los, schaffte drei Meter. Das Rad blockierte. Das schwere Projektil hatte eine Nabe beschädigt.

Er machte einen Satz nach vorn, erklomm eine Steigung und stellte sich quer. Sein Elektromotor heulte. Hinter ihm, in dem Feuer, das der Umweltinspektor entzündet hatte, kam es zu zwei weiteren Detonationen.

Der Mann, der sich zwischen den Pfahlbaubaracken versteckt, sieht durch den Sucher seines Gewehrs den Hünen so rasch rennen, wie ihn seine Beine tragen.

Der Typ mit den Hosenträgern bleibt stehen, er dreht sich um, legt seine Waffe an und zielt auf den Roboter. Durch den Rückstoß prallt er zurück, schießt noch einmal, zweimal und sprintet wieder los.

Der Mann richtet sein Fernrohr genau aus. Sénéchals Rücken taucht exakt in der Mitte des leuchtenden Fadenkreuzes auf. Er legt den Zeigefinger um den Abzug ... Aus dieser Entfernung wäre es ein Leichtes, wenn dieser Blödmann nur einmal stehen bliebe ...

»Bau bloß keinen Mist, hörst du!«

Die Stimme in seinem Kopfhörer knallt wie ein Befehl. Er stammelt:

»Was ist los? Was klappt nicht mit diesem Roboter?«

Die Stimme klingt nun etwas irritiert.

»Es gibt ein kleines Problem. Das macht aber nichts, ich werde was anderes probieren. Ich kriege ihn trotzdem. Wir haben noch Zeit.«

Der andere schaut wieder durch sein Zielfernrohr. Zu spät. Der Hüne ist soeben in der Halle mit der Rotunde verschwunden.

In der Halle, deren Türen seit Jahren fehlen.

Kapitel 17

Hektisch suchte Sénéchal ein Versteck.

Er blickte auf, musterte die Laufkräne, die Ketten, die von der Decke hingen, dann die Hochöfen, die zerlegten Planierraupen und die riesigen Maschinen, die aussahen wie Silos. Im Halbdunkel bemerkte er die Wendeltreppe, die auf das Runddach führte.

Er schüttelte den Kopf.

Nein ... Wenn ich da raufsteige, bin ich eine ideale Zielscheibe ... Ich muss ihm eine Falle stellen, ich muss ... vor allem muss ich mich beruhigen.

Er hörte, wie der Roboter sich draußen mit einem merkwürdigen Heulen näherte. Plötzlich verstummte das Geräusch.

Der Umweltinspektor packte einen Eisenträger, der auf dem Boden lag, zog ihn rasch vor den offenen Eingang und verkeilte ihn quer. Hastig häufte er alles darauf, was ihm in die Hände fiel: Blechplatten, Schutt und Metallstangen. Schließlich hatte er aus zusammengewürfelten Trümmern eine Barrikade errichtet, die bis zur Hälfte des Türstocks reichte.

Er trocknete sich die Stirn und bemerkte plötzlich größere Löcher in den Wänden der Halle.

»O nein! Es wird nicht lange dauern, bis das Drecksding diese Blechwände zerballert hat ...«

Er sah sich nach allen Seiten um, der Schweiß rann ihm in die Augen.

Dann hielt er inne und spitzte die Ohren. Er hörte nichts mehr, nur seinen eigenen Herzschlag und den leichten Wind, der durch die Löcher im Dach wehte.

Dieses Ding müsste doch schon längst hier sein. Was geht da vor?

Er überlegte fieberhaft.

Sollte ich diesen Metallhaufen so leicht in die Luft gejagt haben? Oder ... nein. Er stellt mir eine Falle, dieser Mistkerl!

Da bemerkte er das Motorrad ohne Reifen, das in einer Ecke stand und dessen Rückspiegel ihm ein Zeichen zu geben schien. Er stürzte sich auf die Maschine, seine kräftigen Pranken umklammerten die rostige Stange und rissen sie heraus. Das Motorrad fiel krachend um. Er wischte mit dem Ärmel über den Spiegel, ergriff sein Gewehr, schob zitternd den gebogenen Stiel in den Lauf seiner Waffe und befestigte ihn mit einem kleinen Metallstück. Dann rannte er die Wendeltreppe hinauf. Oben blieb er stehen. Einen halben Meter über seinem Kopf befand sich eine Falltür, die auf das Runddach führte. Mit gestrecktem Arm hielt er seine Waffe hinaus. Er sah nur die pastellfarbenen Stufen, die zerfressenen Pfosten der Rotunde, die Wasserfläche und in der Ferne die Pfahlbaubaracken. Schließlich gelang es ihm, seine Waffe zu stabilisieren, und als er den Kopf etwas neigte, entdeckte er den Roboter.

Er stand wenige Meter von der Halle entfernt. Verlöschende Flammen züngelten aus seinem geschwärzten Gehäuse, von seinen Rädern stieg spiralförmig Rauch auf, sein Gelenkarm war unbeweglich. Die dunklen großen Augen seiner Kameras schienen seltsam ins Leere zu starren.

Jetzt verschwand der Wulst vorne auf dem Gehäuse langsam nach innen. Sénéchal stockte der Atem: Ein anderes Gerät kam aus dem Bauch des Roboters. Es glich einer kleinen grauen Planierraupe, versehen mit einer kurzen Antenne. Der runde Kopf ähnelte dem eines Spielzeugs.

Mit einem schwachen Summen setzte es sich langsam in Bewegung und drehte sich dann auf der Stelle. Plötzlich begann es zu blinken, und ein gleißender roter Punkt beleuchtete einen Felsen in zwei Meter Entfernung. Das Gerät setzte sich erneut in Bewegung, rumpelte über einen Stein und verschwand aus Sénéchals Blickfeld.

Der Inspektor ergriff seine Waffe und riss den Rückspiegel aus dem Gewehrlauf.

Ein Roboter im Roboter! Was ist denn das wieder für eine neue Schweinerei? Das Ding hat auch noch einen Laser ... Es wirkt sehr viel leistungsfähiger als das erste Modell ... Es wird garantiert zurückkommen. Ob es mich sehen kann? Oder hören?

Das Gewehr im Anschlag, stürmte er die Treppe hinunter. Sein Blick wanderte durch die Halle. Er lauschte: Ihm schien es, als würde das leise Elektrogeräusch nun von rechts kommen. Die winzige Maschine fuhr wohl auf der Suche nach einem Eingang an der Blechwand entlang.

Sénéchal kauerte sich hinter eines der Silos. Er legte eine Patrone in seine Waffe ein und löste die Sicherung.

So, du Drecksding, jetzt kannst du Bekanntschaft mit einem großen Kaliber machen ... Komm nur ... Komm her, dann kannst du was erleben ...

Er lauschte weiter, hörte aber nichts mehr, nur das Geräusch des Windes oben in der Rotunde.

Die Detonation in seinem Rücken ließ ihn zusammenzucken.

Sénéchal fuhr herum und bemerkte einen Meter über dem Boden das neue Loch in der dünnen Blechwand, durch das Tageslicht hereindrang. Er sprang auf und lief weiter in die Halle hinein. Sein Fuß stieß gegen einen Metallträger, er fiel der Länge nach in den Schutt. In diesem Moment läutete das Handy in seiner Hemdtasche.

Kapitel 18

»Wir müssen aufhören, Juan, das ist unklug! Glaub mir!«

Der Mann bei den Baracken flüstert in sein Mikro. Sein Fernglas ist auf die Maschine gerichtet, die mit einem Blendlaser und einer kleinkalibrigen Waffe ausgerüstet ist und in diesem Moment durch eines der Löcher in der Wand der Halle fährt.

Er wiederholt:

»Juan, hol die Maschine zurück. Sofort. Das ist zu gefährlich! Ich kümmere mich um dieses Arschloch ...«

In seinem Kopfhörer ertönt eine eisige Stimme:

»Halt die Klappe, verstanden?«

Diesen Ton kennt er gut, er verheißt nichts Gutes.

Er insistiert nicht weiter, umklammert sein Präzisionsgewehr und richtet den Lauf auf das Tor der Halle. Dort hat der Hüne mit den Hosenträgern einen Haufen Eisenzeug aufgehäuft, der ihm nichts nützen wird. Er wird es vielleicht (nein, sicher sogar!) bereuen, ihn dort aufgestapelt zu haben, wenn seine Augen erst einmal in ihren Höhlen verbrutzelt sind.

Das Handy klingelte zum dritten Mal.

Sénéchal, der genau auf den Metallhaufen zulief, den er errichtet hatte (und nun sofort wieder entfernen würde, um aus der Halle fliehen zu können), hockte sich hinter die große Planierraupe und hielt das Handy ans Ohr. Vor dem Hintergrund eines gleichmäßigen Grollens rief eine weibliche Stimme:

»Los, beweg deinen Arsch, Franzose ... Versteck dich! Ich wiederhole: Versteck dich!«

Er kannte die Stimme. Sie fuhr fort:

»Bei dir wird es gleich heiß hergehen!«

Dann wurde aufgelegt. Im selben Moment hörte er in der Ferne eine Explosion. Sie kam von der Zufahrtsstraße zur Mine.

Hinter ihm näherte sich der Roboter in aller Ruhe.

Begleitet vom wütenden Donnern seiner Rotorblätter, das im Stollen widerhallt, jagt der Hubschrauber im Camouflagelook über die alte Zufahrtsstraße Richtung Mine.

Elegant hebt er sich über das riesige Eingangstor mit den verbogenen Seitenteilen und fliegt dann mit hoher Geschwindigkeit zu den Felsen hinab. Auf der Plattform beidseits des Cockpits, im Wind der Rotorblätter, sind bewaffnete, schwarz gekleidete Männer angegurtet.

Ein blauer, schwerfälligerer Helikopter folgt in einiger Entfernung. Am Boden rollt ein Jeep über die Absperrung auf der Straße, durchquert eine Rauchwolke und fährt dann im Zickzack zwischen den Felsen entlang.

Neben dem Fahrer umklammert ein Typ in Uniform mit kugelsicherer Weste und Dschungelhut eine große Kamera.

Der Mann, der auf das Tor zur Halle zielt und erwartet, dass Sénéchal dort jeden Moment auftauchen wird, hebt bei der Explosion den Kopf. Er hört das Pfeifen der sich nähernden Propeller. Dann presst er das Auge wieder an sein Zielfernrohr und sieht den Kampfhubschrauber, in dessen Türen die Männer der Spezialeinheit sitzen, mit hoher Geschwindigkeit vorbeifliegen. Er hört einen zweiten, weiter oben am Himmel.

Ein Schauer fährt ihm über den Rücken. Er richtet sich auf und schreit in sein Mikrofon:

»Juan! Juan! Wir müssen abhauen!«

Betäubt von dem Donnern des Rotors, das das Blechdach der Halle erschüttert, stößt Sénéchal mit der Schulter gegen den Metallhaufen, der den Eingang blockiert. Er stemmt sich dagegen, gibt auf und klettert schließlich unbeholfen darüber, ohne den roten Laserpunkt des Roboters hinter ihm zu bemerken, der seinen Bewegungen folgt.

Der Punkt heftet sich an seinen Nacken.

Der Inspektor strauchelt und stolpert ins Freie. Durch den Wind der Rotorblätter des Hubschraubers wird er zu Boden gedrückt. Schneidend scharfe Blechteile fliegen umher, Staub wirbelt ihm ins Gesicht, er vermag sich nicht aufzurichten und schützt sich mit den Armen. Er kriecht durch den Schutt und dreht sich mühsam auf den Rücken. Auf der anderen Seite der Halle blitzen kurz Lichter auf, eine Reihe von Explosionen lässt den Boden erzittern, dann verschwindet der Hubschrauber plötzlich wieder.

Der Mann nimmt den Kopf des Hubschrauberpiloten genau ins Visier. Hinter der Windschutzscheibe kann er dessen Gesicht mit der schwarzen Brille und dem Helm gut erkennen.

Die Stimme in seinem Kopfhörer ist sehr ruhig:

»Warte … Atme tief durch. Keine Panik.«

Er wartet.

»Noch nicht … Jetzt!«

Er drückt den Abzug, die Waffe in seinen Händen schlägt aus, und plötzlich sieht er nichts mehr: Ein gelbes Licht in seinem Fernrohr blendet ihn.

Dort unten über der Wasserfläche leuchtet der Hubschrauber wie eine Sonne: Aus seinem Bauch schlagen goldene Flammen und breiten sich unter ihm aus, dann wirbelt dieser Strahlenkranz umher, eine Feuerschleppe spiegelt sich im Wasser, einen Moment lang blinken überall glänzende Sterne, bevor einer nach dem anderen erlischt.

»Was war das?«, ruft er. »Habe ich ihn erwischt? Juan? Hörst du mich?«

Dann weicht er in den Blechbau zurück, denn er bemerkt, dass die Maschine dreht, als wollte sie Anlauf nehmen, und nun mit hoher Geschwindigkeit auf ihn zukommt.

Ihre drehbaren Gewehrläufe spucken ununterbrochen Flammen, das elektrische MG unter dem Kampfhubschrauber heult wie eine Kreissäge. Es zerschneidet die Fenster und zerteilt die Blechwände der Baracken, die unter den Einschlägen vibrieren, es pulverisiert die Metallgeländer, die sich in glänzende Garben auflösen.

Plötzlich ziehen sich zwischen dem Hubschrauber und der Tür mit der Aufschrift »Direktion – Verwaltung« geradlinige Rauchfäden hin. Blitzartig erleuchtet weißes Licht das Innere der Baracken, eine Feuerkugel hebt die Dächer empor, und die Wände weiten sich wie in Zeitlupe. Mit einem schauerlich gelbschwarzen Feuerwerk explodiert die erste Gebäudegruppe.

Die anderen scheinen unter dem Schlag erst zurückzuweichen, bevor sie auseinanderbrechen, während Eisen- und Blechteile in einem Wirbel gen Himmel geschleudert werden.

Weiter unten hört Sénéchal den Lärm der doppelten Detonation.

Die freigelegten Gerippe der Baracken schwanken noch in einem Sturzbach purpurroter Flammen, bevor sie den Hügel hinabstürzen.

Der Hubschrauber dreht bereits ab und hebt sich wie eine überdrehte Libelle zum Himmel empor. Geradezu wütend fliegt er entlang der Grube nach oben, sein Schatten gleitet über die Steinstufen. Oben umrundet er die Fabrikschornsteine, als sei er auf der Suche nach Beute.

Anschließend kehrt er zu den Türmen zurück und bleibt eine Sekunde gegenüber einem von ihnen in der Luft stehen, bevor er Richtung Schornsteine abdreht. Ein neues Feuerwerk erleuchtet den Hubschrauber mit langen gelben Funken und glänzenden Sternen. Zischend sprühen sie in alle Richtungen und erlöschen in einer weißen Wolke.

Der Helikopter weicht langsam zurück und ändert dann überraschend den Kurs: Er greift nun einen der Türme an. Nach links schwenkend, umfliegt er ihn und zieht schräg weiter. Lichter erhellen die Seiten des Turms, Funken spritzen über die Eisenkonstruktion und die Stockwerke, deren Geländer auseinanderbrechen. Oben explodiert die Aussichtsplattform. Jetzt wird der Turm in der Mitte getroffen, Metallträger und Kabel fliegen in aufblitzenden Lichtbögen auseinander. Die gesamte Turmspitze knickt in Zeitlupe ein, krümmt sich und kippt langsam ins Leere. Ihr Schatten folgt ihr auf der Gesteinswand. Der majestätische Sturz wird durch eine der Felsstufen abrupt gebremst, ein großes Rad purzelt, begleitet von Steinblöcken, von Stufe zu Stufe. Vom Grund der riesigen Grube ertönt ein ohrenbetäubendes Donnern.

Sénéchal lässt benommen sein Fernglas sinken.

»Das ist nicht wahr ... Da oben herrscht Krieg!«

Direkt neben ihm hat der Jeep angehalten. Der Mann mit der Filmkamera stößt in regelmäßigen Abständen Begeisterungsschreie aus, als sei er Zuschauer einer Flugshow. Sein Fahrer klatscht bei jeder neuen Explosion Beifall, offenbar hingerissen von dem Spektakel.

Kapitel 19

Sénéchal, der wenige Schritte neben dem Jeep stand, beobachtete das geschäftige Treiben um sich herum. Dann senkte er den Blick und musterte den kleinen Mann, in dessen Nase eine gebogene Knochennadel steckte.

»Und was verschafft mir das Vergnügen Ihrer lautstarken, aber äußerst hilfreichen Intervention, Sargento Cavalcante? Ohne indiskret sein zu wollen, natürlich.«

Der Feldwebel deutete mit dem Kinn zu der rauchenden Fabrik auf dem Hügel.

»Die Typen da oben haben mit verbotenem Spielzeug gespielt. Vielleicht haben wir sie etwas zu kräftig verhauen, aber so lautete der Auftrag.«

»Können Sie mir das erklären?«

»Ja, das kann ich.«

»Umso besser. Nämlich?«

»Als Sie mich vorhin anriefen, habe ich Ihre Leitung anzapfen lassen, worum Sie mich ja gebeten hatten. So wurde aus Ihrem Handy ein Transponder, und ich konnte Sie auf dem Bildschirm verfolgen. Ich habe Sie überwacht.«

Sein stets harter Mund verzog sich sonderbar, was Sénéchal als ein Lächeln deutete. Den Blick in die Ferne gerichtet, kratzte er sich mit dem Finger die pockennarbige Wange.

»Es war eine gute Idee, mir zu sagen, wonach Sie in dieser verdammten Mine suchten … Der Inhalt dieser berühmten Holzkisten, die wir in dem Dorf gefunden hatten … Da gerät man ins Träumen, nicht wahr? Aus diesem Grund habe ich darum ersucht, dass ein Analyseexperte den Ort via Satellit überwacht.« Über sein entstelltes Gesicht huschte ein Grinsen. »Hätten Sie das große Los gezogen, hätten wir mit den Silberbarren fifty-fifty machen können.«

»Gerne, Sargento. Das Angebot gilt.«

»Unser Bursche konnte vom Himmel herab Typen beobachten, die einen Aluminiumcontainer aus einem Kleinlaster luden. Ja, ja! Es dauerte kaum eine Sekunde, bis das Ding aus dem Lastwagen in der alten Fabrik verschwunden war … Aber das war bereits zu lange.«

Er schien einen Moment zu zögern.

»Erinnern Sie sich an das letzte Mal, als wir beide Zoff hatten?«

»Sehr gut sogar.«

»Sie wollten unbedingt wissen, was nachts in dem Sumpfgebiet in das Luftschiff verladen wurde … Was in dem alten Frachtdampfer versteckt gewesen war.«

»Hm.«

Der Feldwebel wies auf die Fabrik.

»Es war ein Container desselben Typs wie der, den diese Burschen aus ihrem Laster geladen haben. Ein Modell, das man nicht sehr oft im Handel findet … Besser gesagt nie. Unserem Oberst gefiel das gar nicht, als er die Satellitenbilder sah.« Er befingerte den Knochen in seiner Nase. »Er ist noch jung, wissen Sie. Übereifrig. Aber er trifft schnelle Entscheidungen, das muss man ihm lassen.«

»Darf ich wissen, was in diesen beiden Containern war?«

Cavalcante musterte ihn durchdringend. Dann wanderte sein Blick zu einer Wagenplane mit Camouflagemuster, unter der die Reste der Roboter verborgen waren.

»Verbotenes Spielzeug.«

»Darf ich vielleicht auch erfahren, wer die Typen da oben waren, nachdem Sie mir heute recht mitteilsam erscheinen?«

»Das hängt leider nicht von mir ab, Senhor Sénéchal. Ich kann Ihnen jedenfalls so viel sagen, dass es ziemlich unvorsichtige Leute waren.«

Zu ihnen gesellte sich ein fröhlicher Bursche in Uniform, der sich an den Feldwebel wandte:

»Die Typen sind wirklich nicht zimperlich.« Mit dem Daumen deutete er auf den Jeep, in dem die beiden Männer mit der Kamera saßen. »Null Verletzte auf unserer Seite. Ein Wunder.«

Er bemerkte Sénéchal und stellte sich vor:

»Oberleutnant de Andrade. Öffentlichkeitsarbeit der Armee. Sie sind Franzose, glaube ich ... Hat es Ihnen gefallen?«

»Sehr hübsch ... Ich meine, es war sehr eindrucksvoll.«

Der Oberleutnant machte eine Geste, die so viel bedeutete wie: »Dabei war das noch gar nichts.« Dann machte er kehrt, hob huldvoll die Hand und rief in die Runde:

»Ich mach mich vom Acker! Bravo an alle! *Ciao!*«

Er sprang neben den Kameramann auf den Jeep. Dieser fuhr mit aufheulendem Motor in einer Staubwolke davon.

Sénéchal fragte Cavalcante:

»Was war das für ein Feuerwerk um Ihren Hubschrauber herum? Diese funkelnden Sterne?«

»Wärmeraketen.«

»Äh?«

»Gegenmaßnahmen ... Raketenabwehrköder.«

»Ich vermute sicher richtig, dass sie unbedingt erforderlich waren?«

Der Feldwebel zuckte mit den Schultern und wies auf den blauen Hubschrauber, der in der Nähe des Wassers landete.

»Pah, das war hauptsächlich für sie. Heutzutage geht ja nichts mehr ohne sie.«

Die Tür der heulenden Maschine öffnete sich. Ihr entstieg eine attraktive Schwarze in einem rosa fluoreszierenden Overall, einen bunten Schal um den Kopf. Auf der Schulter trug sie eine Kamera. Sie eilte zu ihnen und begann, Kaugummi kauend, sofort zu filmen. Dann tauchte ein blonder Typ auf. Er trug eine brandneue Camouflagehose, knallgelbe Stiefel, und auf seinem T-Shirt stand: »Rede Globo de Televisão«. Mit einer männlichen Geste strich er eine platinblonde Strähne glatt, die durch den Wind des Rotors in Unordnung geraten war. Während der Rotor pfeifend zum Stillstand kam, lief er mit großen Schritten auf sie zu und rief:

»Das Publikum wird begeistert sein! Das toppt doch alles ... Unsere brasilianischen Einsatzkommandos in Aktion! Im Feuer von Terroristen ... Fan-tas-tisch!«

Er blieb stehen, drehte sich um, hob den Kopf in Richtung der Stufen mit ihren unwirklichen Farben und reckte den Daumen in die Höhe.

»Und die Kulisse, was? Wow!«

Plötzlich entdeckte er die Männer der Spezialeinheit, die sich ihnen näherten. Er breitete die Arme aus, als wolle er sie beruhigen.

»Keine Angst, Kinder ... Die Bodenaufnahmen sind wirklich super. Wir werden das alles mit den Satellitenbildern und den Aufnahmen der Minikameras an Bord kombinieren. Auch der Ton ist genial. Heute Abend zur besten Sendezeit ... Dass ihr mir alle brav vor dem Fernseher sitzt!« Er imitierte das Geräusch einer Explosion. *»Bumm!«*

Dann zog er eine Visitenkarte hervor und steckte sie dem Umweltinspektor ganz selbstverständlich in die Hemdtasche.

»Wunderbar, Ihre Hosenträger ... Wissen Sie, wie viele Millionen Zuschauer wir hierzulande haben? Haben Sie irgendeine Vorstellung?«

Er wartete die Antwort nicht ab, schüttelte jedem, den er erwischen konnte, die Hand, klopfte einem Mann des Kommandotrupps auf die Schulter und rannte, das filmende Mädchen immer im Schlepptau, zu seinem Hubschrauber, der sofort abhob.

Kapitel 20

Lucrèce saß vor dem Fernseher, die Hände über seinem beachtlichen Bauch verschränkt. Zu seinen Füßen stand sein Koffer. Sénéchal blickte nachdenklich aus dem Hotelzimmerfenster über die erleuchtete Stadt.

Trübselig verfolgte der kleine Chemiker die vorbeiziehenden Bilder von »Globo de Televisão«. Mehrfach wurde der Hubschrauber im Strahlenglanz seiner Brandraketen gezeigt, die spiralenförmig und glänzend davonflogen, ebenso der Einsturz des Turms, gefolgt von seinem spektakulären Fall in die Mine. Schwarze Gestalten sprangen von den Trittbrettern des Kampfhubschraubers, stürmten mit gesenktem Kopf und gezückter Waffe los, ließen Türen in die Luft fliegen, rannten weiter, während sie unsichtbare Ziele beschossen, verständigten sich untereinander durch geheimnisvolle Zeichen, brüllten Männer mit undeutlichen Gesichtern an, die die Hände hoben und sich auf den Boden warfen. Flüchtig war ein panisch wirkender Typ zu sehen, der, die Hände auf dem Kopf, die Treppe des noch intakten Turms hinabrannte. Unten fiel er der Länge nach hin und wurde sofort von zwei Kommandosoldaten überwältigt, die seine Hände auf den Rücken drehten und ihm Handschellen anlegten.

Lucrèce brummelte:

»Sie haben wirklich einen Riesenzirkus veranstaltet, oder? Und das alles, um sieben arme Teufel zu schnappen …«

»Sechs arme Teufel«, berichtigte Sénéchal. »Von dem, der sich in den Pfahlbauten versteckt hatte, fehlt jede Spur. Meiner Meinung nach hätte er sich besser weiterhin dort versteckt gehalten, anstatt auf den Hubschrauber zu schießen. Laut Auskunft der Rattenbeschwörerin – die diesem glorreichen Team angehörte und mich lautstark über ihre Ankunft informiert hat – war die Explosion so stark, weil Dynamitkisten in den Baracken standen, aus der Zeit, als die Mine noch in Betrieb war ... Ist dir aufgefallen, dass in diesem Bericht nie von Kampfrobotern die Rede ist? Auch nicht davon, was ich am Ende des unterirdischen Stollens gefunden habe? Und dass sie kein einziges Foto der angeblichen Terroristen zeigen?«

»Ja, das ist mir auch aufgefallen.«

Auf dem Bildschirm war inzwischen Feldwebel Cavalcante mit der Knochennadel in der Nase zu sehen. Mit seiner schwarz behandschuhten Hand schob er ein Mikro beiseite und erklärte heiser:

»Ich habe euch absolut nichts zu sagen, verdammt.«

Sénéchal seufzte.

»Hm ... Ich kann einfach nicht glauben, dass dieser Feldwebel von sich aus die Initiative ergriffen hat, die Tagebaumine per Satellit überwachen zu lassen.«

»Du hast recht.«

»Womit?«

»Ich denke auch, dass nicht er es war.«

»Aber wer dann?«

Der Dicke zuckte mit den Schultern.

»Egal ... Wichtig ist nur, dass dir nichts passiert ist und dass diese Typen, die ihresgleichen mit Kampfrobotern töten, wie durch ein Wunder diese Orgie aus Feuer und Metall überlebt haben. Dadurch werden wir vielleicht etwas mehr über sie und ihre wirklichen Absichten erfahren.«

Er schaute auf seine Uhr.

»Mein Taxi müsste bereits da sein, mein Flugzeug startet in zwei Stunden ... Wie du weißt, bedarf Dame Pottier meiner Talente für eine äußerst heikle Expertise in der Provinz. Ich zähle darauf, dass du in meinem Namen allen dankst, die uns geholfen haben. Vor allem der schönen Maria-Esperanza.«

Kapitel 21

Zu dieser Tageszeit war es im »Veneno Verde« sehr ruhig. Hinter dem Tresen las ein Typ Zeitung.

Sie trug ein buntes Baumwollkleid und saß in der dunkelsten Ecke des Lokals. Vor ihr auf dem Tisch beleuchtete eine winzige Lampe mit gelbem Schirm ihr dreieckiges Messer.

Als sie Sénéchal bemerkte, legte sie ihren Joint seelenruhig in den Aschenbecher.

Er nahm ihr gegenüber Platz, wedelte den Rauch von sich fort, hustete und betrachtete die merkwürdige Waffe.

»Sie haben da ein sehr schönes Messer, Kommissarin. Aber der Schaft verläuft nicht in Richtung der Klinge … Ist es kaputt?«

Sie lächelte ihn an, wobei sie ihre etwas weit auseinanderstehenden Zähne zeigte, und schob ihre Dreadlocks zurück.

»Schau dir dieses Messer genau an, Pierre Sénéchal, mein französischer Freund. Es gehörte meinen Eltern … Möchtest du, dass ich dir ihre wunderschöne Geschichte erzähle?«

Sénéchal war zwar etwas überrascht, bedeutete ihr aber trotzdem fortzufahren.

»Vor langer Zeit, Pierre Sénéchal, wurde der Stamm, dem meine Mutter angehörte, durch illegale Holzfäller von seinem Land vertrieben. Sie töteten ihren Mann und dessen Bruder. Um überleben zu können, ging meine Mutter als Prostituierte in die Stadt. Eines Tages traf sie einen *gareimpero*, einen Goldsucher … Er war ein Franzose, der wie viele andere Abenteurer nach Brasilien gekommen war, um hier sein Glück zu machen. Dieser Mann nannte sich Saint-Louis, nach der hübschen Stadt São Luís in der Bucht von São Marcos, die, wie du wissen solltest, 1612 von der ersten französischen Expedition unter der Leitung eines gewissen Daniel de La Touche gegründet wurde.«

Sie wiegte sich mit verschleiertem Blick hin und her und hatte offenbar den Faden verloren. Nach einer kurzen Pause fuhr sie mit ihrer klangvollen Stimme fort:

»Meine Mutter ist mit ihm zusammengezogen. Er fand jedoch kein Gold und fing an zu trinken. Wenn er betrunken war, schlug er sie und warf ihr vor, ihn mit indianischer Zauberei zu verhexen. Jahrelang ertrug sie es, ohne zu murren. Aber eines Nachts, während er schlief, nahm sie ihm sein Messer ab, das du hier siehst. Ein solcher *Pushdagger* ist bei uns die Verteidigungswaffe der Goldsucher. Und mit diesem Messer hat sie ihn umgebracht, meinen französischen Vater. Anschließend schaffte sie seine Leiche aus der Hütte, in der wir drei lebten, und dann … hat sie ihn von der Leiste bis zum Brustbein aufgeschlitzt. Sie hat die Organe aus seinem Bauch entfernt und auf die Straße der Favela geworfen. Dann ist sie abgehauen und hat mich meinem Schicksal überlassen. Zum Glück haben mich die Hunde in meiner Wiege nicht gefressen.«

»Die Hunde?«

»In den Favelas streifen Horden halbwilder Hunde umher. In dieser Nacht ist der Nachbar durch das Gebell wach geworden und mit seinem alten Revolver erschienen. Die Hütte war voller Hunde, die durch den Blutgeruch völlig verrückt waren und miteinander kämpften, was mir das Leben gerettet hat. Der Nachbar hat einen Hund erschossen und noch einen … Seine Frau und er haben mich aufgenommen. Sie haben mich zusammen mit ihren eigenen Kindern aufgezogen, haben mich ernährt, so gut sie konnten … Die Armen wissen, einander zu helfen. Die Armen haben Kinderstube.«

Nachdenklich zündete sie sich ihren Joint mit einem silbernen Feuerzeug wieder an.

»Weißt du, diese Nachbarn mussten ihre gute Tat nie bereuen. Denn das Spaßigste an dieser spaßigen Geschichte ist, Pierre Sénéchal, dass mein Vater doch Gold gefunden hatte.«

»Wie das?«

»Als die Nachbarn die Hütte meiner Eltern zerlegten, um die Bretter zu verwenden, haben sie unter dem Boden Gold gefunden. Haufenweise Goldklumpen in einem Lederbeutel, der meinem Vater gehört hatte. Für diese Leute war das sicherlich ein Vermögen. Mein Vater hatte dieses Gold nie angerührt. Und selbst wenn er total betrunken war, hat er niemandem davon erzählt. Ich vermute, er wollte es für sich allein behalten und eines Tages wieder nach Frankreich zurückkehren … Vielleicht hatte er es auch einem anderen armen Schlucker gestohlen und ihn dafür sogar getötet?« Sie zuckte mit den Schultern. »Jedenfalls konnte ich dank seines Goldes und der Leute, die mich aufgenommen hatten, auf die Schule gehen und musste nie mehr Hunger leiden. Und meine Mutter … Vielleicht lebt sie noch, mit wilden Tieren irgendwo in diesem unendlich großen Amazonasdschungel. Als Jugendliche habe ich sie gesucht. Ich habe sogar mehrere Monate bei einem Stamm gelebt. Es war mir gelungen, von den Menschen angenommen zu werden, ich habe von ihnen eine Menge Dinge gelernt, die mir heute in meinem Beruf nutzen. Und auch sonst, in meinem Leben als Frau. Nach diesem Erlebnis habe ich mich bemüht, das alles zu vergessen. Aber wenn diese Openskerle, die aus Geldgier unsere Wälder abholzen, den Dschungel in eine Wüste verwandelt haben, na ja, vielleicht wird man in dieser Wüste dann meine Mutter wiederfinden, was meinst du? Sie muss inzwischen schon alt sein …«

Sie ergriff den *Pushdagger* und richtete die braune Spitze auf Sénéchal.

»Ich habe es immer bei mir. Die Klinge tauche ich in einen Sud aus Pflanzen, die man tief im Wald findet. Ein altes Familienrezept … Es würde dich sehr krank machen, Pierre Sénéchal, mein Freund. Selbst wenn ich nur deinen Arm ein klein wenig damit ritzen würde.«

Sie stieß einen fast perfekten Rauchring aus und schaute ihm nach, wie er zur Decke aufstieg und sich in bläulichen Dunst verwandelte. Ihr Blick kehrte zu ihm zurück. Dieser Blick wirkte jetzt völlig unergründlich. Sie streckte die Hand aus und strich ihm mit einem leichten Lächeln sanft über die Wange.

Er rührte sich nicht.

Schließlich fragte er mit heiserer Stimme:

»Sagen Sie, Kommissarin Saint-Louis, Sie sind sehr, sehr bekifft, nicht wahr?«

Sie grinste.

»Kennst du mein Lieblingssprichwort, Pierre Sénéchal? Es lautet: ›Tu deinem Körper Gutes, damit dein Geist Lust hat, in ihm zu bleiben.‹«

Dann lachte sie schallend und wischte sich eine Träne ab.

»Wow! Du hast recht. Ich bin zugedröhnt, mein lieber französischer Freund! Völlig zugedröhnt.«

Vierter Teil

Kapitel 1

Dom de Araújo, Superior des Klosters Santa Angélica do Cachimbo, sitzt an seinem mit Landkarten bedeckten Schreibtisch. Verschiedene Ortschaften sind darauf rot eingekreist. Mit seiner schmalen Hand streicht er über sein schwarzes Ziegenbärtchen.

»Wo mag er sich nur verkrochen haben, dieser Dreckskerl?«, murmelt er.

Mit gerunzelter Stirn denkt er angestrengt nach.

Die Mönche stehen im Kreis um ihn herum und halten den Atem an. Dom de Araújos Hand fegt über die Karten, zögert und legt sich dann auf die Tastatur seines Computers. Er gibt etwas ein und betätigt anschließend die Taste »Drucken«. In der Stille spuckt der Drucker ratternd die Seiten aus. Während der Superior sie sorgfältig studiert, hebt er seine buschigen Augenbrauen. Ein Mönch hüstelt. Dom de Araújo wirft ihm einen gestrengen Blick zu.

Schließlich legt er den Papierstapel auf den Tisch.

»Jeder von euch nimmt sich eine Liste vor. Ruft alle Nummern an. Denkt euch irgendeinen Vorwand aus. Haltet die Ohren offen. Versucht herauszufinden, ob man euch anlügt. Stellt eure Fragen möglichst vage, übertreibt nicht und insistiert nicht, wenn ihr den leisesten Verdacht spürt. Gebt mir unverzüglich Bescheid, wenn euch irgendetwas sonderbar vorkommt.«

Er blickt in die Runde. Dann deutet er auf drei Mönche.

»Bruder Marcio, Bruder Jarbas, Bruder Guilherme, ihr geht in die Stadt. Redet wenig, und hört aufmerksam zu. Sicher sind Gerüchte im Umlauf ...«

Er unterstreicht seinen Befehl mit einer energischen Bewegung seines Kinns.

»Los, an die Arbeit!«

Er nimmt die Telefonlisten, erhebt sich und verteilt sie rasch an die Mönche, die sich um ihn scharen.

Geschäftig brechen sie auf. Das Zimmer leert sich bald. Ein einziger Mönch bleibt zurück.

Breitschultrig steht er auf seinen stämmigen Beinen da, die Kutte spannt sich über seinen Bauch. Die wässerigen blauen Augen in seinem pausbackigen Gesicht blinzeln nicht.

Hinter seinem Schreibtisch mustert ihn der Superior, die Hände in die Hüften gestemmt.

Der Mönch schweigt. Schließlich aber fragt er:

»Seid Ihr sicher, mein Vater, dass das unsere Aufgabe ist?«

Dom de Araújo senkt den Kopf, als wolle er sich gleich auf den Unverschämten stürzen. Sein Rücken ist gebeugt, die Hände umklammern die Schreibtischkante. Er rührt sich nicht und stößt einen tiefen Seufzer aus. Dann richtet er sich auf, streicht die Haare mit der Geste eines Söldnerführers zurück und bedenkt sein Gegenüber mit einem grimmigen Lächeln.

»Bruder Anselmo Alencar Gomes, antworten Sie freiheraus: Finden Sie die Verfolgungsjagd nicht aufregend?«

Kapitel 2

»Sehen Sie, Sénéchal, ich mache mir Vorwürfe: Mit meiner Hypothese, es könne sich um genmanipulierte Insekten handeln, habe ich Sie auf eine falsche Fährte gelockt. Ich habe mich geirrt.«

Der Inspektor am anderen Ende der Leitung heuchelte Mitgefühl.

»Wussten Sie, Hoheit, dass Selbstzerfleischung ein ungesunder Zeitvertreib ist? Aber ich verstehe durchaus, dass Sie sich zutiefst gedemütigt fühlen.«

»Es war die Habgier, die die beiden Aeronauten das Leben gekostet hat. Kürzlich habe ich Ihren Kollegen Ravier zu einer Tour durch einige Pariser Geschäfte geschickt, die Insekten an interessierte Sammler verkaufen. Mit der Order, Stillschweigen über seinen Status als Beamter der FREDE zu bewahren. In der Tasche hatte er die Fotos von Ihren Skarabäen. Die ersten drei Händler, die Ravier aufsuchte, machten große Augen, als sie die Bilder sahen, und versicherten, solche Tiere noch nie gesehen zu haben. Sie erkundigten sich aber nach ihrem Ursprung und fragten, ob er ihnen welche beschaffen könne. Der vierte Händler bat ihn in sein Hinterzimmer und wollte ihm einen dieser Skarabäen abkaufen … Er bot ihm eine Summe an. Eine sehr hohe Summe.«

»Darf ich erfahren, wie hoch?«

»Nein, das wäre schlecht für Ihr Herz. Außerdem kenne ich Sie in- und auswendig: Sie wären in der Lage, mit einem Schmetterlingsnetz dorthin zurückzukehren … Kurz, dieser Bursche versicherte Ravier, er kenne wohlhabende Leute, die bereit wären, ein Vermögen für Exemplare von solcher Schönheit auszugeben, die überdies auf dem Markt bisher völlig unbekannt sind.«

»Und in diesem Augenblick hat Ravier seinen FREDE-Ausweis und eine Großwildjägerbüchse gezückt und gebrüllt: ›Auf den Boden, Hände in den Nacken, elender Insektenschmuggler, oder ich puste dir den Schädel weg!‹«

»Er hat sich dem guten Mann lediglich als Beamter der Umweltbehörde zu erkennen gegeben, der ihm daraufhin gestand, als Vermittler in einer sehr gewinnbringenden Transaktion fungiert zu haben. Diese fand zwischen einem reichen japanischen Sammlerehepaar und einem angeblichen Brasilianer statt, der sich von einem seiner lebenden – pardon, vielmehr toten – Schmuckstücke trennen wollte. Besagter Brasilianer behauptete, weitere Goldskarabäen liefern zu können, er wolle sie jedoch langsam und in geringer Stückzahl in Umlauf bringen ...«

»Damit die Preise schön oben bleiben, logisch. Ich vermute, dieser Pseudo-Brasilianer ist nie persönlich in Erscheinung getreten. Der Zwischenhändler kannte seinen Namen nicht, und das Geschäft wurde telefonisch und in bar abgewickelt.«

»Exakt. Und zu seinem großen Bedauern hat der Vermittler nie mehr von seinem Lieferanten gehört – trotz der dringlichen Nachfragen von betuchten Sammlern aus mehreren Ländern, darunter das Sultanat von Brunei und die Vereinigten Arabischen Emirate.«

»Wie schön! Ich wusste nicht, dass man ein Vermögen ausgeben kann, um einen Skarabäus zu erstehen. Wie viel, sagten Sie, haben die Japaner für ein einziges dieser Tiere bezahlt?«

»Sénéchal, bitte!«

»Hm. Gut, ich habe verstanden ... Fassen wir also zusammen: Unsere beiden Aeronauten stoßen im Dschungel zufällig auf ein verlassenes Dorf aus der Kautschukära. Sie behalten das Geheimnis für sich und machen sich vor Ort auf die Suche nach einem Schatz. Kein Schatz im eigentlichen Sinne, aber eine wahre Goldgrube: supergroße, bis dato unbekannte, also ausgesprochen seltene Skarabäen, die sie in ihren Fallen gefangen haben. Unsere beiden Schlaufüchse, die den Sammlermarkt für Insekten sehr gut kennen, organisieren einen diskreten Transport, ohne ihren Arbeitgeber Chitinex zu informieren. Sie mieten ein Haus mit Keller und richten dort mit der entsprechenden technischen Ausstattung eine kleine Aufzuchtstation ein.«

»Und das Friedhofskreuz, Sénéchal?«

»Meiner Ansicht nach werden sie den Abdruck und vielleicht auch einige Fotos Experten gezeigt haben, die ihnen verlockende finanzielle Perspektiven ausgemalt haben … Sie sind also in das Dorf zurückgekehrt, um das Kreuz mitzunehmen. Die Kommandosoldaten haben einen kleinen, neuen Schneidbrenner in den Überresten ihres Schlittens gefunden. So ein Werkzeug ist sehr nützlich, um Metall zu zerschneiden, wenn man ohne Elektrizität auskommen muss.«

In geheimnisvollem Ton fügt er hinzu:

»Es gibt natürlich noch eine zweite Hypothese, Euer Gnaden …«

»Sagen Sie schon.«

»Könnte es sein, dass uns dieses Kreuz Hinweise auf das Versteck des wahren Schatzes in dem vergessenen Dorf gibt? Die Aeronauten haben den Abdruck vielleicht angefertigt, um seine Symbolik in aller Ruhe studieren zu können? Gut … Schlafen Sie eine Nacht darüber, Chefin, denn ich bin in Eile. Ich muss das nächste Luftschiff nehmen …«

»Warten Sie, warten Sie! Ist das Ihr Ernst, Sénéchal?«

»Nein, Chefin. Ich wollte Ihnen nur ein paar süße Träume bescheren.«

Kapitel 3

»Pater de la Vega, ich möchte Ihnen herzlich für Ihre Unterstützung in dieser Sache danken.«

Der junge Mann im »Bom Jesus«-T-Shirt gab sich wie die Bescheidenheit selbst, doch sein Blick verriet, wie stolz er war. Der Umweltinspektor fügte hinzu:

»Ihre Freundin, Kommissarin Saint-Louis, hat uns, wie soll ich sagen, den Weg geebnet.«

»Ich schätze sie sehr, Senhor Sénéchal. Sie hat mir schon häufig geholfen. Doch sie kann auch sehr dickköpfig sein. Wissen Sie ... es war nicht immer leicht für sie.«

Sénéchal senkte den Kopf und murmelte bewegt:

»Natürlich, bei einem solchen Leben! Ihr Vater ein alkoholkranker Goldsucher, ihre Kindheit in den Favelas, ihre indianische Mutter, die auf und davon ist ...«

Irritiert sah der Pater ihn an.

»Das hat Ihnen Maria-Esperanza erzählt?«

»Aber ja.«

De la Vega drehte sich mit einem leichten Schmunzeln zum Fenster.

»Ist Ihnen in unserer Stadt eine Werbung aufgefallen, auf der ein Teller, ein Messer und eine Gabel zu sehen sind und im Hintergrund die brasilianische Flagge?«

»Die ist nicht zu übersehen.«

»Sie ist Bestandteil einer Regierungskampagne gegen Hunger

und Armut mit dem Titel ›Null Hunger und Durst‹, die vom Kalmar lanciert wurde.«

»Kalmar?«

»Das ist der Spitzname von Präsident Inácio Lula da Silva, der dieses Programm ins Leben gerufen hat. Unter anderem umfasst es eine monatliche Beihilfe für die ärmsten Einwohner sowie Maßnahmen zur Einschulung und Impfung der Kinder und zur Verbesserung der Trinkwasserversorgung in den Dörfern.«

»Das ist natürlich großartig, aber …«

»Zu diesem ehrgeizigen Projekt hat ihn angeblich ein alter Weggefährte inspiriert, der wie er aus dem Nordosten des Landes kommt. Dieser war Metallarbeiter und genauso wie unser Präsident Schuhputzer in den Straßen von São Paulo. Später war er einer der Mitbegründer der brasilianischen Arbeiterpartei.«

»Wie der Präsident auch. Und dann?«

»Also, die Frau, die dieser Mann später geheiratet hat – eine Indianerin, mit der er eine Tochter hat –, bekleidet heute in der Regierung einige Ämter zum Schutz der Ländereien, die den Eingeborenenstämmen gehörten.«

»Umso besser, aber …«

»Dieser sehr diskrete Mann heißt Fernando Henrique de São Luís wie die Stadt …«

»Wie die Stadt São Luís, die Daniel de La Touche im Jahre 1612 gegründet hat … Herrgott noch mal! Ich …« Der Umweltinspektor hob zerknirscht die Hand. »Entschuldigung, Pater de la Vega: Erzählen Sie mir gerade, dass der Vater der einfachen IBAMA-Kommissarin Maria-Esperanza Saint-Louis ein alter Freund des brasilianischen Präsidenten ist und ihre Mutter der Regierung angehört?«

»Genauso ist es!«

»Aber warum hat sie mir dieses Märchen aufgetischt?«

»Sie will nicht, dass das bekannt wird. Also hat sie Ihnen eine der Geschichten präsentiert, die sie sich ausdenkt, um ihre Spuren zu verwischen. Ich kenne bereits mehrere, und keine gleicht der anderen. Ich möchte Sie jedoch darauf hinweisen, dass die

Tochter eines armen Schuhputzers aus São Paulo sicher keine goldene Kindheit hatte …«

»Und ihre Mutter ist heute Regierungsmitglied?«

»Unser Kulturminister, der Sänger Gilberto Passos Gil Moreira, besser bekannt als Gilberto Gil – den zu kennen, ich die Ehre habe –, hat seine Kindheit im Gefängnis und im Exil verbracht. Maria-Esperanza ist ihre Unabhängigkeit sehr wichtig. Doch wenn außergewöhnliche Umstände es erfordern, kann sie, sagen wir mal, bestimmte Hebel in Bewegung setzen. Um damit dem Allgemeinwohl zu dienen.«

»Wie zum Beispiel in Rekordzeit Satellitenbilder von der Armee bekommen oder einen Kommandotrupp für eine Expedition in den Dschungel auf die Beine stellen.« In Gedanken ergänzte er: Oder mich durch Sargento Cavalcante beschützen lassen, wenn ich auf eigene Faust eine Kupfermine erkunde. »Ich nehme an, sie hat auch nie bei einem Indianerstamm im Dschungel gelebt?«

»Doch. Beim Stamm ihrer Mutter. Um zu erfahren, wie das Leben dieser Leute ist. Warum man sich für sie engagieren sollte.«

»Und die Tochter eines prominenten Regierungsmitglieds kifft, was das Zeug hält, und durchtanzt die Nächte in irgendwelchen Kaschemmen?«

Der junge Pater grinste.

»Willkommen in Brasilien, Senhor Sénéchal.«

Der Inspektor zog an seinen Hosenträgern.

»Sie kennen Gilberto Gil tatsächlich persönlich?«

»Ja, so ist es.«

»Würden Sie mir einen Gefallen tun, Pater de la Vega?«

Kapitel 4

Ein eisiger Regen ging über dem Hof des Umweltministeriums nieder. Durch das geflickte Dach des alten Mehari mit dem Spitznamen »Omama« drangen die Tropfen in die Fahrerkabine und füllten sie langsam mit kaltem Wasser.

Im Untergeschoss des Gebäudes schob Dame Pottier auf ihrem Schreibtisch einen dicken grauen Ordner zur Seite und musterte Inspektor Sénéchal, der ihr in einem Wollmantel und mit einem bunten brasilianischen Fußballschal um den Hals gegenübersaß.

Sie deutete auf einen CD-Stapel in einem Regal.

»Obwohl Sie keinerlei Entgegenkommen für Ihr Geschenk erwarten«, sie schmunzelte, »möchte ich mich bei Ihnen für die Platten von Gilberto Gil bedanken. Noch dazu signiert. Haben Sie ihn kennengelernt?«

»Sagen wir mal, wir haben gemeinsame Bekannte. Vor allem im Klerus.«

»Es ist bedauerlich, dass Ihr Lieblingskollege sich gerade für ein paar Tage wegen einer Expertise in der Provinz aufhält. Doch ich bin sicher, dass Sie ihm getreulich berichten werden, was ich Ihnen jetzt sage.«

»Da wir gerade von Lucrèce sprechen: Was hat Professor Morel mit den Goldskarabäen gemacht, die der peinliche Gnom in dem verlassenen Dorf gefangen hat?«

»Sie meinen gewiss die *Diabrotica mejavillus gigantea*, nicht wahr?«

»Was? Morel hat die Viecher nach Lucrèce benannt?«

»Ihr Kollege ist sehr stolz darauf ... Morel hat mit der großen schwarzen Larve zahlreiche Experimente durchgeführt. Er hat festgestellt, dass die Wurzeln bestimmter Pflanzen bei einem Angriff durch diese Insekten Substanzen absondern, die ihrerseits Würmer anlocken, welche Todfeinde der *Diabrotica* sind und sie angreifen. Eine Art pflanzlicher Hilferuf ... Ganz erstaunlich, finden Sie nicht?«

»Noch eine *garrafada* mehr.«

Dame Pottier sah ihn verdutzt an.

»Ach, heißen diese Substanzen so?«

Sie ordnete ihre von japanischen Stäbchen zusammengehaltene Frisur und fuhr dann fort:

»Ich habe für unsere Dienstherren im Ministerialolymp einen Bericht über die getöteten Aeronauten verfasst. Weiterhin habe ich zahlreiche Überprüfungen vorgenommen. Ihr gewissenhafter Kollege ...«

»Monsieur Méjavillus.«

»... hatte daran gedacht, bei Chefingenieur Castelo da Vide die Peitsche analysieren zu lassen, die ihm Annibal Freire da Fonseca geschenkt hatte. Die Fingerabdrücke, die sich darauf befanden, entsprachen den biometrischen Daten, mit denen die Kampfroboter programmiert waren ... allerdings auch denen eines Mannes, der seit vielen Jahren für tot gehalten wurde.«

Sie klopfte auf die vor ihr liegende graue Akte.

»Stellen Sie sich vor, besagter Martial Dutilliers-Darcy hatte nicht eine so blütenweiße Weste, wie er glauben machte. In Wahrheit legt ihm die Justiz so einiges zur Last. Als Gegenleistung dafür, dass bestimmte Dinge in Vergessenheit geraten, hat er nun sein Gedächtnis wiedergefunden.«

»Ihre letzte Formulierung, Chefin, klingt paradox.«

»Ich gebe Ihnen recht, aber sie ist Ausdruck eines gängigen Phänomens ... Wie bereits erwähnt, hatte ich Zugriff auf Akten aus den Jahren 1970 bis 1985 von der Mechanikschule der Marine in Buenos Aires.«

»Was ist das für eine Schule?«

Sie verzog die Nase, als würde von der grauen Akte ein unangenehmer Geruch ausgehen.

»Während der Militärdiktatur hatte die argentinische Mechanikschule der Marine, die ESMA, eine Schlüsselstellung innerhalb des staatlichen Unterdrückungsapparats inne. Hinter ihren Mauern am Stadtrand von Buenos Aires verbarg sich eines der größten geheimen Haft- und Folterzentren Argentiniens. Fast fünftausend Menschen sind an jenem Ort widerrechtlich festgehalten worden. Die meisten von ihnen verschwanden spurlos. Die Schlächter in Uniform hatten die Folterkammer im Untergeschoss der Schule eingerichtet, und den Gang, der dorthin führte, taufte man ›Allee der Glückseligkeit‹.«

»Da läuft es einem kalt den Rücken herunter. Und was hat Anibal Freire de Fonseca damit zu tun?«

»Ich denke, das haben Sie schon erraten, Sénéchal. Die Gesichtserkennungssoftware, die Castelo da Vide verwendet hat, irrt sich selten … Einer der ›Vernehmer‹ der ESMA war ein junger Marineoffizier namens Juan Torga de Montemor. Ein ausgesprochen erfindungsreicher Kerl, wenn es um neue Formen der Gewalt ging. Zudem gehörte er der Todesschwadron ›Triple A‹ an. Torga de Montemor erhielt schon bald den Beinamen *El Lobo*, der Wolf. Man traf ihn häufig in Begleitung seines zehn Jahre älteren französischen Ausbilders.«

»Ein gewisser Martial Dutilliers-Darcy, nehme ich an?«

»Und man sah ihn in der Stadt oder in der Kirche mit dem geistlichen Beistand von General Videla, der auch sein Freund und Beichtvater war.«

»Der falsche Dom Faria de Queroz?«

»Ja. Arturo Graziella höchstpersönlich. Damals also verübte El Lobo Tag für Tag in der ESMA seine Verbrechen. Und dies völlig ungestraft. Sein mörderischer Wahnsinn war grenzenlos. Er schnitt Hände und Nasen ab, er folterte, er prügelte die Gefangenen zu Tode. Mit seiner Todesschwadron durchkämmte er systematisch die Häuser, um die Tötungsmaschinerie der ESMA mit Frischfleisch zu versorgen.«

»Natürlich im Namen der moralischen Werte des christlichen Abendlandes.«

»Sein Eifer und Einfallsreichtum in der Kunst, die Opfer zum Reden zu bringen, und seine Raffinesse bei der Folter ließen ihn trotz seiner Jugend rasch in der Hierarchie aufsteigen. Schon bald wurde er von Admiral Emilio Massera, Videlas rechter Hand, mit Tötungskommandos in immer entlegeneren Gebieten betraut. Operation ›Condor‹ war der Deckname für eine geheime Mordkampagne gegen flüchtige Oppositionelle, die von den Geheimdiensten der lateinamerikanischen Diktaturen Chile, Argentinien, Bolivien, Brasilien, Paraguay und Uruguay geleitet und vom US-amerikanischen Außenministerium unterstützt wurde. Übrigens vermutet man, dass er sich im Mai 1976 unter falschem Namen nach Paris begab, um den bolivianischen Botschafter zu ermorden. Dann bricht der Falklandkrieg aus ... Am 2. Mai 1982, dem Tag, an dem die englische Flotte den Kreuzer ›General Belgrano‹ – Eckpfeiler der argentinischen Flotte – torpediert, erhält El Lobo einen Geheimauftrag. Er soll eine auf sieben Lastwagen verteilte Ladung von Silberbarren in das noch immer diktatorisch regierte Brasilien überführen. Bei der Fracht handelt es sich um den Gegenwert des Vermögens, das sich gewisse Generäle der argentinischen Junta im Laufe der Zeit aus dem Besitz ihrer Opfer angeeignet haben ... Angesichts der drohenden Niederlage wollen sie diesen Schatz möglichst rasch ins sichere Brasilien bringen.«

»Ich vermute, der Konvoi erreichte nie seinen Bestimmungsort?«

»Darüber hinaus hat man weder die Fahrer noch die Soldaten, die den Transport begleiteten, jemals wiedergesehen.«

»Dieser El Lobo scheint ein wahrer Meister auf dem Gebiet des ›Verschwindenlassens‹ zu sein. Und natürlich hat er seinen Coup gut vorbereitet.«

»Später folgt ihm sein Freund und spiritueller Mentor Arturo Graziella nach Brasilien. Und er bringt auch ein Kind mit.«

»Ein Kind?«

»Einen Säugling, an dem Torga de Montemor, besser bekannt als El Lobo, sehr hängt. Inspektor Zé Ferrera hat ein Foto dieses Kindes in einer Metalldose gefunden, die in Graziellas Garten vergraben war.«

Dame Pottier legte die Fingerspitzen ihrer hübschen Hände aneinander, sodass sie ein Dreieck bildeten, und senkte die Augen. Sie schwieg einen Moment lang und fuhr dann fort:

»Wussten Sie, Sénéchal, dass die argentinische Militärdiktatur auch ein anderes unvorstellbares Verbrechen begangen hat? Entführung von Kindern und Änderung ihrer Identität. In der Mechanikschule der Marine war eine geheime Entbindungsstation für die schwangeren Gefangenen eingerichtet worden. Nach der Geburt musste die Mutter an ihre Familie schreiben, der der Säugling angeblich übergeben werden sollte. Kurz darauf wurde sie von ihrem Baby getrennt und verlegt. Diese in Gefangenschaft geborenen Kinder wurden von Offizieren oder Junta-Mitgliedern adoptiert. Einer dieser Adoptivväter war Torga de Montemor. Die Mutter des Kindes, eine Indianerin, wurde, wie alle anderen auch, nach der Geburt hingerichtet.«

»Hingerichtet? Gerade haben Sie noch gesagt, sie wurden verlegt?«

»›Verlegung‹: Das war der Ausdruck, den die Folterer für Liquidierung benutzten. Man stieß die Gefangenen aus der Tür eines Flugzeugs, das Richtung Buenos Aires über den Rio de la Plata hinwegflog. Eine sehr einfache, aber effektive Methode. Die Leichen waren durch ihre Liegezeit im Meer quasi nicht mehr zu identifizieren.«

Mit einem tiefen Seufzer fügte die kleine Frau hinzu:

»Die Grausamkeit dieser Leute war unfassbar.«

»Nun gut! Und was ist aus dem Kind geworden, das dieser Dreckskerl gestohlen hatte?«

Sie musterte ihn einen Moment lang schweigend.

»Er wurde Leiter der Stiftung zum Schutz Amazoniens – unter dem Namen Victor Sampayo.

Kapitel 5

Sénéchal sah sie ungläubig an.

»Victor Sampayo ist der Adoptivsohn des Peinigers und Mörders seiner Mutter?«

»Trotzdem scheinen die Bindungen zu seinem falschen Vater unerschütterlich zu sein ... Er ist sein Komplize. Das mag verstehen, wer will.«

Der Umweltinspektor schüttelte den Kopf.

»So was soll's geben.«

»Juan Torga de Montemor alias El Lobo kommt jedenfalls nach Brasilien. Er besitzt ein ansehnliches Vermögen aus massivem Silber, das eigentlich nicht existiert. Wer sollte ihn also verfolgen? Denn die schmähliche Niederlage im Falklandkrieg besiegelt das Ende der argentinischen Diktatur. Und durch das brasilianische ›Condor‹-Netz verfügt El Lobo über glänzende Beziehungen in jenem Land.«

»Mit dem ganzen gestohlenen Silber kann er ja auch jede Menge Leute kaufen, was?«

»Während er andere dank seines ›Know-hows‹ zum Schweigen bringen kann ... El Lobo versteckte seine Beute zuerst in der Kupfermine von São Marighella, die damals noch als Folterzentrum für die ›Feinde im Inneren‹ diente.«

»Dort würde man ihn sicher nicht belästigen oder nach seinem versteckten Diebesgut suchen.«

»Graziella, der Mann der Kirche, wird von der extrem rechten Priesterschaft, die mit der brasilianischen Junta zusammenarbeitet, mit offenen Armen empfangen. El Lobo sucht eine feste Bleibe. Er stößt auf ein entlegenes Anwesen, das dem Nachfahren eines Kautschukbarons gehört. Der Mann ist ungefähr in seinem Alter. Der Ort, den man nur per Schiff oder Wasserflugzeug erreichen kann, ist für seine Pläne bestens geeignet. Zudem ist der wahre Annibal Freire da Fonseca ein mit einer Erbkrankheit geschlagener Misanthrop, der von seinem Vermögen lebt, weder Weib noch Kind hat, niemals Besuch empfängt und zumeist in seiner Bibliothek dem verblichenen Ruhm seiner Familie nachtrauert. El Lobo späht ihn tagelang aus, bevor er ihn samt seinen fünf Angestellten verschwinden lässt.«

»Verstehe. Er bemächtigt sich seiner Identität und Güter, versucht, ihm äußerlich so ähnlich wie möglich zu werden, eignet sich seine Geschichte an und benutzt das alles für seine Geschäfte. Er wird der ehrenwerte Senhor Annibal Freire da Fonseca. Und damit ist El Lobo, der argentinische Folterknecht, von der Erdoberfläche verschwunden!«

»Genau. Die Jahre vergehen, die brasilianische Militärdiktatur endet 1985. Arturo Graziella wird von der rechten brasilianischen Priesterschaft fallen gelassen und verwandelt sich gezwungenermaßen in Dom Faria de Queroz, einen schlichten Pfarrer aus den Favelas. El Lobo kommt für seinen Unterhalt auf und betraut ihn mit der Erziehung des Kindes. Zu jener Zeit macht der falsche Annibal Freire da Fonseca einträgliche Geschäfte. Einen Teil seiner Beute verwendet er, um überall in Brasilien Land zu erwerben, das damals billig zu haben war ... Oder er erkauft sich stillschweigende Duldung. Er rodet den Wald, und zwar im Eiltempo. Einen Großteil seines Silberschatzes deponiert er in der Eisenkonstruktion seines Hauses von der Firma Eiffel.«

»Was wollen Sie damit sagen?«

Dame Pottier zeigte ein kleines Lächeln.

»Dieses Haus besteht nicht nur aus Eisen. Seine vermeintliche Ehefrau hat uns das verraten.«

»Seine vermeintliche Ehefrau?«

»Die junge und hübsche Senhora Freire da Fonseca ist eine Edelprostituierte, die sich auf aristokratische Rollen spezialisiert hat. Er bestellte sie regelmäßig zu sich.«

»Na bravo!«, rief der Umweltinspektor. »Brasilien ist wirklich das Land des Karnevals! All diese Leute beherrschen ihre Rollen perfekt! Ein falscher Fazendeiro und seine falsche Ehefrau, ein falscher Umweltschützer … Man weiß gar nicht, was man vorziehen soll.«

»Das Überleben all dieser Leute hing davon ab, wie gut sie ihre Rollen spielten. Die junge Frau hat Stein und Bein geschworen, dass ihr Kunde ihr natürlich mit Konsequenzen drohte, falls sie nicht den Mund hielt, doch sie habe nicht gewusst, wer er wirklich war. Zufällig habe sie bemerkt, wie er in manchen Nächten zusammen mit zwei anderen Männern in der Schmiede der Fazenda Silberbarren geschmolzen habe.«

»Warum?«

»Sie fertigten daraus Bauelemente im Stil der Weltausstellung, vielleicht anhand alter Pläne, die er in der Bibliothek gefunden hatte. Diese neuen Teile aus massivem Silber wurden in das Haus eingefügt. Das Ganze bekam einen antiken Anstrich, und niemand bemerkte die List. Die vermeintliche Senhora Cesaria Freire da Fonseca – die klugerweise dieses Wissen für sich behielt – hat der Polizei anvertraut, dass ihrer Kenntnis nach die Gitter rund um die Familiengruft, zwei Türmchen sowie ein Teil des Wirtschaftsgebäudes aus purem Silber seien. Man hat ihre Angaben überprüft: Es stimmt.«

»Haben Sie noch mehr Überraschungen für mich, Chefin?«

»Gewiss, Inspektor, gewiss … In der Bibliothek befanden sich nicht nur Pläne des Eiffel-Hauses, sondern auch alte Karten aus der Kautschukära. Eine von ihnen, die einst vom Urgroßvater des Mannes, den El Lobo ›ersetzt‹ hatte, angefertigt worden war, muss ungeheuer spannend gewesen sein, denn der wahre Annibal Freire da Fonseca hatte sie mit Anmerkungen versehen und dazu ein Dossier angelegt.«

»Worüber?«

»Über ein Dorf, das 1929 im tiefsten Dschungel gegründet wurde – von einem Expeditionstrupp, der sich auf der Suche nach Kautschuk befand. Können Sie mir folgen, Sénéchal?«

»Schritt für Schritt, Chefin!«

»El Lobo begeisterte sich für diese Karte, vor allem da nun das Zeitalter der Satellitentechnologie angebrochen war. Und des Umweltschutzes.«

»Lassen Sie mich raten, Chefin ... Der junge Victor Sampayo absolviert ein schönes Studium, das sein liebender Adoptivvater finanziert, und wird anschließend ganz zufällig Leiter einer ökologischen Stiftung, die Sonderverträge mit der IBAMA und einem brasilianischen Institut für Weltraumforschung abgeschlossen hat. Und die Zugang zum Satellitenüberwachungsnetz Amazoniens hat. Ich fahre fort, Chefin. Sampayo nimmt Satellitenrecherchen vor, und zwar lange bevor Hauptmann La Mota es auf Anfrage von Maria-Esperanza tut ... Und entdeckt dabei am Ende das Dorf.«

»Überdies besaß er eine authentische Landkarte aus jener Zeit.«

»Als wir mit dem Kommandotrupp in dem Dorf eintreffen, haben El Lobo und seine Männer schon aufgeräumt, haben das dem Militär gestohlene Material und die Silberbarren weggeschafft und das Gelände vermint. Außerdem überwachten sie unseren kleinen Spaziergang und hörten unsere Gespräche ab.«

»Das bestätigen die vor Ort gefundenen DNA-Spuren. El Lobos Komplizen konnten das Luftschiff der Aeronauten nicht aus den Bäumen holen, und es blieb ihnen auch keine Zeit, den ›Robocop‹-Anzug aus dem Raddampfer zu entfernen.«

»Den sie jedoch vermint hatten.«

»In erster Linie ging es ihnen darum, die Spuren der Kampfroboter zu beseitigen, die der vermeintliche Dom Faria de Queroz in seinem religiösen Wahn als ›Reiter der Apokalypse‹ bezeichnete.«

»Sehr hübsch. Dieser Priester wird sicher heiliggesprochen werden ... Anschließend haben sie ihre verfluchten Roboter in der Mine von São Marighella versteckt.«

»Eine Mine, die El Lobo vor langer Zeit unauffällig über eine seiner zahlreichen Gesellschaften erworben hatte.«

Sénéchal verzog anerkennend das Gesicht.

»Trautes Heim, Glück allein. Vor allem wenn man einen zufällig anwesenden Umweltinspektor durch die Gegend scheuchen will. Ich frage mich, wie er von unserer Expedition zum Dorf erfahren hat.«

»Durch einen der Männer, der mit der Wartung der Zeppelingondel befasst war. Er hatte einen Mikrochip in der Transportkiste des Luftschiffs versteckt.«

Dame Pottier betrachtete den grauen Ordner.

»Was nun diese unglückseligen Aeronauten von Chitinex betrifft, so wäre es besser gewesen, wenn sie weder die Goldskarabäen noch das Dorf entdeckt hätten.«

Nachdenklich legte Senechal den Kopf zur Seite und rieb sich die Stirn.

»Sie konnten nicht wissen, dass sie in die Höhle des Wolfs geraten waren. Seine Männer und er haben ihre Navigationsinstrumente und ihren Funkverkehr gestört und sie dann erschossen. Das Glück war ihnen wirklich nicht gewogen!«

Kapitel 6

Der Inspektor musterte Dame Pottier.

»Hm ... Damit Sampayo als engagierter Umweltschützer über jeden Verdacht erhaben ist, sorgte sein Adoptivvater für einige Scheinangriffe durch ›Handlanger der Großgrundbesitzer‹?«

»Eine dieser Aktionen war die spektakuläre Geschichte mit der Motorrad-Gang, die den Sitz der Stiftung beschossen und einen der Angestellten verletzt hat.«

»Ja. Damit hatte sich unser Mann endgültig ein grünes Tarnmäntelchen umgehängt.«

»El Lobos wahres Ziel war es, mit Hilfe seines ›Sohnes‹ in Brasilien ein Imperium aufzubauen. Mit genmanipuliertem Soja. Doch es bedurfte mehr als der Silberbarren, um die Ländereien großer Fazendeiros wie der verstorbenen Senhores Muñoz oder Carvalho zu erwerben, die, jeder auf seine Art, widerspenstig waren.«

»Ach ja, alles wird teurer, die Zeiten sind schlecht.«

»Zunächst eliminiert er alle Leute, die ihm im Weg stehen. Als junger Offizier lernte er im Kampf gegen die Guerilla die Technologie der selbst gebauten Glasminen kennen. Diese nutzt er, um ›den Mann mit dem Hund‹ zu töten, einen Anführer der Bewegung der ›Bauern ohne Land‹. Denn der scheint Victor Samapyo auf die Spur gekommen zu sein.«

»Dieser Javier Clemente Ruiz, ein Informant von Maria-Esperanza, war den großen Fazendeiros seit geraumer Zeit ein Dorn im Auge.«

»Um seine Expansionswünsche umzusetzen, überwacht unser ehemaliger Folterknecht via Victor Sampayos Satellitenzugang die Zunahme der genmanipulierten Sojapflanzungen im ganzen Land. Er beschließt, sich gewaltsam einige dieser Plantagen anzueignen, indem er sie über eine seiner zahlreichen Scheinfirmen zu einem Spottpreis aufkauft, nachdem ihre Besitzer Opfer eines tragischen Unfalls geworden sind ...«

»Oder – wie etwa Muñoz und sein Nachbar Carvalho – scheinbar von den ›Bauern ohne Land‹ beziehungsweise einem Konkurrenten erschossen wurden. Und die Moral von der Geschichte: Die großen Räuber sind nicht sicher vor größeren wie El Lobo. Sie sollten sich in Acht nehmen.«

»El Lobo kann es sich leisten zu spekulieren, denn dank der Satelliten ist er über alle genmanipulierten Sojaplantagen im Bilde. Er hat einen genauen Überblick über alle Anbauflächen des Landes und ihre Erträge, er kennt sämtliche illegalen Pflanzungen im Amazonasdschungel. Die brasilianische Polizei ist noch dabei, das von dem Duo El Lobo/Sampayo gesponnene Netz zu entwirren, doch ich denke, sie werden noch einige Überraschungen erleben.«

Der Umweltinspektor lächelte bitter.

»Als wir Sampayo getroffen haben, hat er uns die Kursbewegungen für Soja an der Chicagoer Börse gezeigt. Es muss für ihn ein großer Spaß gewesen sein. Vielleicht lacht er noch im Gefängnis darüber!«

»Das bezweifle ich, Sénéchal.«

»Wieso?«

»Allem Anschein nach wurde Victor Sampayo durch die aus dem Kampfhubschrauber abgefeuerten Schüsse auf dem Minengelände pulverisiert. Er war der Schütze, der Ihnen aus dem Hinterhalt auflauerte.«

Der Umweltinspektor war kurz sprachlos, dann murmelte er:

»Na gut, immerhin einer, der sich in Energie und Licht recycelt! Der Kerl war tatsächlich ein wahrer Ökologe!«

Er deutete auf den dicken grauen Ordner auf Dame Pottiers Schreibtisch.

»Weiß man etwas über die Identität des Mannes, der El Lobos ehemalige Komplizen ermordet hat? Diejenigen, die ihm geholfen haben, die Kampfroboter zu stehlen?«

»Das war wahrscheinlich dieser magere Schwarze, der in einem Dorf von Zé Ferrera verwundet und von einer Meisterschützin der brasilianischen Polizei erschossen wurde. Die Polizei hat seinen Schlupfwinkel aufgespürt und seinen Komplizen festgenommen, einen gewissen Raul. Dort war genug Sprengstoff versteckt, um einen ganzen Häuserblock in die Luft zu jagen ... Dieser Raul versorgte El Lobo mit Antipersonen- und Glasminen Marke Eigenbau.«

Sénéchal seufzte.

»Ach, da haben wir ja beachtliche kriminelle Machenschaften vereitelt, indem wir dem jungen Pater de la Vega das Foto dieses alten Kreuzes gegeben haben. Eigentlich hatten wir so gut wie keine Chance, es in den Tiefen des Dschungels zu finden, aber El Lobo hat uns vorsichtshalber seinen Komplizen Graziella geschickt, damit er vor uns den hinfälligen Greis mimt. Wir haben die Spur der Aeronauten verfolgt und dabei nachts auf dem Baumkronendach die Versuche mit den Kampflasern beobachtet.«

»Und dadurch auch besagtes Dorf entdeckt ... Wussten Sie, dass El Lobo noch ein anderes großes Projekt verfolgte, Sénéchal?«

»Noch eins? Dieser Mann sprudelt geradezu über vor Ideen. Eigentlich kann man mit Fug und Recht sagen, dass eine große Vergangenheit vor ihm lag.«

»Um sich den Tarifen der US-amerikanischen Firmen zu entziehen, die das Monopol auf die genmanipulierten Sojabohnen haben und deren Reproduktion verbieten, hatte er begonnen, ein Netz biotechnologischer Gesellschaften in Indien aufzubauen. Diese stellten preiswertere und patentfreie, das heißt auch lizenzfreie Klone des Gen-Sojasamens her. Was sagen Sie dazu, Sénéchal?«

»Ich würde sagen, er war ein Visionär. Vielleicht hätte er sich sogar eines Tages mit Bioanbau befasst. Auf jeden Fall hatte er das Wesen der Globalisierung begriffen ... Was war denn nun eigentlich der wahre Grund für unsere Reise in die wunderbare Heimat des Samba, verehrte Chefin?«

Kapitel 7

Die kleine Göttin lächelte – Sénéchal fand dieses Lächeln unwiderstehlich – und lehnte sich dann in ihrem Sessel zurück.

»Da wir uns in der Ära der Globalisierung befinden, deren Wesen auch ich begriffen habe, suche ich überall in der großen weiten Welt Unterstützung ... Schon vor längerer Zeit habe ich Kontakt zur IBAMA aufgenommen.«

»Vermutlich wissen Sie bereits, dass die kleine Kommissarin Saint-Louis einen ehemaligen Weggefährten des brasilianischen Präsidenten zum Vater hat und ihre Mutter einen wichtigen Posten in seiner Regierung bekleidet.«

»Ich habe es zufällig auf einem Empfang in der Botschaft erfahren, bei dem eine brasilianische Regierungsdelegation zu Gast war.«

»Sie haben also die vermissten Aeronauten als Vorwand benutzt, um den Kontakt zwischen der FREDE und der IBAMA zu festigen. Und um besagter FREDE über Maria-Esperanza«, er zog skeptisch eine Augenbraue hoch, »Ansehen bei der brasilianischen Regierung zu verschaffen, was unser Luxusgeschöpf wiederum in der französischen Hierarchie aufwerten wird ...«

»Um sie am Leben zu erhalten, sie wachsen und gedeihen zu lassen, Inspektor. Ich gedenke schon bald ein Abkommen zwischen unserem kleinen Laden und der IBAMA zu unterzeichnen ... Ja, ich bekenne, ich habe ausdrücklich darum gebeten, dass Ihnen Kommissarin Saint-Louis bei Ihren Ermittlungen zur

Seite steht. Und meines Wissens können Sie sich wirklich nicht darüber beklagen.«

Der Umweltinspektor hob besänftigend die Hand.

»Echauffieren Sie sich nicht, Euer Großzügigkeit! Sie konnten schließlich nicht wissen, dass die Dame dazu neigt, einem Märchen aufzutischen.«

Er lächelte.

»Ich scherze. Maria-Esperanza ist eine außerordentlich fähige Polizistin. Und Lucrecius Méjavillus war von ihr geradezu hingerissen. Es war höchste Zeit, ihn aus dem Bannkreis brasilianischer Frauen zu befreien.«

Sie musterte ihn.

»Hat dieser kleine Spaziergang Sie etwas gelehrt, Inspektor, das für uns alle von Nutzen sein könnte?«

»Nun … dass die Räuber, die unser gemeinsames Gut, den amazonischen Regenwald, für ihre eigennützigen finanziellen Interessen ausbeuten, in der Nahrungskette noch etwas höher angesiedelt sind als El Lobo. Wir könnten ihre Namen auf unsere Teller schreiben.«

»Hm, vielleicht, aber wir sind es doch, die die Gabel in der Hand halten, nicht wahr?«

Sénéchal verschränkte seine großen Hände über dem Bauch.

»›Der Mensch schuf nicht das Gewebe des Lebens, er ist darin nur eine Faser. Was immer ihr dem Gewebe antut, tut ihr euch selber an.‹«

»Shakespeare?«

»Ein Ausspruch des Indianerhäuptlings Seattle vom Stamm der Suquamishs. Er äußerte dies im Jahre 1854. Seitdem hat der Mensch ein Drittel dessen, was auf unserem Planeten lebte, verschwinden lassen.«

»Sie sollten dieses Gebot vielleicht selbst beherzigen, Sénéchal. Denn leider haben Sie es auch in Brasilien wieder einmal geschafft, gegen das Gesetz zu verstoßen.«

»Wie bitte?«

Über den Schreibtisch hinweg reichte sie ihm einen Umschlag.

»Ich habe erfahren, dass Sie ein Bußgeld aufgebrummt bekommen haben, weil Sie oben aus einem Baum namens *Dipterix* mit Wasser und Kerosin gefüllte Plastikkanister abgeworfen und mitten im Dschungel liegen gelassen haben ... Bravo!«

Der Umweltinspektor setzte sich seine Halbbrille auf und öffnete den Umschlag.

Oben auf dem Bußgeldbescheid stand »IBAMA – Instituto Brasileiro do Meio Ambiente« und unten eine gepfefferte Summe.

In einer Ecke sah er einen roten Stempel mit dem Vermerk »Bußgeld beglichen«. Darunter stand in zierlichen Buchstaben:

»Ich habe für Sie bezahlt, Pierre Sénéchal. Sie schulden mir also ein Abendessen am Ufer des Amazonas. Ich werde mein rotes Seidenkleid anziehen, und dann tanzen wir die ganze Nacht.«

Epilog

Der stämmige Mann sitzt im Schatten einer wuchtigen Bougainvillea und starrt vor sich hin. Er verzieht keine Miene, doch seine Lippen bewegen sich leicht.

Er trägt einen formlosen Anzug, und ein graues Hemd spannt sich über seinem Bauch. In seiner Pranke hält er einen alten Knüppel, mit dem er den Takt zu einem Kirchenlied schlägt, das nur er hört.

Bruder Anselmo Alencar Gomes liebt diese lauen Nächte des Hochlandes. Er blickt auf zu den Sternen. Eine leichte Brise lässt die Blätter rascheln, aus der Ferne erklingt Musik. Er fühlt sich gut.

Sein Blick wandert abermals zu der unscheinbaren Tür in der Mauer, die ein imposantes Gebäude mit erleuchteten Fenstern umschließt. Im obersten Stock sieht er eine Gestalt hinter den Vorhängen entlanggehen.

Unweit von ihm funkelt die blank geputzte Karosserie einer Limousine im Halbdunkel.

Er wartet.

Doch es dauert nicht lange, bis sich quietschend die Tür in der Mauer öffnet. Eine Gestalt eilt zur Limousine hinüber. Die Wagentür fällt ins Schloss, die Scheinwerfer flammen auf.

Der stämmige Mönch greift zu seinem Handy:

»Macht schnell, sie fahren gleich los!«

Pater de la Vega, am Steuer eines Lieferwagens, fährt vom Bürgersteig und braust ohne Licht los.

Die Gänge knirschen, der Motor heult auf.

Über das Lenkrad gebeugt, nimmt der Fahrer flüchtig das angespannte Gesicht von Pater Araújo wahr und etwas weiter einen Sicherheitsbeamten, der hinter dem Gitter des Gebäudes entlangläuft.

Der junge Pater tritt das Pedal durch.

Der stämmige Mönch hört den Lieferwagen näher kommen.

Zwei weitere Männer sind aus der Tür in der Mauer getreten.

Einer von ihnen steht an der Hecktür der Limousine und beobachtet die Straße, während sein Begleiter in den Wagen einsteigt.

Mit einem Blick schätzt Bruder Anselmo die Entfernung ab und springt in dem Moment vor, als der Lieferwagen mit quietschenden Reifen um die Ecke biegt, schwankt und dann mit heulendem Motor auf das Auto zurast. Er murmelt: »Vergib mir, o Herr«, holt wie ein Holzfäller aus und zerschmettert mit seinem Knüppel die Windschutzscheibe des Luxusgefährts. Er streckt den Mann, der die Straße überwacht, mit einem kräftigen Schulterstoß nieder und blockiert mit seinem dicken Bauch die Fahrertür.

Dann schiebt er seine Pranke durch das offene Fenster und legt sie wie einen Schraubstock um einen Oberarm. Er hört einen erstickten Schmerzenslaut, der Lieferwagen bremst hinter ihm, die Seitentür wird aufgerissen. Schreie, Protestrufe, Hände greifen nach einem Mann.

Bruder Anselmo Alcenar Gomes löst seine Umklammerung, ruft dem Fahrer ein »Vergib auch du mir, mein Sohn« zu und springt in den Lieferwagen, der davonbraust.

Inspektor Zé Ferreras Stimme klang am Telefon halb belustigt, halb bewundernd.

»Also, ich muss zugeben, ich bin zutiefst beeindruckt! Ich habe in meinem ganzen Leben noch nicht gesehen, dass Mönche solche Kunststücke vollbringen! Weder aus der Nähe noch aus der Ferne … Natürlich war auch der junge de la Vega dabei! Ich weiß sehr wohl, dass Superior Dom de Araújo als verdammt schlauer Fuchs bekannt ist und früher Anstaltsgeistlicher in den Gefängnissen von Recife war. Aber trotzdem, so ein Kommandounternehmen ist nicht ohne! Und wie sagte doch gleich der ehrenwerte Kuttenträger? ›Es geschah aus reiner Barmherzigkeit, um den Mann der Rache des Volkes zu entziehen‹ … Der Rache des Volkes zu entziehen? Verstehen Sie, der alte Drecksack Graziella hat sich in einer faschistischen Kongregation unter seinesgleichen versteckt gehalten! In einem Kaff in den Bergen. Wunderbare, selbstlose Menschen haben ihm Schutz, Kost und Logis gewährt. Und unser argentinischer Skorpion wähnte sich in Sicherheit bei den Speichelleckern der göttlichen Ordnung … Aber die Mönche haben ihn aufgespürt, ihn in Gewahrsam genommen und an uns ausgeliefert. Ich hatte das Vergnügen, höchstpersönlich das argentinische Konsulat davon in Kenntnis zu setzen. Dort wurde mir bestätigt, dass es irrsinnig viele Leute gibt, die dringend mit ihm, dem alten Freund der Diktatoren und Folterknechte, sprechen möchten. Ich für meinen Teil werde einen tätlichen Abstecher zu diesen Speichelleckern der göttlichen Ordnung unternehmen. Vorbei sind die Zeiten des passiven ökologischen Widerstands!«

Mein Dank gilt

Meiner treuen Freundin und Beraterin Christel Mouchard;

meiner Expertin vor Ort, der stolzen Nathalie Fanny Marie Josèphe Théry;

meinem Freund Jean-Marc Saulière, Mitglied der Rettungsmannschaft auf der *Noë Lorette*;

Professor Francis Hallé, der mir für dieses Buch sein »Baumkronenfloß« ausgeliehen hat;

dem ehemaligen Minenräumer Frédéric Laget, der mir wertvolle Ratschläge gegeben hat;

dem Tierfreund Charles Marie Leconte;

den Mitgliedern der Verbände ADOME und Terre Sacrée, die eine bemerkenswerte, allzu oft ehrenamtliche Arbeit für den Schutz unseres Planeten leisten.

Bibliografie

Francis Hallé, Dany Cleyet-Marrel und Gilles Ebersolt, *Mit dem Luftschiff über den Wipfeln des Regenwaldes*, Frederking & Thaler, 2001.

Les Cahiers de la Hulotte.

Marie-Monique Robin, *Escadrons de la mort, l'école française*, La Découverte.

John Dinges, *The Condor Years: How Pinochet and His Allies Brought Terrorism to Three Continents*, 2004.